grafit

Die englische Originalausgabe »The Lone Traveller« erschien 2000 bei
Allison & Busby, London

Deutsche Erstausgabe

Chemnitzer Str. 31, D-44139 Dortmund
Internet: http://www.grafit.de
E-Mail: Grafit-Verlag@t-online.de

Umschlagillustration: Peter Bucker
Druck und Bindearbeiten: Elsnerdruck GmbH, Berlin
ISBN 3-89425-502-1
1. 2. 3. 4. 5. / 2002 2001 2000

Susan Kelly

Tod im Steinkreis

Kriminalroman

Aus dem Englischen von
Inge Wehrmann

grafit

Die Autorin

Susan Kelly hat bisher acht Kriminalromane in Großbritannien veröffentlicht. Der vorliegende Krimi ist der erste einer Serie mit Superintendent Gregory Summers. Kelly lebt mit ihrem Ehemann und ihrer Katze in London.

Vorbemerkung

Ich habe mich weitgehend an die topographischen Gegebenheiten von Hungerford, Kintbury und Newbury gehalten; der Steinkreis auf dem Hungerford-Gemeindegrund, allgemein als Hungerford Horseshoe bekannt, sowie der Jahrmarkt zur Sommersonnenwende sind jedoch frei erfunden. Fox Close, wo die Abbots, Mutter und Tochter, leben, ist ebenfalls fiktiv.

Für Francis Clarke

No worse a husband than the best of men

›Antony and Cleopatra‹, William Shakespeare

Down to Gehenna or up to the Throne,
He travels the fastest who travels alone.

›The Winners‹, Rudyard Kipling

Prolog

Vor zweitausend Jahren war dieser Ort eine Opferstätte.

Eigentlich war es kein Steinkreis, sondern ein Hufeisen aus vier verbliebenen Sandsteinsäulen; die Blöcke stammten aus dem Westen, aus Marlborough Country, und waren in mühevoller Schwerarbeit hierher transportiert worden. Die Stürze sind verschwunden, weggehauen im Laufe der Jahrhunderte, um Behausungen für Menschen zu errichten, nicht für Götter. Es ist keine erkennbare Form mehr auszumachen, nicht einmal aus der Luft. Ein unaufmerksamer Wanderer mag auf dem Hungerford-Gemeindegrund vielleicht nur ein paar seltsam geformte, willkürlich verteilte Felsblöcke sehen, ohne ihre einstige Bedeutung zu ahnen.

Heute ist es jedoch anders, denn auf den sonnigen Grashügeln stehen überall Wohnwagen und Campingbusse herum und verleihen dem Ort Bedeutung. Es ist Freitag, der 19. Juni, und die Sommersonnenwende steht kurz bevor. Zwei verschiedene Gruppen sind hier: Echte Romawagen mit echten Roma, ihren Pferden und Hunden und ihrer unverständlichen Sprache; New-Age-Reisende mit ihren Glöckchen und Kristallen und Postschecks. Unterschiedslos verachtet von den gesetzestreuen Steuerzahlern Hungerfords, sollten sie Verbündete sein, ziehen es jedoch vor, keine Notiz voneinander zu nehmen.

Die Esoteriker sind hier, um aus verworrenen Gründen uralte Riten nachzuvollziehen, die sie nicht verstehen. Aber sie haben auch praktische Gründe, nach Hungerford zu kommen, denn der Jahrmarkt bietet ihnen Gelegenheit, ihre fetttriefenden, vegetarischen Hamburger und vielleicht ein paar weiche Drogen zu verkaufen. Die Roma sind hier aufgrund eines komplizierten, seit Generationen überlieferten Wandersystems, das jedoch von unkooperativen Gemeindeverwaltungen und kompromisslosen Polizeibeamten gnadenlos durchkreuzt wird.

Ein profaner, kommerzieller Grund für ihre Anwesenheit ist der Mittsommernachtsjahrmarkt: Keine Kirmes mit Autoskootern und Karussells, sondern ein traditioneller englischer Jahrmarkt mit ländlichem Kunstgewerbe – Schnitzereien und handgeflochtene Körbe; massige Zugpferde, Musik, Frohsinn; Bier und Apfelwein; Hotdogs und Eiskremwagen; Schweinekegeln und die Ausstellung einer örtlichen Falknerei. Die meisten Budenbesitzer kommen im Laufe des Tages mit ihren selbst gemachten Bernsteinketten, handbestickten Blusen und schiefen Tontöpfen.

Streng genommen ist das Campen auf dem Hungerford-Gemeindegrund verboten, aber der Jahrmarkt findet hier schon seit mehr als zweihundert Jahren statt, und jedes Jahr üben die gewählten Aufseher des Port Down an fünf Tagen im Juni Toleranz und öffnen den Schlagbaum am Inkpen Tor für die Pferde und Wohnwagen.

Etwas abseits steht ein einsamer Wohnwagen, der zu keiner der beiden Gruppen gehört, ein typischer Romawagen. Das breitschultrige Zugpferd grast lustlos zwischen den bräunlichen, vertrockneten Halmen, in einem Ring aus Steinen brennt ein Feuer, über dem ein Wasserkessel hängt. Die Esoteriker nicken dem Besitzer einen Gruß zu, den er wortlos erwidert. Die Roma gehen nicht in seine Nähe und ignorieren seine Existenz, bis auf einen kräftig gebauten Mann mittleren Alters, der in seine Richtung schaut und in sein eigenes Feuer spuckt, woraufhin der Speichel zischend verdampft; dann wendet er sich ab und macht das Zeichen gegen den bösen Blick.

Vor fünfundzwanzig Jahren gab es hier ein Menschenopfer. Der einsame Reisende steht für Vergeltung, möglicherweise für Gerechtigkeit. Nichts wird jemals vergessen.

Zwei Jahrtausende, fünfundzwanzig Jahre: Die Abstände werden kürzer, denn ein weiteres Leben wird zwischen diesen Hügeln geopfert werden, noch bevor der Tag der Sommersonnenwende heraufdämmert. Am Ende sogar mehr als eines.

Am Fox Close, einer hufeisenförmig angelegten Sozialsiedlung, deren Bungalows sich jedoch mittlerweile fast alle in Privatbesitz befinden, fragt Jordan Abbot ihre Mutter, ob sie vor dem Abendessen auf dem Gemeindegrund spielen dürfe. Es ist klar, dass sie sich die Roma ansehen will.

Sie sind am Nachmittag in den Ort gekommen, als Jordan von der Schule abgeholt wurde. Fasziniert beobachtete sie, wie eine kleine, zierliche Frau in traditionellem Kostüm einen Jungen im Teenageralter an der Hand von Tür zu Tür führte und Wäscheklammern und Holzspielzeug zum Verkauf anbot – geschnitzte Gänse, Kühe, sogar ein Bär war dabei. Sie lächelte den Jungen an und er grinste zurück. Eifrig, wenn auch ein wenig schüchtern, bot er ihr ein hölzernes Hündchen an, bis ihre Mutter sie in scharfem Ton zurück ins Haus rief.

Nein, sie dürfe nicht, sagt Josie Abbot. Warum nicht? Weil … weil sie schmutzig sind, weil sie Fremde sind, weil sie nicht so sind wie wir, weil sie kleine Mädchen entführen und verkaufen. Weil sie Kinder stehlen.

Das kann sie nicht sagen, nicht in den neunziger

Jahren. Weil ich es sage. Weil das Essen in einer halben Stunde fertig ist. Weil es vielleicht Regen gibt.

Weil du erst sechs Jahre alt bist und blond und hübsch, und wenn ich dich auch noch verliere, werde ich sterben.

»Ich wünschte, ich wär auch eine Zigeunerin«, erklärt das kleine Mädchen, »und würd im Wohnwagen wohnen und sonderbare Holzspielsachen verkaufen und müsste nicht in die Schule gehen.«

Josie lächelt und erinnert sich an ähnliche Fantasien, die sie nie ganz verloren hat. Selbst als Erwachsene spürt sie noch manchmal die Sehnsucht, mit den verwegenen, ungepflegten Roma auf und davon zu fahren.

»Und dieser komische Junge könnte mein Bruder sein«, fügt Jordan hinzu. »Er heißt Lashlo. Hat er mir gesagt. Ich hab ihn gefragt. Ist das nicht ein sonderbarer Name?« Das Wort sonderbar hat sie erst vor kurzem gelernt und es macht ihr Spaß, es so oft wie möglich zu benutzen.

»Das ist sicher ein Zigeunername«, sagt Josie und erklärt pflichtbewusst, dass der Junge nicht ›komisch‹ ist. »Er ist geistig behindert, Schatz. Das bedeutet, er hat zwar einen großen starken Körper, aber im Kopf ist er noch ein kleiner Junge.«

»Gut!«, sagt Jordan. »Dann kann der kleine Junge mit mir spielen und der große Junge kann die andern sonderbaren Jungs verhauen, wenn sie mir an den Haaren ziehen.«

Auf dem Friedhof der St. Mary Kirche im nahe gelegenen Klintbury steht in einer der letzten freien Ecken ein neuer Grabstein. Er ist weiß und schlicht, keine Bilder von trompetenden Engeln, keine geschwungene Zierschrift. Frederick Summers, steht da, 1975–1997, geliebter Ehemann und Sohn. Und darunter: »Doch ein Mann liebte deines Pilgerherzens Wandern«. Kein religiöser Spruch, obwohl er so klingt und selbst den Pfarrer genarrt hat, bis es zu spät war – als moderner Pfarrer weiß er mehr über Soziologie als über Lyrik.

Der Mann, der den Spruch auswählte, glaubt nicht an einen Gott oder viele Götter, sicherlich nicht an solche, die Opfer fordern. Er glaubt auch nicht an eine Seele. Nicht mehr.

Eine kleine Rose wächst auf dem Grab, eine weiße Blume in voller Blüte. Kein Unkraut. Jemand kommt regelmäßig her.

Und in Newbury erlebt Detective Superintendent Gregory Summers, der liebevolle Vater, der Yeats zitieren kann, an diesem Abend einen seiner schlimmsten Alpträume, und er hat schon viele erlebt.

Freitag, den 19. Juni

Wenigstens hatte er vor zwei Jahren einen Kurs über Geiselnahme absolviert, hatte also eine gewisse Vorstellung, was zu tun war, obwohl einen nichts und niemand darauf vorbereiten kann, mit vorgehaltener Waffe in Schach gehalten zu werden, von einem Mann, der sich wahrscheinlich damit abgefunden hat zu sterben und nur allzu bereit ist, andere mitzunehmen.

Er befand sich in einer Bed-and-Breakfast-Pension am Stadtrand – ein Haus, das keine Touristen beherbergte, sondern obdachlose Familien, die mit schöner Regelmäßigkeit von der Stadtverwaltung hierher geschickt wurden. Immerhin war es sauber, sogar einigermaßen wohnlich. Greg hatte miesere Unterkünfte gesehen, häufig in mieseren Zimmern übernachtet. In dem länglichen Raum mit großen Erkerfenstern zur Straße hin gab es drei schmale Betten, einen Kühlschrank, eine primitive Kochstelle, ein Waschbecken, einen Schrank und eine Kommode, einen Tisch und zwei Stühle. Auf dem Tisch standen Essensreste.

Irgendetwas Süßsaures aus dem China-Imbiss.

Es musste früher mal ein schönes Zimmer gewesen sein, dachte Greg, als das Haus noch ein normales Wohnhaus war. Jetzt begann die Stuckverzierung mit dem hübschen Rankenmuster in den Ecken abzubröckeln. Die Raufasertapeten an den Wänden waren schon einige Male übergestrichen. Es gab ein paar Bilder, darunter ein Herz Jesu, das betreffende Organ knallrot und prall, als würde es jeden Moment platzen. Freie Bodenfläche war äußerst rar, wie die winzige Tanzfläche zwischen den Tischen eines schummerigen Nachtclubs.

Während der fünf Stunden, die er hier festsaß, hatte er jede Menge Zeit gehabt, seine Umgebung zu studieren. In den ersten zwei Stunden war er starr gewesen vor Angst, weil ihn der Übergriff völlig überrascht hatte, als er am wenigsten damit gerechnet hatte. Dann wurde die Angst zu Ruhe, schließlich zu Langeweile. Sein dumpfer Herzschlag und die schwitzigen Hände zeugten jetzt nur noch von Lethargie und nagendem Hunger.

Die Frühstückspension stand an einer dicht befahrenen Hauptstraße. Der Feierabendverkehr war längst vorbei, dennoch fiel es auf, dass seit Stunden kein einziges Fahrzeug mehr vorbeigekommen war. Draußen wurde kein Motor hochgejagt, niemand hupte oder schaltete geräuschvoll in den nächsthöheren Gang; die stille Sommerluft wurde nicht von dröhnender Rapmusik aus offenen Autofenstern erfüllt. So kurz vor der Sommersonnenwende war es um neun Uhr abends immer noch hell. Hätte er aus dem Fenster schauen können, hätte er die Mannschaften männlicher und weiblicher Polizeibeamten gesehen. Ernst und still drückten sie die Daumen für einen der ihren, hofften das Beste, weil sie nicht an das Schlimmste zu denken wagten.

Detective Superintendent Gregory Summers saß auf einem der Betten und versuchte nachzudenken. Seine Lehrer in der Schule hatten oft gesagt, dass er zu viel nachdachte, dasselbe hatten auch einige seiner Vorgesetzten gesagt, während er sich hocharbeitete; aber wie konnte man zu viel denken?

Hätte der Romajunge, der ihm gegenüber mit der geladenen Schrotflinte auf dem Stuhl saß, besser nachgedacht, dann hätte er die Frau nicht erschossen, die zwischen ihnen auf dem Fußboden lag, in seitlicher Bauchlage. Das Blut und die zerfetzten Eingeweide waren von ihrem Körper verdeckt, obwohl sich langsam, aber stetig ein Fleck auf dem Teppich ausbreitete. Ihr Kopf lag auf der Seite, und Greg sah ein knochiges, blasses, markantes Gesicht. Eine widerspenstige schwarze Locke fiel über das dunkle Auge, das Greg sehen konnte und das jetzt ins Leere starrte.

Der Junge sah aus wie höchstens zwanzig, aber die Kinder waren seine – zwei, beides Mädchen. Eng aneinander gekuschelt schliefen sie auf dem Bett in der Ecke. Die ältere war etwa zehn, schätzte er. Also musste Huwie Lee mindestens achtundzwanzig sein, wahrscheinlich noch älter. Eine Frau mittleren Alters, ein fettes, rothaariges irisches Klatschweib, die Besitzerin der kleinen Pension, lag auf dem dritten Bett und weinte stumm vor sich hin, während sie sich ab und an bekreuzigte, das teigige Gesicht zu einer tragischen Maske verzerrt. Eine Frau mittleren Alters? Sie musste etwa so alt sein wie er, siebenundvierzig.

Greg war nicht dick und er war auch nicht mutig. Er würde seinen Gegner nicht hetzen und das Leben aller Anwesenden aufs Spiel setzen. Das Wichtigste bei einer Geiselnahme war Geduld, eine allmähliche Deeskalation von Nervosität und Angst, Zeit, um dem Mann mit der Waffe die Hoffnungslosigkeit seiner Situation begreiflich zu machen, damit sein Verstand wieder die Oberhand gewann.

Als er sein Gewicht ein wenig verlagerte, da seine knochige linke Hinterbacke anfing zu schmerzen, wurde die Waffe augenblicklich auf sein Gesicht gerichtet.

»Mir ist nur der Hintern eingeschlafen«, sagte er freundlich, »das ist alles. Ich hab Hunger. Hab nichts zu Abend gegessen. Wie steht's mit Ihnen?« Automatisch schaute er zu den Essensresten, aber die Aluschalen waren leer, sauber geleckt.

Ich bin ein menschliches Wesen, genau wie du. Ich habe dieselben Hoffnungen und Ängste wie du. Ich esse, ich scheiße, ich hab manchmal Bauchschmerzen und Blähungen und kriege im Winter Grippe, wenn es am wenigsten passt. Ich gehe einkaufen und lese die Zeitung und setz mich abends vor den Fernseher, bis es Zeit wird ins Bett zu gehen. Du willst mich nicht totschießen, nein, du kannst mich nicht totschießen wollen. Ich bin unschuldig.

»Huwie«, sagte er, als der Mann seine Frage nicht beantwortete, »was denken Sie, wie das hier enden soll?«

»Sie reden zu viel …«

Er hielt inne, als sich das ältere Mädchen bewegte, sich ausstreckte wie eine Tänzerin, blinzelte. Als sie die Decke zurückschob, sah Greg, dass sie nur Unterwäsche trug, weiße Baumwolle, obwohl ›weiß‹ geschmeichelt war. Vorsichtig und ohne sie zu wecken, löste sie sich von ihrer Schwester und ging auf Greg zu, während sie sich den Schlaf aus den Augen rieb und den Fremden ohne Furcht in Augenschein nahm.

»Hallo, mein Kleines«, sagte er. »Wie heißt du?«

»Romy.«

»Ich heiße Gregory.«

Sie sah ihn forschend an, in ihren Augen spiegelte sich ein scharfsinniger Geist, offensichtlich kam sie zu dem Schluss, dass ihr gefiel, was sie sah. »Hast du auch kleine Mädchen?« fragte sie.

»Ja«, sagte er. »Zwei.«

Er wusste, dass Huwie Lee zuhörte, mochte er noch so desinteressiert dreinschauen, und er wollte ein Familienvater sein, mit kleinen Kindern, die darauf angewiesen waren, dass ihr Daddy gesund nach Hause kam.

»Wie heißen sie?«, fragte sie.

»Anne und Louise«, erwiderte er auf gut Glück. Solide, vernünftige Namen, die er seinen Töchtern gegeben hätte, wenn er welche bekommen hätte, obwohl seine Exfrau sicher auf Melissa und Miranda bestanden hätte.

»Wie alt sind sie?«

»Anne ist etwa so alt wie du. Louise ist zwei Jahre jünger.«

»Wie Bonnie?« Sie schaute zum Bett, wo ihre kleine Schwester noch immer friedlich schlummerte.

»Ja, das stimmt«, sagte er lächelnd.

»Sieht Anne so aus wie ich?«

»Nein. Sie hat blondes Haar und grüne Augen wie ihre Mutter.« Romy war sehr dunkel und entsprach voll und ganz dem Zigeunerklischee. Zu seiner Überraschung setzte sie sich vertrauensvoll auf seinen Schoß und legte den Kopf an seine Schulter. Wie konnte ein Mädchen in ihrem Alter nur so viel Vertrauen haben, fragte er sich, wo Mütter doch ständig vor freundlichen Männern warnten, die ihnen im Park mit Süßigkeiten auflauerten. Er wollte sich ihres Vertrauens würdig erweisen. Er legte den Arm um ihren dünnen Körper. Sie war jungenhaft flach, und es gab keinerlei Zeichen von nahender Pubertät unter dem schmuddeligen Unterhemd.

»Bist du noch müde, Romy?«, fragte er und strich über ihr sauberes feines Haar.

»Nein. Ich hab Hunger ... Dado, ich hab Hunger.« Sie zeigte keinerlei Scheu vor ihm.

»Halt die Klappe, Romy. Hörst du?«, sagte Lee nervös. Dünn und krumm hockte er auf dem Stuhl, die Schrotflinte schussbereit zwischen den Knien; die grüne Plastiktüte, in der er die Waffe durch die Stadt und ins Haus geschmuggelt hatte, lag auf dem Fußboden. »Du weißt, dass wir nichts mehr zu essen haben.« Seine Stimme war müde, wie seine Augen. Seine Körpersprache signalisierte Kapitulation, aber geschlagene Männer sind gefährlich.

Greg wiegte das Kind in seinen Armen, genoss die menschliche Berührung wie schon lange nicht mehr, Zuneigung ohne Eigennutz oder Begehren. Sie war sehr leicht. Er bemerkte die Reihe alter Blutergüsse an ihrem linken Bein und ähnliche gelbliche Flecken an ihren Armen. Er berührte einen davon so sanft er konnte, aber sie zuckte zusammen und er murmelte eine Entschuldigung.

»Er wird immer so schnell wütend«, sagte sie ohne Groll. Sie steckte den Daumen in den Mund. »Daya hat sich schon stundenlang nicht bewegt.« Greg folgerte, dass sie von ihrer Mutter sprach. Er schaute in Lees Richtung, der sich abwandte. »Ich glaub, sie ist tot«, fuhr Romy sachlich fort. Den Kopf noch immer an seine Schulter gelehnt schlief sie wieder ein.

Lee machte eine hoffnungslose Geste mit dem Gewehr. »Sie ist ein nettes Mädchen«, sagte er hilflos. »Schlau wie ein Fuchs.«

»Sie sind sicher stolz auf sie.«

»Ja.«

Sie waren alle erschöpft. Jetzt mochte der psychologische Punkt erreicht sein, diese Tortur zu einem Ende zu bringen, wenn Greg das Richtige sagte. Sein Hals war trocken und nichts kam ihm in den Sinn, nur sinnlose Wortfetzen. Er hatte die Bücher gelesen, sich im Rollenspiel geübt, aber das waren immer nur Proben gewesen: Dies war die Premiere und es saß niemand im Souffleurkasten. Wenn er eine Zeile vermasselte, würde es vielleicht für sie alle die letzte Vorstellung sein.

»Huwie, was denken Sie, wie das hier enden soll?«, fragte er wieder.

Der junge Mann setzte sich aufrecht hin und war mit einmal wieder in Alarmbereitschaft. »Keine Tricks!«

»Huwie, Sie wissen, dass Ihre Frau tot ist, nicht wahr?«

»Natürlich weiß ich das. Ich bin doch nicht blöde. Ich hab sie doch selbst erschossen, schon vergessen?«

»Und wie soll das hier nun enden? Lieben Sie Romy?«

»Ja.«

Keine Beteuerungen, doch es klang überzeugend. »Wollen Sie das Risiko eingehen, ihr wehzutun, oder Bonnie?«

»Nein«, sagte er unsicher. »Aber mir bleibt keine Wahl, oder?«

»War es Ihre Absicht, Ihre Frau zu erschießen?«

»Nein ... ich bin hergekommen, weil ich sie und die Kinder zurückholen wollte, oder nur die Kinder. Romakinder können nicht in festen Häusern leben, da verkümmert ihre Seele. Sie hätte sie sich womöglich wegnehmen lassen, ich kenn sie doch! Ich hab die Flinte mitgebracht, damit es keinen Streit gibt, aber sie hat wohl den Verstand verloren. Sie hat sich gegen mich geworfen und dabei ist die Flinte losgegangen und hat sie in die Brust getroffen. Dumme Kuh.« Seine Stimme zitterte und er drehte sich zur Seite, um den leblosen Körper am Boden anzusprechen, als glaubte er, sie könnte ihn hören. Seine Stimme klang fast liebevoll. »Was bist du nur für eine gottverdammte dumme Kuh, Reyna!«

Er wandte sich wieder an Greg, und die Tränen in seinen Augen ließen die Pupillen riesig erscheinen. »Es ist doch sowieso egal, was ich tue, stimmt's? Nichts kann mir jetzt noch helfen. Sie werden mich jahrelang einsperren. Ich bin fürs freie Leben geboren. Ich würd sterben in so einem Loch, dann kann ich doch genauso gut hier sterben, schnell und sauber, und meine Mädchen nehm ich mit. Besser, als wenn sie ins Heim müssen.«

»Es ist nicht egal«, beharrte Greg. »Wenn Sie Reyna nicht absichtlich erschossen haben, dann ist es kein Mord, nur Totschlag. Dann sind Sie in ein paar Jahren wieder draußen. Vielleicht kommen Sie sogar ohne Gefängnis davon, wenn die Geschworenen Ihnen abnehmen, dass es ein Unfall war. Aber wenn Sie den Kindern etwas zuleide tun oder der Vermieterin oder mir, dann gibt es keine Hoffnung mehr für Sie.« Er sah dem jüngeren Mann in die Augen, fixierte ihn mit festem Blick, signalisierte seinem Gegner, dass er die Wahrheit sagte. Kein Mensch auf der Welt log besser als die Polizei, von seiner Exfrau einmal abgesehen.

»Klappe!«, sagte Lee aufbrausend und richtete erneut das Gewehr auf Greg, obwohl Romy wie ein Schutzschild vor seiner Brust lag. Greg sah, dass beide

Läufe geladen waren: Ein Schuss für ihn, einer für die Frau; dann jede Menge Zeit zum Nachladen für die Mädchen und schließlich für Huwie selbst.

Greg wartete einen Moment, bis er sich ein bisschen beruhigt hatte, bevor er von neuem begann. »Sie werden nicht viel länger warten, Huwie. Noch ist es hell, aber nicht mehr lange. Sie werden nicht abwarten, bis es Nacht wird. Sie stehen unter Druck. Die Presse wartet bereits. Sie warten darauf, dass etwas passiert. Sie haben Spezialisten geholt und auf den gegenüberliegenden Dächern postiert. Das sind ausgebildete Scharfschützen, Huwie, die sind besser als du.«

»Ich bin ein verdammt guter Schütze. Das kannst du mir glauben, *Muscro*.«

Bei der kurzen Entfernung konnte er gar nicht daneben schießen, dachte Greg. »Vielleicht bist du gut genug, um Karnickel abzuballern, aber das sind Profis. Wenn sie die Wohnung stürmen, schießen sie, um zu töten. Wenn die Kinder dabei draufgehen und ich, wird dir das etwa ein Trost sein? ... Hörst du mir zu, Huwie?«

»Klappe, hab ich gesagt.« Aber die Worte klangen jetzt halbherzig. Er steckte in einem tiefen Loch, das sich schnell mit Abwasser füllte. Er sehnte sich nach einem verantwortungsvollen Erwachsenen, der ihm die Hand reichte und ihm aus der Patsche half, und Greg war der richtige Mann für diese Aufgabe.

»Leg die Waffe weg, Huwie, und wir gehen hier raus – Romy und Bonnie und du. Ich und Mrs. McArthur. Du willst doch nicht sterben, Huwie, nicht wirklich, keiner von uns will das, und schon gar nicht auf diese Weise. Ich sage zu deinen Gunsten aus, Huwie, bei der Verhandlung. Totschlag mit verminderter Schuldfähigkeit.«

»Es war ihr Fehler.« Der junge Mann fing an zu

schluchzen. »Es wär noch in Ordnung gewesen, wenn sie mir nicht die Kinder weggenommen hätte. Wir Roma machen so was nicht, wir rennen nicht aufs beschissene Sozialamt. Sie sind doch meine Töchter!«

»Natürlich sind sie das«, sagte Greg. »Und du wirst sie sehen können. Leg die Waffe weg, Huwie. Auf den Boden, zwischen uns, dann schieb sie mit den Füßen zu mir rüber. Es wird alles gut. Ich versprech's dir.«

Romy murmelte im Schlaf vor sich hin, Worte, die er nicht verstand, Worte einer fremden Sprache. Ihre Arme schlossen sich noch enger um seinen Hals. Er hielt einen Augenblick die Luft an. Es war vollkommen still. Lee legte das Gewehr vor seine Füße auf den Boden. »Wenn du mich belogen hast, *Muscro* ...«

»Ich hab nicht gelogen.«

Der Junge schob die Waffe mit dem Fuß nach vorn. Greg stand langsam auf. Sie lag noch immer näher bei Lee als bei ihm, und noch immer war eine plötzliche Sinneswandlung zu befürchten. Das Wichtigste war, ihn nicht zu erschrecken, und er betete stumm, dass die Frau sich weiterhin still und ruhig verhielt, damit niemand in Panik geriet, am allerwenigsten er selbst. Er legte die schlafende Romy neben ihre Schwester aufs Bett. Er hob das Gewehr auf, entnahm die Munition und steckte sie in die Tasche. Die Vermieterin bekreuzigte sich wieder und fing laut an zu beten. »Gegrüßet seist du Maria, voll der Gnaden. Der Herr ist mit dir.«

Greg atmete langsam aus. Vor Erleichterung fühlte er sich ganz schwach. Während die Frau weitermurmelte sagte er: »Streck die Arme aus, Huwie.«

»Du bist gebenedeit unter den Weibern und gebenedeit ist die Frucht deines Leibes.«

Der junge Mann hielt ihm gehorsam die Hände hin, sein Kopf war unterwürfig gesenkt. Greg zog die

Handschellen aus der Tasche, die er fünf Stunden zuvor beim Verlassen des Präsidiums hastig eingesteckt hatte – eine unnötige Vorsichtsmaßnahme in seinen Augen. Aber nun war er eines Besseren belehrt worden. Er legte sie um Lees Handgelenke. Es war ein Paar von den neuen, mit einem starren Steg in der Mitte, wodurch die Hände eng zusammengehalten wurden wie zum Gebet.

»Heilige Maria, Mutter Gottes, bitte für uns Sünder.«

Halt den Mund, Alte. Halt um Gottes willen den Mund, sonst wünsch ich mir, der Junge hätte dich erschossen. »Huwie Lee, ich verhafte Sie wegen Mordes. Sie sind nicht verpflichtet zu reden, aber es könnte Ihrer Verteidigung schaden, wenn Sie nicht ...«

Lees Kopf schnellte nach oben, er richtete anklagend seinen Blick auf ihn. »Sie haben Totschlag gesagt!«

»So wird die Klage auch lauten, Huwie. Die Staatsanwaltschaft wird eine Totschlagsklage akzeptieren, aber ich muss dich jetzt wegen Mordes verhaften.« Er beendete die unverständliche rechtliche Belehrung und fügte hinzu: »Bleib ganz ruhig und sag kein Wort, bis wir zum Präsidium kommen und dir einen Anwalt besorgt haben.« Er wandte sich an die Vermieterin, die immer noch ihr *Gegrüßet seist du, Maria* herunterleierte. Bevor er sich gezwungen sah, ihr eine runterzuhauen, wollte er sie lieber mit einer praktischen Aufgabe beschäftigen. »Würden Sie bitte die Mädchen aufwecken? Können Sie sie runterbringen? Am besten Sie legen ihnen ein paar Decken um.«

Der Mann begann hemmungslos zu schluchzen und rief mit gebrochener Stimme den Namen der toten Frau. Greg ging zum Fenster. Er öffnete es vorsichtig – man konnte nie wissen, ob einem der Scharfschützen vielleicht die Nerven durchgingen – und schaute auf die Straße. Augenblicklich war die Menge mucksmäuschenstill, hundert Augenpaare waren auf ihn gerichtet und warteten auf seine erlösenden Worte.

»Es ist vorbei«, rief er. »Wir kommen raus.«

Romy war aufgewacht und lief zu ihrem Vater. Sie legte die Arme um ihn und presste den Kopf gegen seinen Bauch. Er erwiderte ihre Umarmung, so gut wie es mit den Handschellen möglich war.

»Es wird alles gut, Dado«, sagte sie. »Alles wird gut.«

Greg musste dringend pinkeln.

Ein wahres Blitzlichtgewitter ging auf ihn nieder, als er aus der Haustür trat und Lee vor sich herschob. Zwei Polizisten kümmerten sich um den jungen Mann und bugsierten ihn ohne Umschweife in einen Gefangenenwagen. Greg reichte das Gewehr einem weiteren Polizeibeamten, der es zu den anderen Beweisstücken legte. Eine herrisch aussehende Frau in Zivil zerrte die Kinder fort und fuhr mit ihnen in einer weißen Limousine davon. Ihr Haar sah lila aus, aber das mochte an dem fahlen Dämmerlicht liegen.

Zur Vermieterin sagte er: »Kommen Sie bitte mit aufs Präsidium, wir brauchen Ihre Aussage.« Sie nickte müde, ganz erschöpft vom vielen Beten.

»Alles in Ordnung, Greg?« Unbemerkt war Chief Inspector Stratton neben ihn getreten, ein Walkie-Talkie in der Hand, das nichts sagende Gesicht voller Sorge. Harry Stratton, vierzig, Familienvater, ein grundanständiger Kerl. Ein fähiger Mann, der jedoch nicht weiter aufgestiegen war. »Gütiger Himmel!«, fuhr er fort. »Hast du eine Ahnung, was so ein Einsatz kostet? Der Chef kriegt zu viel, wenn er aus seinem Golfurlaub in Portugal zurückkommt.«

Greg nickte zustimmend. »Mir geht's gut. Du kannst die Scharfschützen runterrufen.« Stratton sprach ein paar knappe Anweisungen in sein knisterndes Walkie-Talkie, dann fügte Greg hinzu: »Wir brauchen noch einen Wagen für die tote Frau.«

»Es gibt also doch eine Leiche?«

»Seine Frau. Sie ist einige Jahre älter als er, würde ich sagen. Wahrscheinlich hat sie sein ganzes Leben lang auf ihn aufgepasst. Er hat sie bei einem Streit aus Versehen erschossen, dann kriegte er Panik, weil sie ihm nicht mehr sagen konnte, was er tun sollte.«

»Es lebe der Hobbypsychologe«, sagte Stratton grinsend. »Ist mit den Kindern alles in Ordnung? Das ist ja die Hauptsache.«

»Es geht ihnen gut.«

»Du bist ein Held.« Er drehte sich zu den Schaulustigen um, die sich hinter der Absperrung drängten. »Die Leute vom Lokalfernsehen sind hinter dir her, Supermann.«

»Zum Teufel mit ihnen.«

»Besser du bringst es hinter dich, sie lassen dir sonst eh keine Ruhe. Gib ein würdevolles Interview, dann bist du fünfzehn Sekunden lang berühmt …«

»Fünfzehn Minuten.«

»Wenn du Glück hast.«

»Harry, hat jemand Angie Bescheid gegeben?«

»Nein, ich hatte es vor, aber es ist keiner ans Telefon gegangen. Ich hab auch ein Mädchen rübergeschickt, aber bei euch war niemand da. Hat der Supermarkt nicht freitags länger geöffnet?«

»Ja, bis neun.«

»Dann war sie bestimmt noch auf der Arbeit. Hoffentlich hat sie nicht gedacht, du würdest sie abholen.«

»Der Markt hat einen Minibus. Wenn ich nicht auf dem Parkplatz stehe, fährt sie mit dem. Sie ist dran gewöhnt, dass mir dauernd was dazwischenkommt.« Seufzend strich er durch sein kräftiges Haar. »Ich bin froh, dass sie nicht zu Hause war. Sie braucht nicht alles zu wissen. Sie hat schon genug Sorgen.«

»Sie ist stark«, sagte Harry. »Stärker als du denkst. Stärker als du.«

Greg wich zurück, als ihm plötzlich ein Mikrofon unter die Nase gehalten wurde, ein haariges graues Monster. Offensichtlich hatte es jemand geschafft, die Absperrung zu durchbrechen. Es waren sogar drei Leute: Kamera, Ton und der ehrgeizige Journalist, der von seinen Kollegen ironisch *das junge Talent* genannt wurde. »Superintendent Summers? Adam Chaucer vom *Newbury Newsround*. Ich hoffe, Sie finden ein paar Worte für unsere Zuschauer.«

»Die Polizei von Thames Valley ist erleichtert, dass dieser Zwischenfall ohne weiteres Blutvergießen beendet werden konnte«, sagte er hölzern.

»Sie haben einen Mann verhaftet?«

»Ein Mann, Huwie Lee, er hilft uns bei unseren Ermittlungen.«

»Sie sind ein wahrer Held, Mr. Summers.« Greg sah ihn prüfend an, aber der junge Mann meinte offenbar ernst, was er sagte, seine Stimme klang respektvoll und sein Gesicht drückte Anerkennung aus.

»Ich habe mich nur bemüht, meine Arbeit so gut zu machen, wie ich konnte.«

Er drehte sich von den Kameras weg. Er hatte sich schon öfter im Fernsehen gesehen: Ein dünner, einsfünfundsiebzig großer Mann mit dunklem Haar und grauen Schläfen, noch keine Glatze, Gott sei Dank; dunkle Augen, ebenmäßige, aber durchschnittliche Gesichtszüge, adrette Bürokleidung und gut geputzte Schuhe. Er sah aus wie jedermann und er brauchte immer eine halbe Minute, um sich wieder zu erkennen, obwohl er sein Gesicht doch jeden Morgen beim Rasieren im Spiegel sah.

Er ließ sich vom nächsten Polizeiwagen zum Präsidium bringen. Er wollte seine Stellungnahme abgeben und sich um seinen Gefangenen kümmern und nach Hause kommen, bevor seine Schwiegertochter die Abendnachrichten sah.

Einige Stunden zuvor hatte Josie Abbot ihre Tochter Jordan ins Bett gebracht und das Flurlicht angelassen, damit ein dünner, beruhigender Lichtstreif ins Kinderzimmer fiel, bis es wieder Tag wurde. »Gute Nacht, mein Schatz, schlaf gut!«

»Mum? Darf ich morgen zum Gemeindegrund? Darf ich zum Jahrmarkt? Bitte, bitte!«

»Wir gehen zusammen hin, in Ordnung?«

»O ja! Gut Nacht. Bis morgen.«

Josie schlich auf Zehenspitzen aus dem Zimmer, zog die Tür hinter sich zu und ging ins Wohnzimmer, wo der Fernseher lief, den sie ganz leise gestellt hatte, um das schlafende Kind nicht zu stören. Sie sah sich *Coronation Street* an. Und noch eine andere Serie. Sie konnte es sich nicht leisten auszugehen und hatte auch keine Lust dazu. Wohin sollte sie gehen? Was bot das Leben für eine fünfunddreißigjährige mittellose Witwe mit einem kleinen Kind?

Der Bungalow war klein: zwei Schlafzimmer, ein Wohnzimmer mit Kochküche, ein kleines Bad und ein winziger Garten. Die Möbel, die sie aus ihrem Haus in Inkpen mitgebracht hatte, waren damals fast neu gewesen. Jetzt wurden sie langsam schäbig, aber neue konnte sie sich nicht leisten. Sie hatte ihre Arbeit aufgegeben, um Jordan großzuziehen, in dem Glauben, dass ihnen Petes Einkommen zwar keinen Luxus, aber ein bescheidenes Auskommen garantieren würde. Jetzt hatte sie ihre Witwenrente und bekam Beihilfe vom Sozialamt.

Man schmiedete Pläne und es wurde nichts daraus. War in ihrem Leben jemals etwas nach Plan gelaufen? Es war ungerecht, wie ihre Tochter so oft sagte, wenn sie ihr wegen Geldmangels einen Wunsch abschlagen musste – es war einfach ungerecht.

Kurz vor elf schaute Josie wie jeden Abend noch einmal nach dem Kind, bevor sie selbst zu Bett ging. Die Nacht war warm, und obwohl das Fenster einen Spalt offen stand, hatte Jordan ihre Snoopy-Steppdecke heruntergeschoben. Sie lag auf der rechten Seite und hielt das Charlie-Brown-Kopfkissen mit ihren dünnen, blassen Ärmchen fest umschlungen.

Freitag, später

Angelica Summers kochte gerade Pfefferminztee, als Greg in die Küche kam. Er konnte es riechen. Sie fragte ihn nicht, ob er auch eine Tasse wollte, da sie die Antwort schon kannte. Er öffnete den Kühlschrank, nahm sich ein Bier und trank direkt aus der Dose. Seine Frau hätte ihn getadelt und verlangt, dass er ein Glas nahm, aber so war Angie nicht. Sie war nicht so pingelig wie andere Frauen.

»Du kommst spät«, sagte sie, aber es klang nicht vorwurfsvoll.

»Verdammter Schreibkram.« Er gab ihr einen unschuldiges Küsschen auf die Wange. »Ich hatte noch einiges aufzuarbeiten, und du warst ja ohnehin bis neun im Laden. Dann hab ich wohl die Zeit vergessen. Deshalb hab ich dich nicht abgeholt. Tut mir Leid.«

»Macht nichts. Der stellvertretende Marktleiter hat mich mitgenommen. Ich dachte, du wärst mit Harry Stratton in den Pub gegangen.«

»Wer? Ich?«

Beide lachten. Früher mal, vielleicht. Jetzt trank er nur noch Bier, Wein nur zu besonderen Gelegenheiten. Schnaps hatte er gar nicht im Haus.

Sie war mittelgroß, etwa einsfünfundsechzig. Seit Fred vor einem Jahr gestorben war, hatte sie abgenommen, obwohl Greg darauf achtete, dass sie vernünftig aß. Sie war blond, aber eher aschblond als goldblond; das Haar war hochgesteckt – den Hygienevorschriften von *Savemore* entsprechend –, sie musste also an der Feinkosttheke bedient haben. Wenn sie ihr Haar offen trug, fiel es bis auf die Schultern; jetzt wirkten ihre Ohren mit den billigen Teddybärohrsteckern verwundbar. Sie hatte einen großen Mund mit kräftigen Zähnen. Fred hatte sie immer geärgert und behauptet, sie könne eine Banane quer essen. Sie war dreiundzwanzig, ein Vierteljahrhundert jünger als Greg.

Sein Sohn Frederick hatte sie vor drei Jahren mit nach Haus gebracht. Ihr Name gefiel ihm auf Anhieb: Angelica, das klang lieblich und ließ an himmlische Heerscharen denken. Frederick und Angelica – wie aus einem Roman von Jane Austen; Fred und Angie – das nette, unkomplizierte Pärchen von nebenan.

Fred – sein vollständiger Name, den seine Mutter gewählt hatte, war beiden zu hochgestochen – hatte mit achtzehn einen Studienplatz abgelehnt, weil er sich nicht mit Studienschulden belasten wollte, und landete stattdessen in einem Traineeprogramm für Führungskräfte der aufstrebenden nördlichen Supermarktkette namens *Savemore*. Vor drei Jahren expandierte das Unternehmen auch im Süden des Landes und Fred war zum stellvertretenden Marktleiter der nagelneuen Newbury-Filiale ernannt worden, die sich in einem Einkaufszentrum am Stadtrand befand, wo es jede Menge Parkplätze für die Kunden gab.

Vater und Sohn waren sich recht fremd, da Fred bei der Scheidung erst zwei Jahre alt gewesen war und seitdem bei seiner Mutter gelebt hatte, aber sie waren Freunde, mochten sich gern und waren gern zusammen. Große Ähnlichkeit hatten sie nicht miteinander. Fred war insgesamt größer und kräftiger, fast einsneunzig, mit dem richtigen Körperbau für seinen Lieblingssport Rugby. Er hatte das hellbraune Haar seiner Mutter geerbt, das missgünstige Leute vielleicht als mausbraun bezeichnen würden, ihre haselnussfarbenen Augen sowie ihre trügerischen grundehrlichen Gesichtszüge, die es ihr erleichtert hatten, ihn während ihrer kurzen Ehe so erfolgreich zu belügen.

Gregory wollte seinem Sohn nur allzu gern ein Zimmer in seinem großen Haus in Klintbury anbieten, fürchtete jedoch, den Jungen zu sehr einzuengen; auch Fred sehnte sich danach, bei seinem fremden Vater einzuziehen, wollte jedoch keinesfalls seine lang gehegte Einsamkeit stören. Erst nach einigen Bieren im Pub und mehreren Whiskys zu Hause konnten sie ihre angeborene britische Reserviertheit überwinden und die Angelegenheit zu ihrer beider Zufriedenheit regeln.

Damals hatte Fred zum ersten Mal von Angie erzählt.

»Angelica Lampton.« Genüsslich ließ er den Namen auf der Zunge zergehen. »Klingt das nicht wie Musik? Und ich rede nicht von Andrew Lloyd Webber!«

»Sehr schön. Wer ist sie?«

»Und weißt du, was noch viel musikalischer klingt? Angelica Summers.«

»Oh«, hatte er erwidert, ein wenig erschrocken, dass sein Sohn schon so weit dachte. »Herzlichen Glückwunsch.«

»Sachte, sachte, Dad. Ich hab sie noch nicht gefragt.«

»Aber Mädchen sagen doch sowieso immer ja, oder?«

Fred hatte gegrinst. »Was bist du bloß für ein alter Chauvi. Wann hattest du eigentlich zum letzten Mal eine Freundin? Wann hat es bei dir zum letzten Mal so richtig gefunkt?«

»Oh, ich weiß nicht mehr. Muss schon Jahre her sein.«

Natürlich hatte es Frauen gegeben, für ein paar Wochen oder Monate – Restaurantbesuche, Kino, Spaziergänge, Sex –, nicht gerade ekstatisch, aber befriedigend. Früher oder später folgte die Trennung, die ihn seltsamerweise kaum berührte – ein allmähliches Auseinanderdriften ohne Dramatik oder Tragik. Dann gab es die kurzen Affären auf Fortbildungsseminaren – mit Polizeibeamtinnen anderer Dienststellen. Meist waren es verheiratete Frauen, keinerlei Bindung, kein Geschwafel. Ruf mich nicht an, dann ruf ich dich auch nicht an. Keine war darunter, die ihm etwas bedeutete, und in letzter Zeit hatte es gar keine mehr gegeben.

»Was macht sie?«, hatte er gefragt.

»Sie arbeitet im Supermarkt, genau wie ich, meist an der Kasse oder an der Feinkosttheke. Sie will sich auch hierher versetzen lassen.«

Er war enttäuscht gewesen, hatte sich für seinen einzigen Sohn etwas Besseres erhofft als eine Verkäuferin.

»Ich weiß, wir sind erst zwanzig«, fuhr Fred fort. »Und heutzutage wollen sich die meisten frühestens mit dreißig festlegen, falls ihnen bis dahin noch was Besseres über den Weg läuft, aber es gibt keine Bessere, Dad. Angie und ich wollen zusammenbleiben, bis der Tod uns scheidet.«

Und das taten sie.

Als sie den Blick ihrer grünen Augen senkte und in ihre Tasse starrte, sah er ihren verschmierten Lidschatten, der im Laufe des Tages zu einem feinen, rostfarbenen Strich zerschmolzen war. Er fragte sich, wie es schmecken würde, wenn er über ihre Lider leckte.

Sie waren direkt nach der Hochzeit bei ihm eingezogen. Er hatte das große Schlafzimmer mit dem separaten Bad geräumt und war in eines der hinteren Zimmer gezogen, außer Hörweite des jungen Liebespaars.

Nach gründlicher Gewissensforschung stellte er fest, dass er gern Großvater werden wollte, möglichst bald sogar, dass er sich dadurch nicht alt und klapperig fühlen würde, sondern als Teil der natürlichen Daseinskette. Ein Enkelkind würde seinem von der Arbeit bestimmten Leben einen neuen Sinn geben. Angie war ein intelligentes Mädchen, aber da sie ohne Vater aufgewachsen war, hatte sie mit sechzehn die Schule verlassen, um ihren Lebensunterhalt selbst zu bestreiten. Sie hatte anscheinend keinerlei beruflichen Ehrgeiz, was ihn auf baldigen Kindersegen hoffen ließ.

Sie war nicht attraktiv im eigentlichen Sinne, dennoch drehten sich die Männer, die ihnen an jenem ersten Abend auf der Kanalpromenade entgegenkamen, nach ihr um, sogar die schlappen Typen aus dem Kurhotel. Sie erwiderte die Blicke der Männer nicht, schien sie nicht zu registrieren, hatte nur Augen für Fred. Da verstand er, warum sein ehrgeiziger Sohn sich für eine Verkäuferin entschieden hatte.

Zuerst hatte er gedacht, sie sei ein paar Jahre älter als Fred, aber in Wahrheit waren sie fast gleich alt. Mädchen wurden eben eher erwachsen als Jungs – eine häufig zutreffende Binsenweisheit.

Er wäre gern ein Vater für sie gewesen, aber sie war seit Jahr und Tag ohne zurechtgekommen, und er musste sich damit begnügen, ihr Freund zu sein. Bei ihren kindischen Streitereien hatte Fred sich dauernd beschwert: »Immer bist du auf ihrer Seite.«

In den neunziger Jahren lebten junge Leute nach der Hochzeit in der Regel nicht mehr bei ihren Eltern, und nach einem Jahr begann Fred, vom Kauf einer eigenen Wohnung zu reden, ein erster Schritt in Richtung Eigenheim, wie er es nannte, näher beim Supermarkt, bei ihren Freunden und den Pubs und Diskotheken von Newbury.

»Aber eines Tages gehört euch das Ganze doch sowieso«, hatte er lachend erwidert.

»Ach komm, Dad«, sagte Fred. »Irgendwann wirst du selbst wieder heiraten.«

Angie hatte ihren Schwiegervater unterstützt und gemeint, es habe keine Eile mit der Wohnung, da sie sich sehr wohl fühlten in seinem Haus.

Zumindest hatte sie ihn von Anfang an Greg genannt, nicht Dad. Das hätte alles noch schlimmer gemacht.

»Sollen wir uns die Nachrichten ansehen?« Nach drei Jahren im Themsetal hatte sie ihren knappen nordischen Akzent bereits verloren, wie ein Chamäleon. Sie nahm den Teebeutel aus der Tasse und warf ihn in den Mülleimer. Der Eimer musste bald geleert werden.

»Oh, das ist so deprimierend«, sagte er. »Die Politik und all dieser Mist.«

»Aber man möchte doch schließlich wissen, was draußen in der Welt passiert, Greg.«

»Nicht heute Abend, Liebes.«

»Zwingen werd ich dich nicht, ich weiß ja, wie allergisch du auf Jeremy Paxman reagierst.«

Sie starrten aus dem Küchenfenster, das keine Vorhänge hatte, da es zum Garten hin lag. Rasen und Beete waren im Dunkeln nur schemenhaft auszumachen. Es war ein großer Garten und ihm fehlte die Zeit, ihn richtig in Schuss zu halten und regelmäßig zu jäten. Er tröstete sich damit, dass die Ackerwinde mit den weißen Blüten sehr hübsch aussah.

Diane und er hatten das Haus kurz nach der Hochzeit gekauft, obwohl es für seinen Geldbeutel ein paar Nummern zu groß war. Er musste Schulden machen, um ihre Begierden zu erfüllen, die in erster Linie materieller, nicht sexueller Natur waren. Inflation und Beförderungen hatten dieses Problem mittlerweile gelöst und die Urkunden lagen in seinem Schreibtisch. Damals hatte er sich so erwachsen gefühlt, dreiundzwanzig, ›Sergeant‹, frisch verheiratet und mit einer riesigen Hypothek am Hals. Damals fühlte er sich erwachsener als heute.

Mittlerweile lebte Diane in einer Villa am Rand von Maidenhead und für ihre Theaterbesuche hatte sie eine kleine Wohnung im Barbican-Viertel. Besitz hatte Diane immer viel bedeutet und das war es, was ihr zweiter Ehemann ihr bot, und zwar in einem Maße, wie es einem ehrlichen Polizeibeamten niemals möglich gewesen wäre. Seit Beginn der achtziger Jahre nannte sie sich Diana, weil der Name ihrer Meinung nach mehr Klasse hatte. Armselige Kuh.

Angelica trug noch immer ihren Kittel: grünweiß kariert, adrett und frisch. Sie hatte ihre Strumpfhose ausgezogen und ihre Beine waren blass und kräftig mit weißblonden Härchen. Mit nackten Füßen stand sie auf den Terrakottafliesen. Er wusste, dass sie unter dem Kittel nichts anhatte. Er stellte sich hinter sie und zog den Baumwollstoff hoch, bis er ihre strammen, blassen Hinterbacken entblößt hatte. Er spürte, wie sie die Muskeln anspannte, wodurch zwei kleine Dellen entstanden, die er mit den Daumen knetete, wie sie es gern mochte. Dann ließ er eine Hand zwischen ihre Schenkel gleiten und fing an sie zu streicheln. Sie war feucht, aber eng. Er streichelte sie weiter, bis er fühlte, wie sie sich weitete, und spürte, dass sie bereit für ihn war. Dann öffnete er seine Hose und betrachtete seine Erektion – recht anständig für einen Mann in mittleren Jahren nach einem harten Arbeitstag.

»Wollen Sie nicht eintreten, Summers?«, fragte sie. Es war einer ihrer speziellen Scherze.

»Darf ich?«

»Aber selbstverständlich.«

Sie beugte sich nach vorn über die Spüle, während er sich zwischen ihre Schenkel drängte, sie drehte sich ein wenig um, damit sie ihn sehen konnte. Für den Bruchteil einer Sekunde musste er an das Auge der toten Romafrau denken, das ihn aus demselben ungewöhnlichen Blickwinkel angestarrt hatte, und er blickte hinaus in die Nacht, fast geistesabwesend, bevor er seine Augen schloss, um seinen anderen Gefühlen freien Lauf zu lassen. Über allem lag der Geruch nach Pfefferminze.

Er hatte sie nie gefragt, ob er als Liebhaber dem Vergleich mit seinem Sohn standhalten würde, ob seine Erfahrung das Feuer der Jugend ersetzte. Er würde sie niemals danach fragen.

Er hielt den langsamen, stetigen Rhythmus, den sie mochte und der ihn beruhigte nach all den Stunden, in denen jede plötzliche Bewegung seine letzte hätte sein können. Er langte nach vorn, zog mit ungeschickten Fingern die Nadeln aus ihrem Haar, so dass es auf die Spüle herunterfiel, und durchwühlte die glatten, feinen Strähnen. Sie war still, nur ihre immer tiefer werdenden Atemzüge bezeugten, dass sie seinen Körper und seine Bewegungen in ihr wahrnahm, bis sie am Ende einen schrillen Schrei ausstieß, wie ein befreites wildes Tier. Nachdem auch er fertig war, blieb er reglos stehen, bis sein erschlaffter Penis aus ihr herausrutschte und er ihn hastig in den Hosenschlitz steckte, weil er ziemlich blöd aussah, schlaff und schrumpelig, mit dem unvermeidlichen Spermatropfen am Ende. Nichts musste gesagt werden über sexuelle Erfüllung oder Nähe.

Stattdessen sagte er: »Ich dachte zwischendurch schon, du wärst eingeschlafen.«

»Nein.« Sie richtete sich auf und schüttelte ihr Haar zurecht. Dann fischte sie die Haarnadeln aus der Spüle und steckte sie in die Brusttasche ihres Kittels mit dem kriegerisch anmutenden *Savemore*-Firmenlogo – zwei gekreuzte weiße Schwerter auf grünem Grund. An der linken Hand trug sie noch immer Freds Ehering – wie eine Art Schutzschild gegen die Welt, nahm er an.

Ihr Pfefferminztee war kalt, aber statt ihn in der Mikrowelle aufzuwärmen, leerte sie die Tasse in einem Zug. Sie setzte sich auf einen der Hocker und machte sich nicht einmal die Mühe, den Kittel herunterzuziehen. An den Innenseiten ihrer Schenkel und in ihren Schamhaaren glitzerten Spermaspuren. »Ich hab kalte Füße«, klagte sie. Er kniete sich hin und rieb sie ihr, küsste die schmutzigen Sohlen, die gekrümmten Zehen. Sanft blies er auf die weißen Härchen auf ihren Waden, bis sie eine Gänsehaut bekam.

»Ich würde alles darum geben, wenn ich dich heiraten könnte«, sagte er.

Sie zuckte die Achseln. »Ich war verheiratet und du auch. Wir sind nicht anders als … ein schwules Paar.«

Er war schockiert. Er war sehr bemüht, keine Vorurteile gegen Homosexuelle zu haben, aber er war zu einer Zeit aufgewachsen, als Homosexualität ungesetzlich und verachtenswert war, und Angies Vergleich behagte ihm ganz und gar nicht.

Fred war so ein begeisterter Rugbyspieler, dass er seine Arbeitszeiten nach den Spiel- und Trainingsplänen einrichtete, und Angie tat es ihm gleich, feuerte ihn leidenschaftlich an und schwang ihren Clubschal, wenn er losrannte und sich ins Gedränge stürzte. Wenn er konnte, ging Greg mit zu den Spielen, obwohl er sich ansonsten nicht für Sport interessierte – das kam von Dianes Seite, von ihren rotbackigen, breitschultrigen Brüdern. Sie fand ihn weniger männlich, weil er die höchst komplizierten Kricketregeln nie begriffen hatte und es ihm piepegal war, wer den Pokal gewann.

Im ersten Jahr nachdem er hierher gezogen war, hatte Fred Newbury unter die ersten elf gebracht, aber im zweiten Jahr wurde sein Spiel zusehends schwächer. Er trainierte hart, besuchte regelmäßig ein Fitnessstudio, machte Waldlauf, aber er wurde schnell müde und nahm ab, und als er in sechs Spielen keinen einzigen Versuch geschafft hatte, redete der Mannschaftskapitän davon, ihn auszutauschen, und die Stimmung im Hause Summers war so niedergeschlagen wie bei einem verregneten Familienpicknick.

»Das sind ja schlimme blaue Flecken«, hatte Greg an einem warmen Samstagabend im Pub gesagt. »Sieht nach 'ner wilden Rauferei beim Mannschaftsduschen aus.«

»Weiß auch nicht, woher ich die hab«, antwortete Fred und betrachtete stirnrunzelnd die bräunlichen Flecken auf seinem Arm. »Angie muss mich wohl wieder mal verprügelt haben. O Mann, bin ich kaputt! Ich werde wohl langsam alt.« Er leerte sein Glas. »Deine Runde!«

»Vielleicht reibst du den Arm besser mit Arnikasalbe ein.« Das hätte seine Mutter gesagt.

Romys Verletzungen hatten Greg an die Hautflecken seines Sohnes erinnert, an die darauf folgenden Wochen, als die Blutergüsse nicht heilten wie die des kleinen Mädchens.

Der Arzt hatte nicht versucht, ihnen Hoffnung zu machen. Diese Art von Leukämie breitete sich schnell aus und führte rasch zum Tod. Greg und Angelica hatten ihr Knochenmark untersuchen lassen, die einzige Chance für einen vorübergehenden Aufschub, aber es passte nicht. Dianes Knochenmark passte seltsamerweise noch schlechter. So waren sie auf die Hilfe von Fremden angewiesen und diese war nicht verfügbar. Fred konnte es nicht richtig glauben. Sie konnten es alle nicht glauben. Mein Gott, er war zweiundzwanzig. Was für eine kranke Welt war das bloß, die das Leben eines netten, harmlosen Jungen zerstörte, bevor es richtig begonnen hatte?

Greg hatte schon viele schreckliche Dinge gesehen: Er war einer der Ersten am Tatort in Hungerford, als Michael Ryan durchgedreht war; er hatte die misshandelten Körper von Kindern gesehen und die gepeinigten Überreste von Prostituierten, aber nie hatte er wahren Zorn empfunden, bis zu dem Sommer, als sein Sohn starb.

Sein einziges Kind. Seine Zukunft.

Er spürte, dass Diane ihm die Schuld gab, und konnte sie verstehen: Er gab sich selbst die Schuld. Sie kam zur Trauerfeier und zur Beisetzung, weigerte sich jedoch, an dem anschließenden Empfang in seinem Haus teilzunehmen. Angelica gegenüber benahm sie sich kühl, wie eine Mutter, die ihren einzigen Sohn an ein wertloses junges Ding verloren hatte.

»Frederick hat zu jung geheiratet«, sagte sie verkniffen, als hätte er durch die Ehe seine Kraft verloren.

Sie sah gut aus, dachte Greg ohne Begehren. Sie war vierundvierzig und wirkte wie achtunddreißig, elegant, durch eiserne Disziplin schlank geblieben. Er fragte sich, ob sie ihr Haar schon färben musste, aber wenn sie es tat, überließ sie dies sicher ihrem exquisiten, teuren Frisör. Sie war gesellschaftlich aufgestiegen, nachdem sie sich von ihm hatte scheiden lassen – so wie sie es wollte. Sie heiratete einen der Männer, mit denen sie ihn betrogen hatte, während der langen Nächte, in denen er für die Sicherheit des Themsetals sorgte.

Ihre zweite Ehe war anscheinend glücklich, woraus er folgerte, dass die Schuld bei ihm gelegen hatte.

Fred war ein Unfall gewesen, denn Diane hatte Angst vor der Geburt und noch mehr vor dem Verlust ihrer Figur. Das hinderte sie nicht daran, ihn bei der Scheidung als Besitz einzufordern. Dennoch liebte sie ihn. Sie hatte kein weiteres Kind bekommen.

»Was für eine Verschwendung«, sagte sie unnötig laut und er wusste, dass ein falsches Wort genügte, um einen hysterischen Anfall zu provozieren. »Ein Supermarkt, mein Gott noch mal! Er hatte doch so einen klugen Kopf. Er hätte nach Oxford gehen sollen und dann hätte Daniel ihm eine Stelle in seiner Firma verschafft.« Als hätte ihn dies retten können, aber zumindest wäre er dann niemals Angelica Lampton über den Weg gelaufen.

Ihr zweiter Ehemann war Banker in der Londoner City und ein Tennisass im örtlichen Club. Greg hegte keinen Groll gegen ihn: Daniel Greenwood hatte ihm einen Gefallen getan, als er sie heiratete, denn so hatte er ein Vermögen an Unterhaltszahlungen gespart. Sie gaben sich am Grab die Hand und Dan drückte wortlos sein Mitgefühl aus.

»Was willst du auf den Grabstein schreiben lassen?«, fragte Diane, bevor sie abfuhr.

»Etwas Schlichtes. *Geliebter Ehemann und Sohn.*«

»Sohn und Ehemann vielleicht.«

»Nein. Ein Mann ist zuerst Ehemann, dann Sohn.«

Sie starrte ihn an, die haselnussbraunen Augen mit

dem tadellosen grünen Lidschatten voller Verachtung. »Sei doch nicht so begriffsstutzig, Gregory. Das geht doch gar nicht.«

»Nun, natürlich nicht im wörtlichen Sinn, Diane – Diana«, korrigierte er sich hastig, bevor sie es tun konnte. Sie hatte immer alles wörtlich genommen, eines der Probleme, das immer zwischen ihnen gestanden hatte, eine riesige Kluft gegenseitigen Missverstehens. »Ich meinte, dass es das Wichtigste für ihn war.«

»Nicht was mich anbetrifft.«

»Magst du sie?«, hatte er Angie gefragt, als sie mit ihrem Mercedes davongerauscht waren. Sie zuckte die Achseln. »Du kannst sie nicht mögen.«

»Diana ist am Boden zerstört, Greg, und sie kann es nicht ausdrücken und dadurch wird der Schmerz noch größer für sie.« Sie warf ihm einen Seitenblick zu – kein Mascara auf den blassen Wimpern, der von den Tränen verlaufen wäre. »Du musst sie mal geliebt haben.«

»Das hab ich wohl«, erwiderte er verwirrt.

Eine Menge Leute waren zu ihnen nach Hause gekommen, darunter all jene von Gregs Kollegen, die an diesem Nachmittag keinen Dienst hatten. Die Polizei kümmerte sich um ihre Leute, wie eine große Familie.

Sie aßen Fleischpasteten und tranken süßen Sherry, später Tee. Einige Kollegen stellten stillschweigend was Anständiges zu trinken auf den Tisch, Scotch und Brandy. Als der letzte von ihnen sich unter tröstenden Worten von ihm verabschiedet hatte, wohl wissend, dass jeder Trost von ihm abprallte, war er betrunken und unsagbar müde.

Weinend hatte er in Freds Lieblingssessel gesessen. Sie kam, nahm ihn an die Hand und führte ihn in sein Schlafzimmer. Sie brachte ihn ins Bett und legte sich neben ihn, aber er war zu betrunken. Sie blieb die ganze Nacht bei ihm, presste ihren nackten Körper an ihn und er sagte »Ich liebe dich«, wieder und wieder, bis er irgendwann darüber einschlief. Er fühlte keine Schuld, keine Scham, damals nicht. Es war, als hätte Fred sie ihm hinterlassen, als heiliges Vermächtnis, und er schämte sich nur, dass er das Vermächtnis in dieser Nacht nicht vollziehen konnte.

Durstig erwachte er bei Tagesanbruch und spürte, wie sie ihn mit der Zunge zum Leben erweckte und sich rittlings auf ihn setzte. Sein grauenhafter Kater ging direkt über in ungewohnte sexuelle Ekstase, die Explosion in seinem Kopf eine Mischung aus Orgasmus und saurem Whisky. Er zog sie zu sich herunter und küsste sie, obwohl er wusste, wie schlecht sein Mund schmecken musste, aber er brauchte diese Vereinigung mehr als alles andere.

Danach hielt er sie eine halbe Ewigkeit im Arm. »Es ist schon eine Weile her«, sagte er schließlich.

»Ja. Warum hast du darauf verzichtet, Greg, ein gut aussehender Typ wie du?«

»Ich hab mich für dich aufgespart«, sagte er vollkommen ernst. »Wollte mich rein halten für dich.« Das war ein Jahr her und seine Liebe hatte sich als echt herausgestellt, als eine Offenbarung.

Er liebte sie, aber er konnte sie nicht heiraten. Es stand im Gebetbuch der anglikanischen Kirche: Leitfaden für eheliche Verbindungen. Ein Mann darf nicht seine Mutter, Tochter, die Mutter seines Vaters, die Mutter seiner Mutter usw. heiraten, genauso wenig wie die Ehefrau seines Sohnes, die Schwester seiner Mutter und die Tochter seiner Schwester. Ziemlich abwegige Paarungen hatten sie sich lebhaft genug vorgestellt, um sie zu verbieten, diese kranken Männer aus biblischen Zeiten: Welcher geistig gesunde Mann würde auf die Idee kommen, seine Großmutter zu ehelichen?

Nach den Regeln des Alten Testaments hätte man die Todesstrafe über sie beide verhängt.

Ein weiterer Grund, nicht länger an diesen mordlustigen Gott zu glauben. Oder verstanden sie in ihrer Klugheit – diese alten Weisen –, dass zwischen Mai und September geschlossene Ehen selten funktionierten? Und das englische Gesetz hielt diese Verbote aufrecht, obwohl sich die Hälfte davon nicht auf Blutsverwandtschaft bezog, da Ehemann und Ehefrau als ein Fleisch betrachtet wurden, und die Frau seines Sohnes zu lieben bedeutete seine Tochter zu lieben.

Ein parlamentarischer Beschluss wäre nötig, kostspielig und zeitaufwendig. Außerdem würde sich die Boulevardpresse gierig auf einen solchen Fall stürzen. Da konnte er sich genauso gut splitternackt auf den Piccadilly Circus stellen und rufen: »Seht mich an, eine schmutzige alte Drecksau – will die Frau seines toten Sohnes heiraten, mit der er es wahrscheinlich schon getrieben hat, bevor der arme Trottel gestorben ist.«

Es würde Schmähbriefe von aktiven Christen hageln, die nichts Besseres zu tun hatten, als den sexuell Enthemmten die Qualen des ewigen Höllenfeuers an den Hals zu wünschen.

»Hast du was gegessen?«, fragte sie.

»Ja«, log er. Irgendwann an diesem Abend war er über den Hunger weggekommen.

»Da ist ein Hackfleischauflauf, der heute noch gegessen werden müsste. Er muss nur kurz in die Mikrowelle.« Er war an Fleisch gewöhnt, das man noch am selben Tag verzehren musste. Die Angestellten bekamen es nach Ladenschluss billiger. Er aß angeschlagenes Obst.

»Wir sind keine armen Leute«, sagte er ihr immer wieder, aber durch ihre Jugend in einem vaterlosen Haushalt war sie sparsam geworden.

»Na gut«, sagte er und nahm den Auflauf aus dem Kühlschrank. Plötzlich hatte er einen Bärenhunger.

Er sah sie manchmal mit ihren Arbeitskolleginnen. Sie waren ausgelassen und rüpelhaft, lässig und vulgär, wie junge Leute eben so waren. Sie fiel nicht auf unter ihnen. War er es, der sie so schweigsam auf ihrem Sockel stehen ließ? Zu Hause war sie eine abgeklärte Matrone und glitt lautlos durch die Zimmer. Es war eine Verschwörung, dachte er, beide liefen sie wie auf Eiern umeinander herum. Sie war ein durchschnittliches Mädchen, daran musste er sich erinnern, das nette Mädchen von nebenan, geliebt für ihre Mittelmäßigkeit, wie die meisten Frauen. Sie sorgte sich wegen eines Pickels auf der Nase, wie andere Mädchen. Sie war miesepetrig, bevor sie ihre Periode bekam. Sie hinterließ Haare im Waschbecken.

Manchmal wurde sie für seine Tochter gehalten. Einmal war er im Dorfladen explodiert, als sich die Besitzerin höflich nach Angies Gesundheit erkundigte. »Sie ist nicht meine Tochter, verdammt noch mal!«, hatte er gebrüllt und war aus dem Laden gestürmt. Am nächsten Morgen ging er wieder hin und stammelte eine unterwürfige Entschuldigung. Sie verschränkte die Arme vor der Brust und warf ihm einen verächtlichen Blick zu. Seitdem kaufte er seine Zeitung in der Stadt.

Er wollte, dass Angie etwas aus ihrem Leben machte, aber all ihre Pläne, sowohl die großen als auch die kleinen, führten zu nichts. »Am Wochenende fahr ich vielleicht nach Leeds und besuch meine Mutter«, sagte sie, dann schob sie es wieder auf. »Ich mach vielleicht einen Abendkurs. Vielleicht studiere ich, Jura oder Pädagogik. Oder ich werde Krankenschwester.« Er nickte und meinte, es sei eine gute Idee. Sie hatte einen klugen Kopf, ihre Talente waren im Supermarkt verschwendet. Sie unternahm nichts. Mit ihren dreiundzwanzig Jahren hatte sie ihr Leben noch vor sich, war sich jedoch bewusst, dass die Jahre in beängstigendem Tempo dahinrasten.

Sie hatte Geld. Die kleine Witwenrente von *Savemore* sowie zwanzigtausend Pfund von der Lebensversicherung. Sie konnte drei Jahre zur Universität gehen und ein anderes Leben planen.

»Ich wollte Mutter werden«, sagte sie manchmal. »Ziemlich bald. Aber jetzt …« Er stimmte ihr zu, dass es jetzt nicht dazu kommen würde. Er war zu alt, um das noch einmal durchzustehen, zu beschäftigt. Polizisten waren lausige Väter und miserable Ehemänner.

Sie ging nie zu Freds Grab. Nicht weil sie ihn nicht genug liebte, sondern weil sie ihn zu sehr liebte. Er ging einmal in der Woche hin, um Unkraut zu jäten und den Rosenbusch zu gießen. Morgen war Samstag. Er würde morgen hingehen, während sie auf der Arbeit war.

Er fragte sich, was seine Kollegen wussten oder ahnten. Es musste seltsam wirken, dass sie immer noch bei ihm wohnte, ein Jahr nach dem Tod ihres Mannes. Aber vielleicht dachten sie auch nichts dabei. Vielleicht dachten sie überhaupt nicht über ihn nach.

Samstag, den 20. Juni

»Soll ich dich heute Abend von der Arbeit abholen?«, fragte er am nächsten Morgen beim Frühstück.

»Heute nicht. Wir wollen doch ein kleines Fest für Irene machen. Sie hat heute ihren letzten Tag. Am nächsten Samstag will sie heiraten. Hab ich dir nichts davon erzählt?«

»Wenn, dann hab ich es vergessen. Tut mir Leid. Wusste nicht, dass Mädchen das heute noch so machen – aufhören zu arbeiten, wenn sie heiraten.«

»Sie ist im siebten Monat.«

»Ach so.«

»Deshalb wird es wohl nicht so spät und verrucht wie sonst.«

»Keine gemieteten Bodybuilder?«

»Kann ich mir nicht vorstellen, aber ein Stripper wär doch ganz nett.«

»Als ich jung war, hat es so was nicht gegeben«, grummelte er. »Auch keine Stripperinnen außerhalb von Soho.« Jetzt konnte man nicht mal mehr freitagmittags in den Pub gehen, ohne Gefahr zu laufen, dass irgendeine Frau mit superkurzem Rock reinkam, angezogen wie eine Polizistin: ›Alles, was ihr sagt wird festgehalten.‹

›Und was ist mit deinem Slip? Wird der auch festgehalten?‹

›Nein, da rutscht er schon!‹

»Nimmst du ein Taxi?«, fragte er.

»Der letzte Zug geht um 23.40. Den erwische ich bestimmt noch.«

»Bitte. Ich bezahl es auch.« Jeder hatte Dinge, an denen er besonders knauserte, bei ihr waren es die Taxis. Und angeschlagenes Obst.

»Also gut«, sagte sie schließlich, indem sie aufstand und den Tisch abräumte. »Du kannst mich abholen. Am *White Bear*, um zehn nach elf. Aber komm nicht zu spät, sonst gehe ich zu Fuß.« Sie konnte nicht Auto fahren. Fred war ein kleiner Macho gewesen und hatte es nicht für nötig gehalten. Er hätte ihr sowieso nicht erlaubt, ihn irgendwohin zu fahren. »Ich wusste nicht, dass du heute arbeiten musst«, sagte sie mit Blick auf seinen Anzug, das weiße Hemd und die dezent gestreifte Krawatte.

»Nur ein paar Stunden.«

»Kein neuer Fall?«

»Nein, nein. Nur ein paar Dinge zu Ende bringen. Langweiliger Papierkram.« Keinerlei bewaffnete Geiselnahme.

»Ich dachte, ich geh morgen zum Jahrmarkt, wo ich schon freihabe.«

»Nur die Tapferen haben den Jahrmarkt verdient.«

»Hat dir schon mal jemand gesagt, dass du ein kleiner Klugscheißer bist?«

»Nein, eigentlich nicht.«

»Das wundert mich.« Sie nahm ihre Tasche und stürzte den restlichen Kaffee mit einem Zug hinunter. Diese jungen Leute hatten Mägen aus Eisen. »Nächstes Wochenende muss ich nicht arbeiten«, sagte sie. »Wär schön, wenn du dir auch freinehmen könntest. Wir könnten doch irgendwohin fahren. Nach Oxford, vielleicht. Oder London. Ins Theater oder so ... Greg? Hörst du mir zu?«

»Ich fahr mit dir, wohin du willst, meine süße Angelica.« Er tastete nach seiner Jackentasche, suchte eine nicht vorhandene Packung Chesterfield und ein vergoldetes Feuerzeug. Vor über einem Jahr, als er begriff, dass Krebs eine lebensbedrohliche Realität war, hatte er das Rauchen aufgegeben, aber manchmal vergaß er es, besonders wenn er sie belog und nervös wurde, weil er davon überzeugt war, dass sie seine Gedanken lesen konnte und ihn durchschaute.

Sie warf ihm einen seltsamen Blick zu, und er bemühte sich, zuverlässig und vertrauenswürdig zu wirken.

Er hatte Lee wegen Suizidgefahr über Nacht unter Bewachung stellen lassen. Er schien der Typ dafür zu sein. Er wusste, was die Öffentlichkeit über Sterbefälle in Untersuchungshaft dachte – dass die Bullen behilflich waren, was bei einem Mordverdächtigen begrüßt wurde. Es war eigentlich das Schlimmste, was auf einem Polizeirevier passieren konnte, schlimmer war nur, wenn ein Kollege im Dienst ums Leben kam und ein Schwarm von internen Ermittlern alles auf den Kopf stellte.

Der Vollzugsbeamte berichtete, dass sein Schützling mucksmäuschenstill gewesen sei und geschlafen habe wie ein Murmeltier.

»Er war also folgsam wie ein Lamm?«, fragte Greg.

Der Sergeant erwiderte ohne erkennbare Ironie: »Ja, Sir, das war er.«

Gegen neun saß Greg mit Harry Stratton, Huwie Lee und einem gelangweilt aussehenden Pflichtverteidiger in einem der Verhörzimmer. Huwie Lee gab sein Alter mit ›dreißig oder einunddreißig‹ an, und bei der Frage nach der Adresse erwiderte er erwartungsgemäß, ›ohne festen Wohnsitz‹. Bereitwillig räumte er ein, seine Frau erschossen zu haben. Die Frage war jetzt, ob die Klage auf Totschlag oder Mord lauten würde.

Oder konnte er zwei zynische Polizeibeamte davon überzeugen, dass das Ganze ein tragischer Unfall gewesen war?

Greg war freundlich, spielte nicht den guten Polizisten, sondern hatte echtes Mitgefühl mit dem Jungen, da es vor fast zwanzig Jahren einen Augenblick gegeben hatte, in dem er Diane wahrscheinlich ebenfalls erschossen hätte, wenn er im Besitz einer Waffe gewesen wäre. Wie gut, dass britische Polizisten nicht bewaffnet waren und nicht wie ihre amerikanischen

Kollegen der Versuchung einer so genannten Smith-and-Wesson-Scheidung unterliegen konnten.

»Hast du gefrühstückt, Huwie?«, fragte er. Der Junge schüttelte den Kopf. »Keinen Hunger?« Ein weiteres Kopfschütteln. »Eine Tasse Tee?«

»Nein danke.«

Als das Tonband lief und er die Anwesenden vorgestellt hatte, sagte er: »Ich möchte, dass Sie mir alles von Anfang an erzählen, Huwie, angefangen damit, wie Ihre Frau Sie verlassen und die Mädchen mitgenommen hat.«

»Ich war so wütend …«

»Im Moment geht es nicht um Ihre Gefühle, Huwie. Nur um Fakten. Wie, wann, warum und so weiter. Fangen wir mit wo an?«

»Wir haben bei Marlborough gelagert, vor 'ner Woche oder so. Da war auch Jahrmarkt.«

»Wie entscheidet ihr, wann und wohin ihr weiterzieht?« fragte er, nicht weil es für seine Ermittlungen von Belang war, sondern aus reinem Interesse.

Er zuckte die Schultern. »Wir ziehen weiter, wenn Rufus es sagt, und er sagt uns auch wohin. Beim Hungerford Jahrmarkt haben wir immer gut verdient.«

»Rufus?«

»Er ist unser Führer.«

Ein Zigeunerbaron? Das klang exotisch, bedeutete aber wahrscheinlich nur, dass er mehr alte Autoreifen besaß als die anderen. »Rufus, und wie weiter?«

»Rufus Lee.«

Die Sache wurde kompliziert. »Was ist er dann? Ein Onkel? Ein Cousin?«

»Ein entfernter Cousin, nehm ich an. Lee ist ein Roma-Name. Die Hälfte aller Umherziehenden heißt Lee.«

»Gypsy Rose Lee«, warf Stratton ein.

»Er ist übrigens Reynas Vater«, sagte Huwie. »Mein Schwiegervater.«

»Oh!« Mit diesem Rufus würde er reden müssen, dachte Greg.

»Er hätte mir nicht erlaubt, Reyna zu heiraten, wenn wir nicht verwandt wären.«

»Nein?«

»Nein. Wir finden es gut, wenn Mann und Frau verwandt sind, selbst wenn man Generationen zurückgehen muss. Das war Rufus und Orlenda sehr wichtig.«

Wie Andy und Fergie, dachte Greg, Charles und die arme Diana. Was glaubten diese Leute eigentlich, wer sie waren?

»Mr. Lee wurde informiert über ... Mr. Lees Festnahme«, sagte der Anwalt. »Und über den tragischen Unfall seiner Tochter.« Er studierte seine Fingernägel, deren Zustand ihn offensichtlich zufrieden stellte. »Unfall! Dass ich nicht lache«, murmelte Harry Stratton zu leise für den Recorder.

Gregory dröselte das Ganze auf, Faden für Faden. Huwie Lee war ein Choleriker, das war allgemein bekannt. Reyna hatte es gewusst, als sie ihn heiratete, also wie konnte sie sich später darüber beklagen? Er meinte es niemals ernst. Er liebte seine Frau und seine Töchter. Die Wut flammte auf, verlosch jedoch schnell wieder, wie ein Blitz, und danach war er immer voller Reue.

Warum es an jenem Tag in Marlborough anders gewesen war, wusste er nicht. Nur Reyna wusste es und sie konnte nichts mehr sagen. Ja, sie hatten Streit an dem Morgen und vielleicht hatte er ihr einen Klaps gegeben oder zwei, mehr nicht. Nein, er wusste nicht mehr, worum es bei dem Streit gegangen war. Um nichts. Frauen regten sich über Dinge auf, an die ein

Kerl keinen Gedanken verschwendete, und sie waren nicht mehr so respektvoll wie früher. Nein, er war sicher, dass er die Mädchen nicht angerührt hatte. Niemals. Die Roma schlugen ihre Kinder nicht; nur *Gorgios* machten so was.

Er war mit den anderen Männern in der Stadt gewesen – sie hatten ein paar Geschäfte gemacht, ein paar Sachen verkauft. Bei seiner Rückkehr war sie mit den Mädchen verschwunden und sie hatten alle ihre Sachen mitgenommen. Die anderen Frauen sagten, sie hätten versucht sie aufzuhalten, was vielleicht sogar stimmte, aber ohne Erfolg geblieben war.

Er hatte eine Woche gebraucht, um sie zu finden. Summers hatte zuvor ein bisschen herumtelefoniert und in Erfahrung gebracht, dass sie bei der Beratungsstelle für Gewalt in der Familie in Marlborough um Hilfe gebeten hatte, jedoch keine Anzeige wegen Körperverletzung erstatten wollte. Heutzutage konnte die Polizei auch ohne die Kooperation der Ehefrau gegen gewalttätige Ehemänner vorgehen, aber es gab keine Beweise für vorherige Misshandlungen und die Anklage hätte vor Gericht nicht standgehalten. Sie hatten sie nach Newbury geschickt, um ein wenig Distanz zu ihrem Peiniger zu schaffen. Für die Sozialarbeiter war es Routine; die Tatsache, dass der gewalttätige Ehemann ein Nomade war und sich auf den Weg nach Newbury machte, gehörte nicht zur Routine.

Huwie wollte mit ihr sprechen, ihr gut zureden, sie um Vergebung bitten, seine Töchter sehen.

»Mit einer geladenen Schrotflinte?«, fragte Harry Stratton. »Bitten Sie immer mit einer geladenen Schusswaffe um Verzeihung? Hören Sie zu, Junge, wenn Sie mich einmal beleidigen, verzichte ich gern auf eine Entschuldigung.«

Sie führten ihn dem Haftrichter vor und konnten ihn weiterhin in Untersuchungshaft behalten. Mit einer toten Ehefrau und ohne festen Wohnsitz musste er bis zum Prozess im Gefängnis bleiben. Nach dem Verhör kam Greg zu dem Schluss, dass es Mord gewesen sei und ignorierte die traurigen Hundeaugen, die in ihm einen verlogenen Dreckskerl sahen. Vielleicht würde die Staatsanwaltschaft auch eine Totschlagsklage akzeptieren, um Zeit und Ärger zu sparen, aber die geladene Waffe war einfach nicht wegzudiskutieren.

Huwie Lee wurde in das Gefängnis von Reading gebracht, wo er auf seinen Prozess warten musste.

»Kommen Sie, lassen Sie uns mit Rufus Lee sprechen, bevor der Jahrmarkt beginnt«, sagte Greg zu Stratton, als sie das Gerichtsgebäude verließen. »Und wir sollten den Wohnwagen von unserem Lee durchsuchen. Vielleicht finden wir ja Beweise für vorsätzlichen Mord.«

Immer noch hatte er Reyna Lees Gesicht vor Augen, das scharf geschnittene Profil mit dem toten Auge.

»Wie geht es denn der kleinen Angie so?«, fragte Stratton auf der Fahrt zum Romalager.

»Gut, vielen Dank.«

»Schon ein neuer Mann in Sicht?«

»Was?«

Strattons Stimme klang entschuldigend, die heftige Reaktion seines Chefs hatte ihn sichtlich erschreckt. »Nun, eines Tages ist es so weit, Greg. Sie ist jung und attraktiv, und es ist wider die Natur, dass ein junges hübsches Ding wie eine Nonne lebt. Es würde doch nicht heißen, dass sie den armen Fred vergessen hat oder dass sie aufgehört hat ihn zu lieben, sondern dass sie ihre Trauer bewältigt hat und bereit ist, ihr Leben weiterzuleben.«

»Jetzt redest du aber wie ein Hobbypsychologe«, sagte Greg grimmig.

»Nimm's nicht so schwer, wenn es so weit ist, Kumpel – mehr wollte ich doch gar nicht sagen. Gib ihr nicht das Gefühl, dass sie dir wehtut, sonst quält sie sich mit Schuldgefühlen. Im Grunde wird es nicht viel anders für dich sein als für jeden anderen Vater einer heranwachsenden Tochter. Stell dir vor, meine vierzehnjährige Tochter hat jetzt einen Freund. *Das* finde ich ziemlich beängstigend, selbst wenn der Junge aussieht wie ein Milchgesicht.«

»Die kleine Ruth?«, fragte Greg überrascht.

»Klein? Sie muss ihre Sachen schon in der Damenabteilung kaufen. Und wenn man hört, was da draußen so los ist, mag man sie kaum vor die Tür lassen. All diese Perversen, Tunten und Verrückten und Kinderschänder. Für uns Bullen ist es noch schlimmer, denn wir wissen, was hinter all den bürgerlichen Fassaden vor sich geht. Das kann einen richtig fertig machen.«

Er klang deprimiert und Greg sagte aufmunternd: »Gut dass sie jetzt einen Freund hat, der sie beschützen kann.«

»Mach dich darauf gefasst, das ist alles, was ich dir damit sagen wollte.«

Aber das war etwas, auf das Greg niemals gefasst sein würde.

»Was regt mich bloß so unheimlich auf an diesen Leuten?«, fragte Stratton, als er den Wagen in etwa zwanzig Meter Entfernung vom äußersten Wohnwagen parkte. Er strich seine Krawatte glatt, als könnte sie ihn vor einer Kontamination bewahren.

»Die Tatsache, dass du Polizist bist.« Greg löste seinen Sicherheitsgurt. »Das Problem liegt bei dir, nicht bei denen.«

»Ja, ja. Da könnten wir ja alle in schmierigen Wohnwagen herumlungern, keine Steuern zahlen und Hühner klauen.«

Greg fing an zu lachen. »Hühner klauen?« Er nahm den Hörer des Autotelefons ab. »Wie war noch mal die Nummer von Interpol?«

»In dieser Beziehung fehlt mir jegliche Toleranz.«

»Verstehe. Aber wir würden zehnmal so viel Personal brauchen, wenn jeder Verstoß geahndet würde.«

Er schaute sich nach allen Seiten um, während Harry übertrieben sorgfältig alle Wagentüren verschloss. Acht Romawagen standen in einem lockeren Kreis, ihre Tiere waren in der Mitte angepflockt, hauptsächlich Pferde, bis auf einen Esel und eine Ziege. Zwanzig Meter weiter, auf der anderen Seite einer Weißdornhecke, standen drei Wohnwagen, die Fenster mit Nesselvorhängen verhängt, bunt bemalt mit Blumen, Vögeln und Runen. Einer war ein Imbisswagen. »Ozys Vollwert-Burger« stand in schiefen Buchstaben auf der verbeulten Klappe. Auf dem Führerhaus eines Wohnmobils waren übergroß die Symbole für Mann und Frau zu sehen: das bescheidene Kreuz unter dem Kreis und der üppige Pfeil des anderen, der auf ihn zielte.

Ohne Yin und Yang, dachte Greg, Lingam und Yoni gäbe es auf der Welt nur halb so viel Ärger.

Ein einsamer Romawagen stand etwas abseits von den anderen, von dieser Stelle aus konnte man die anderen gut überblicken, als sollten sie bewacht werden. Aber ein Wächter hatte zwei Funktionen – beschützen oder gefangen halten.

Weiter hinten luden farbenfroh gekleidete Männer und Frauen Tapeziertische aus, auf die sie ihre Waren auslegten – Keramik, Stricksachen, Bilder, Schmuck, all die üblichen kunstgewerblichen Produkte, die man auf einem Jahrmarkt kaufen konnte. Es wurde zügig gearbeitet und ständig auf die Uhr geschaut, der offizielle Beginn des Jahrmarktes war um zwölf und jetzt war es schon fast halb. Während Greg zuschaute, bog ein Eiswagen vom Weg ab und fuhr langsam über den Rasen, auf der Suche nach dem günstigsten Stellplatz. Die Stadtkapelle von Hungerford fand sich ein, einer der Musikanten begann schon fröhlich zu trompeten. Eine vorwitzige Kuh war von Port Down herübergekommen. Sie muhte lauthals vor sich hin und machte ihre eigene Musik.

Es sah ganz nach einem weiteren langen, heißen Sommer aus. Die Meinungen über die mediterranen Temperaturen gingen weit auseinander. Während die einen – in der Mehrzahl jüngere Leute – die klimatische Erwärmung begrüßten, Biergärten besuchten und Straßenfeste organisierten, schimpften die anderen – in der Mehrzahl ältere Leute – über ihre vertrockneten Gärten. Greg vermutete, dass Harry zu der letzteren Gruppe gehörte, während er sich in seinem tiefsten Inneren zu der ersten zählte.

»Sieh dir bloß die Schmierereien an«, sagte Stratton und verdrehte beim Anblick der Hippiewagen die Augen.

»Die Wagen sind ihr Eigentum, nehme ich an. Sie können damit machen, was sie wollen.«

»Die waren bestimmt bei der Demonstration gegen die Newbury-Umgehungsstraße dabei. Haben mit Steinen auf unschuldige Polizisten geschmissen … Hauptsache, sie können Krawall schlagen.«

»Kann man schlecht sagen, aber wie Idealisten sehen sie nicht gerade aus.«

Er hätte ihnen die Hölle heiß machen können, ihre MOT-Plaketten überprüfen und Verkehrssteuernachweise verlangen können – abgefahrene Reifen, Lebensmittelhygiene, Drogen, aber warum sollte er? Sie hatten ihm nichts getan und waren nicht in laufende Ermittlungen verwickelt. Als Polizeibeamter konnte man so etwas machen, wenn man genug Zeit hatte und es für notwendig erachtete und wenn man die Zahl seiner monatlichen Festnahmen erhöhen wollte.

Superintendent Summers hatte Wichtigeres zu tun.

Rufus Lee war ein riesiger Mann, einsfünfundneunzig etwa, mit den muskelbepackten Schultern und Oberarmen eines Gewichthebers oder eines Schmieds. Die Schmiedekunst war ein traditionelles Handwerk der Roma, fiel Greg ein, und diejenigen, deren Name nicht Lee war, hießen Smith. Der Name Rufus hatte ihn unwillkürlich an einen Rotschopf denken lassen, aber wie seine Landsleute war Lee ein dunkelhäutiger Mann mit glattem schwarzem Haar, das er mit Pomade zurückgekämmt hatte, und seine Augen waren so dunkel, dass sich Pupille und Iris kaum voneinander abhoben, was beunruhigend war, da Pupillen doch so viel verraten konnten.

Seine Haut war rötlich braun, grob und rau nach all den Jahren in Regen, Sonne und Wind. Sein Bart war heller als sein Haar, von grauen Strähnen durchzogen. Er musste Mitte fünfzig sein, dachte Greg, schien jedoch noch nichts von seiner Körperkraft eingebüßt zu haben.

Harry Stratton sah sich bei seinem Anblick zu machohaftem Gehabe veranlasst. Er stellte sich gerade hin und nahm die Schultern zurück. Lee reagierte darauf, indem er eine aggressive Haltung einnahm, eine Hand in die Hüfte gestemmt, das Becken leicht vorgeschoben, woraufhin sein Mischlingshund ein unbehagliches Knurren ausstieß. Greg wusste, dass sich starke Jungs häufig beklagten, weil andere Männer mit ihnen Streit anfingen, aber bisher hatte er ihnen nie geglaubt. Jetzt fühlte er sich wie ein Schiedsrichter.

Rufus quittierte ihre Erläuterungen zu der Anklage und der Inhaftierung seines Schwiegersohns mit einem kurzen Nicken. Gesicht und Augen verrieten keinerlei Reaktion auf die brutale Ermordung seiner Tochter noch Hassgefühle gegen den Mann, der ihr das angetan hatte. »Wenn Reyna Probleme mit Huwie hatte«, sagte er, »hätte sie nur zu mir kommen müssen. Sie hätte nicht zur Polizei und zum Sozialamt rennen müssen. Mit unseren Übeltätern werden wir schon allein fertig.«

Hübsches Wort: *Übeltäter*, dachte Greg. »Wie wären Sie damit fertig geworden?«, fragte er.

»Kriegt meine Tochter von ihm Schläge, kriegt er welche von mir.«

Und jeder, der von Rufus Schläge bekam, würde seine Lektion lernen. Greg hatte keine Probleme mit dieser primitiven Art von Gerechtigkeit. Als Abschreckung hätte es eigentlich funktionieren müssen, also was war falsch gelaufen? »Was war mit den Kindern?«, fragte er. »Was war, als Huwie anfing, sie zu schlagen?«

»Das glaube ich nicht. Das kann ich einfach nicht glauben. Er hat die beiden Mädchen vergöttert.« Aber die schlimmsten familiären Gewalttäter schworen zwischen den Schlägen, wie sehr sie ihre Opfer liebten, als sei Gewalt das einzige Mittel ihre Liebe auszudrücken. »Wir schlagen unsere Kinder nicht«, fuhr Rufus fort und wiederholte die Worte seines Schwiegersohns. »Roma machen das nicht.«

Als er sich umschaute, bemerkte Greg einen Mann, der sie von der Tür des einsamen Wohnwagens aus beobachtete, auch ein Roma, nicht mehr jung – etwa in Rufus' Alter –, kleiner als er, vielleicht einsachtzig, dünner, hellhäutig im Vergleich zu seinen Landsleuten, glatt rasiert. Er schien keine Angst vor der Polizei zu haben, wirkte nicht einmal neugierig, sondern blickte nur starr in ihre Richtung. Greg spürte, dass Rufus sich seiner Anwesenheit bewusst war und ihn mit Absicht ignorierte.

»Hören Sie«, sagte Stratton, der ihn ebenfalls sah und sich der Neugier bewusst war, die sie bei den Hippies und Händlern geweckt hatten. Seltsam, wie Menschen einen Polizisten auf den ersten Blick erkannten, selbst in einem guten Anzug und einer sauberen Limousine. »Wäre es vielleicht möglich, in den Wagen zu gehen? Da wären wir unter uns.«

Lee wollte sie nur sehr ungern in sein Heim lassen, aber schließlich stieg er die wenigen Holzstufen hinauf und zwängte seinen massigen Körper durch die enge Wohnwagentür. Der Hund lief winselnd hinter ihm her, bekam jedoch einen Tritt und verzog sich beleidigt zwischen die Räder. »Nicht in den Wagen, *Mochardi!*«, zischte der Roma.

Eine auffallend kleine Frau, die Reyna Lee sehr ähnlich war, erhob sich, als sie eintraten, wobei ihr Nähzeug, das nach einem Puppenkleidchen aussah, zu Boden fiel. Sie musste Rufus' Ehefrau sein und Greg fragte sich unwillkürlich beim Anblick des Größenunterschieds der beiden von etwa einem halben Meter, wie sie miteinander reden konnten, geschweige denn sich küssen oder miteinander schlafen. Sie trug auffällige Sachen, die er für eine typische traditionelle Tracht hielt, mehrere fließende, bunte Röcke übereinander, einen langen Seidenschal und einen Turban. Das war umso überraschender, als Rufus, wie die anderen Roma, die sie gesehen hatten, vollkommen normal aussah in seinen derben Baumwollhosen mit Hosenträgern, kariertem Hemd, rotem Halstuch und schlammigen Wanderstiefeln – ein bisschen altmodisch vielleicht, aber nichts Außergewöhnliches.

Ein großer junger Mann erhob sich ebenfalls und senkte den Kopf, um nicht unter die Decke zu stoßen, genau wie Rufus. Er war siebzehn bis achtzehn Jahre alt, hatte ein offenes Gesicht und ein freundliches Lächeln, aber in seinem Blick fehlte etwas.

»Meine Frau«, sagte Lee, »und mein Sohn Lashlo. Er ist schwachsinnig.«

Politisch korrekte Sprache war offensichtlich noch nicht ins Romalager vorgedrungen. Genauso wenig wie Feminismus.

Lee machte ein knappes Zeichen mit dem Kopf, um beide hinauszuschicken. Dann sagte er langsam und deutlich zu seinem Sohn: »Räum die Eisenwaren für den Jahrmarkt aus, Lashlo.« Der Junge nickte eifrig, und sie verließen den Wagen und schlossen die Tür hinter sich.

»Haben Sie noch weitere Kinder?«, fragte Stratton und Rufus zeigte zum ersten Mal einen Anflug von Gefühl. »Jetzt nicht mehr«, erwiderte er.

Greg sah sich interessiert um. Das Ganze wirkte angenehm kompakt. Jedes Ding erfüllte mindestens zwei Funktionen. Eine Sitzbank verwandelte sich nachts in ein Bett und darunter bot sich Stauraum. Es erinnerte ihn an eine glückliche Ferienwoche, die er mit Fred auf einem Hausboot auf dem Oxfordkanal verbracht hatte, als sein Sohn fünfzehn war. »Darf ich?« Er setzte sich, ohne die Antwort abzuwarten. »Ach übrigens, haben Sie auch eine Schrotflinte, Mr. Lee?«

»Natürlich.«

Es gab gewisse Gesellschaftsgruppen – hauptsächlich Farmer –,für die Schusswaffen eine Selbstverständlichkeit waren, ihre tödliche Wirkung wurde einfach verdrängt. Er hatte einmal einen geistesabwesenden Grundbesitzer angezeigt, der eine geladene Schrotflinte herumliegen ließ, frei zugänglich für seinen fünfjährigen Sohn. Der Mann war sprachlos vor Staunen gewesen.

»Ich nehme an, dass Sie keinen Waffenschein für das Ding haben?«

»Zufälligerweise habe ich einen. Ich hatte es satt, dass Ihre Leute mir deswegen auf die Nerven gingen sind.« Er seufzte. »Wollen Sie ihn wirklich sehen?«

»Nein, ich glaube Ihnen.« Er wollte einem trauernden Vater nicht das Leben schwer machen.

»Also wann kann meine Frau die Mädchen abholen, meine Enkeltöchter?«, fragte Lee.

Greg war überrascht. »Wie bitte?«

»Wo Reyna tot ist und Huwie im Gefängnis sitzt, sind wir ihre nächsten Verwandten. Ist doch klar, dass sie zu uns kommen.«

»Sie wurden gestern in einer Pflegefamilie untergebracht.«

Eine Welle des Zorns glitt über Rufus' Gesicht, wurde aber augenblicklich wieder unterdrückt. Für den Bruchteil einer Sekunde sah er Furcht erregend aus und Greg rutschte unbehaglich hin und her. »Sie sind Romakinder«, sagte Lee in kaltem, ruhigem Tonfall, der beängstigender war als der kurze Anflug von Wut. »Sie gehören zu ihresgleichen. Wir lassen uns nicht von euch unsere Kinder stehlen«, sagte er langsam und bestimmt.

»Das ist nicht die Sache der Polizei, offen gesagt. Ich gebe Ihnen Adresse und Telefonnummer des Jugendamtes, dann können Sie mit den zuständigen Leuten sprechen.«

Aber mach dir keine allzu großen Hoffnungen, fügte er stumm hinzu. Die Frau mit den lila Haaren, die er am Abend zuvor vor der Pension gesehen hatte, würde alles daransetzen, die beiden Mädchen in ein anständiges Haus mit richtigen Betten zu kriegen, so dass sie vor allem jeden Morgen frisch gewaschen zur Schule gehen konnten.

»Wir würden gern einen Blick in Huwies Wohnwagen werfen«, sagte Greg. »Ich hab einen Durchsuchungsbefehl.« Er zog das Formular aus der Innentasche seines Jacketts, um es Lee zu zeigen, aber dieser winkte ab und Greg fragte höflich: »Würden Sie uns bitte zeigen, welcher es ist?«

»Lashlo ist jetzt dort eingezogen«, sagte Rufus. »Warum sollte er leer stehen?«

Der Junge hatte sich in das ehemalige Heim seiner Schwester zurückgezogen und blickte auf, als sie hereinkamen. Er strahlte, sichtlich erfreut, seine neuen Freunde so bald wieder zu sehen. Er durchstöberte zwei große Körbe, die mit lauter Kinkerlitzchen aus Eisen gefüllt waren – Stövchen, Kohlenschaufeln, außergewöhnliche Türstopper.

»Haben Sie diese Sachen gemacht?«, fragte Greg und Lee machte ein verächtliches Geräusch, das wie ›Tschah!‹ klang und wohl verächtlich gemeint war. Lee kaufte große Mengen von dem Zeug und verkaufte es zum doppelten Preis an kauflustige Jahrmarktbesucher. Das war nicht gesetzwidrig.

»Meine Frau sagt die Zukunft voraus«, fügte Rufus unaufgefordert hinzu.

»Gypsy Rose Lee?«, mischte Harry sich ein.

»Sie heißt Orlenda.«

Das erklärte ihre Kostümierung, dachte Greg dankbar. Es war nichts Obskures, sondern ihre Arbeitskleidung, wie Angelicas Kittel oder die kratzige blaue Uniformjacke mit den großen glänzenden Knöpfen und der komische Helm – seine Kleidung in den acht Jahren Streifendienst, der schon eine Ewigkeit her zu sein schien.

Er schaute sich um. Unwillkürlich fragte er sich, wie zwei Erwachsene und zwei Kinder in diesem winzigen Raum leben konnten.

»Wir verbringen so viel Zeit wie möglich im Freien«, sagte Rufus, als hätte er seine Gedanken gelesen. »Im Sommer schlafen wir unter den Sternen.«

»Hallo Lashlo«, sagte Greg. »Ich bin Gregory.«

»Hallo Greg'ry.«

»Hast du was dagegen, wenn wir uns ein bisschen in deinem Wagen umschauen?«

Der Junge schüttelte den Kopf, sichtlich stolz auf sein neues Quartier. Er nahm einen der vollen Kartons und trug ihn ohne Mühe aus dem Wagen, obwohl er mindestens einen Zentner wiegen musste. Nur die schmale Tür ließ ihn innehalten, und nachdem er eine ganze Weile stirnrunzelnd nachgedacht hatte, stellte er den Karton ab und quetschte ihn durch die enge Öffnung.

»Wie alt ist Ihr Sohn?«, fragte Greg, als er fort war.

»Siebzehn.«

»Und von der Intelligenz her?«

Rufus zuckte die Achseln. »Auf dem Stand eines Sechsjährigen, vielleicht.«

»Eigentlich brauche ich Sie jetzt nicht mehr«, sagte Greg. »Sie haben sicher noch eine Menge zu tun.«

Lee fiel nicht darauf herein. »Lashlo kümmert sich um alles.« Er setzte sich aufs Bett, wo er endlich den Kopf nicht mehr einziehen musste, und beobachtete die systematische Durchsuchung des Wohnwagens.

Was hatten sie erwartet? Einen sorgfältig ausgearbeiteten Plan, den Huwie entworfen hatte, um seine Frau aufzuspüren und zu ermorden? So dachten diese Leute nicht. Sie lebten für den Augenblick.

Es gab zwei Sorten von Menschen auf der Welt, dachte Greg, als er die ergebnislose Suche beendete –

diejenigen, die gern Zigeuner sein und alles hinter sich lassen würden, und jene, die das nicht wollten. Er hatte sich noch nicht entschieden, zu welcher Gruppe er gehörte.

Als sie Huwies Wohnwagen verließen, deutete Greg auf den anderen Romawagen, der abseits von den anderen stand – das Zuhause des bleichen Mannes. »Ist er ein Verwandter von Huwie?«, fragte er Rufus.

»Nein!«

»Er ist aber einer von euch, kein Hippie?«

Lee spuckte auf den Boden. »Er gehört nicht zu uns, und er ist hier nicht willkommen. Er ist *mochardi* – unrein. Ich hab Ihnen doch gesagt, dass wir mit unseren eigenen Übeltätern selbst fertig werden, und wenn man uns den da vor fünfundzwanzig Jahren überlassen hätte, wäre es verdammt noch mal besser gewesen.«

»Wie heißt er?«, fragte Greg.

Er zögerte, dann sagte er höhnisch: »John Smith – er ist ein *Bavolengro*.«

»Wie bitte?«

»Gespenst würde man in Ihrer Sprache vielleicht am ehesten sagen, aber es ist mehr als das. Ein böser Geist, der Unheil bringt, wo immer er auftaucht.«

»Es ist klar, dass er irgendetwas verbrochen hat«, sagte Stratton auf dem Weg zurück zum Auto. »Gegen irgendein obskures Romagesetz verstoßen, den falschen Gott angebetet. Sollen wir mit ihm reden?«

»Worüber?«

»John Smith: wie originell. Wahrscheinlich könnten wir ihn schon deswegen verhaften.«

»Vor fünfundzwanzig Jahren«, sagte Greg nachdenklich.

»Damals warst du auch schon hier, nicht wahr, Greg?«

»Als frisch gebackener Police Constable in Uniform.« Ein unverheirateter junger Mann ohne Sorgen, immer noch zu Pickeln neigend, was er darauf geschoben hatte, dass es ihm nicht gelang, Mädchen ins Bett zu kriegen. »Nein«, sagte er. »Es ist zu lange her. Aber für so etwas gibt es ja Archive.«

Einer der New-Age-Anhänger stand neben ihrem Auto, an die Haube gelehnt, ein junger Mann unter dreißig; groß, dünn und langhaarig mit gespaltenen Haarspitzen. Über verwaschenen, zerschlissenen Jeans trug er einen gelben, weit ausgeschnittenen Kaftan, der seine dicht behaarte Brust zur Geltung brachte. Seine Füße waren nackt und nicht sauber, die Zehennägel lang und eingerissen.

Stratton starrte ihn an. »Kann ich Ihnen helfen, *Sir?*«

»Dasselbe wollte ich euch auch grad fragen, Jungs.« Er sprach mit amerikanischem Akzent, wie ein gewisser Diskjockey im Radio, den Greg äußerst enervierend fand.

»Nein danke, wir kommen schon zurecht«, sagte er locker. »Und Sie sind?«

»Was soll ich sein?«

»Ich wollte wissen, wie Ihr Name ist.«

»Ozymandius.«

»Sehr ungewöhnlich.«

»Nicht wahr?« Er trat einen Schritt zurück und machte das Peace-Zeichen. Stratton war sichtlich versucht, ihm als Gegengruß den Mittelfinger entgegenzuhalten; stattdessen zog er sein Taschentuch heraus und wienerte mit übertriebener Sorgfalt auf der Motorhaube herum, wo der junge Mann sich aufgestützt und Fingerabdrücke hinterlassen hatte.

Ozymandius drehte sich um und wandte sich den fünf Frauen zu, die bei den Wohnmobilen herumstanden. Er machte irgendeine Bemerkung, über die sie gehorsam lachten. Sie waren ein bunter Haufen: Zwei waren hübsch, wenn auch ungepflegt, eine blond, die andere brünett, in Jeans und bauchfreien Tops; eine sehr ernst mit Brille, kurz geschorenem Haar und Latzhosen; eine dick mit strähnigem Haar in einem Indianerkleid; eine dunkelblond, durchschnittlich attraktiv.

»Was meinst du – welche von denen ist wohl seine Tussi?«, fragte Harry.

»Alle, denke ich«, sagte Greg. »Ozymandius' Harem.« Er war wie ein orientalischer Pascha, nur dünner. Das dicke Mädchen wirkte schlecht gelaunt und Greg fragte sich, ob sie ihren gerechten Anteil erhielt.

»Was soll das denn für ein Name sein?«, zischte Harry.

»Ein Name zum Verarschen.«

»Zurück in die Mill Lane?«

»Ja. Ich bin für heute fertig. Ich habe noch andere Sachen zu erledigen.«

Zum Beispiel das Grab seines Sohnes zu pflegen.

Natürlich hatte sie nicht ihren Kittel an, als er sie um elf vom Pub abholte. Sie hatte Sachen zum Wechseln mit zur Arbeit genommen, Partykleidung oder das, was ihre lässige Generation dafür hielt: Jeans und ein hautenges schwarzes Lurextop, das im Dunkeln schimmerte. Ihr offenes Haar fiel auf die Schultern. Seit dem Morgen hatte sie noch mehr Make-up aufgelegt.

Er fand, dass sie wunderschön aussah.

Er kam pünktlich, aber sie wartete bereits auf dem Parkplatz auf ihn und schlüpfte auf den Beifahrersitz, ihren Regenmantel auf dem Schoß, obwohl es seit Tagen nicht nach Regen aussah. Sie war ein umsichtiges Mädchen. Er beugte sich zu ihr hinüber, um sie auf die

Wange zu küssen, die sie ihm kühl darbot, worauf er sich vorkam wie Humbert Humbert, der seine Lolita küssen will. Sie roch ein wenig nach Gin.

»Warum hast du mir nicht von der Geiselnahme erzählt, Gregory?«

Sie nannte ihn nur bei seinem vollen Namen, wenn sie böse auf ihn war oder in ernsthaften Momenten. Er legte den Gang ein und ließ die Kupplung kommen. »Ich wollte dich nicht beunruhigen.«

»Was meinst du, wie blöd ich mir vorkam, als mich Irene gefragt hat, ob das mein Dad war, den sie gestern Abend in den Nachrichten interviewt hätten? Und ich hatte keine Ahnung, wovon sie redete! Deshalb wolltest du auch nicht, dass ich den Fernseher anmache, stimmt's?«

»Unter anderem.« Er dachte an ihre zärtliche Vereinigung an der Spüle und spürte ein leichtes Prickeln zwischen den Beinen. Samstagabend, noch nicht spät, morgen dienstfrei. Lange schlafen.

»Warst du in Gefahr?«, fragte sie.

»Nicht wirklich«, log er.

»Du warst Geisel eines bewaffneten Mannes, der bereits einmal getötet hatte, und du warst nicht in Gefahr?«

»Er war ein verängstigtes Kind, Liebes.«

»Warum meinst du immer, du musst mich … beschützen, Gregory?«, rief sie frustriert.

Er gab ihr keine Antwort, denn sie wusste, warum: Er glaubte, dass sie in ihrem kurzen Leben schon genug Kummer hatte ertragen müssen. Stattdessen sagte er: »Verzeih mir.«

»Ich verzeihe dir.« Sie mochte keinen Streit, ein weiterer Punkt, in dem sie sich von seiner früheren Ehefrau unterschied.

»Hoffentlich hast du ihr gesagt, dass ich nicht dein Dad bin.«

Sie zuckte die Achseln. »Hab mir nicht die Mühe gemacht. Sie sagte übrigens, du wärst recht ansehnlich, aber das liegt wohl nur am Glamoureffekt des Fernsehens.«

»Diese Irene, ist das das Mädchen, das im siebten Monat ist?«

»Hmm.«

»Und die nächsten Samstag heiratet?«

»Hmm.«

»Wunderbar. Ihr Bräutigam ist zu beneiden! War die Party gut?«

»Sie hatten einen Stripper.« Im Schein einer Straßenlaterne sah er, dass sie übermütig grinste.

»Er hat alles ausgezogen, bis auf eine Art Beutelchen. So ist er dann eine Weile rumgetanzt und wir haben ihm Fünfer reingesteckt ...«

»Ach, du steckst also irgendeinem Wichser Fünfer in seine Weichteile, und ich soll angeschlagenes Obst essen?« Sie lachte. »Vor euch Mädchentrupps kann man ja Angst kriegen. Da würde ich mich lieber mit einer Bande Hooligans herumschlagen.«

»Ja, es war viel netter, als du jung warst, vor dem Ersten Weltkrieg, als wir Mädchen sittsam und bescheiden waren und euch großen, starken Männern aufs Wort gehorchten ...«

»Ist ja gut. Ist ja gut. War das alles, was ihr für euer Geld gekriegt habt?«

»Nicht ganz. Bevor das Licht ausging, hat er seinen Tanga kurz runtergezogen und uns den Inhalt präsentiert. Kaum der Rede wert, wenn du mich fragst.«

»Wolltest du deiner Mutter einen Brief darüber schreiben? ›Liebe Mum, hab mir heut Abend den Pieselmann von einem fremden Kerl beguckt‹?«

»Was für ein altmodisches Wort, das hat man früher zu kleinen Kindern gesagt.«

»Pieselmann?« Sie nickte. »Ich sag dir, was altmodisch ist – Piephahn, John Thomas, Fortpflanzungsorgan, Membrum virile.«

Sie kicherte. »Was bist du nur für ein witziger, lustiger Kerl. Stell dir vor, du würdest John Thomas heißen!«

»Dann hättest du Pech. Dann müsste ich ihn wegen unsittlicher Entblößung verhaften.«

»Es sei denn, wir wären mündige Erwachsene und du hättest wichtigere Dinge zu tun.«

Wie um diese Erklärung zu unterstützen, klingelte das Autotelefon. Leise fluchend hielt er auf dem Seitenstreifen an. »Summers.« Er hörte zu und erwiderte: »Warum hat sie es erst jetzt gemeldet … Ich verstehe. Ich fahr direkt nach Hungerford. Gib mir die Adresse. Gut. Ich weiß, wo das ist. Wir treffen uns dort in zwanzig Minuten.« Er legte auf.

Früh ins Bett. Ausschlafen. Na, prima.

»Ich bring dich nach Haus und fahr noch mal los.«

»Das hab ich mir schon gedacht.«

Normalerweise erzählte er ihr nichts von seiner Arbeit, aber aus irgendeinem Grund – vielleicht, weil sie sich über sein behütendes Verhalten beklagt hatte – sagte er: »Ein Kind aus Hungerford wurde als vermisst gemeldet. Sechs Jahre alt.« Sie seufzte besorgt. »Ich glaube nicht, dass was Schlimmes passiert ist, aber die Mutter hat sie zur üblichen Zeit ins Bett gebracht und erst ein, zwei Stunden später gemerkt, dass sie verschwunden war. Anscheinend hat sie sich angezogen und ist aus dem Fenster geklettert.«

»Sechs Jahre alt?«

»Ja, sechs.«

Samstagnacht

Ihm gefiel Hungerford, obwohl vor elf Jahren ein jugendlicher Einzelgänger mit einer halbautomatischen Kalaschnikow den Frieden in der Stadt zerstört hatte. Die Bewohner waren seitdem nicht mehr dieselben. An jenem Tag hatte die Stadt ihr Vertrauen, ihre Unschuld verloren. Und doch verkörperte sie mit ihren Kanälen und Flüssen, ihren Antiquitätenläden und den sanften Hügeln in der Umgebung England, wie es sein sollte und wie Gregory Summers es mochte, das zivilisierte England seiner Jugend.

Er hatte sein ganzes Berufsleben in Newbury verbracht, was aus der Sicht eines Polizeibeamten kaum empfehlenswert war. Das Problem war die Autobahn M4. Ein Krimineller konnte London in einer Stunde erreichen, Wales in fast derselben Zeit und Birmingham oder Devon über die M5 in zwei Stunden. Am Flughafen Heathrow war man in dreißig Minuten oder man fuhr über gut ausgebaute Landstraßen gen Süden nach Portsmouth oder Southampton. Kein Ort in England schien einem Gauner so gute Fluchtmöglichkeiten zu bieten wie Newbury.

Ein Kindesentführer konnte inzwischen sonst wo sein, aber daran durfte er gar nicht denken. Erst einmal ging er davon aus, dass sich die Kleine selbst auf den Weg gemacht hatte und irgendwann wieder nach Hause finden würde.

Er fuhr die High Street hinauf und bog nach rechts in ein Wohngebiet mit Nachkriegshäusern ein, die billiger waren als die georgianischen Häuser im Stadtzentrum, kleiner, schäbiger. Er hatte Mühe in der engen Straße zu parken; dort standen bereits ein Funkstreifenwagen mit eingeschaltetem Blaulicht und zwei weitere Autos, die er als Zivilwagen seiner eigenen Wache erkannte.

Auf sein Klingeln bei Haus Nummer fünf öffnete eine Kollegin in Zivil die Tür: Sergeant Barbara Carey. Er arbeitete gern mit ihr zusammen. Sie war achtundzwanzig Jahre alt, hatte Erfahrung und konnte sich im rauen Polizeileben behaupten. Sie war attraktiv und amüsant, unabhängig und tough. Er hatte sie nie zweimal mit demselben Mann gesehen und sie machte kein Hehl aus ihrer Ansicht, dass Männer nur für eine Sache zu gebrauchen seien und die meisten noch nicht einmal dafür.

»Klär mich auf«, murmelte er, während er mit den Händen in den Jackentaschen in der Haustür stand. Die anderen Türen in dem fensterlosen Flur waren geschlossen und er fühlte sich wie in einem Schrank oder in einem Sarg.

»Jordan Abbott, sechs Jahre alt, einziges Kind einer allein stehenden Mutter, Josie. Ungefähr um halb acht Uhr zu Bett gebracht, wie üblich. Die Mutter hat wie immer nach ihr gesehen, als sie selbst schlafen ging, kurz vor elf. Die Kleine war fort, das Fenster stand weit offen ...«

»Hatte sie es nicht verriegelt, als sie das Mädchen zu Bett brachte?«

»Nein, es war halb offen, es ist eine warme Nacht.«

»Es hätte also jemand zu ihr hereinkommen können? Sieht so aus, als wär hinter dem Hof freies Feld.«

»Keine voreiligen Schlussfolgerungen. Sie nehmen gerade die Fingerabdrücke vom Fenster, innen und außen.«

»War das Kind angezogen?«

»Es fehlen eine Jeanslatzhose und ein weißes Baumwollhemd und ihre Lieblingsturnschuhe.«

»Was nahe legt, dass sie nicht gegen ihren Willen fortgeschleppt wurde. Hast du schon mal versucht, ein Kind anzuziehen, das sich wehrt und um sich schlägt?«

»Er könnte sie zuerst bewusstlos geschlagen haben.«

»Zu riskant. Die Mutter hätte jeden Augenblick hereinkommen können. Also, bislang sieht es nach einem Bekannten aus, mit dem sie freiwillig gegangen ist.«

»Oder sie ist allein losgezogen.«

»Irgendwelche Fußspuren?«

»Es hat seit Tagen nicht mehr geregnet. Die Erde ist steinhart.« Sie fuhr mit ihrem Bericht fort. »Josie hat sofort die Nummer des Notrufs gewählt. Da die Wache in Hungerford nicht voll besetzt war, landete ihre Vermisstmeldung bei uns in Newbury, und einer unserer Streifenwagen war in zehn Minuten zur Stelle. Die Jungs haben sich im Garten und in der Umgebung umgesehen, nichts gefunden und entschieden, dass es sich um einen Fall für die Kripo handelt.«

»Und du hast mich angerufen, womit wir beim jetzigen Stand der Dinge angekommen wären. Danke, Barbara.«

»Hoffentlich warst du nicht gerade auf einer Party.«

»Ich doch nicht. Ich gehe nicht auf Partys.«

»Die Vorbereitungen für eine Suchaktion laufen, aber vielleicht solltest du zuerst kurz mit Josie sprechen. Sie ist im Wohnzimmer.«

»Was hältst du von ihr?«

»Sie ist für meinen Geschmack zu ruhig, fast resigniert.«

Gregory sah sie scharf an. Er vertraute ihrem Instinkt. »Willst du damit sagen, dass sie selbst dahinter steckt?«

»Noch nicht, obwohl sie nicht die Erste wäre.«

»Ist das Haus schon durchsucht worden?«

»Noch nicht«, antwortete sie wieder.

Er senkte seine Stimme. »Aber wenn sie es gewesen wäre, hätte sie die Leiche sicher verschwinden lassen, bevor sie uns hergerufen hat.«

»Menschen geraten in Panik. In solchen Situationen handelt man nicht immer vernünftig.« Er konnte sich nicht vorstellen, dass Barbara Carey jemals unvernünftig handeln könnte. Sie deutete auf eine der verschlossenen Türen, ein billiges, schmuckloses, etwas zerkratztes Exemplar.

»Hier durch.«

Mitte dreißig, dachte er und registrierte auf den ersten Blick mehr, als sein Gehirn verarbeiten konnte. Sie sah ganz passabel aus: ein kleines, dunkelhaariges, anschmiegsames Persönchen, das aufrecht und ohne zu weinen auf einem schäbigen Zweiersofa neben einem abgeschalteten elektrischen Kaminofen saß. Triste Kleidung: Segeltuchslipper, graue Hose und ein verwaschenes schwarzes Baumwollsweatshirt mit rundem Ausschnitt, das ihr zu groß war, vielleicht ein Männersweatshirt. Sie hatte zwar Ohrlöcher, trug aber keinen Ohrschmuck.

Eine Frau, die ihr Äußeres vernachlässigte, eine Frau, die den Kampf aufgegeben hatte.

Barbara stellte sie einander vor und ließ sie allein. Im Weggehen gab sie der Polizeibeamtin bei Mrs. Abbot ein Zeichen, ihr zu folgen. Er setzte sich Josie gegenüber in einen Sessel und beugte sich ein wenig vor, um ihr Vertrauen zu wecken. »Wenn ich Ihnen einige Fragen stellen dürfte, Mrs. Abbott.«

»Josie.«

»Josie.« Er hörte aufmerksam zu, als sie ihm noch einmal schilderte, was er bereits von Barbara gehört hatte. Er suchte nach Widersprüchen, konnte jedoch keine feststellen. Sie hatte nichts dagegen, ihre Aussage zu wiederholen. Die meiste Zeit hielt sie den Blick gesenkt, doch einige Male sah sie ihn an und ihre Augen verrieten unterdrückten Schmerz. Als sie ihre Aussage beendet hatte, fragte er: »Und Jordans Vater, haben Sie noch Kontakt zu ihm?«

Sie erstarrte. »Wie denn? Über einen Draht ins Jenseits?«

»Tut mir sehr Leid.« Man ging heutzutage einfach davon aus, dass allein stehende Mütter geschieden oder nie verheiratet waren, als gäbe es keine jungen Witwen.

»Vor achtzehn Monaten.« Sie betrachtete den engen Raum, als würde sie ihn hassen. »Peter war Klempner, selbstständig, es lief ganz gut. Er starb an einem Abend im Dezember bei einem Autounfall, kurz vor Weinachten, als er von einem Notfall zurückkam. Durch einen betrunkenen Fahrer, der dafür ein Jahr Gefängnis gekriegt hat, dass er meinem Mann das Leben und Jordan den Vater genommen hat. Ganze sieben Monate hat er abgesessen – mit Freigang.« Greg murmelte irgendetwas; was er sagte, war ganz gleich, solange nur der Tonfall stimmte. »Er läuft jetzt schon seit einem Jahr wieder frei herum, geht zur Arbeit wie immer, schläft mit seiner Frau, spielt mit seinen Kindern. Sein Name ist Frank Meldrew, er wohnt in Froxfield und denkt sicher, es sei hart genug, dass er überhaupt eine Zeit absitzen musste, denn ›so was kann schließlich jedem passieren‹.«

»Es tut mir sehr Leid«, wiederholte er. »Solche Urteile sind ein Hohn.«

»Pete hat sich nicht um Lebensversicherung oder Rente gekümmert. Mit fünfunddreißig denkt man nicht an solche Sachen. Die Bank kündigte nach einem halben Jahr die Hypothek und die Behörde hat uns hier untergebracht.«

»Sie haben es nett hergerichtet.« Sie sah ihn ungläubig an.

»Ich wusste, ich würde sie nicht behalten dürfen.«

»Ich verstehe nicht ganz.«

»Wir hatten es seit Jahren versucht, wissen Sie, immer wieder, ohne Erfolg. Jordan wurde durch künstliche Befruchtung gezeugt. Wir haben es in einer Privatklinik machen lassen, weil die Warteliste beim staatlichen Gesundheitsdienst zu lang war. Dafür ist unser Erspartes draufgegangen, nicht für Versicherungsraten oder Rentenbeiträge. Nicht, dass ich es anders gewollt hätte. Aber es ist, als hätte ich sie nicht haben sollen, und so wurde sie mir wieder weggenommen.«

Er sah sie entsetzt und fasziniert an und begriff die schlimme Logik. Die meisten Menschen kamen zufällig und planlos zur Welt, weil ihre Eltern zu viel getrunken hatten und leichtsinnig wurden oder keine Kondome mehr hatten, aber Jordan war geplant und gewünscht worden, über Jahre, in denen es wahrscheinlich oft falschen Alarm und viele Fehlbehandlungen gegeben hatte.

»Wir werden sie wieder finden«, sagte er.

»Haben Sie Kinder, Mr. Summers?«

»Nein.«

»Eine Frau?«

»Nein.«

Sie versuchte zu lächeln. »Eingefleischter Junggeselle?«

»Nein«, antwortete er, »keineswegs.«

Sie berichtete ihm, wie sie am Nachmittag zum Gemeindegrund hinaufgegangen waren, Hand in Hand, beide in geblümten Sommerkleidern und barfuß in Sandalen. »Die Roma hatten es ihr angetan«, sagte Josie, »die richtigen, meine ich, mit den bemalten Pferdewagen, nicht diese Schnorrer mit ihren Dieselbussen.«

Sie stehlen kleine Mädchen und verkaufen sie.

»Hat sie auf dem Jahrmarkt mit jemandem gesprochen?«

»Mit verschiedenen Leuten. Sie hat ein paar billige Kinkerlitzchen gekauft, ist auf einem Shirepferd geritten und hat um ein Schwein gekegelt, aber wir hatten Gott sei Dank keine Chance zu gewinnen. Wir haben zum Tee ein paar Pfannkuchen mit Ahornsirup gegessen. Sie hat sich ihr Gesicht wie ein Kaninchen anmalen lassen ...«

»Wie bitte?«

»Oh, ich sehe, Sie haben wirklich keine Kinder. Sie haben ihr eine schwarze Nase und Schnurrbarthaare gemalt und ein paar Schlappohren, hier.« Sie strich sich mit den Händen über die Wangen. »Sie ist ein aufgeschlossenes Kind, nicht schüchtern, sie unterhält sich mit jedem.«

Was einerseits gut und andererseits schlecht war.

»Besonders mit diesem Jungen. – Da ist so ein Junge, ein junger Mann, an die zwanzig, aber geistig ist er ein Kind. Er war offenbar sehr angetan von Jordan und folgte uns eine Weile, strich ihr immer wieder über das Haar. ›Schön, so schön‹, hat er immer wieder gesagt. Ich denke, weil sie so dunkel sind, ist ein blondes Mädchen ... Ich hab sie nicht aus den Augen gelassen, aber er schien ganz harmlos.«

Sie sind anders als wir.

»Das ist er wohl auch«, sagte Greg. »Harmlos.«

»Oh, und ein Mann schenkte ihr eine selbst geschnitzte Flöte. Seltsam, ich hätte nicht gedacht, dass Zigeuner irgendetwas verschenken. Ich wollte dafür bezahlen, aber er lachte nur und wollte nichts davon hören. Er sagte, er hätte selbst einmal ein kleines Mädchen wie sie gehabt, genau so eine Schönheit. Sie hat den ganzen Tag darauf gespielt, bis ich ... Es ging mir auf die Nerven und ich schrie sie an, damit aufzuhören.«

Sie langte neben das Sofa. »Ich habe sie versteckt und gehofft, Jordan würde nicht mehr daran denken. Ja, hier ist sie.« Sie reichte ihm eine hölzerne Flöte, die Sorte Kinderspielzeug, wie er sie seit Jahren nicht mehr zu Gesicht bekommen hatte. Heutzutage spielten Kinder mit Computern und Mountainbikes und Star-Wars-Figuren. Er betrachtete sie von allen Seiten, schlicht, aber fein gearbeitet. Er setzte sie an die Lippen und blies hinein, so wie ein Kindermund es kurz vor ihm getan hatte. Wider Erwarten war der Ton nicht schrill, sondern tief, fast klagend. Ohne nachzudenken steckte er die Flöte ein, und Josie erhob keine Einwände dagegen. Vielleicht war sie froh, sie los zu sein.

»Würden Sie ihn wieder erkennen?«

»Er war nicht bei den anderen.« John Smith, dachte er. »Ja«, fuhr sie fort. »Ich kann Ihnen seinen Wohnwagen zeigen.«

»Und er hat diese Flöten an einem Stand verkauft?«

»O nein. Er saß auf der Wagentreppe, als wir vorbeikamen, und schnitzte gerade an einer anderen. Jordan ging direkt auf ihn zu und fragte, was er machen würde, und er spielte uns eine Melodie vor, wie ein kleines Tänzchen, und gab sie ihr dann.«

Seltsam, dass Smith nichts verkaufte wie die anderen. Weshalb war er dann dort?

»Aber es sprachen mich mehrere Zigeuner an«, fuhr Josie fort, »und sagten, wie hübsch sie sei und dass sie Glück bringen würde.« Zum ersten Mal bebte ihre Stimme, und er sah, wie sie ihre kurzen Fingernägel in die Handfläche bohrte, um die Tränen zurückzuhalten. Ein nützlicher Trick, den er selbst auch schon angewandt hatte. Sie sprang auf, nahm eine gerahmte Fotografie von der Anrichte und gab sie ihm. »Obwohl ich mich jetzt frage, was für eine Art von Glück sie meinten.«

»Sie ist hübsch«, sagte er mit ehrlichem Respekt. Ein hinreißendes blondes Kind in einem himmelblauen Pullover, passend zu ihren Augen. Ein großes Gesicht mit rosa Wangen und vollen Lippen, die ein echtes Lächeln zeigten, nicht das typische Kameralächeln von nervösen Kindern. Der Name Jordan hatte einen biblischen Klang, wie ein Geschenk Gottes. Leute wie die Abbots würden ein Kind wahrscheinlich nie Dorothea oder Theodosia nennen, das wäre zu ausgefallen.

Er drehte das Bild um und las den Aufkleber auf der Rückseite. Dort stand ›Piers Hamilton, Fotograf‹ und eine Adresse in der High Street in Hungerford.

»Ihre Großeltern leben in Neuseeland – also Peters Eltern, meine sind schon gestorben. Sie fingen immer wieder damit an, dass sie kein aktuelles Bild von ihr hätten, und so habe ich es vor drei Monaten, kurz nach ihrem Geburtstag, für sie machen lassen und habe mir selbst einen Abzug davon gekauft. Sie ist ihr einziges Enkelkind.«

»Kann ich es erst einmal mitnehmen?« Als sie zögerte, sagte er: »Ich werde es wie meinen Augapfel hüten, aber es ist gut geeignet für die Zeitung und fürs Fernsehen.«

»Natürlich.«

»Obwohl es dazu wahrscheinlich gar nicht kommen wird. Viele Kinder verschwinden und die meisten tauchen nach einigen Stunden wohlbehalten wieder auf.«

Allerdings eher die älteren Kinder, die zwölf-, dreizehnjährigen, nicht die sechsjährigen. Er steckte die Fotografie zu der Flöte in seine Tasche.

»Aber heute sah sie nicht so aus«, sagte sie. »Heute sah sie aus wie ein Kaninchen.«

»Immer noch?«

»Ich wollte natürlich, dass sie sich die Schminke vor dem Schlafengehen abwäscht, aber sie wollte nicht. Sie ist eigentlich ein artiges Kind, aber wenn sie etwas will … Ich hatte Angst, es könnte Flecken auf der Bettwäsche geben, aber sie wollte ein Hoppelhäschen sein, wenn sie aufwacht, und schließlich habe ich es nicht übers Herz gebracht, ihr diesen kleinen Wunsch abzuschlagen.«

»Gab es irgendwelchen Streit?«, fragte er.

»Streit? Nein!«

»Vielleicht gab es einen ganz einfachen Grund. Kinder bewerten die Dinge anders als wir, und manches, was wir schon längst vergessen haben, frisst sich in ihnen fest.«

»Für jemanden, der keine Kinder hat, kennen Sie sich aber sehr gut aus«, sagte sie.

Er saß mit Barbara in seinem Auto, weil sie sich ungestört unterhalten und erste Eindrücke austauschen wollten, aber beide zögerten zunächst. »Ich denke, ich rufe Angie an und sage ihr, dass es wohl die ganze Nacht dauern wird«, sagte Greg.

»Falls sie denkt, du wärst mit einer anderen unterwegs?«

Er sah sie nachdenklich an. Seine flotte junge Kollegin trug einen grauen Hosenanzug und hohe schwarze Lederstiefel, mit denen man notfalls kräftig zutreten konnte. Ihr dunkles Haar war kurz und ordentlich geschnitten, das vertraute Gesicht ungeschminkt. Privat war sie wirklich hübsch, aber jetzt zeigte sie eine rein dienstliche Miene. Er kannte niemanden, der cleverer war als sie, aber heute Nacht sah sie ihn ebenso wohlwollend wie prüfend an, und er hatte das Drumherumgerede gründlich satt.

»Ich weiß, es wirkt pervers«, sagte er. »Das ist es aber nicht.«

»Leben und leben lassen«, antwortete sie. »Wer kümmert sich heute schon noch um so etwas?«

»Die Leute sehen das sicher unterschiedlich – und viele finden es wohl unerhört, geschmacklos und ekelhaft –. Ich will ganz bestimmt nicht, dass man sich in der Kantine darüber das Maul zerreißt.«

»Von mir wird es keiner erfahren. Aber jammere du auch nicht, wenn ich mit einem achtzehnjährigen Bodybuilder, einem achtzigjährigen Mönch oder einer breitschultrigen Lesbe zusammenziehe.«

»Oder mit allen dreien?«

»Oder das.«

»Einverstanden.«

Er wählte seine Nummer und hörte, wie sich nach dem zweiten Klingeln der Anrufbeantworter einschaltete. Er wartete auf den Signalton und ärgerte sich über die unnötige Länge seines Spruches und seinen wichtigtuerischen Tonfall auf dem Band. »Schläfst du schon?«, sagte er schließlich. »Ich fürchte, ich habe die ganze Nacht zu tun, wenn wir nicht ganz großes Glück haben. Bis morgen.« Und in trotzigem Ton fügte er hinzu: »Ich liebe dich, mein Engel.«

Er legte auf.

»Es gibt viel zu wenig Liebe auf der Welt, Greg«, sagte Barbara, »mach dir mal nicht so trübselige Gedanken wie ein Nordschwede in der Polarnacht.«

»Nein. Allerdings dürfte man in Schweden wohl seine Schwiegertochter heiraten.«

»In Schweden darf man wahrscheinlich sogar seine Tochter heiraten. Du warst lange allein, nicht wahr?«

»Ich bin ein Einzelgänger«, antwortete er.

Das stimmte, auch wenn die Boulevardzeitungen ›Einzelgänger‹ offenbar mit ›psychopathischem Mörder‹ gleichsetzten. »Er war ein Einzelgänger«, sagten Nachbarn nach einer Tragödie, »blieb immer für sich«, als würde sie dies ihrer Verantwortung entheben. Leute, die Michael Ryan nicht kannten, hatten ihn einen Einzelgänger genannt, aber in Wahrheit war er einsam gewesen.

Sie schwiegen und beobachteten, wie ihre Kollegen im Bungalow ein und aus gingen. Es musste jetzt gesagt werden. »Glaubst du, dass das Kind tot ist?«, fragte sie.

»Was denkst du?«

»Ich glaube, ja. Ich glaube, sie starb kurz nachdem sie ihr Bett verlassen hat.«

»Hast du die Adresse der Großeltern in Neuseeland?«

»Nein. Glaubst du etwa …?«

»Man muss alles in Erwägung ziehen. Sie haben ihren Sohn verloren. Vielleicht wollen sie ihr Enkelkind als Erinnerung.« Alles war ihm recht, wenn er sich nur einreden konnte, das Mädchen würde noch leben.

»Meiner Meinung nach ist Josie immer noch die Hauptverdächtige«, sagte Barbara.

»Weil sie nicht hysterisch ist? Jeder zeigt seinen Kummer auf andere Weise. Sie hat schon einen großen Verlust erlitten, als ihr Mann starb, und so etwas macht einen entweder kaputt oder stark.«

»Trotzdem. Allein erziehende Mutter, mittellos, ohne soziale Kontakte. Und welcher Mann lässt sich schon gern das Kind eines anderen aufhalsen? Da kann man schnell mal durchdrehen und so ein kleines Kind ist tot, bevor man begreift, was man tut.«

»So kann nur eine neidische alte Jungfer denken«, sagte er. »Du kannst einem Leid tun, Carey. Dieses

Mädchen bedeutet ihr alles. Sie hat weiß Gott genug durchgemacht, um sie zu bekommen.« Er berichtete ihr von der künstlichen Befruchtung.

»Verstehe«, sagte Barbara. »Und wenn schon, Jordan hat sie all ihr Geld gekostet – die Rente und die Lebensversicherung, die ihr Mann hätte abschließen sollen – und sie so arm gemacht, wie sie jetzt ist. Keine schlimme, bittere Armut, aber trist und einsam. Außerdem ist so etwas so schrecklich … alltäglich geworden.«

Er verstand, was sie meinte. Es passierte in den Neunzigern offenbar immer häufiger, dass Menschen ihre eigenen Kinder oder ihre Partner umbrachten und dann eine plausible Geschichte auftischten, in der es ein maskierter Einbrecher, ein wütender Autofahrer, ein bekiffter Autodieb oder ein Obdachloser getan hatte. Ihre Motive waren unfassbar, unerklärlich, trivial.

Aber nur Eltern wissen, wie sehr einem Kinder auf die Nerven gehen können oder wie etwas Unbedeutendes das Fass zum Überlaufen bringen kann.

Sie sehen zu viele Krimis im Fernsehen, dachte er, echte und erfundene. Sie wissen, wie man die Medien manipuliert, glauben zu wissen, wie man die Polizei manipuliert, obwohl sie dann schnell feststellen, dass sie sich in diesem Punkt geirrt haben. Die Zeitungen vermitteln den Eindruck, als seien Schwerverbrechen etwas Alltägliches, und lassen sie annehmen, ihre Geschichte würde geglaubt, weil so etwas jeden Tag passiert.

»Und, ziehen wir heute Nacht alle Register?«, fragte sie.

»Sie ist erst sechs Jahre alt«, sagte er. »Wir suchen heute Nacht.« Er öffnete die Autotür. »Wir suchen sie jetzt.«

Sonntagmorgen

Neuigkeiten verbreiten sich schnell in einer kleinen Stadt, sie dringen durch Wände, von einem Haus zum anderen. Als Greg und Barbara gegen ein Uhr morgens ihre Leute in der High Street versammelten, hatten sich bereits etwa fünfzig Personen eingefunden, darunter auch einige Frauen. Sie hatten Taschenlampen bei sich, trugen warme Kleidung und festes Schuhwerk und hatten entschlossene Gesichter. Es galt, eine große Fläche abzusuchen, und diese Leute kannten die Gegend besser als seine Männer. Greg hatte nicht vor, ihre Hilfe abzulehnen.

Barbara hielt einen weißen Teddybären wie einen Fremdkörper im Arm, Jordans Lieblingsstofftier, das sie immer mit ins Bett nahm. Die Hunde sollten daran den Geruch des Kindes aufnehmen. Josie hatte mitkommen wollen, ließ sich jedoch überreden, daheim zu bleiben, falls Jordan reuig nach Hause kommen sollte.

Es fanden sich auch einige uniformierte Polizisten aus Newbury ein, die ihre Spätschicht um zehn Uhr beendet und über den Polizeifunk von der Sache erfahren hatten. Sie kamen, um zu helfen, an einem Samstagabend. Greg hätte sie am liebsten umarmt.

Das barocke Rathaus wurde aufgeschlossen, damit sie dort ihre Basisstation einrichten konnten. Barbara bezog einen Schreibtisch mit Telefon im Informationszentrum der Gemeinde. Ein Mann in mittleren Jahren stellte sich als einer der ortsansässigen Zeitungshändler vor und zog schüchtern einige Karten der Umgebung hervor. »Ich dachte, die wären vielleicht ganz nützlich.«

»Ein praktischer Mann!«, sagte Barbara. »Ich glaube, ich bin verliebt.«

Er wurde feuerrot und verzog sich eilends in die schützende Menge.

Greg stellte sich und Barbara vor und erklärte, warum sie sich versammelt hatten, falls jemand es noch nicht wusste. Sie suchten nach einem kleinen Mädchen, gut einen Meter groß, hübsch, blond, angemalt wie ein Kaninchen, in einer Jeanslatzhose, weißem Hemd und Turnschuhen. Er sagte ihnen, dass Barbara im Rathaus bleiben, ihre Berichte aufnehmen und den Einsatz koordinieren würde.

Nachdem die abzusuchenden Gebiete verteilt waren, entfernten sie sich in Zweier- oder Dreiergruppen, nach Möglichkeit jeweils mit einem Polizisten oder einem Hundeführer. Keiner ging allein, außer einem Mann, den man offenbar übersehen hatte. Er war ungefähr dreißig Jahre alt, groß, gut aussehend, sehr schlank mit glattem, blondem Haar, das er sich ständig aus dem Gesicht streichen musste. Seine Jeans waren eine Idee zu schick und seine Jacke schien aus Kaschmir zu sein. Offenbar ein Mann, der keine Freunde hatte.

Als er sich unschlüssig in Richtung Park Street wandte, griff sich Greg Barbaras Handy, nahm die starke Taschenlampe aus dem Kofferraum seines Wagens und ging ihm nach. »Sie sehen aus, als könnten Sie einen Partner gebrauchen.«

»Oh, danke.«

»Ich bin Gregory.«

»Piers«, antwortete der junge Mann höflich. Seine Stimme klang angenehm, gebildet, zivilisiert, weich.

Nicht gerade ein häufiger Name. »Etwa Piers Hamilton?«

Er blieb stehen und sah Greg jetzt interessiert an. »Kennen wir uns?«

Greg berichtete ihm von der Fotografie. »Sie kennen Jordan also?«

»In Hungerford dürfte es kaum jemanden geben, der sie nicht kennt«, antwortete der Jüngere im Weitergehen. »Ja, sie ist ein wundervolles Kind, stellt jede Menge Fragen – erstaunlich interessierte, einfühlsame Fragen. Ich habe gern mit ihr gearbeitet, vor allem, weil sie so fotogen ist. Sie können sich gar nicht vorstellen, was für Kinder ich manchmal fotografieren muss – Pfannkuchengesichter, die nur eine Mutter lieben kann.«

»War ihre Mutter beim Fototermin dabei?«

»O ja, die ganze Zeit. Nette Frau, aber irgendwie ... traurig.«

Greg begriff, dass er traurig im Sinne von unglücklich meinte und nicht im Sinne von Mitleid erregend und jämmerlich, wie Angie und ihre Freundinnen das Wort verwendeten, was ihn immer störte. Josie war also schon vor dem heutigen Abend mutlos, vielleicht depressiv gewesen.

»Sie versuchte, mit mir zu flirten«, fügte Piers hinzu, »stellte sich aber furchtbar ungeschickt an, und bei mir war sie ohnehin an den Falschen geraten, die Arme.«

»Sie wohnen hier im Ort?«, fragte Greg.

»Über meinem Studio am Ende der High Street.«

»Allein?«

»Ja.«

»Wer hat Ihnen denn dann gesagt, dass Jordan vermisst wird?«

»Ich war noch wach und habe Fotos entwickelt, manchmal bin ich eine Nachteule. Ich hörte den Lärm auf der Straße und sah, dass sich eine Menschenmenge vor dem Rathaus versammelte, also bin ich neugierig geworden und hingegangen, um nichts zu verpassen.

Als ich hörte, was los war, holte ich meine Jacke und schloss mich an.«

Er nahm keinen Anstoß an seinen Fragen, dachte Greg, als hätte er sie erwartet und sich vorbereitet. »Haben Sie selbst Kinder?«, fragte er.

»Nein, ich bin, äh«, er räusperte sich. »Ich dachte, Sie hätten mich verstanden, ich bin nicht der Typ zum Heiraten, wie man so sagt.« Er lächelte Greg frech an und sah plötzlich sehr jung aus. »Was glauben Sie denn, weshalb keiner der anderen Jungs mit mir im Dunkeln allein sein wollte?«

»Oh!«

Sie gingen die Park Street entlang, über die Greg zuvor gekommen war, vorbei an der ruhigen Polizeiwache, die noch besetzt war. Die Männer untersuchten die Nebenstraße, die hinunter zu den Eisenbahnschienen führte. Dort gab es vieles zu durchsuchen: den um diese Zeit völlig verlassenen Bahnhofsparkplatz – der letzte Zug war längst gefahren –, ein kleines Industriegebiet, die menschenleere Bahnhofsgaststätte, ein Genossenschaftslager, das Büro der Johanniter-Ambulanz und den Recyclinghof mit seinen vielen bunten, von Zeitungen überquellenden Containern und einem Haufen Glasscherben.

»Hoffentlich ende ich nicht mal hier«, sagte Piers. »Bei all dem anderen Abfall.«

Sie riefen regelmäßig den Namen des Kindes. Greg wünschte, er hätte Josie nach einem möglichen Kosenamen gefragt – Jordy oder Jody oder was auch immer.

»Gehen wir über die Gleise?«, fragte Piers, nachdem sie sich vergewissert hatten, dass dort kein Kind versteckt war.

»Da geht es zum Kanal und dahin sind schon andere gegangen. Gehen wir lieber bis zum Ende der Park Street und dann hoch zum Gemeindegrund.«

Auf beiden Seiten der Straße befanden sich Einfahrten; auch die Wohnblöcke eines neu erschlossenen Gebiets am Hang um eine leer stehende Kapelle herum waren zu kontrollieren. Greg tippte in allen Einfahrten an das Garagentor und sagte leise: »Jordan? Alles in Ordnung, Süße, hab keine Angst.«

Piers, den das Kind wenigstens kannte, sagte jedes Mal seinen Namen und rief: »Du bekommst keinen Ärger, Jordan, niemand ist dir böse.«

Sie bekamen keine Antwort und erreichten schließlich den Gemeindegrund. Greg sah auf seine Uhr, es war fast drei Uhr nachts. Niemand würde sagen können, sie wären nicht gründlich gewesen.

Von rechts hörten sie die Stimmen anderer Suchtrupps, Taschenlampen blitzten auf, Hunde bellten, und so gingen sie nach links zu dem Gebiet zwischen der Straße und den Gleisen, in Richtung der Dun-Mill-Schleuse. Das Romalager lag still und dunkel da, die Bewohner schliefen längst, kein Lebenszeichen drang aus den Wohnwagen. In dem Wäldchen bewegten sich allenfalls ein paar Mäuse. Sie umrundeten den gesamten Steinkreis und sahen hinter jeden Monolithen. Sie stapften durch einen tief liegenden Graben und liefen neben den Gleisen her; dabei untersuchten sie die dichten Hecken entlang des Zaunes.

Die Versuchung war groß, sich zu beeilen und manche Ecke auszulassen, aber ein methodisches Vorgehen war unerlässlich, sonst müsste man am Ende alles noch einmal absuchen, weil man im Dunkeln etwas Entscheidendes übersehen konnte. Sie ließen das Licht ihrer Taschenlampen über den Boden wandern, manchmal kreuzten sich die Lichtkegel wie sich paarende Glühwürmchen, manchmal blieben sie an etwas hängen, das sich dann doch nur als zurückgelassener Müll herausstellte. Ein einzelner Turnschuh erregte für einen Augenblick ihre Aufmerksamkeit, aber er war zu groß, um Jordan zu gehören. Seine Sohle war abgelöst; ein wütender Jogger hatte ihn wohl ausgezogen und in die Büsche geschleudert. Von der nächtlichen Störung überrascht, hockten die Kaninchen sekundenlang erstarrt und mit gespitzten Ohren da, bevor sie aus dem Lichtkegel hoppelten.

Die Zeit verging schnell und im Osten dämmerte bereits der Morgen herauf. Nach langem Schweigen fragte Greg: »Leben Sie schon lange in Hungerford?«

»Seit etwa zwei Jahren. Soll ich Ihnen jetzt beichten, dass ich vorbestraft bin? Das erspart uns spätere Tränen und Vorwürfe.«

»Weswegen?«, fragte Greg überrascht.

»Ich hab einem neugierigen Polizisten eins mit der Taschenlampe übergezogen.«

Greg lachte, der Mann war ihm sympathisch. »Ich warne Sie, meine Taschenlampe ist erheblich größer und schwerer als Ihre!«

»Unsittliches Verhalten in einer öffentlichen Toilette. Das heißt, grob unsittliches Verhalten.«

»Ach so.« Gregs Devise war es, sich nicht um Homosexuelle zu kümmern, solange sie ihn in Ruhe ließen, aber er konnte nicht begreifen, weshalb sie Sex mit vollkommen Fremden in einer übel riechenden öffentlichen Toilette haben wollten. Gleichzeitig sah er nicht ein, warum man die Zeit und Arbeitskraft von Polizisten darauf verschwenden sollte, sie daran zu hindern oder sie sogar einzusperren.

»Und, sind Sie jetzt kuriert?«

»Vom Schwulsein?«

»Von solchen Schwulentreffs.«

»Nein, aber ich bin vorsichtiger geworden.« Hamilton grinste und sagte mit Fistelstimme: »Ich zeig dir meine Taschenlampe, wenn du mir deine zeigst.« Be-

vor Greg eine Antwort einfiel, piepte sein Handy.
»Glück gehabt«, sagte Piers.

Greg langte nach dem Telefon und betete, dass es einer von Barbaras Freunden wäre, ein chronischer Nachtschwärmer, aber er wusste es besser.

Der kürzeste Weg führte bei der Schleuse an den Kanal und dann den Treidelpfad entlang zur Hungerford Bridge. Greg kam zu diesem Schluss, nachdem er zweimal vergebens versucht hatte, auf die andere Seite der Bahnlinie zu gelangen, wobei er sich seinen Ärmel am Stacheldraht aufgerissen und den Finger tief eingeschnitten hatte. Sie liefen so schnell sie konnten über das taunasse Gras und rutschten mehrmals aus. Piers rannte ohne erkennbare Anstrengung und schneller als Greg, der bald außer Atem war. Der Fotograf kannte sich offenbar besser aus als sein Begleiter.

»Sagen Sie bloß nicht«, keuchte Greg, »dass Sie zum Joggen herkommen.«

»Gelegentlich.«

Der Kanal verlief hier schnurgerade, und in der grauen Morgendämmerung konnte Greg Barbara schon von weitem erkennen. Ihre Haltung verriet ihm, dass sie alles andere als glücklich war. Sie hatte Recht behalten, aber er wusste, wie gern sie darauf verzichtet hätte. Sie war gerade dabei, mit ein paar uniformierten Kollegen den Tatort abzusperren. Der Pfad war an dieser Stelle schmal, eingezwängt zwischen Zaun und Kanal, die Anwesenden drängten sich dort zusammen.

»Ich weiß nicht, ob ich das sehen will«, sagte Piers.

»Dann laufen Sie wieder zur Schleuse und gehen über die Straße zurück«, antwortete Greg ungeduldig.

Wenigstens war der Mann kein Gaffer.

»Nein, ich kann nicht mehr. Ich bleibe bei Ihnen.« Spätestens wenn der Morgen dämmert, macht sich eine schlaflose Nacht bemerkbar.

Nach der kürzesten Nacht der Jahres, als sich die Sonne gerade langsam und zögernd wieder am östlichen Horizont erhob, erreichten sie die Stelle am Ufer, wo die Leiche von Jordan Abbot lag. Sie war vollständig bekleidet, lag auf dem Rücken, ein Bein war unter dem Körper angewinkelt, ihr Kopf unnatürlich abgeknickt und die Hände mit den abgebissenen Fingernägeln über dem Bauch gefaltet. Obwohl ihre Augen geschlossen waren, wäre niemand auf die Idee gekommen, sie würde nur schlafen.

Eine Rotbuche breitete schützend ihre Äste über sie und etwas weiter unten stand ein wilder Rosenbusch mit weißen Blüten und gelbem Blütengrund.

Ihr Gesicht sah tragisch und komisch zugleich aus: Die Nase war schwarz angemalt und mit den knallrosa Nasenlöchern erinnerte es eher an einen Hund als ein Kaninchen. Greg meinte, sie müsste sich kalt und feucht anfühlen. Zu beiden Seiten prangten drei dunkle Schnurrbarthaare, und ihr hübsches Gesicht wurde von braunweißen Ohren eingerahmt. Die Schminke war kaum verwischt, sie war sehr haltbar. Sie hätte keine Flecken auf Josies Bettwäsche hinterlassen.

Einer der Schäferhunde knurrte Greg an und er sagte unsicher: »Braver Hund.« Barbara nickte dem Hundeführer zu und er führte das Tier fort. Greg sog an seinem verletzten Finger, obwohl er nicht mehr blutete; der metallische Geschmack des getrockneten Blutes tröstete ihn.

Die drei Jugendlichen, die die Leiche gefunden hatten, standen hilflos auf dem Weg herum. Sie trugen alle dasselbe: zerrissene Jeans, weiße T-Shirts, überweite Holzfällerhemden und zu groß wirkende weiße Turnschuhe mit Laschen so lang wie Schienbeinschoner. Sie sahen aus wie Siebzehnjährige, aber Greg wusste, dass sie auch erst zwölf oder dreizehn sein konnten. Er war daran gewöhnt, von Jugendlichen überragt zu werden; solange sie nicht bewaffnet waren, machte ihn das nicht mehr nervös. Sie trugen die Haare kurz rasiert, was offenbar derzeit wieder modern war und sie nicht unbedingt zu Skinheads machte. Er hätte sie misstrauisch beäugt, wenn sie an einer Straßenecke herumgelungert hätten, aber im Augenblick kämpften sie mit den Tränen.

Seltsam, dass man bei dem Wort ›Jugendlicher‹ automatisch an irgendwelche Missetaten dachte. Niemand würde je sagen: »Was für ein netter Jugendlicher.«

»Habt ihr sie berührt?«, fragte er.

Sie schüttelten bedrückt die Köpfe und der größte musste sich schon bei der Vorstellung davon übergeben. Piers sah aus, als wollte er es ihm gleichtun, und Greg nickte ihm kurz zu, ruhig zu verschwinden. Piers drückte sich an Barbara vorbei, ohne sie wahrzunehmen; krampfhaft bemüht, nicht in Richtung der kleinen Leiche zu schauen, eilte er schwankend in Richtung Brücke.

Babs schaute ihm kurz nach, zog die Brauen hoch und fragte: »Wer ist denn dein neuer Freund?«

Er zuckte die Achseln. Der größte der drei Jugendlichen kam zurück und wischte sich Erbrochenes vom Mund. An seinem Kragen glitzerte etwas gelblicher Schleim. »Da stecken diese dreckigen Scheißzigeuner dahinter«, sagte er.

Seine Gefährten murmelten zustimmend. Greg rieb sich die schmerzende Stelle zwischen seinen Augen, wo eigentlich seine Brille sitzen sollte. »Hast du dafür irgendwelche Beweise, mein Junge?«

»Liegt doch nahe, oder?«, sagte der kleinste. »Sie sind seit zwei, drei Tagen hier, und dann passiert so etwas.«

»Genau«, knurrten die anderen. »Ganz genau.«

Sie sind Fremde, Außenseiter. Sie stehlen Kinder. Aber was hatte Rufus Lee gesagt? Wir lassen nicht zu, dass ihr unsere Kinder stehlt.

»Sergeant Carey wird eure Aussagen aufnehmen«, sagte Greg. »Wenn ihr sie bitte in die Stadt begleiten wollt.« Zu Barbara sagte er: »Ich warte hier auf den Pathologen und den Fotografen.«

Sie nickte stumm, ging an den jungen Glatzköpfen vorbei und führte sie fort. Zudem hatte sie die traurige Pflicht, Josie die schlimme Nachricht zu bringen.

»Was war das?«, rief Greg.

Barbara drehte sich um. »Was denn?«

»Ich dachte, ich hätte ein Geräusch gehört, wie ein entfernter Schuss.«

Sie lauschten beide, aber es war nichts mehr zu hören. »Habe ich mir wohl eingebildet«, sagte er.

»O Sol«, sang Ozymandius, als die ersten Sonnenstrahlen in den Steinkreis fielen, »unser aller mächtiger Vater, beschütze uns.«

»O Sol, beschütze uns«, wiederholten die Mädchen.

»O Gaia, unser aller liebliche Mutter, nähre uns.«

»O Gaia, nähre uns.«

Sie trugen farbenfrohe Gewänder, bis auf den Mann, dessen weiße Robe mit schwarzen Runen bestickt war. Das Gesicht zur Sonne erhoben, die Augen geschlossen, wiegte er sich hin und her und begann, in einer fremden Sprache zu murmeln, während die Frauen im Kreis um ihn herumtanzten. Aus einem Ghettoblaster dudelte in voller Lautstärke Musik, nichts Melodisches, möglicherweise Walgesänge oder Geräusche aus dem Inneren der Erde.

»Gib uns von deiner Kraft«, befahl Ozymandius mit pseudo-amerikanischem Akzent. »Erfülle uns mit deiner Kraft.« Er schwang jetzt ruckartig die Hüften; die Mädchen ließen ihre Roben fallen und standen nackt da, auch wenn sich dabei einige offenbar nicht sehr wohl fühlten.

»Wir huldigen dir mit unseren Körpern ...« Das Klicken eines Gewehrs, das dicht neben seinem Ohr entsichert wurde, ließ ihn die Augen aufreißen und er sagte in breitestem Dorset-Akzent: »Verdammt noch mal! Du kannst doch nicht mit diesem Ding auf mich zielen!«

»Weißt du, wie viel Uhr es ist?«, fragte Rufus mit sachlicher Stimme.

»Sonnenaufgang«, antwortete der New-Age-Jünger. »Sommersonnenwende. Die Kräfte der Natur sind jetzt am stärksten, und wir ...«

»So ein beschissener Quatsch! Mir kannst du nichts erzählen, Freundchen. Du willst doch nur diese dummen Gänse bumsen.« Die Mädchen hatten hastig ihre Gewänder aufgehoben und drückten sie nun verlegen an sich. »Fruchtbarkeitsrituale? Oder irre ich mich?«

»Ja, natürlich ...«

»Ich will dir ja nicht den Spaß verderben, Herzchen, aber ich kann diesen dämlichen Radau am frühen Morgen einfach nicht ertragen und meine Frau auch nicht und sie hatte in den letzten Tagen schon genug am Hals.« Er machte kehrt und schoss einmal durch die rostige Seitenwand des nächsten Wohnwagens, so dass alle Vögel und Tiere in weitem Umkreis verstummten. »Also lasst es bleiben, verstanden?« Sie nickten stumm. Rufus drehte sich um und ging fort, ohne sich noch einmal umzusehen; dieser Mann war es gewohnt, dass man ihm gehorchte.

»So kann er doch nicht mit dir reden, Clive«, sagte

eines der hübschen Mädchen, die Brünette, als er außer Hörweite war. »Wir leben in einem freien Land.«

»Er hat die Stimmung verdorben«, sagte Clive-Ozymandius verdrießlich und schaltete den Ghettoblaster aus. »Ich leg mich wieder hin.« Zu der hübschen Brünetten sagte er: »Kommst du mit, Cathy?« und ging zu seinem Wohnwagen, der nicht von dem Schuss getroffen worden war. Dass sie mitkommen würde, setzte er voraus. Nach kurzem Zögern eilte sie hinter ihm her, und die anderen vier sahen ihnen missmutig nach.

»Der Tod ist vor vier bis sechs Stunden eingetreten«, sagte der Pathologe und zog das Thermometer zurück. »Sieben Grad an der Körperoberfläche.« Er bewegte sacht einen ihrer Arme, als fürchtete er, ihr wehzutun. »Die Leichenstarre setzt gerade erst ein.«

Es war kurz nach vier Uhr morgens. Um elf war entdeckt worden, dass sie nicht in ihrem Bett war. Vielleicht war es schon zu spät gewesen, als Greg den Anruf bekommen hatte.

»Und die Todesursache?«, fragte er.

»Wie Sie sehen können, ist ihr Genick gebrochen. Nach der Autopsie kann ich Ihnen sagen, ob das die Todesursache war.« Er sah sich die bleiche Haut am Kragen des weißen Baumwollhemdes, das nun Grasflecken hatte, genauer an. »Es sprechen einige Anzeichen dafür, dass sie erst mit den Händen gewürgt wurde, über der Luftröhre hat sich ein blauer Fleck gebildet, allerdings noch schwach. Die Kleine war so jung – ein Mann konnte ihr versehentlich das Genick brechen, schon wenn er versuchte, sie nur festzuhalten.«

»Nur ein Mann?«

»Oder eine kräftige Frau. Es geschah wohl schnell

und schmerzlos, ohne dass er oder sie richtig begriff, was passierte.«

Gregory ging ein paar Schritte und kam dann wieder zurück. Die Frage musste sein. »Wurde sie …«, er räusperte sich, »wurde sie missbraucht?«

Der Mediziner antwortete sachlich: »Bisher deutet nichts darauf hin, dass die Kleidung entfernt wurde, bis auf das hier.« Er wies auf einen lose hängenden Träger ihrer Latzhose, der Knopf war abgerissen, nur einige weiße Fäden waren zurückgeblieben. »Aber wie gesagt, am besten, Sie warten meinen Bericht ab.« Er richtete sich auf – ein großer, eleganter Mann von höchstens vierzig in weißem Kittel und Gummistiefeln. »In Ordnung, Sie können die Leiche jetzt mitnehmen.«

»Ist sie hier gestorben?«, fragte Greg. »Oder hat man sie erst nach ihrem Tod hergebracht?«

»Schwer zu sagen, wenn kein Blut geflossen ist. Diese Grasflecken sind allerdings nicht hier entstanden.« Er legte kurz seine Hand auf Gregs Arm. »Sehen wir uns bei der Obduktion?«

»Ich denke, ich muss wohl kommen.« Er war nicht zimperlich, aber er wollte nicht gern dabei sein, wenn ihr Körper viel brutaler verletzt wurde als durch ihren seltsam friedlichen Tod. Bei einer Autopsie gibt es keine Rechte, keine Würde mehr, aber als ranghöchster Untersuchungsbeamter musste er anwesend sein und so würde er hingehen. »Ich komme gleich nach«, sagte er. »Mit der offiziellen Identifizierung wird es aber wohl noch ein bisschen dauern. Die Mutter wird wahrscheinlich nicht dazu in der Lage sein und Beruhigungsmittel brauchen.«

Der Mediziner nickte verständnisvoll. »Kann ihr das niemand abnehmen?«

»Ich fürchte, es gibt sonst keine nahen Angehörigen.«

Der Pathologe sagte angewidert: »Als Erstes werde ich diesen Mist aus ihrem Gesicht entfernen. Das wirkt jetzt nur noch geschmacklos.«

Greg sprach einen Beamten der Spurensicherung an, der geduldig auf Anweisungen wartete. »Ich will, dass dieser abgerissene Knopf gefunden wird«, sagte er. »Und wenn Sie ihn nicht hier finden können, müssen Sie ganz Berkshire danach absuchen, verstanden?«

»Verstanden.«

Der längste Tag

Als Greg kurz vor zehn Uhr morgens von der Autopsie zurückkehrte, erwachte die Welt wie jeden Sonntag gerade zum Leben, obwohl sich Sonntage heutzutage nicht mehr so deutlich von Werktagen unterschieden wie früher. Irgendwo auf der anderen Seite des Kennet riefen Kirchenglocken die Gäubigen zum Gottesdienst, als er das Polizeirevier in der Mill Street betrat.

Jordan Abbot war schnell gestorben: Genickbruch, einfache Fraktur. Geschlechtsverkehr hatte nicht stattgefunden, weder vaginal noch anal oder oral. Greg wusste, dass dies für Josie ein großer Trost sein würde, aber bei derartigen Handlungen hätten brauchbare Körperflüssigkeiten zurückbleiben können, die vielleicht zu einer schnellen Verhaftung und Verurteilung geführt hätten.

Er war jedoch froh, dass das hübsche Kind vor seinem Tod nicht vergewaltigt worden war.

Auf ihren Oberarmen bildeten sich einige blaue Flecken; jemand musste sie dort gepackt und vielleicht geschüttelt haben. Ein Zahn hatte sich gelockert, was bei Milchzähnen leicht passierte. Hatte ihr jemand den Mund zugehalten, damit sie still war? Es gab keine alten Verletzungen, keine Hinweise auf frühere Schläge, die Josie Abbot belastet hätten.

Aber die Tatsache, dass sie nicht vergewaltigt wurde, konnte ein Hinweis auf eine Frau als Täterin sein und jeder, der Kinder misshandelte, beging irgendwann seine erste Tat.

Elf Uhr abends war besonders für einen Samstag nicht spät, und es war kaum anzunehmen, dass jemand mit einem Kind an der Hand – oder sogar mit einem bewusstlosen Kind auf dem Arm – unbemerkt durch die Straßen von Hungerford gehen konnte. Ein Auto? Im Kofferraum oder unter einer Decke auf dem Rücksitz? Josie hatte kein Auto. Er wies Sergeant Carey an, alle verfügbaren Polizisten von Haus zu Haus zu schicken und die Leute zu befragen.

»Findet heraus, ob sie einen Freund hat«, sagte er zu ihr, bevor sie ging. »Ihr Mann ist jetzt schon eine Weile tot, gut ein Jahr.« In seiner Jugend hatten die Leute nach dem Tod des Ehepartners noch streng auf die Einhaltung des Trauerjahrs geachtet. Heute schien diese Phase kürzer zu sein oder es gab sie gar nicht mehr.

Barbara hatte daran natürlich bereits gedacht. »Ich fragte sie gestern Abend, ob ich irgendjemanden für sie herbeiholen sollte, eine Schwester oder einen Freund. Sie sagte nein. Dann fragte ich, ob ich das Bad benutzen dürfe, und sah im Schrank und im Wäschekorb nach. Kein Rasierzeug, keine Männerunterhosen oder schmutzige Socken. Wenn es einen Freund gibt, dann bleibt er nicht regelmäßig bei ihr, und warum sollte ein flüchtiger Liebhaber ihr Kind umbringen?«

»Pädophile machen sich oft an allein stehende Mütter mit kleinen Kindern heran.«

»Nun, wenn es einen Freund gibt, wird es mir sicher gleich einer ihrer Nachbarn erzählen. Bis später.«

Die Sechs-Uhr-Schicht hatte längst ihren Dienst angetreten, und so wechselte Greg ein paar Worte mit Sergeant Dickie Barnes, der bald pensioniert werden sollte und seit mehr als dreißig Jahren bei der Polizei in Newbury war. Als junger Polizist hatte Greg Angst vor ihm gehabt; entweder war Barnes mit der Zeit sanfter geworden. Oder vielleicht war er nie Furcht einflößend gewesen, außer für einen naiven achtzehnjährigen Schulabgänger mit mittelmäßigen Noten.

Er hatte es in Englisch nur auf eine Drei gebracht, ein Lehramtsstudium stand deshalb nicht zur Debatte. Er war groß genug für die Polizei; und etwas anderes hatte sich nicht angeboten. So kam man zu seinem Beruf, so wurden Lebensläufe festgelegt.

Greg ging in sein Büro und verbrachte eine halbe Stunde an der landesweiten Datenbank der Polizei, denn jede Hilfe war ihm willkommen. Die Informationen, die er aus dem Gespräch mit Sergeant Barnes und seinen Recherchen im Archiv gewonnen hatte, hatten ihn neugierig gemacht, so dass er sich entschloss weitere Neuigkeiten vor Ort zu sammeln. Er hinterließ an der Anmeldung die Nachricht, er sei für einige Zeit in Hungerford und dann auf dem Gemeindegrund bei den Roma.

»Ich wusste, dass Sie eine Ausrede finden würden, um mich zu besuchen«, sagte Piers Hamilton verschmitzt zu Greg, der nach der durchwachten Nacht müde und zerknittert vor seiner Tür stand. Er trug sorgfältig gebügelte Bluejeans und einen schwarzen Ledergürtel, aber von der Taille aufwärts war er unbekleidet. Offenbar war er erst vor kurzem aufgestanden, denn er war barfuß, hatte vom Schlaf zerzaustes Haar. Die glatte und unbehaarte Brust glich der eines Säuglings, und er roch nach einem dezenten Parfüm oder Duschgel, wahrscheinlich kein Aftershave, denn seine Bartstoppeln sahen aus, als seien sie drei Tage alt.

In fast dreißig Dienstjahren hatte Greg es sich angewöhnt, stets einen elektrischen Rasierer im Büro zu haben, und er ließ zufrieden die Hand über sein glattes Kinn gleiten. »Wenn ich Ihnen ein paar Fragen stellen dürfte?«

»Ah, aber heute Morgen waren bereits zwei Ihrer zauberhaften Polizisten hier und haben mich einfach aus dem Bett geholt. Mir können Sie nichts vormachen, Gregory.«

»Darf ich hereinkommen?«

»Natürlich. Ich habe gerade geduscht, aber jetzt bin ich fertig.«

Hamilton führte ihn die Treppe hinauf in seine Wohnung. Durch eine abgebeizte Eichentür betrat er ein Wohn-Schlafzimmer. Seine nassen Füßen hinterließen feuchte Abdrücke auf den lackierten Holzdielen. Seine Bewegungen waren von lässiger Anmut, als würde er seinen Körper mögen und gern darin leben. Es gab zwei Arten von Junggesellenwohnungen: die chaotisch-unordentlichen und die peinlich aufgeräumten. Greg bevorzugte die Ersteren, und das tat Piers offenbar auch. Auf dem Boden stapelten sich Bücher, vor allem großformatige Fotobände, dazwischen halb leere Kaffeebecher und voll gekrümelte Teller. Die Kleidungsstücke von gestern Abend lagen dort, wo er sie hatte fallen lassen; von einem Pyjama keine Spur. »Ich dachte, die Wohnung wäre größer«, bemerkte Greg.

»Es gibt noch ein Schlafzimmer, aber das benutze ich als Dunkelkammer.« Er deutete auf das ungemachte, breite Bett. »Setzen Sie sich doch, wenn Sie keine Angst haben, sich irgendwas zu holen. Ihre Polizisten wollten nicht … Ich liebe Männer in Uniform!«

Greg setzte sich am Kopfende auf die Bettkante. Die Bezüge waren aus beigefarbenem Baumwollgemisch, was ihn irgendwie enttäuschte. Vielleicht hatte er mit schwarzem Satin gerechnet. Er wusste nicht genau, warum ihn Hamiltons heftiges Flirten nicht störte. Vielleicht gerade weil es so heftig war, zu offensichtlich, um ernst genommen zu werden; vielleicht auch, weil sein sexuelles Selbstvertrauen dank Angelica so groß war wie seit Jahren nicht mehr.

»Warum benehmen Sie sich so tuntenhaft?«, fragte er.

»Weil man das von mir erwartet, denke ich, und ich will niemanden enttäuschen. Soll ich es bleiben lassen?«

»Bitte.«

»Ich versuch's.«

»Ich wüsste gern, wo Sie gestern Abend zwischen neunzehn und dreiundzwanzig Uhr waren«, sagte Greg.

»Hier in meiner Dunkelkammer. Ich habe Bilder entwickelt und Abzüge gemacht, ich glaube, ich erwähnte es bereits.«

»Außerdem wüsste ich gern, warum Sie mir von Ihrer Verurteilung wegen grob unsittlichen Verhaltens in einer öffentlichen Toilette in Banbury erzählt haben, aber nichts von der Anzeige wegen Verführung eines Minderjährigen.«

»Na bitte, ich wusste doch, dass es heute noch Tränen geben würde.« Hamilton setzte sich auf einen Stuhl, ohne den Stapel sauberer Wäsche wegzuräumen, den er darauf abgelegt hatte. Seine Füße reichten kaum bis zum Boden. »Der Typ war *zwanzig* Jahre alt – also zu einer Zeit, als man erst mit einundzwanzig volljährig wurde. Sagen Sie mir, wie kann ein Junge, ein *Mann* von zwanzig Jahren, alt genug, um zu wählen und für sein Land zu sterben, zu heiraten und eine

Fußballmannschaft zu gründen, nicht alt genug sein, einem anderen Mann aus freien Stücken, ganz privat, in seinen eigenen vier Wänden einen zu blasen?«

»Was ist denn passiert?«

»Das mit der Privatsphäre erwies sich als Trugschluss«, sagte Piers grinsend. »Seine Mutter kam unerwartet nach Hause. Sie war Italienerin. Wenn Sie denken, Polizist zu sein wäre gefährlich, dann versuchen Sie es doch mal mit einer wütenden italienischen Mamma, die gerade herausgefunden hat, dass ihr einziger Sohn sie wohl nie zur Großmutter machen wird.«

»Ich bin überrascht, dass Sie heil da herausgekommen sind.«

»Einen Moment lang dachte ich, ich würde für den Rest meines Lebens im Knabenchor singen.« Hamilton wurde plötzlich ernst. »Ich verstehe schon, worauf Sie hinauswollen, Gregory, aber ich bin schwul, nicht pädophil. Begreifen Sie doch, ich bin der Letzte, der sich an kleine Mädchen heranmachen würde. Sie rangieren in der Rangliste meiner sexuellen Vorlieben ganz weit unten, irgendwo hinter vietnamesischen Hängebauchschweinen.«

»Haben Sie einen Zeugen für Ihr Alibi?«

»Nein.«

»Haben Sie keinen ›Partner‹?«, fragte Greg und setzte das Wort hörbar in Anführungszeichen.

»Ich will mich nicht festlegen. Es gibt so viele süße Typen auf der Welt, warum sollte ich da mit einem von ihnen mehr als eine Nacht verbringen? Kommen Sie, ich will Ihnen die Fotos zeigen, die ich gestern Abend entwickelt habe. Ich weiß, dass das nichts beweist, aber immerhin gibt es Fotos, und vielleicht können Sie ja irgendwie nachweisen, dass sie gestern Nachmittag aufgenommen wurden, mit Hilfe Ihrer obskuren, detektivischen Künste.« Jetzt klang er wieder sehr affektiert. »Oh, wie sich das anhört! Als wollte ich Ihnen meine Briefmarkensammlung zeigen.«

»Was ist auf den Fotos?«, fragte Greg.

»Habe ich das noch nicht gesagt? Das Romalager, der Jahrmarkt.«

Greg verstand nichts von Fotografien, aber er wusste, dass diese hier gut waren, voller Licht und Leben.

»Das ist natürlich etwas ganz anderes als die gestellten Studioaufnahmen«, sagte Piers. Er setzte sich ziemlich dicht neben ihn und reichte ihm nacheinander die Abzüge; dabei fasste er sie nur an den Rändern an, um keine fettigen Fingerabdrücke zu hinterlassen. »So arbeite ich am liebsten, aber mit den Studioporträts verdiene ich meinen Lebensunterhalt.«

»Kann man davon leben?«

»Gerade so. Sie sehen ja, ich wohne über dem Geschäft, und meine Ansprüche sind nicht besonders hoch.« Abgesehen von Kaschmirjacken und Designerjeans, dachte Greg. »Hochzeiten, Taufen. Allerdings keine Beerdigungen. Ich frage mich, warum. Wenn schon Geburt und Vermählung einen Platz im Familienalbum bekommen, dann sollte das Ende auch einen haben, finde ich.«

»Gehe ich recht in der Annahme, dass Sie noch nie einen nahen Freund oder Verwandten verloren haben?«, fragte Greg leise.

»Ein paar Bekannte sind an AIDS gestorben, aber sonst haben Sie Recht. War ich taktlos? Hören Sie einfach nicht hin, ich rede oft, ohne nachzudenken.«

»Habe ich schon bemerkt.«

Greg wandte sich nun den Bildern zu und betrachtete jedes ausgiebig. Der Ausrufer – im bürgerlichen Leben war er der Besitzer der Tankstelle in der Bath Road – hatte wie immer den Jahrmarkt eröffnet, fröhlich und rotgesichtig in Gehrock, Strumpfhosen und Schnallenschuhen und mit Dreispitz auf dem Kopf; er hatte seine Glocke geläutet und aus vollem Halse sein: »Hört, ihr Leute, lasst euch sagen« gerufen.

Jeder Mensch braucht eben ein Hobby.

Greg interessierte sich jedoch besonders für die Roma, ebenso wie Piers. Er erkannte Rufus Lee, den sicher niemand je dazu bringen könnte, in die Kamera zu lächeln. Er beschäftigte sich gerade mit seinem Pferd – ein kräftiges, altes Zugpferd, ein zottiger Brauner mit Hufen wie Bratpfannen – und schaute es an wie eine Geliebte. Diese beiden gehörten zusammen und waren alte Freunde. Aus dem Blickwinkel der Kamera sah es fast aus, als würden sie sich küssen.

Kein zärtlicher Mann, dachte er, nur seinem Pferd und seinem geistig behinderten Sohn gegenüber. Etwa drei Meter hinter Rufus war unscharf ein gestreiftes Zelt zu erkennen, an dem stand: »Gypsy Lee sagt Ihnen die Zukunft voraus«. Im Eingang war eine aufwändig kostümierte Person zu erkennen, wahrscheinlich Rufus' Ehefrau.

»Und die Roma haben nichts dagegen, dass Sie Fotos von ihnen machen?«, fragte er.

»Was? Aus Angst, ich könnte ihre Seelen stehlen? Das sind Roma von heute, Gregory. Sie haben Transistorradios und tragbare Fernsehgeräte in ihren Wagen. Die ältere Dame, die die Zukunft voraussagt, hat in ihrem mittelalterlichen Gewand ein Handy versteckt. Ich habe es kurz gesehen, als sie sich bewegte. Vielleicht ruft sie damit die Schicksalsgöttinnen an, um neueste Informationen zu bekommen.«

»Haben Sie sich weissagen lassen?«

»Mehr oder weniger.«

»Was soll das heißen?«

»Ich bin reingegangen und hab ihr meinen Fünfer

gegeben, und sie nahm meine linke Hand und betrachtete sie eine Weile. Dann sah sie auf und blickte mich schweigend an, und schließlich ließ sie meine Hand fallen und schüttelte den Kopf. Etwas entnervend.« Er lachte unsicher. »Vielleicht habe ich ja gar keine Zukunft.«

»Ich hoffe, Sie haben Ihr Geld zurückverlangt.«

»Darauf bin ich gar nicht gekommen. Ich bin einfach aus dem Zelt raus. Das hier ist verdammt gut.« Er wandte sich einem anderen Bild zu. »Natürlich wollten einige der Roma Geld haben«, fügte er pragmatisch hinzu. »Deshalb habe ich hauptsächlich die Menschenmenge aufgenommen.« Er blätterte einige Fotografien durch. »Sehen Sie nur, so viele junge Paare, alle möglichen Geschlechter. So viel sexuelle Energie.«

Die Menschen trugen im Sommer strahlendere Farben, dachte Greg, besonders die Frauen – sie erblühten in fuchsiaroten Kleidern oder butterblumengelben Schuhen. Im Winter waren sie grau und braun, wie der Rest der Welt. Eigentlich sollte es umgekehrt sein.

Er griff nach dem nächsten Bild und stieß einen Laut der Überraschung aus. Seines Wissens hatte er Jordan Abbot noch nie lebendig gesehen, und die Fotografie, die Josie ihm gegeben hatte, war sehr gestellt gewesen, wie Piers bereits zugegeben hatte. Da war sie, vor weniger als vierundzwanzig Stunden, ein vergnügtes Kind, für das die Welt ein guter und fröhlicher Ort war. Sie trug ein knielanges, ärmelloses Kleid mit einem Blumenmuster, wie man sie in der Natur nicht findet, eine wilde Mischung aus lila, rosa und violett. Sie ging barfuß in flachen Sandalen. Über der Schulter hatte sie eine Lederschnur, an der ein Portemonnaie hing. Sie hielt es mit einer Hand fest und schützte so die paar Silbermünzen – ihr Taschengeld an diesem Samstag.

Sie unterhielt sich mit Lashlo Lee, wie von einem Kind zum anderen; sein Gesicht war gerötet vor Freude und durch die Sonne. Auf einer Seite, fast nicht mehr auf dem Bild, stand Josie und wachte über ihren kostbarsten Schatz. Summers betrachtete ihr Gesicht genau, da er sie bisher nur in jener schrecklichen Nacht gesehen hatte. Eine durchschnittliche Frau, wie sie ein durchschnittlicher Mann lieben konnte, geliebt hatte. Von Sorgen gezeichnet, aber nett. Erschöpft, aber stolz. Nicht glücklich, aber lebendig.

»Das ist sie doch, nicht wahr?« Piers nahm ihm die Fotografie aus der Hand und gab sie nur sehr zögernd wieder zurück. »Ich hatte ganz vergessen, dass sie auch dort war. Da waren gestern eine ganze Menge Leute, ein schöner Samstagnachmittag. Ein herrlicher englischer Sommerjahrmarkt. Ich habe das Bild gemacht, weil mir die Szene gefiel, diese Präsenz der Mutter im Hintergrund, die Wächterin, abseits, vernachlässigt – für einen Augenblick fast vergessen.«

Und das alles auf einem Schnappschuss von sechzehn mal zehn Zentimetern.

Auf dem nächsten Bild hielten sich Jordan und Lashlo an der Hand und er zeigte auf einen der Wohnwagen, auf den von Huwie Lee. Später trug er sie huckepack und man hörte fast das fröhliche Lachen, das aus ihrem Mund mit den weißen Zähnchen erklungen war. Dann thronte sie winzig auf dem Rücken eines großen Shirepferdes, das unbeweglich wirkte wie ein Monument, wie einer der Monolithen im Hintergrund des Fotos.

Auf dem nächsten Bild war ihr Gesicht dann geschminkt. So etwas hatte es in seiner Kindheit nicht gegeben und er dachte daran, wie viel Spaß es Kindern machen musste, sich wie ein Clown, ein Kaninchen oder eine Katze anmalen zu lassen. Kein Wunder, dass sie die Schminke nicht abwaschen wollte.

»Kann ich von diesen hier Abzüge bekommen?«, fragte er. »Vielleicht helfen sie der Erinnerung der Menschen besser auf die Sprünge als das Porträt, vor allem die, auf denen sie geschminkt ist.«

»Natürlich, nehmen sie diese doch gleich mit. Ich kann mir jederzeit neue Abzüge davon machen. Haben Sie eine Möglichkeit, sie zu vervielfältigen?«

»Kein Problem.« Piers steckte die Abzüge in eine Pappschablone, damit sie nicht verknickten. Greg dankte ihm überschwänglich und steckte sie in die Innentasche seines Jacketts. »Die Roma haben sie also gesehen«, sagte er.

»Die halbe Stadt hat sie gesehen.«

Und hatte sie besitzen wollen?

Als er ging, nachdem er Tee, Kaffee, Croissants und Oralverkehr dankend abgelehnt hatte, fragte Greg: »Haben Sie sich jemals gewünscht, dass Schwule heiraten dürften?«

»Was sind Sie doch für ein seltsamer Kerl, Gregory, mit Ihren unverschämten Fragen: Ich weiß wirklich nicht, worauf Sie damit hinauswollen. Aber, um Ihre Frage zu beantworten, ich kann diesen Wunsch nicht nachvollziehen, und wie gesagt, ich möchte mich nicht gerne festlegen.« Er hielt seinem Gast die Tür auf. »Wogegen ich aber seltsamerweise nichts einzuwenden hätte, wäre eine eigene hübsche kleine Tochter. Haben Sie Kinder?«

»Ich hatte.«

»Haben Sie nach der Scheidung den Kontakt verloren?«

»So etwas in der Art.« Er konnte die Reaktionen der Leute nicht ertragen, wenn er die Wahrheit sagte, konnte das Mitleid nicht aushalten, das alles nur schlimmer machte. Arme Josie, dachte er, so bleibt es jetzt dein ganzes Leben lang, als wärest du gezeichnet, als hätte dir jemand ein kostbares Juwel anvertraut und du hättest es aus Dummheit zerstört.

Piers verlor das Interesse am Thema und bewunderte sich im Flurspiegel. »Wussten Sie, dass ich ein Sonntagskind bin? Hübsch, heiter, gut und gay. Drei von vier möglichen Treffern, ist schon ganz schön gut!«

»Sind Sie ein guter Mensch?«

»Bisher sind noch keine Klagen gekommen.«

Greg bemerkte eine Reihe von Fotografien an der Wand über der Treppe und blieb stehen, um sie zu betrachten. So stellte er sich echte Porträts vor: nicht gestellt, keine ›Bitte recht freundlich!‹ – Studioarbeit, sondern natürliche Schwarzweißbilder. Alle zeigten junge Männer, manche im Profil, manche mit abgewandtem Gesicht, meist unbekleidet, aber nie obszön. Einige blickten ein wenig erschrocken in die Kamera, einer hielt protestierend die Hand hoch und lachte. Sie sahen gut aus, waren, soweit man das erkennen konnte, dunkelhaarig und nicht allzu groß. Das war wohl der Typ Mann, der Piers gefiel.

Er hatte immer geglaubt, Frauenkörper seien wohlgerundet und schön, während ihm Männerkörper immer eckig und ein wenig grotesk erschienen waren. Doch auf eine ungewöhnliche Art waren diese jungen Männer schön. Er bemerkte, dass sein Gastgeber ihn amüsiert beobachtete, und besann sich. »Lassen Sie nur, ich finde allein hinaus.«

Piers spitzte die Lippen und flötete: »Auf Wiedersehen, Darling, und komm doch mal wieder vorbei.«

Greg wurde dieses Spielchens langsam überdrüssig und blickte über die Schulter, um eine scharfe Bemerkung zu machen, aber die Tür war bereits ins Schloss gefallen.

Als er seinen Wagen auf dem Gemeindegrund parkte, flog eine Wohnwagentür auf und der Hippie sprang heraus, nur mit einer knappen blauen Unterhose und einem T-Shirt bekleidet. Seine Beine waren streichholzdünn, die Arme schmächtig und blass und das Haar vom Schlaf vollkommen zerzaust. Er bot einen höchst unappetitlichen Anblick. Die Brünette lugte hinter ihm aus dem Wagen heraus, ebenso spärlich bekleidet, vor die kleinen Brüste hatte sie ein Handtuch gepresst. Frisch geduscht hätte sie fast gut ausgesehen.

»Na, das ging ja schnell«, sagte der Mann. »Ich freue mich, dass Sie meine Beschwerde ernst nehmen.«

»Bitte was?«, fragte Greg.

»Meine Beschwerde. Über den Verrückten mit der Kanone.«

»Wie ist überhaupt Ihr Name?«, fragte Greg. »Sie bilden sich ja wohl nicht ein, dass ich Sie mit Ozymandius oder gar Ozy anrede.«

»Mr. Clive Peel.«

»In Ordnung, Mr. Clive Peel. Ich habe nicht die leiseste Ahnung, wovon Sie sprechen, und im Moment habe ich nicht die Zeit ...«

Aber Clive Peel ließ sich nicht davon abhalten, ihn in Kenntnis zu setzen. »Wir haben gerade im Morgengrauen am Steinkreis eine druidische Zeremonie vollzogen – wie es unser gutes Recht ist. Da ist dieser große Idiot aufgetaucht und hat uns mit seiner Scheißknarre bedroht. Er sagte, wir würden zu viel Lärm machen.«

An jedem anderen Tag hätte Greg sich über den spießig-gekränkten Ton dieses ›Hausherrn‹ vor Lachen ausgeschüttet, aber das Bild von Jordans Leiche, wie sie so sanft und still am Kanalufer lag, war noch zu präsent. So sagte er: »Ich bin Chief Superintendent.

Nachbarschaftsstreitigkeiten fallen nicht in mein Ressort.« Er wandte sich ab.

»Aber hören Sie doch …«

»Ach, verzieh dich!«

Er hämmerte gegen die Tür von John Smiths Wohnwagen.

Smith war der häufigste Name im Lande, und obwohl der Vorname John derzeit nicht gerade in Mode war, musste es Tausende oder Zehntausende John Smiths in England geben. Gott mochte verhüten, dass sie sich jemals zusammentun und einen Aufstand anzetteln würden.

Warum also war man einem Mann gegenüber, der sich John Smith nannte, automatisch misstrauisch, warum war er Ladenbesitzern verdächtig und dem Spott von Hotelportiers ausgesetzt?

Aber dieser John Smith dürfte in den letzten fünfundzwanzig Jahren nicht allzu viele Läden oder Hotels von innen gesehen haben. Greg war aufgefallen, wie blass er war. Seine Haut hatte jene hartnäckige Fahlheit, wie man sie bei einem Mann fand, der die meiste Zeit seines Erwachsenendaseins hinter Gittern verbracht hatte – wegen irgendeines Vergehens bis zu dreiundzwanzig Stunden täglich eingesperrt.

Von drinnen hörte man jemanden gedämpft rufen: »Es ist offen.«

»Sie heißen also wirklich John Smith?«

»Kommen Sie herein.« Smith begrüßte ihn vom anderen Ende des Wagens aus und bahnte sich flink seinen Weg durch ein ziemliches Chaos, um ihm die Hand zu reichen. »Setzen Sie sich doch«, fügte er hinzu und nahm Bücher von einem Hocker. Greg folgte seiner Aufforderung und stellte sich vor.

»Ich weiß, wer Sie sind«, sagte Smith. »Der Chef-*Muscro*.«

»Ich glaube, Huwie Lee hat das Wort auch benutzt. Darf ich fragen, was es bedeutet?«

»Einfach Polizist.«

»Nur ›Polizist‹? oder ›Verdammtes Polizistenschwein‹?«

Smith lachte. »Nur Polizist. Den Rest muss man sich denken. Kaffee? Ich wollte gerade welchen kochen. Es ist Konzentrat aus der Flasche, aber nicht schlecht.«

»In Ordnung.«

»Sie sehen aus, als könnten Sie einen gebrauchen, als wären Sie heute sehr früh aufgestanden.«

»Ich war die ganze Nacht auf den Beinen.«

»So, so.«

Greg sah zu, wie Smith einen Campingkocher in Gang setzte und einen kleinen Topf Wasser heiß machte. »Haben Sie meine Frage gehört, als ich hereinkam?«

»Habe ich. Nun, das ist inzwischen mein offizieller Name. Ich kam als Petulengro zur Welt, das ist das Roma-Wort für Smith. Die ersten neunundzwanzig Jahre meines Lebens hieß ich Jan Petulengro. Aber meine Eltern hatten meine Geburt nicht bei den Behörden gemeldet, und als die Polizei vor fünfundzwanzig Jahren kam, um mich wegen Mordes an meiner Frau und meinen beiden kleinen Töchtern zu verhaften, stellten sie fest, dass es mich gar nicht gab. Das hielt sie aber nicht davon ab, mich vor Gericht zu bringen. Und die Geschworenen hielt es nicht davon ab, mich in allen drei Anklagepunkten für schuldig zu befinden. Den Richter hinderte es nicht, mir lebenslänglich zu geben. Und auch die Zeitungen hinderte es nicht, mich ein Ungeheuer zu nennen.«

Er richtete sich auf, zufrieden, dass das Wasser zu sieden begann. Er brauchte sich nicht zu ducken, sein

Kopf passte noch so gerade unter die Decke. »Aber das wissen Sie ja bereits: Sie haben meine Akte gefunden oder was immer man heute hat.«

»Sie stehen natürlich in der nationalen Datenbank der Polizei, und ich habe mich in unserem Archiv umgesehen. Sie wären erstaunt darüber, was für ein gutes Gedächtnis einige unserer Männer haben.«

»Das wäre ich nicht. Ich habe auch ein gutes Gedächtnis, und ich würde sofort die Gesichter der Polizisten wieder erkennen, die mich nach meiner Verhaftung in der Zelle zu Brei geschlagen haben.« Er sah Greg friedfertig an. »Sie waren allerdings nicht dabei, auch nicht, wenn ich mir die Falten von fünfundzwanzig Jahren und die grauen Haare wegdenke.«

»Das will ich meinen!«

»Sie wissen also, dass ich vor sechs Monaten mit lebenslanger Bewährung aus der Haft entlassen wurde.«

»Ich weiß auch, dass eine Ihrer Bewährungsauflagen darin besteht, die Behörde ständig über Ihre jeweilige Adresse auf dem Laufenden zu halten.«

Smith wies mit einer Handbewegung auf den Wohnwagen. »Ich habe keine Adresse. Dritter Wohnwagen von links unter der Umgehungsstraße? Bis Dienstag in einer Woche?«

»Genau das.«

»Was wollen Sie damit sagen? Dass Sie nur mit dem Finger schnippen müssen, um mich wieder ins Gefängnis zu bringen, obwohl ich nichts getan habe?«

»Das könnte ich.«

»Ich weiß. Glauben Sie mir, das versteht niemand besser als ich. Ich habe im Gefängnis ein Jura-Fernstudium abgeschlossen und mich auf Strafrecht spezialisiert.« Er sah Greg einen Augenblick scharf und ruhig an und sprach dann weiter – offenbar zufrieden, dass er keine Handschellen aus der Tasche zog. »Man hält es nicht für möglich, dass jemand die ersten dreißig Jahre seines Lebens offiziell gar nicht existiert, nicht wahr? Nicht in unserer Zeit.«

»Es dürfte jedenfalls sehr schwierig sein.«

»So schwierig nun auch wieder nicht – wenn man sich nicht an die Spielregeln halten muss. Ich ging nie zur Schule, hatte nie eine Arbeit, bei der ich eine Sozialversicherungsnummer brauchte, ich war nie im Ausland und brauchte deshalb auch nie einen Pass.«

»Was war, als Sie geheiratet haben?«

»Sind Sie verheiratet?«

»Früher einmal, aber nur kurz.«

»Dann haben Sie sicher bemerkt, dass die Behörden in diesem Punkt seltsam vertrauensselig sind. Man darf den wichtigsten Schritt seines Lebens tun, ohne eine Geburtsurkunde vorzeigen zu müssen. Nicht, dass diese schwer zu beschaffen wäre: Man geht einfach zum Zentralregister in Aldwych, sucht sich einen passenden Eintrag und kauft eine Kopie.«

Greg überlegte. Smith hatte Recht, aber da musste es noch etwas geben. »Aber die Leute kannten mich und meine Frau. Sie kannten uns seit Jahren, und unsere Familien, unsere Freunde.«

»Sie kannten den, für den Sie sich bei der ersten Begegnung ausgaben. Aber was ist schon ein Name?«

Greg beschloss, das Thema zu wechseln, da es ihm irgendwie unangenehm war. Es kratzte an der Grundvorstellung von Identität. Er war Gregory Philip Summers, schon immer, denn so hatten ihn seine Eltern genannt, als er fünf Tage alt war, Gregory nach seinem Großvater mütterlicherseits und Philip nach dem Gatten der jungen Prinzessin Elisabeth. Jeder kannte ihn unter diesem Namen und das war ihm irgendwie wichtig. Aber wer war er in den ersten fünf Tagen seines Lebens?

Er war vom Thema abgekommen und räusperte sich. »Wo haben Sie Ihre Strafe abgesessen?«

»Überall: Scrubs, Durham, Parkhurst, die letzten fünf Jahre im offenen Vollzug in Suffolk.«

»Es muss besonders schlimm sein – für einen Roma.«

Smith sah ihn schweigend an und antwortete dann kühl: »Das könnte man sagen.«

»Ich meine, für einen von uns ist die Vorstellung schon schlimm genug – in einer Zelle eingesperrt zu sein, keine Privatsphäre, keine Freiheit, keine Unabhängigkeit, man darf nie einen Waldspaziergang machen oder auf ein schnelles Bier in den Pub gehen – aber für einen Roma, der das Reisen im Blut hat …«

Smith unterbrach ihn, aus seiner Stimme klang Schmerz. »Ja! … Ich musste es ertragen und will jetzt nicht mehr daran denken.«

»Tut mir Leid.«

»Ich hätte nach fünfzehn Jahren herauskommen können, wissen Sie. Ich hätte bloß die Morde gestehen und dem Bewährungsausschuss sagen müssen, wie Leid es mir täte, wie sehr ich es bereute und bedauerte. Ich wiederholte aber nur, dass ich unschuldig wäre, dass ich niemanden umgebracht hätte, schon gar nicht mein eigen Fleisch und Blut, und dass diese Frau und diese kleinen Mädchen mir mehr bedeutet hatten als alles andere. Also haben sie mich fünfundzwanzig Jahre im Gefängnis behalten, bevor sie sich angewidert abwandten und mich laufen ließen. Halten Sie mich für verrückt?«

Das Wasser kochte und er goss es auf etwas braune Flüssigkeit in einem irdenen Becher, rührte einmal mit dem – gegen die Hitze offenbar unempfindlichen – Zeigefinger um und reichte ihn Greg. »Tut mir Leid, ich habe keine Milch. Vielleicht könnte ich der Ziege ein paar Tropfen entlocken.«

»Keine Umstände!« Der Kaffee war heiß und Greg blies eine Weile darauf. In seiner Kindheit hatte er oft Zichorienkaffee aus flüssigem Konzentrat getrunken. Es roch gar nicht mal schlecht. Er nahm vorsichtig einen Schluck und sagte dann, da er sich nicht länger um die Antwort drücken konnte: »Manche würden das vielleicht sagen.«

»Manche würden das sagen«, stimmte Smith ihm zu, »und viele haben das auch gesagt: Mitgefangene, Wärter und Mitglieder des Bewährungsausschusses. Aber was sagen *Sie*?«

Greg zögerte und Smith fuhr fort: »Wenn Sie fünfzehn Jahre lang eingesperrt wären, weit weg von dem Duft der Landschaft, von dem Herbstregen, der auf das Dach Ihres Wagens trommelt, von dem Moos für Ihr Bett im Sommer und vom Sternenzelt über Ihrem Kopf, und um dort herauszukommen, müssten Sie nur lügen – eine Hand voll Wörter, die Sie für den Rest Ihres Lebens verfolgen werden, die Ihre Frau und Ihre Kinder noch einmal ermordeten – würden Sie das tun?«

»Ich weiß es nicht.«

»Dann denken wir beide gleich und vielleicht sind wir die Einzigen in diesem gottverlassenen Land.« Er hob seinen Becher. »Auf Ihr Wohl!«

»Wenn es dazu käme«, murmelte Greg, der den Toast nicht erwiderte, »wenn ich auf die Probe gestellt würde, ich wüsste nicht, ob ich Ihre Kraft hätte.«

»Ehre. Wissen Sie, was das bedeutet?«

»Das möchte ich doch annehmen.«

»Gut.«

Sie tranken beide ihren Kaffee. Dann sagte Greg: »Nach so langer Zeit ist es sicher schwierig sich draußen wieder zurechtzufinden.«

»Das denkt jeder, aber ich sehe das anders. Die Leute sagen, England habe sich in den letzten fünfundzwanzig Jahren verändert, die ganze Welt habe sich verändert und sei nicht mehr wieder zu erkennen, und so ist es auch. Aber Gefangene sind nicht mehr völlig von der Außenwelt abgeschnitten. Ich hatte Fernsehen, Radio, Zeitungen, Bücher ...«

»Ohne Bücher würde man sicher den Verstand verlieren«, pflichtete Greg bei.

»In der Tat! In meinem letzten Jahr im Gefängnis war ich Freigänger und hatte einen Job in einem Warenhaus. Ich habe dort Regale eingeräumt. Ich hatte nicht erwartet, dass Ted Heath noch in den Top Ten ist und Rod Stewart in den Hitparaden. Ich bin auch nicht in Ohnmacht gefallen, als ich den ersten Laib Brot kaufte und er fünfundsiebzig Pence kostete.«

»Ja. Nein. Daran hatte ich nicht gedacht.«

»Niemand stellt sich vor, wie das ist. Das will keiner so genau wissen.«

»Wovon leben Sie jetzt? Arbeitslosengeld?«

Er schüttelte den Kopf. »Ich bin nirgendwo lange genug geblieben, um darauf Anspruch zu haben, und ich will es auch gar nicht, denn das wäre eine andere Form von Gefängnis. Wenn ich Hunger habe, kann ich mir ein Kaninchen fangen und ich hab ein bisschen Geld. Man wird für die Arbeit im Knast nicht gerade fürstlich bezahlt, aber es ist erstaunlich, wie viel in fünfundzwanzig Jahren zusammenkommt, mit Zinseszinsen. Wenn das verbraucht ist, werde ich mir Arbeit suchen, aber ich mache mich deswegen nicht verrückt. Kennen Sie die Legende von der Herkunft der Roma?«

»Ich fürchte nein.«

»Wir stammen nicht von Adam und Eva ab wie ihr alle, sondern von Adam und seiner ersten Frau Lilith. Deshalb kommen wir ohne Erbsünde zur Welt und sind nicht wie die anderen Menschen zu Arbeit und Leid verdammt.«

»Wie praktisch.«

»Nicht wahr? Aber seltsamerweise habe ich eine gehörige Portion von beidem abbekommen.«

»Sie haben also Ihre Familie nicht umgebracht?«

»Nein.«

Greg betrachtete ihn einen Moment lang. Ein Mann, der sein halbes Leben im Gefängnis verbracht hatte, hatte gelernt, nichts von sich preiszugeben, ebenso wie einer, der sein halbes Leben bei der Polizei gearbeitet hatte. »Wissen Sie denn, wer es getan hat?«

»Nicht sicher. Das ist einer der Gründe, weshalb ich hier bin, weshalb ich zu dem Volk zurückgekehrt bin, das mich verstoßen hat und mich sofort aufgeknüpft hätte, als Ihr Gesetz nicht den Mut dazu hatte.«

»Sie ... machen doch keine Dummheiten, nicht wahr?«

Smith lachte. »Warum sollte ich lebenslange Gewohnheiten aufgeben?«

»Weil das Gesetz von persönlicher Rache nicht viel hält.«

»Ist mir bekannt.«

»Haben Sie eine Waffe?«

»Ich? Ein Lebenslänglicher auf Bewährung? Ist das Ihr Ernst?«

»Das ist keine Antwort«, sagte Greg. »Sie verlangen, dass ich mich mit einer Vermutung zufrieden gebe.« Er entschied zu seinen Gunsten. »Wie alt waren Ihre Töchter?«

»Sechs und vier.«

»Tut mir Leid.«

»Ja, mir auch.«

Greg griff in seine Tasche und zog die geschnitzte Flöte hervor. »Ihr Werk, nehme ich an.«

Smith musste sie nicht lange untersuchen. »Ja, die ist von mir. Woher haben Sie sie?«

»Die haben Sie gestern auf dem Jahrmarkt einem kleinen Mädchen gegeben. Als die Mutter bezahlen wollte, sagten Sie, es sei ein Geschenk, weil Sie auch einmal so ein kleines Mädchen gehabt hätten.«

»Ich erinnere mich. Ein süßes kleines Ding mit langem blondem Haar und einem Lächeln wie ein Engel.«

»Sie hatten auch einmal eine sechsjährige Tochter, genauso alt wie Jordan. Das war ihr Name – Jordan Abbot.«

»Und sie hat sie Ihnen gegeben? Die Jugend von heute kennt einfach keine Dankbarkeit mehr. Wahrscheinlich mag sie die Teletubbies lieber oder was sonst gerade Mode ist.«

»Jordan Abbot ist tot«, sagte Greg. »Sie wurde irgendwann gestern Nacht aus ihrem Bett in Hungerford geholt und ermordet. Ihre Leiche warf man an den Kanal. Wie Ihre Tochter wird auch sie niemals älter werden als sechs Jahre.« Smith holte tief Luft. »Oh, keine Sorge. Ich will Sie nicht verhaften, obwohl einige Leute im Ort den Roma die Schuld geben.«

»Natürlich. Es ist ja auch viel einfacher, die Fremden, die Außenseiter zu beschuldigen, als darüber nachzudenken, dass es einer von euch sein könnte.« Er blickte auf und fragte in scharfem Tonfall: »Was geht da vor sich?«

»Gute Frage.« Auch Greg wurde jetzt bewusst, dass es draußen immer lauter wurde. Er hatte es schon seit einigen Minuten wahrgenommen, ohne es wirklich zu registrieren. Sein Verstand analysierte es blitzschnell: Menschen, wütende Menschen, viele zornige, schreiende Menschen. Pferde wieherten panisch. Hunde bellten in ohnmächtiger Angst. In der Nähe schrie eine Frau.

Smith öffnete die Tür und blickte kurz hinaus. Dann drehte er sich zu Greg um und sagte:

»Da kommt der Lynchmob.«

Der längste Morgen

Gregory rannte zu seinem Auto, um telefonisch Verstärkung anzufordern. Die würde eine Weile brauchen und in der Zwischenzeit musste er mit der Situation so gut wie möglich fertig werden. Aus Erfahrung wusste er jedoch, dass eine Horde, die auf kurzen Prozess aus war, nicht auf die ruhige Stimme polizeilicher Vernunft hörte. Die Zentrale versicherte ihm, dass mehrere Einsatzwagen in der Gegend schon auf dem Weg seien und es einige binnen zehn Minuten schaffen könnten, aber zehn Minuten waren eine lange Zeit, wenn eine Meute Blut geleckt hatte.

Es waren ungefähr vierzig Mann, darunter acht oder zehn Rädelsführer, die die anderen aufwiegelten. Einige der Männer fühlten sich nun offenbar unwohl, jetzt, da die flammende Rhetorik, das Klopfen an Nachbartüren, das Flüstern am Telefon, die Versammlung vor dem Rathaus vor einer halben Stunde hier auf dem Gemeindegrund zur Realität geworden waren. Diese Zweifler waren es, die er bearbeiten musste.

Fast in der ersten Reihe entdeckte er die drei Jungen, die die Leiche gefunden und als Erste die Anschuldigung ausgesprochen hatten. In ihren Augen stand noch der Schock über das, was sie gesehen hatten. Die meisten der anderen Männer hatten gestern Nacht nach Jordan gesucht: vernünftige, verantwortungsbewusste Männer und Familienväter, die durch diese Dummheit viel zu verlieren hatten, bestätigten sich gegenseitig in der Überzeugung, das Richtige zu tun. Einig in ihrem Misstrauen gegenüber den Gesetzen und in ihrem Verlangen nach dem, was sie als Gerechtigkeit ansahen. Und vor allem in ihrer ungeheuren Wut. Ihre Gesichter waren ausdruckslos, fast leer. Sie hatten eine Mission und alle Bedenken wurden verdrängt.

Es war einer der Furcht erregendsten Augenblicke, die er je erlebt hatte, denn ihm war bewusst, dass es in diesem Stadium keine Grausamkeit gab, zu der sie nicht in der Lage gewesen wären. Er blickte hinter sich und sah, dass John Smith verschwunden war. Sein Wohnwagen war leer und die Tür stand offen. Ein vernünftiger Mann.

Die schreiende Frau war Mrs. Lee, Lashlos Mutter. Denn diese Männer waren wegen Lashlo gekommen.

Der Anführer war ein großer, blonder Mann um die vierzig, Greg kannte ihn vom Sehen, doch sein Name wollte ihm im Moment nicht einfallen. Er war übergewichtig und rotgesichtig und seine blassen Augen verschwanden fast in seinen fleischigen, von bläulichen Äderchen überzogenen Wangen. Sein Doppelkinn bildete eine Reihe von Falten, die wie ausgetretene Stufen aussahen. Er trug eine beigefarbene Cordhose und ein braunes Tweedjackett mit Flicken auf den Ellbogen, wie ein friedfertiger Lehrer, obwohl er alles andere war als gutmütig.

»Geben Sie den verrückten Jungen heraus!«, bellte er. »Den, der nicht richtig im Kopf ist, dann wird niemand anders verletzt.«

Die übrigen Roma kamen an die Türen oder Fenster, aber sie waren in der Minderheit und konnten nur abwarten. In ihren wettergegerbten Gesichtern stand Fatalismus, das Erbe der Verfolgung seit Generationen. Es gab Zeiten, da hatte man einen Einzelnen geopfert, wenn die anderen durch dieses Opfer gerettet werden konnten.

Greg suchte nach einer Waffe, obwohl er mit der Menge kaum allein fertig werden konnte. Er griff sich seine Taschenlampe und einen Spazierstock mit Knauf, den er im Kofferraum hatte. Besser als nichts. Vielleicht. Was er jetzt aus dem Nichts herbeizaubern musste, war Zeit.

Er hatte eine Eingebung und rief: »Mr. Templeton!« Der Anführer drehte sich um und stierte ihn an, in seinen Augen blitzte blindwütiger Zorn. »George Templeton«, wiederholte Greg und machte einige Schritte auf ihn zu, wobei er den Stock mit beiden Fäusten fest umklammerte. Er sprach langsam und deutlich. »Sie kennen mich. Ich bin Detective Superintendent Summers von der Kripo Newbury. Ich wohne in Kintbury. Sie haben nach den Stürmen im letzten Herbst meinen Gartenzaun repariert.« Er versuchte, wie eine Autoritätsperson auszusehen. Die Hälfte der Polizeiarbeit war Bluffen; allerdings war nicht immer ganz klar, welche Hälfte.

»Diese Versammlung ist illegal«, fuhr er fort. »Bitte ziehen Sie sich mit Ihren Leuten friedlich zurück.«

Templeton spuckte auf den Boden. »Du wirst hier nicht gebraucht, Bulle. Die Zeit für deinesgleichen ist abgelaufen, denn hättest du auch nur einen Funken Grips, dann hättest du den Jungen schon vor Stunden festgenommen. Wir, die ehrlichen Bürger von Hungerford, erledigen die Sache jetzt auf die einzig richtige Art und Weise.«

Sein wichtigtuerisches Gehabe und seine wortreiche Rhetorik hätten in einer weniger beängstigenden Situation sicher komisch gewirkt.

Ein Schraubenschlüssel flog an Gregs Kopf vorbei. Er verfehlte sein linkes Ohr nur um wenige Zentimeter und prallte scheppernd auf die Motorhaube seines Autos – ein-, zwei-, dreimal. Die Menge johlte, grölte und pfiff, und er wusste, dass er sie nicht mehr in der Hand hatte.

Während er so hilflos wie noch nie in seinem Leben dastand und seine Möglichkeiten abwog, hörte er Mrs. Lee rufen: »Nein! Nein, Lashlo, nein!« Er sah, wie der Junge über den freien Platz vom Wagen seiner Eltern zu dem von Huwie Lee rannte, in dem er die letzten beiden Nächte geschlafen hatte. Der Mob war sofort hinter ihm her; eine kläffende, heulende Meute, ihrer schwerfälligen Beute dicht auf den Fersen. Er erreichte den Wagen knapp vor ihnen und verriegelte eilends die Tür hinter sich. Da sie diese nicht einschlagen konnten, schaukelten die Aufrührer den Wohnwagen hin und her, zerschlugen die Fenster und kippten ihn beinahe um.

Um sie herum gerieten die Tiere in Panik; sie spürten den Hass und rochen die Angst. Ein graues Pferd riss sich los und schlug nach allen Richtungen aus, bevor es über die Hügel davonraste, gefolgt von zwei fluchenden Romajungen. Eine Ziege spreizte die Hinterbeine und pinkelte ausgiebig auf den Boden.

Greg konnte jetzt die Polizeisirenen hören, allerdings viel weiter entfernt, als ihm lieb war.

Er konnte hier nicht einfach herumstehen. »Bitte!«, rief er verzweifelt und warf sich zwischen die Leute. »Hören Sie mit diesem Wahnsinn auf, bitte. Denken Sie doch nach.« Sie schubsten ihn hin und her, schlugen, stießen, kratzten und bissen ihn. Binnen Sekunden hatte er seine jämmerlichen Waffen verloren. Er klammerte sich an die Arme und Schultern der Vorübereilenden, denn er wusste, dass sie ihn einfach zertrampeln würden, wenn er hinfiel. Undeutlich hörte er, wie die Dieselmotoren der Wohnmobile angelassen wurden. Die Hippies machten sich aus dem Staub. Schnell.

»Helft mir!«, brüllte er vergebens hinter ihnen her. »Peel, du Scheißkerl, hilf mir.« Clive Peels Wohnmobil krachte rückwärts vor einen Monolithen und schoss mit quietschenden Reifen wieder nach vorn, wobei die hintere Stoßstange abgerissen wurde und das Nummernschild zu Boden schepperte. Die Steinsäule schwankte wie ein Betrunkener, als Peels Wagen an der Spitze der flüchtenden Kolonne verschwand.

Die Roma sahen sich kurz an, seufzten und stürzten sich in den Kampf. Sie hoben sich äußerlich so sehr von den anderen ab, als trügen sie die Uniform einer gegnerischen und unendlich viel kleineren Armee. Greg sah, wie einer einen Schlag ins Gesicht bekam und noch getreten wurde, als er zu Boden ging; ein anderer wurde zum Punchingball. Ein Dritter schlug sich wackerer; er trat seinen Angreifer in den Unterleib und rammte ihm, als er sich nach vorne krümmte, das Knie ins Gesicht und verpasste ihm eine blutende Nase.

›Donnerwetter!‹, dachte Greg, bevor sich drei Schwergewichte von verschiedenen Seiten auf jenen Mann warfen.

»Steckt den Wagen an!«, brüllte einer aus der Menge. »Anzünden!« Und die anderen stimmten ein in den drohenden Kampfgesang. »Anzünden! Anzünden! Anzünden!« Um sie herum schwelten Kochfeuer, die so aufgeschichtet waren, dass sie den ganzen Tag vor sich hin glommen. Nun entzündeten die Männer ihre Holzfackeln daran. Der Wagen fiel wieder auf die Räder und Lashlos entsetztes Gesicht erschien an einem der zerschmetterten Fenster.

»Nein!«, schrie Greg. »Das ist Mord. Mord. Hört ihr? Mord!«

Die Fackeln brannten im hellen Junilicht fast unsichtbar, aber gefährlich.

»Das ist falsch.« Eine einzelne Stimme, der kleine Zeitungshändler, der gestern die Landkarten gebracht hatte, erhob Widerspruch, wurde aber niedergebrüllt.

Ein größerer Mann packte ihn am Kragen und bedrohte ihn. Wer nicht für sie war, war gegen sie. Greg sah den panischen, flehentlichen Blick des Ladenbesitzers. Er versuchte, zu ihm durchzudringen, um vielleicht die vernünftigeren Männer mit den wenigen Roma, die sich noch aufrecht hielten, um sich zu scharen, aber jemand stellte ihm ein Bein und er geriet ins Straucheln.

Und dann stand plötzlich Rufus Lee auf den Stufen zu Huwies Wagen und richtete seine Schrotflinte auf die Menge. Er war eine imposante Erscheinung und sie zögerten einen Augenblick, bis George Templeton seinen Kopf zurückwarf und lachte, ein Lachen ohne jede Heiterkeit. »Wie viele von uns kannst du erschießen, Zigeuner, bevor wir dich schnappen?«

»Nur zwei«, antwortete Rufus ruhig. »Wer will zuerst?« Er zielte auf Templetons Kopf. »Na, Dicker, soll ich mit dir anfangen?«

Das ließ den Bauunternehmer einen Moment innehalten, Zeit genug für Greg, sich wieder zu fangen. Er gab seinen Plan auf, die vernünftigen Leute zusammenzubringen, und bahnte sich einen Weg durch die Menge zum Wohnwagen hin. Um jeden Preis wollte er das Blutbad verhindern, das inzwischen unausweichlich schien. Aber dann erstarrte er, denn John Smith war aus dem Nichts wieder aufgetaucht. Er rutschte über das Dach des Wohnwagens, packte Rufus von hinten und stieß den Lauf seines Gewehres nach oben, so dass Rufus, der den Finger am Abzug gehabt hatte, in die Luft schoss.

»Sei verflucht, Jan!«, schrie der Anführer der Roma. »Dafür sollst du für immer in der Hölle schmoren.«

Die Menge jubelte Smith zu, als er Lee das Gewehr entwand und den Mann mit einem Tritt ins Gras beförderte. Er war viel kleiner und schmächtiger als Lee, gewann aber trotzdem ohne Schwierigkeiten die Oberhand. Er blieb einen Augenblick stehen und blickte auf ihn herab – in Siegerpose. Sein Gesicht und die muskulösen Unterarme glänzten vor Schweiß. Mit dem Gewehr über der Schulter sah er aus wie ein Soldat beim Exerzieren.

»Was zum Teufel machen Sie da?«, fragte Greg, der sich jetzt wieder weiter nach vorn durchkämpfte.

Smith entlud das Gewehr und warf die Munition zu Boden. Dann bat er mit erhobenen Händen um Ruhe, die überraschenderweise auch eintrat. Seine Stimme klang wie die eines Predigers. Diese Stimme gebot Respekt und hatte genug Volumen, um alle zu erreichen. »Wenn der Junge heute zu Tode kommt, seid ihr, ihr alle, jeder für sich und alle zusammen schuldig des vorsätzlichen Mordes. Ihr werdet wegen Mordes lebenslänglich im Gefängnis sitzen. Kann sich einer von euch vorstellen, was das bedeutet?«

Er verlor die Aufmerksamkeit seines Publikums. Mit seiner ruhigen Autorität und seiner Kühnheit hatte er sie einen Augenblick gefesselt, aber dieser Moment war nun verstrichen, und aus der Menge drang wütendes Murren. Er sei nichts weiter als ein x-beliebiger mord-lustiger, dreckiger Zigeuner und von ihm ließen sie sich nicht sagen, was sie zu tun und zu lassen hatten.

Bis er sagte: »Denn ich weiß es.« Sie verstummten wieder. »Ich kenne die Tage, die so lang sind wie Wochen, Wochen so lang wie Jahre, Jahre so lang wie Jahrzehnte. Ich kenne die düstere Einsamkeit eines Mannes, der unter tausend nicht verwandten Seelen gefangen ist, die quälenden Gedanken seiner endlosen Nächte. Wer von euch hat den Mut dazu?«

Etwa zehn Sekunden lang herrschte vollkommene Stille, dann brüllte Templeton: »Ich!« Und die anderen stimmten ein. Selbst die, die Greg zuvor als gemäßigt eingestuft hatte, waren nun vom Blutrausch erfasst; sogar der Zeitungshändler reckte seine Faust wieder und wieder in den Himmel und brüllte.

»Ich habe den Mut! Ich habe den Mut!«

Erneut rückten die Männer vor zum Wohnwagen und seinem entsetzten Insassen; sie stolperten übereinander in ihrem Eifer, mit dem verdorrten Gras der Gemeindewiese den Scheiterhaufen zu entfachen.

Aber Smith hatte sie lange genug aufgehalten. In diesem Augenblick hielten zwei Polizeiwagen und ein Kleinbus mit quietschenden Reifen auf den Hügeln. Zehn, zwölf Männer in Schutzausrüstung mit Helmen und Schilden stiegen aus. Jetzt hörte man deutlich noch weitere Sirenen aus der anderen Richtung herannahen. Die Menge löste sich in lärmender Panik auf, die Leute stießen zusammen, fielen in den Graben, rannten in Richtung Schienen, Kanal und Tor. Ihr Kampfgeist war versiegt, nun, da sie selbst vielleicht Blessuren davontragen würden. Eine Hand voll blieb zurück und widersetzte sich, wurde aber schnell überwältigt.

»Danke, lieber Gott«, murmelte Greg. »Lieber Gott, ich danke dir.«

Er bückte sich und hob seine Taschenlampe auf, die unter einem Wohnwagen gelandet war. Er schaltete sie vergeblich an und aus. Kaputt, aber wenigstens war er selbst unverletzt. Er nahm seinen Spazierstock und widerstand dem heftigen Drang, dem nächstbesten Aufrührer damit einen Schlag in den Nacken zu verpassen. Er begnügte sich damit, seine Frustration am Boden auszulassen.

»Ihr dämlichen Scheißkerle«, murmelte er, als er seinen Stock in das trockene Erdreich rammte.

»Gut, dass Sie hier waren, Sir«, sagte ein Polizist aufmunternd, während er einen mittlerweile beruhigten Mann abführte.

»O ja. Ich war ja auch eine große Hilfe.«

Aber er hatte immerhin Hilfe herbeigerufen und ein wirklich mutiger Mann weiß, wann er unterlegen ist. Er ging zu ein paar verletzten Roma. Sie hatten Platzwunden und blaue Flecken, konnten sich aber auf den Beinen halten. Als er ihnen zu helfen versuchte, murmelten sie unverständliche Flüche in seine Richtung; sie unterschieden nicht zwischen ihm und dem mörderischen Haufen. Der *Gorgio* war der Feind, und der *Muscro* war der Schlimmste der *Gorgios*.

Eine weitere Sirene durchschnitt die Stille, ein Krankenwagen bog von der Straße ab und zwei Männer mit einer Trage tauchten auf, aber die Roma nahmen keine Hilfe in Anspruch und wollten nicht mit ihnen gehen, so dass die Sanitäter bald aufgaben. »Mich hat's schon schlimmer erwischt«, sagte einer der Roma mit tiefer Bassstimme. »Ich geh in kein verdammtes *Gorgio*-Krankenhaus.« Zu guter Letzt nahmen sie den Mann mit der blutigen Nase mit, obwohl er nichts weiter hatte als ein zerschlagenes Gesicht und schmerzende Hoden.

Binnen weniger Minuten waren zwei Drittel der Aufrührer davongelaufen. Ein hartnäckiger Rest von etwa zwanzig Mann war verhaftet und nach Newbury gebracht worden.

Smith, der die Szene leicht lächelnd beobachtet hatte, sprang nun leichtfüßig von den Stufen und streckte dem immer noch am Boden liegenden Rufus die Hand entgegen; der übersah sie demonstrativ und stand allein auf, wobei er sich Gras und Staub von der Kleidung strich.

»Du bist ein dickköpfiger alter Trottel, Rufus«, sagte Smith. »Sie hätten dich umbringen können, aber ich erwarte keinen Dank.«

»Gut!«, antwortete Rufus. »Denn darauf könntest du warten, bis die Hölle zufriert.«

Smith klopfte gegen die Tür des Wohnwagens. »Lashlo? Alles in Ordnung. Du kannst jetzt rauskommen. Sie sind weg.« Es kam keine Antwort. »Sag du es ihm, Rufus. Du bist der Einzige, auf den er hören wird.«

»Lashlo?« Rufus Stimme klang weich; so hatte Greg ihn noch nie reden hören; wie ein Pferdehändler, der eine schreckhafte Stute beruhigen will. »Es ist gut, Junge. Komm raus.«

Die Tür öffnete sich langsam, und ein erschrecktes Kindergesicht mit den Zügen eines Mannes blickte sie aus rot geweinten Augen an. Rufus streckte schweigend seine Hand aus, der Junge nahm sie und folgte seinem Vater die Stufen hinunter.

»*Daya?*«, sagte er.

»Ich bin hier, Lashlo.« Mrs. Lee trat aus dem Schatten ihres Wohnwagens hervor und nahm ihn in die Arme. Sie reichte ihm gerade bis zur Brust und ihre Arme waren auf der Höhe seiner Taille, aber es gab keinen Zweifel, wer hier der Stärkere war. Nach kurzer Zeit ließ sie ihn los und sah zu ihm auf. »Es ist gut. Es wird alles gut.«

»Ich möchte, dass du mich auf die Wache begleitest, Lashlo«, sagte Greg, »und mir ein paar Fragen zum Tod von Jordan Abbot beantwortest …«

»Nein!«, schrie Lashlo und verschwand wieder im Wohnwagen. »Nein!«

»Sie sind genauso schlimm wie die anderen!«, zischte seine Mutter. »Ihr seid alle gleich.«

»Nehmen Sie ihn fest?«, fragte Smith.

»Nur, wenn ich muss. Ich dachte, er würde freiwillig mitkommen und seine Aussage machen wie ein guter, einsichtiger Bürger.« Greg nickte zwei Polizeibeamten zu, die bei ihm geblieben waren, und sie gingen ohne Zögern in den Wagen und holten den Jungen heraus.

»Oh, wirklich sehr freiwillig«, sagte Smith.

»Er muss einige Fragen beantworten. Außerdem ist es zu seinem Schutz.« Greg drehte sich zu Rufus um, der still dastand und trüben Gedanken nachhing. »Auch wenn er schon siebzehn ist, hat er Anspruch auf die Begleitung eines Erwachsenen.«

»Ja, ich komme mit.«

»Ich auch«, sagte Mrs. Lee, aber Rufus antwortete knapp: »Das ist Männersache.« Mann und Frau sahen sich an, sie verständigten sich wortlos und die Frau fügte sich.

»Und besorgen Sie sich einen Anwalt«, sagte Greg. »Kennen Sie einen?«

»Wie sollte ich?«

»Dann suchen wir Ihnen einen. Soll ich Sie zur Wache in Newbury mitnehmen?«

Rufus sagte nur: »Ich folge Ihnen lieber aus eigener Kraft.«

»Das mach ich nicht«, sagte Josie Abbot, »und dabei bleibt es. Ich habe so etwas im Fernsehen gesehen, es ist obszön.«

»Aber es kann wirklich helfen«, sagte Barbara. »Wenn die Zuschauer das Foto von Jordan sehen, wenn sie sie sehen und hören, dass Sie Witwe sind und Jordan alles war, was Sie hatten ...« Josie begann leise zu weinen. »Tut mir Leid«, sagte Barbara. Sie setzte sich neben Josie auf das Sofa und nahm sie in den Arm. Josie lehnte den Kopf an Barbaras Schulter und schluchzte. »Aber wir werden dann alle Register ziehen«, fuhr Barbara fort, »denn irgendjemand muss etwas beobachtet haben.«

»Ich habe so etwas schon mal gesehen«, wiederholte Josie sichtlich um Fassung bemüht. »Ich habe die Mütter und Väter im Fernsehen weinen sehen, habe mit ihnen geweint, das Mitleid mit ihnen hat mir das

Herz zerrissen, ich habe die kranken Menschen verflucht, die sich Kinder als Opfer suchen. Und eine Woche später höre ich dann, dass die Polizei eben diese Mutter und diesen Vater festgenommen und sie des Mordes am eigenen Kind angeklagt hat.« Sie blickte Barbara mit rot geweinten Augen an. »Das ist es doch, was Sie denken, oder?«

»Ganz bestimmt nicht.«

»Aber Sie schließen die Möglichkeit auch nicht aus.« Barbara antwortete nicht, mied jedoch Josies Blick. »Danke, dass Sie mich wenigstens nicht anlügen.«

Barbara war selten verwirrt, aber im Moment wusste sie nicht, ob sie es mit einer am Boden zerstörten Mutter oder mit einer berechnenden Mörderin zu tun hatte. Ihre Intuition sagte ihr, dass sie noch nicht die ganze Geschichte kannte, dass sich hinter den traurigen Augen dieser unscheinbaren Frau noch irgendein Geheimnis verbarg. Da war Schuld, furchtbare Schuld, so viel war sicher. Aber Mütter, deren Kinder sterben, fühlten sich nun einmal immer schuldig, selbst wenn es ihnen unmöglich gewesen wäre, die Tragödie zu verhindern.

»Wenn …«, begann Barbara. »Wenn Sie mir irgendetwas sagen wollen …«

»Nein, nichts.«

»Es wäre letztlich so viel leichter, Josie. Eine furchtbare Last würde von Ihren Schultern genommen.«

»Nein.«

»Wenn Sie vielleicht jemanden schützen, einen Mann …«

»Nein.«

»Also, was soll ich den Fernsehleuten sagen?«

»Ist gut!« Sie beruhigte sich. »Ist gut, ich mache es.«

»Ich bleibe bei Ihnen«, sagte Barbara und drückte ihre Hand, »die ganze Zeit.«

»Vielen Dank auch dafür, dass Sie meine Zellen bis zum Bersten füllen«, grummelte der Dienst habende Sergeant, »und mir das Leben schwer machen.«

»Diese Leute haben schwer wiegende Anschuldigungen zu fürchten«, sagte Greg. »Zunächst einmal Aufruhr, Schlägerei und illegale Zusammenrottung. Schwere Körperverletzung, wenn ich die Roma zu einer Zeugenaussage überreden kann. Es könnte passieren, dass ich sie wegen versuchten Mordes anzeige, auf jeden Fall aber wegen tätlichen Angriffes auf einen Polizisten.«

»Wen haben sie denn angegriffen?«

»Mich!«

»Oh, Sie! Soll ich einen Arzt holen?«

»Ich brauche keinen Arzt, verdammt noch mal.«

»Dann war es wohl auch kein tätlicher Angriff. Trotzdem, eine üble Sache. Aber wie es sich anhört, ist es ein Glück, dass wir rechtzeitig zur Stelle waren.«

»Ich habe so schnell wie möglich Verstärkung gerufen.«

Der Sergeant schüttelte den Kopf. »Wir haben kurz vorher einen Notruf erhalten. Wussten Sie das nicht?«

Deshalb also war so schnell Hilfe gekommen. Vielleicht irgendwer in Hungerford, eine Tochter oder Ehefrau, die die Gefahr der Aktion erkannt und deshalb Hilfe herbeigerufen hatte. »Haben Sie die Nummer des Anrufers?«, fragte er.

»Nein. Mobiltelefon.«

Greg zuckte die Achseln. »Fürs Erste lasse ich sie so lange wie möglich in der Zelle schmoren.«

»Wissen Sie, dass ungefähr vierzehn verschiedene Anwälte auf dem Weg hierher sind?«

»Gut, und ich hoffe, dass jeder einzelne von ihnen vom Golfplatz geschleift wurde. Was haben Sie mit dem Romajungen gemacht?«

»Verhör in Raum eins, wie Sie sagten.« Er tippte sich an die Stirn. »Nicht ganz richtig im Oberstübchen, wenn Sie mich fragen.«

»Sehr scharfsinnig beobachtet. Was auch immer Sie machen, lassen Sie ihn nicht in die Nähe der anderen. Ich denke, wir sollten den Pflichtverteidiger für ihn bestellen.«

»Sir, haben Sie einen Augenblick Zeit?«

Er blickte sich um und sah einen Polizisten in Uniform, einen von denen, die ihm im Lager zu Hilfe gekommen waren. Ein gut aussehender junger Mann von fünfundzwanzig Jahren, mit einer lässig charmanten Art, um die ihn Greg beneidete.

»Constable ...« Er kramte in seinem Gedächtnis. Über diesen Mann wusste er fast alles, nur sein Name fiel ihm im Moment nicht ein. Ein guter Polizist mit Ambitionen in Richtung Kripo, seit knapp anderthalb Jahren mit einer hübschen Blondine namens Tina verheiratet, einer preisgekrönten Springreiterin. Sein Bruder war bei der Feuerwehr. Er wurde wohl langsam alt. Endlich kam er auf den Namen. »Constable Whittaker?«

»Ja, Sir. Ich habe auf den Hügeln beim Romalager etwas gefunden, wonach Sie gesucht haben. Einen blauen Knopf.«

»Was!«

»Irgendwo abgerissen, etwas weißer Faden hängt noch daran.«

»Wo?«, krächzte Greg.

»Das ist ja das Komische. Es war gar nicht in der Nähe der Wagen, sondern auf der anderen Seite der Weißdornhecke, und der Boden war aufgewühlt, als hätte dort bis vor kurzem ein Fahrzeug geparkt. Und einer der großen Steine hatte was abbekommen. Ach ja, und eine verbogene Stoßstange und ein kaputtes Nummernschild lagen in der Nähe.«

Ozymandius und sein Harem. Die so um das Gemeinwohl besorgten Hippies, die beim ersten Anzeichen von Gefahr das Weite gesucht und ihn sich selbst überlassen hatten.

»Ich habe alles so gelassen, wie es war«, fuhr Andy Whittaker fort. »Ich hatte Bedenken wegen all der Leute, und so habe ich Chris dort gelassen …«

»Chris?«

»Clements. Mein Partner.«

»Oh, in Ordnung. Gut. Gut gemacht.« Er wandte sich wieder dem Sergeant zu. »Wissen Sie, wo Sergeant Carey ist?«

»In Hungerford, bei der Mutter der Verstorbenen.«

»Natürlich. Und Chief Inspector Stratton?«

»Noch im Bett mit der Zeitung, wenn er vernünftig ist. Ach, nein, am Sonntagmorgen geht er ja immer Gott belästigen, stimmt's?« Er trällerte unmelodisch: »O Gott, unser Retter in der Not«. Er blickte auf seine Uhr. »Er müsste inzwischen zurück sein. Soll ich ihn anrufen?«

»Ich werde ihn selbst anrufen. Whittaker, können Sie den Chief Inspector von zu Hause abholen? Er wird Sie begleiten und eine systematische Durchsuchung des Geländes organisieren.«

»In Ordnung.«

Der junge Mann wandte sich zum Gehen, aber Greg rief ihn zurück. »Ach übrigens, sind Ihnen auf dem Weg zum Gemeindegrund Campingwagen begegnet? Wohnmobile und ein Imbisswagen voller Graffiti?«

»Nein, die Straßen waren ziemlich leer, mir ist nichts Derartiges aufgefallen.«

Sie waren also nicht in Richtung Newbury gefahren. Er gab einen Funkspruch an alle Wagen in der Gegend heraus, Clive Peel und seine Freundinnen festzunehmen, falls sie auftauchten. Sie mussten ihm ein paar Fragen beantworten.

Rufus Lee kam eine Stunde später in Begleitung von John Smith auf der Wache an. Greg sah sie fragend an. »Rufus ist ein praktisch denkender Mann«, sagte Smith, »und er liebt diesen Jungen mehr als alles andere.«

»Sprich ruhig über mich, als wäre ich gar nicht da«, knurrte Rufus.

»Entschuldigen Sie bitte, dass wir so spät kommen«, fügte Smith hinzu. »Es ist nicht leicht, einen Parkplatz für Pferde zu finden.«

»Ach, du meine Güte! Ich werd nicht weiter fragen.«

»Wie dem auch sei, ich bin Mr. Lees Rechtsbeistand. Ich meine Mr. Lashlo Lee.«

»Haben Sie denn eine Lizenz?«, fragte Greg.

»Natürlich nicht.« Sie sahen sich herausfordernd an. Es war allein Gregs Entscheidung, ob er Mr. Smith als Rechtsbeistand für Lashlo zuließ, und beide wussten das. Was wäre am besten für den Jungen? Schließlich sagte Smith: »Anderenfalls bin ich Mr. Lees erwachsene Begleitperson, dann verzichten wir auf unser Recht auf juristischen Beistand.«

»Aber Sie sind kein Verwandter.«

»Ich bin sein Onkel.«

»Sie sagten mir doch, er wäre nicht verwandt mit Ihnen«, sagte Greg zu Rufus.

»Ich habe gelogen.«

»Meine Frau war Rufus' Schwester«, erklärte Smith. »Falls Sie sich fragen, warum er mich so hasst.«

Das Schicksal hatte es mit Rufus Lee nicht gut gemeint, dachte Greg: eine ermordete Schwester, eine ermordete Tochter und ein geistig behinderter Sohn. Er musste das Kainszeichen tragen. »Also dann los«, sagte er. »Ich will Lashlo ein paar Fragen stellen, aber ich habe ihn vor allem hier, weil ich diese Verrückten in ein paar Stunden gegen Kaution freilassen muss.

Und ich glaube, hier ist er sicherer aufgehoben, bis ich herausgefunden habe, wer das kleine Mädchen ermordet hat. Wollen Sie darauf bestehen, dass ich ihn gehen lasse? Draußen kann ich für seine Sicherheit nicht mehr garantieren.«

»Aber warum muss der arme Lashlo im Gefängnis bleiben?«, wollte Smith wissen. »Warum nicht die Meute, die ihn bedroht hat?«

»Weil eine andere Meute schon darauf wartet, ihren Platz einzunehmen«, sagte Greg. Die Wahrheit war allerdings, dass es so einfacher war.

»In Anbetracht der Lage«, sagte Smith schließlich, »ist mein Klient bereit, bis auf weiteres freiwillig hier zu bleiben.«

»Nein!«, schrie Rufus. »Sie müssen ihn gehen lassen. Er ist mein Sohn, ich bin für ihn verantwortlich, und ich werde mich um ihn kümmern.«

»Es ist nur zu seinem Besten, Rufus. Wir holen ihn raus, sobald sich die Hysterie gelegt hat.« Lee blickte widerspenstig drein, aber Greg erkannte plötzlich, dass er Angst vor Smith hatte, so wie ein starker Mann sich vor einem Geist fürchten mochte. »Du willst doch, dass er in Sicherheit ist, oder?«, fragte Smith. »Du willst doch nicht, dass ihm etwas passiert?«

»Nein«, brummte Lee. »Natürlich nicht.«

Lashlo wirkte bedrückt, weniger erschreckt als resigniert, seine plumpen Finger spielten unentwegt mit seinem schwarzrot karierten Halstuch. Greg fragte ihn, ob er sich besser fühle und Fragen beantworten könne, und nach einem kurzen Blick zu seinem Vater und auf dessen Nicken hin signalisierte er seine Bereitschaft. Greg hielt einen Abzug von Jordans Studioporträt hoch und Lashlo hörte auf zu zappeln, streckte die Hand aus und nahm es mit zwei Fingern.

»Hübsch«, sagte er. »Jolly.«

»Ja, sie war süß, nicht wahr? Du hast sie doch gesehen, oder?«

»Ja, Jolly.«

Greg war über diese Wiederholung erstaunt, dann dämmerte es ihm. »Hast du sie so genannt? Sie hieß Jordan. Hast du sie so genannt, Lashlo?«

»Ja, Jolly.« Nach Kinderart hatte er sich ein Fantasiewort ausgedacht und hielt es nun für eine allgemein bekannte Bezeichnung.

»Wann hast du sie gesehen?« Der Junge machte ein unglückliches Gesicht. Seine Tage waren alle ziemlich gleichförmig und Zeit war ein schwieriger Begriff. Greg half ihm auf die Sprünge. »War es gestern, Lashlo? Samstag, als die vielen Leute nachmittags auf den Gemeindegrund gekommen sind. Zum Jahrmarkt.«

»Ja«, sagte Lashlo dankbar und Greg war klar, dass er aus Höflichkeit jeden x-beliebigen Tag bestätigt hätte.

»Du hast dich eine Weile mit ihr unterhalten«, sagte er. »Du hast sie auf deinen Schultern reiten lassen.«

»Wer sagt das?«, fragte Smith scharf.

»Ich.«

Er erzählte ihm von Hamiltons Fotos und ihm fiel ein, dass er die Mappe von Piers noch immer in seiner Innentasche hatte. Er zog sie heraus und breitete einige der Bilder auf dem Tisch aus. Rufus nahm sie und betrachtete sie langsam mit unergründlicher Miene. »Die Kamera lügt nie«, sagte er schließlich, obwohl die moderne Technik dieses Klischee längst widerlegt hatten. Heute jagten fremde Raumschiffe das Empire State Building in die Luft und Dinosaurier trampelten durch die Wälder des zwanzigsten Jahrhunderts; niemand störte sich daran und nur Menschen mit einem gestörten Realitätssinn hielten es für wahr.

»Ich habe selbst mit ihr gesprochen, wie Sie wissen«, sagte Smith. »Ich habe ihr diese Flöte gegeben. Ich nehme an, dass sie an diesem Nachmittag Kontakt zu Dutzenden von Leuten hatte.«

»War das vorher oder hinterher? Lashlo, hatte Jolly eine Flöte dabei? Eine von Onkel Johns Flöten?« Er schüttelte den Kopf. »Worüber habt ihr beide euch unterhalten?« Schweigen. Worüber unterhielten sich Kinder? Er konnte sich nicht mehr daran erinnern, wenn er es jemals gewusst hatte.

»Es muss ungefähr drei Uhr gewesen sein, als ich mit Mutter und Kind gesprochen habe«, sagte Smith nach einer Weile, »vielleicht kurz nachdem sie Lashlo getroffen haben.«

»Sie haben eine Uhr?«, fragte Greg, der sein nacktes Handgelenk bemerkte.

»Ich brauche keine.«

»War sie da schon als Kaninchen geschminkt?«

Smith schüttelte den Kopf. »Vor dem Schminkstand war eine lange Schlange.« Er nickte in Richtung auf das letzte Foto. »So habe ich sie nie gesehen.«

»Ich würde sagen, so gegen vier Uhr sind sie zum Tee nach Hause gegangen«, sagte Rufus, »und da hat mein Sohn sie zuletzt gesehen.«

»Würd ich auch sagen.«

»Stimmt das, Lashlo?«

Der Junge nickte.

»Mr. Lee, ich stelle hier die Fragen, wenn es recht ist. Lashlo ...« Er lehnte sich über den Schreibtisch und legte seine Hand auf die des jungen Mannes. Er spürte dessen drahtige schwarze Haare. Er bebte wie eine gefangene Taube. Greg sprach langsam und deutlich. »Lashlo, hast du das blonde Mädchen – Jolly – noch einmal gesehen, nachdem sie auf deinen Schultern geritten ist?« Er schüttelte heftig den Kopf. »Nicht vielleicht später an dem Tag?« Kopfschütteln. »Am Abend?« Kopfschütteln. »Hast du dich für eine andere Zeit mit ihr verabredet?« Lashlo schüttelte energisch den Kopf.

»*Mande kinyo*«, sagte er, »*nastis jalno durroder.*«

»Wie?«

»Er sagt, er sei müde«, übersetzte Rufus, »und dass er nicht mehr kann.«

Greg blickte fragend zu Smith, der zustimmend nickte. Er musste sich auf ihr Wort verlassen, dass das Gehörte kein Geständnis war. Er konnte wohl Dolmetscher für verschiedene Sprachen herbeirufen, aber Roma gehörte nicht dazu und es konnte Tage dauern, bis ein zuverlässiger Übersetzer gefunden wäre.

Die beiden Erwachsenen wechselten einige Worte in ihrer melodischen Sprache. Er konnte unmöglich sagen, ob sie wütend, einsichtig oder der Angelegenheit überdrüssig waren. Komische Sache mit den Sprachen, dachte Greg, während er geduldig wartete. Italienisch klang immer irgendwie emphatisch, obwohl selbst Italiener sicher nur manchmal fragten, ob man eine schöne Tasse Tee wollte. Mit siebzehn hatte er einer vollbusigen deutschen Austauschschülerin ewige Liebe geschworen und sich die ganze Zeit gefühlt, als würde er Befehle bellen. Sie hatte ihn ausgelacht und gesagt: »Ach, ihr Engländer, ich liebe euren Sinn für Humor.« Kein Wunder, dass er keinen guten Abschluss geschafft hatte.

Sie beendeten ihre Unterhaltung und Rufus fragte: »Können wir aufhören?«

»Gleich. Lashlo, kannst du dich daran erinnern, worüber ihr euch unterhalten habt?«

Lashlo wirkte plötzlich klar und fast redegewandt. »Sie wollte mit uns fortlaufen!«

Als er zurückkam, war Barbara in seinem Büro und probierte offenkundig seinen Platz am Schreibtisch aus. Seine Sekretärin war sonntags nicht da und jeder konnte ein und aus gehen, wie er wollte, und das geschah auch oft, denn er vergaß immer abzuschließen. Sie stand auf, als er hereinkam.

»Na, gefällt er dir?«, fragte er.

»Wunderbar. Und du bist wieder mal ein Held, wie ich höre.«

»Quatsch.« Er erzählte ihr, was er in der Zwischenzeit gemacht hatte, und sie setzte ihn in schlüssigen, logischen Sätzen über ihr Vorgehen in Kenntnis.

»Josie hat dieser Sache im Fernsehen zugestimmt«, sagte sie schließlich, »und ich hab alles mit dem Pressebüro arrangiert. Kommst du auch?«

»Ich denke schon.« Manchmal hätte er sich am liebsten zweigeteilt, damit er an zwei Orten zugleich sein konnte. »Wo und wann?«

»Sie kommen her, rechtzeitig für die Vorabendnachrichten. Spätestens um vier, im Rathaus Hungerford.«

»Also um vier. Steht sie noch auf deiner Liste der Verdächtigen?«

»Gefühle dürfen nicht höher bewertet werden als methodische Ermittlungsarbeit.«

»Heißt das ja?«

»Was ist mit dem Romajungen, den du vor dem Mob gerettet hast?«

»Oh, Lashlo ist unschuldig, ein Kind im Körper eines Teenagers. Er hat nichts getan. Und wenn ihn jemand gerettet hat, dann war es Smith.« Er erläuterte ihr kurz, wer Smith war, umriss seine seltsame Geschichte und seine fatale Verbindung zu den Lees.

»Beim Reinkommen habe ich zwei Roma an der Anmeldung gesehen«, sagte sie. »Einer gebaut wie ein Kleiderschrank und ein kleinerer, der den großen an der Leine hielt – bildlich gesprochen – und das Reden erledigte. Welcher ist welcher?«

»Lee ist der große.«

Sie nickte, als hätte er ihre Vermutung bestätigt. »Wer kommt also noch in Frage, außer Josie?«

»Was ist mit Piers Hamilton?«

»Kenne ich nicht.« Greg erklärte es ihr. »Ach so, dein neuer Freund von gestern Nacht. Warum er?«

»Keine Ahnung. Lass deine Fantasie spielen. Hochzeiten und Taufen zu fotografieren bringt nicht viel Geld und er hat einen teuren Geschmack, also macht er pornografische Bilder von Kindern – als lukrative Nebenbeschäftigung. Er hat Jordan noch einmal heimlich in sein Studio gelockt, nachdem er das Porträt für ihre Mutter gemacht hatte. Sie sollte für ihn posieren, da sie genau der Typ war, nach dem diese Perversen lechzen. Sie hat gedroht, etwas zu erzählen, und musste zum Schweigen gebracht werden.«

»Was soll ich dazu sagen? Es ist nicht unmöglich, aber ziemlich weit hergeholt. Warum hast du eine solche Abneigung gegen Hamilton? Weil er schwul ist?«

»Habe ich etwa gesagt, dass er schwul ist?«

»Also wirklich! Ich bin doch nicht blind! Und ich weiß doch, was du von ihnen hältst.«

»Ich kümmere mich nicht um sie, solange sie mich in Ruhe lassen. Und ich habe keine … Abneigung gegen ihn, ganz im Gegenteil, ich mag ihn. Und da ist immer noch John Smith selbst.«

»Ja, den mag ich wiederum. Mr. Rätselhaft. Lebenslänglich auf dem Buckel. Der geheimnisvolle Grübler. Wirklich sexy.«

»Ist er das? Ich werde mich für dich stark machen.«

»Menschen, die viel mitgemacht haben, sind irgendwie anziehend, und sein Gesicht ist vom Leid geradezu zerfressen.«

»Das klingt ziemlich pervers. Er ist Lashlos Onkel, hat sein halbes Leben wegen Mordes im Gefängnis gesessen – genau gesagt: sogar wegen dreier Morde, aber er beharrt darauf, sie nicht begangen zu haben. Er hat selbst vor einem Vierteljahrhundert seine sechsjährige Tochter verloren.«

»Aber kein Blondchen, so wie er aussieht. Magst du ihn?«

»Ich finde ihn etwas Furcht erregend. Nein, er macht mich nervös. Wenn jemand eine halbe Ewigkeit im Gefängnis gesessen hat und dann herauskommt, ist es, als würde er von den Toten auferstehen.« Dabei fiel ihm ein, wie Rufus ihn genannt hatte: Ba, Bavo oder so ähnlich. Was war das? Eine Art Geist. »Er ist sehr distanziert und selbstbeherrscht wie die meisten Leute, die lange gesessen haben«, fügte er hinzu. »Obwohl ich mich schon gefragt habe, ob er vielleicht schon immer so war.«

»Und welches Motiv hätte er?«, fragte Barbara mehr aus Höflichkeit.

»Nehmen wir mal an, er wünschte sich einen Ersatz für seine verlorene Tochter. Jordan wollte mit den Roma fortlaufen, also sagte er vielleicht: ›Komm doch mit mir, meine Kleine‹, und sie dachte: ›Gute Idee‹, bekam dann aber Angst und versuchte wegzulaufen. Er hielt sie fest und langte zu kräftig zu. Ehe er sich versah, hatte er ein totes Mädchen am Hals und er wusste, dass sie ihn bei seiner Vorgeschichte für immer einsperren würden.«

Er tastete in seinen Taschen nach dem Autoschlüssel und zuckte zusammen, als er sich an das Geräusch des schweren Schraubenschlüssels auf der Motorhaube erinnerte. Natürlich war der Lackschaden Sache der Polizei und würde ihn keinen Penny kosten, nur jede

Menge Papierkram, aber Vandalismus war Vandalismus und dagegen hatte er etwas.

»Willst du los?«, fragte sie.

»Ich habe Harry losgeschickt, um die Stelle zu überprüfen, wo sie den Knopf von Jordans Latzhose gefunden haben. Es wäre schon ein sehr großer Zufall, wenn es nicht ihrer wäre, aber um sicherzugehen, lasse ich ihn mit dem vergleichen, der noch an ihrer Hose war. Ich seh mal nach, wie es läuft und ob die Hippies schon irgendwo aufgetaucht sind.«

»Denk dran, vier Uhr.«

»Ich denke dran.«

Doch bevor er sich auf den Weg machte, musste er noch eine Sache erledigen. Er versammelte die ernüchterten Aufrührer mitsamt ihren zahlreichen Anwälten. Es war wohl das erste Mal, dass er Anwälte sah, die sichtlich schockiert waren. Sie kannten diese Männer, erledigten ihre rechtlichen Angelegenheiten und brachten ihre Testamente regelmäßig auf den neuesten Stand, spielten Golf mit ihnen und erzählten sich gegenseitig anzügliche Witze im Rotary Club. Wie konnte aus ihnen jener geifernde Haufen werden, den die Polizei festgenommen hatte?

Und doch glaubten sie es.

»Können Sie sich überhaupt vorstellen, was Sie heute Morgen fast getan hätten?«, fragte Greg sie ruhig. Einer der Teenager, die die Leiche gefunden hatten, brach in Tränen aus. Er zitterte, obwohl es nicht kalt war, offensichtlich stand er noch unter Schock. Greg nahm sich vor, dafür zu sorgen, dass man ihn vor seiner Entlassung zum Arzt schickte. Das Gerede über misshandelte Teenager in Polizeigewahrsam hätte ihm gerade noch gefehlt.

»Denken Sie nach«, fuhr er fort. »Wenn Sie diesen

Jungen bei lebendigem Leibe in seinem Wohnwagen verbrannt hätten, stünde jeder einzelne von Ihnen jetzt unter Mordanklage. Sie denken, er habe ein Kind getötet, aber genau dasselbe hätten Sie heute Morgen auch getan, denn Lashlo Lee ist ein Kind, ganz gleich wie kräftig er gebaut ist.«

»Aber er hat Jordan Abbot umgebracht«, platzte Templeton heraus. »Wir alle wissen das, und nun wollen Sie ihn so davonkommen lassen. Und sie war so …« Er schluckte. »So ein süßes kleines Ding.«

Ein Mann, der niemals Einsicht zeigen würde, dachte Greg. »Ich lasse Sie zunächst einmal auf Kaution frei«, sagte er, »während ich mit der Staatsanwaltschaft bespreche, welche Anklagen Sie zu erwarten haben. Ihre Anwälte werden Ihnen die Sachlage erklären, wenn etwas unklar sein sollte. Sie melden sich dann einmal wöchentlich hier, bis Sie benachrichtigt werden. Keiner von Ihnen nähert sich dem Romalager oder einem der Bewohner, klar?«

Sie nickten.

»Mordversuch und die gemeinschaftliche Planung eines Mordes können mit lebenslanger Haft bestraft werden«, sagte er schließlich. »Ich schlage vor, Sie gehen jetzt nach Haus, lassen sich den Sonntagsbraten schmecken und denken mal darüber nach.«

Josie musste noch fünf Stunden totschlagen. Trotz der angesetzten Pressekonferenz warteten einige Reporter vor dem Haus. Sie konnte nicht im Wohnzimmer sitzen, ohne von ihnen angestarrt zu werden, aber die Vorhänge wollte sie am helllichten Tage auch nicht zuziehen. Sie hatte gesehen, wie sie bei den Nachbarn klopften und nach schmutziger Wäsche suchten. Sie konnte sich nicht vorstellen, dass sie welche gefunden hatten.

Sie saß allein in ihrer engen Küche und versuchte, nicht darüber nachzudenken, was sie mit dem Rest ihres Lebens anfangen sollte. Sechs Jahre und drei Monate lang hatte sich ihr Leben rund um die Uhr um Jordan gedreht, und nun war das Haus leer und ohne Leben. Seit sie Jordan damals aus dem Krankenhaus mit nach Hause gebracht hatte, waren sie nie mehr als ein paar Stunden getrennt gewesen. Sie hatte nicht jahrelang versucht, ein Kind zu bekommen, um es dann der Obhut von Fremden zu überlassen.

Josephine Pierce hatte stets nur das Ziel gehabt, zu heiraten und Mutter zu werden, daher verließ sie die Schule mit sechzehn Jahren, machte eine einjährige Ausbildung zur Schreibkraft und bekam einen Job in einem Anwaltsbüro, um die Zeit zu überbrücken, bis sie den richtigen Ehemann und Vater träfe. Und sie hatte Geduld. Peter lernte sie vier Jahre später beim örtlichen Laientheater kennen. Sie hatte nicht mitgemacht, um einen Mann zu finden, schließlich gab es dort zehnmal mehr Frauen als Männer. Sie machte mit, weil sie gern auf der Bühne stand, weil es ihr Selbstbewusstsein gab, jemand anderes zu sein.

Josie blickte zur Uhr und wunderte sich, wie langsam die Zeit verging. Sergeant Carey würde sie um viertel vor vier anrufen. Sergeant Carey war so ganz anders mit ihrer tollen Karriere und ihrem forschfröhlichen Selbstbewusstsein, aber nicht unsympathisch. Sie war eine Frau, die sich gegen Kinder entscheiden würde, glaubte Josie, und zum ersten Mal in ihrem Leben konnte sie das nachvollziehen, konnte verstehen, dass sich eine Frau nicht all diesem Leid aussetzen wollte.

Peter war etwas ganz Besonderes gewesen, ein einfacher Mann aus der Arbeiterklasse, der in seiner knapp bemessenen Freizeit auf der Bühne stehen wollte. Im Kostüm war er ein anderer. Er *war* Baumeister Solness. Er *war* Mr. Sloane. Er war außerdem vierundzwanzig Jahre alt, blond, gut aussehend und hatte kornblumenblaue Augen. Josie hatte ihn sofort begehrt. Einige der älteren – und verheirateten – Frauen hatten auch ein Auge auf ihn geworfen und etwas zu offensichtlich mit ihm geflirtet, aber er hatte über ihre Avancen nur gelacht und sie höflich, aber bestimmt abgewehrt. Später in der Kneipe, mit Josie, hatte er sich über ihr gespreiztes Getue lustig gemacht, aber auch ihren ›schrecklich‹ guten Geschmack gelobt.

Er musste nicht lange um sie werben. Pete wusste ganz genau, was er vom Leben wollte, und seine Wünsche entsprachen auch ihren. Sie dachte demütig, dass er eine schöne Frau hätte finden können – mit langen Beinen, großen Augen und vielen Talenten –, aber er wollte eine normale, anspruchslose Frau lieben, er wollte Geborgenheit. Eine Frau, die gut zu ihm wäre. Er arbeitete damals bei einer großen Firma, wollte aber gern sein eigener Chef sein. Er war ein unabhängiger Geist, ein Einzelkind, dessen Eltern nach der Pensionierung in ihr Heimatland Neuseeland zurückgekehrt waren – ein Land, das die Menschen bestens auf den Tod vorbereitete, wie er lachend behauptete.

Gemeinsam hatten sie das kleine Häuschen in Inkpen günstig gekauft, da es sehr heruntergekommen war. Pete war geschickt, nicht nur als Klempner, sondern auch als Elektriker, Fliesenleger und Maler. Nur zum Verputzen brauchten sie fremde Hilfe.

Vor achtzehn Monaten hatten sie dann alles, wovon sie geträumt hatten: das gemütliche Haus, ein gut gehendes Geschäft, das lang ersehnte Kind. Dann der Anruf an jenem Dezemberabend. Er hatte sich am Telefon im Flur leise mit jemandem gestritten. Wie ihr jetzt wieder einfiel, hatte sie damals nur gedacht, wie schwierig es sei, sich flüsternd zu streiten. Schließlich hatte er den Hörer mit einem unterdrückten Wutschrei auf die Gabel geknallt und war ins Wohnzimmer gekommen, wo sie lächelnd auf ihn gewartet hatte. Er sagte ihr, dass er kurz zu einem Einsatz fortmüsse, und fragte sich, warum eingefrorene Leitungen nicht Rücksicht auf seinen Feierabend nehmen könnten.

»Na ja, aber es bringt ein bisschen was extra für meine Prinzessin zu Weihnachten«, hatte er gesagt und seine Bomberjacke angezogen. »Es dauert nicht lange.«

Josie wusste, dass er versucht hätte sie zu beschützen, aber sie wollte nicht beschützt werden.

Der längste Nachmittag

»Bleib bloß weg von dem Stein«, warnte Harry, »es sei denn, du wolltest schon immer mal platt gedrückt werden wie ein Pfannkuchen. Das Ding hat einen größeren Neigungswinkel als der schiefe Turm von Pisa.«

Wunderbar, dachte Greg. Diese Steine hatten mehr als zweitausend Jahre lang dort gestanden, als Freilichtkirche einer längst vergangenen Religion. Sie hatten Wind, Regen, Schnee und wahrscheinlich auch den Angriffen der deutschen Luftwaffe getrotzt, bis Clive Peel daherkam, um sie zu demolieren. Jetzt würde man den Stein sicherheitshalber flach legen müssen.

Und wie konnten drei auffällige Wohnmobile wie vom Erdboden verschluckt sein, obwohl sie den Platz erst eine knappe Stunde zuvor verlassen hatten? Wohl auf dieselbe Art und Weise, wie alles in kürzester Zeit aus der Newbury-Gegend verschwand – in jede erdenkliche Richtung. Er hob das abgerissene Nummernschild auf, es war nur verbogen. Wenn es fehlte, war zumindest die Chance größer, dass der Wagen angehalten wurde.

Auch die Roma packten zusammen und trafen Vorbereitungen für die Abreise. Sie konnten hier nichts mehr verdienen und Angies geplanter Jahrmarktsbesuch heute Nachmittag würde ins Wasser fallen. Durch den Mord und den anschließenden Aufruhr war die Feststimmung verdorben worden. Aber sie hatten ihren Gleichmut nicht verloren: Morgen war ein neuer Tag, das bedeutete für Nomaden oft gleichzeitig einen Ortswechsel. Summers hatte keinen Grund, sie zurückzuhalten. Rufus und seine Frau würden ohnehin bleiben, um in Lashlos Nähe zu sein. Smith wahrscheinlich auch.

Einige Händler kamen mit ihren Kombis angefahren, da sie noch nicht von den Ereignissen gehört hatten. Sie schauten sich um und waren sichtlich erstaunt über den Mangel an Betriebsamkeit, da an diesem Tag normalerweise die meisten Besucher zu erwarten waren. Auf ihre freundliche Nachfrage hin erhielten sie die abweisende Antwort eines Rom, schüttelten schockiert den Kopf, fragten nach weiteren Details, berieten sich kurz und fuhren wieder ab.

Constable Whittaker hatte sie zu der Stelle geführt, wo er den Knopf gefunden hatte. Das Gelände war zuvor großzügig abgesperrt worden. Die schwachen Reifenspuren im Gras erinnerten Greg daran, dass der Knopf sehr wahrscheinlich unter Peels Wohnmobil gelegen hatte – dasjenige mit den Männer- und Frauenzeichen. Wenn der Wagen ein paar Tage lang dort geparkt hatte, konnte der Boden darunter feucht gewesen sein, was die Grasflecken auf Jordans Hemd erklären würde.

Hatte jemand Jordans Leiche unter den Wagen geschleift? Sie eine Weile liegen lassen, um die erste Panik zu überwinden und sich zu überlegen, was damit geschehen sollte? Peel selbst? Wenn nicht, war es möglich, dass es ohne Peels Wissen geschehen war?

Gelassen beobachtete er, wie jeder Zentimeter des Bodens abgesucht wurde. Eine Kette von Männern durchkämmte das Terrain, dazu ausgebildet, nichts zu übersehen, kein blondes Haar, nicht den schwächsten Fußabdruck. Er schaute auf die Uhr. »Ich überlass das hier dir, Harry, wenn's recht ist.« Er seufzte. »Ich bin heute Abend wieder im Fernsehen.«

»Es könnte der Beginn einer ganz neuen Karriere werden«, sagte Stratton säuerlich.

Auf dem Rückweg zum Wagen wurde er von Rufus' Frau abgefangen. Wie war noch gleich ihr Name? Nicht Orlando, aber so ähnlich. Orlenda. Sie trug noch immer ihr Kostüm und einen Augenblick lang zweifelte er. Vielleicht war dies doch ihre Alltagskleidung. Wahrscheinlich sorgte sie sich um ihren Sohn und wollte wissen, wann er zurückkommen würde. Sie hatte sherryfarbene Augen.

»Ich bin in Eile«, sagte er entschuldigend, als sie sich ihm mit ihrem zierlichen Körper in den Weg stellte. »Lashlo geht es gut. Wir passen ein bisschen auf ihn auf. Zu seiner eigenen Sicherheit. Rufus und John haben ihn ins Wohnheim begleitet. Wenn sie zurückkommen, werden sie Ihnen sicher alles erzählen.«

»Ich wette, Sie haben's immer eilig.« Ihre Stimme klang nun ganz normal. Am Telefon hätte er sie sicher für eine einfache Hausfrau gehalten. Er war enttäuscht. »Es geht um die Sachen meiner Tochter«, sagte sie.

»Ihre Sachen?«

»Was sie in dieser Pension bei sich hatte.«

»Das war nicht viel. Abgetragene Kleidung. Nichts Wertvolles.«

»Darum geht es nicht. Wir Roma sind Wandersleute und tragen nichts von Wert mit uns herum. Aber ich muss alles verbrennen, was sie im Diesseits zurückgelassen hat, damit ihr Geist frei werden kann.«

»Ich verstehe«, sagte er einsichtig. »Ich sorge dafür, dass man Ihnen alles aushändigt.«

»Sie waren das in der Pension, stimmt's? Der Polizist, der Huwie die Waffe weggenommen hat?«

»Ja.«

»Danke.«

»Es tut mir nur Leid, dass ich nicht rechtzeitig da war, um die Tragödie zu verhindern.«

»Niemand hätte das gekonnt.«

Er wandte sich zum Gehen, aber sie packte seinen linken Arm und beugte sich über seine Handfläche. Sie war kurzsichtig, dachte er, aber sie konnte ihre Show schließlich nicht mit einer Kassenbrille auf der Nase abziehen. Er wartete geduldig. Er kannte das Prozedere: Kennen Sie eine Frau namens Elizabeth? Wurden Sie je in Liebesdingen enttäuscht? Verfügen Sie über irgendein Talent, das von niemandem gewürdigt wird?

Ja, ja und nochmals ja. Treffen diese Dinge nicht auf jeden von uns zu?

Aber stattdessen starrte sie eine volle Minute auf seine Hand und schaute ihm dann ins Gesicht. Langsam fühlte er sich unbehaglich. »Ich muss jetzt wirklich los.« Er wollte auf die Uhr sehen, um zu betonen, dass er eine Verabredung hatte, die keinen Aufschub duldete, dass er ein wichtiger Mann war, aber sie hatte ihn zu fest im Griff. Doch genauso abrupt, wie sie sich seine Hand geschnappt hatte, ließ sie sie wieder fallen, machte auf dem Absatz kehrt und schickte sich an zu gehen.

»Und?«, rief er und kam sich vor wie ein Narr, als

hätte er sie für Informationen bezahlt und wäre übers Ohr gehauen worden.

Sie hielt inne. »Und was?«

»Was haben Sie gesehen?«

»Ich habe nach meinem eigenen Nutzen gesucht, nicht nach Ihrem. Sie haben nichts, an das Sie glauben.«

»Wonach haben Sie gesucht?«, fragte er beharrlich.

»Ich wollte sehen, ob Sie das Zeug dazu haben, um den geheimnisvollen Tod des kleinen Mädchens aufzudecken. Ob Sie die Wahrheit erkennen.«

»Und, habe ich das Zeug dazu?«

»Wissen Sie das nicht selbst?«

»Normalerweise gelingt es mir – Morde aufzudecken, meine ich.« Die meisten Polizeibeamten konnten das, da das Verbrechen in der Regel leicht zu durchschauen war, die alten Methoden, der offensichtliche Verdächtige. Sie nickte langsam und ging davon. Er rief ihr nach: »Wenn Sie etwas voraussehen – etwas Schlimmes –, können Sie dann irgendetwas tun, um es zu verhindern?«

Sie blieb stehen und schaute sich kurz um, dann schüttelte sie den Kopf und ging weiter – nicht um seine Frage zu verneinen, schien es ihm, sondern um sich über die Dummheit der Frage lustig zu machen.

Es war, wie Piers gesagt hatte, eine verdammt gute Show.

Im Rathaus wimmelte es von Zeitungsleuten und Radio- und Fernsehreportern. Morde an Kindern sorgten für Schlagzeilen. Es würde selbstzerfleischende Leitartikel über den Zustand eines Landes geben, in dem ein sechsjähriges Mädchen aus dem Bett gerissen und mit dem brutalen Schlag einer starken Hand ermordet werden konnte. Josie war zwar eine allein erziehende Mutter, aber als Witwe würde sie dem üblichen Vorurteil entgehen, durch Vernachlässigung eine Mitschuld an der Tragödie zu tragen. Hamiltons Porträtaufnahme würde morgen auf allen Zeitungen prangen, sowohl auf den Boulevardblättern als auch auf den seriösen Tageszeitungen, selbst auf der *Financial Times*, deren Leser andere Prioritäten setzten.

Er erkannte einige Journalisten, nicht nur die aus Newbury und Umgebung. In mehr als fünfundzwanzig Dienstjahren war er bei vielen Anlässen dieser Art zugegen gewesen, aber er nahm erst seit kurzem die Führungsposition ein und kannte sie wahrscheinlich besser als sie ihn. Sie waren jedoch von Berufs wegen darauf spezialisiert, sich Gesichter zu merken, und er wurde mehrfach namentlich angesprochen – sei es mit ›Superintendent‹, ›Mr. Summers‹ oder einfach mit ›Greg‹ – während er sich seinen Weg durch die Menge bahnte und sich die automatischen Türen vor ihm öffneten. Er wehrte sie ab. Sie kannten den Ablauf: Die Fragen mussten warten, bis die Kameras liefen.

Ein uniformierter Constable trat zur Seite und hielt ihm die Tür zum Hinterzimmer auf, wo Barbara mit Josie wartete und ihr Beistand leistete. Im Moment war sie gefasst, aber er wusste, wie schnell er ihrem Zustand selbst die harmlosesten Fragen zu Tränen führen konnten, erst recht jene Fragen, die besonders gern gestellt wurden.

»Machen Sie sich auf dumme Bemerkungen gefasst«, warnte er sie. »Irgendein Idiot wird Sie sicher fragen, wie Sie sich fühlen, als ob sie sich das nicht selbst ausrechnen könnten.«

»Was soll ich darauf antworten?«, fragte sie. »Ich bin mir nicht sicher, was ich fühle. Ich weiß nicht, ob ich jemals wieder irgendetwas fühlen werde.« Barbara legte Josie die Hand auf die Schulter. Sie sah sehr adrett aus, wie immer, mit dunkelblauem Kostüm und cremefarbener Seidenbluse, sehr geschäftsmäßig. Josie war eher salopp gekleidet, zerzaust und verweint. Es stand einer trauernden Mutter nicht an, wie eine Bankkauffrau auszusehen, selbst wenn sie eine war.

Greg setzte sich neben sie und nahm ihre Hand. Sie war heiß und schwitzig und am liebsten hätte er sie sofort wieder losgelassen und sich die Hand an der Hose abgewischt, aber er widerstand dem Impuls. »Erzählen Sie ihnen, wie sie war«, sagte er, »was ihre Lieblingsspielsachen waren, was sie liebsten machte. Sie darf nicht zu einer bloßen Nummer in der Statistik werden. Lassen Sie sie wieder … lebendig werden.«

Wie oft hatte er sich schon in Augenblicken wie diesem eine größere sprachliche Kompetenz gewünscht. Lassen Sie sie wieder lebendig werden! Aber Josie schien sich nicht daran zu stören, hatte den Ausrutscher offenbar nicht einmal wahrgenommen. Ständig stolperte er über die falschen Wörter. Ob redegewandte Menschen wohl ein unkomplizierteres Leben führten, weil sie ihrem Gegenüber haargenau vermitteln konnten, was sie sagen wollten? »Versuchen Sie, deutlich zu sprechen«, fuhr er fort. »Geben Sie ihnen keinen Anlass, um eine Wiederholung der Antwort zu bitten. Beim zweiten Mal ist es meist viel schlimmer.«

Normalerweise stand der trauernden Mutter ein Familienmitglied zur Seite, meist ein Mann, der für sie sprechen konnte, wenn ihre Stimme versagte, aber Josie war Einzelkind und Vollwaise und ihre Schwiegereltern lebten am anderen Ende der Welt.

»Kommen Ihre Schwiegereltern rüber?«, fragte er.

»Nein«, sagte sie kalt.

»Es ist eine weite Reise und sie sind sicher nicht mehr die Jüngsten.«

»Sie werden ewig leben«, sagte sie. »Ich will nicht, dass sie herkommen. Sie mochten mich nicht. Ich war ihnen nicht gut genug für ihren einzigen Sohn. Als er starb, haben sie versucht, mir Jordan wegzunehmen. Sie wollten, dass ich sie zu ihnen nach Neuseeland bringe, weil sie dort angeblich ein besseres Leben gehabt hätte. Nie und nimmer wäre ich damit einverstanden gewesen.«

»Vielleicht war es ja nur ein gut gemeinter Vorschlag.« Wenn nötig würde Greg für sie sprechen müssen, um sie vor diesem neuen Mob zu schützen, der auf seine Art genauso bösartig und entschlossen war wie der, mit dem er es an diesem Morgen zu tun gehabt hatte. Wie er selbst machten auch sie nur ihre Arbeit, aber ihren Job hätte er nicht einmal für hunderttausend Pfund im Jahr haben wollen.

»Wann kann ich sie beerdigen?«, fragte Josie.

»Noch nicht, fürchte ich. Wenn es zu einer schnellen Verhaftung kommt, was ja sehr wünschenswert wäre, dann könnte die Verteidigung eventuell … eventuell eine zweite Autopsie fordern.«

»Ich glaube, sie sind jetzt so weit«, sagte Barbara und ihre Stimme schien aus weiter Entfernung zu kommen.

»Geh du zuerst«, sagte er.

Die Menge verstummte, als Barbara die Tür zum Podium öffnete, zum äußersten Stuhl eilte und sich setzte. Greg bedeutete Josie, in der Mitte Platz zu nehmen, bevor er sich auf dem letzten Stuhl niederließ. Der Tisch vor ihnen war voll gestellt mit Mikrofonen.

»Ich bin Superintendent Gregory Summers von der Kriminalpolizei Newbury«, sagte er in die Stille. »Das …«

»Könnte ich eine Sprechprobe für den Klang haben?«, unterbrach ihn jemand von unten mit leicht gelangweilter Stimme.

Greg starrte ihn wütend an, ein junger Mann, etwa Mitte zwanzig, mit langem, zu einem Zopf gebundenem Haar, schwarz gekleidet. Wenn dieser Fatzke dachte, er würde jetzt bis drei zählen oder ein Gedicht aufsagen, dann hatte er sich geirrt. »Wie ist es jetzt?«, fragte er stattdessen. »Ist es gut so? Können Sie mich hören?«

Der Mann rückte die Mikrofone zurecht, setzte sich Kopfhörer auf und sagte stirnrunzelnd: »Die Akustik ist miserabel, aber daran lässt sich nichts ändern. Fangen Sie an.«

Greg begann von neuem: »Ich bin Superintendent Gregory Summers von der Kriminalpolizei Newbury. Das hier ist Mrs. Josie Abbot, deren sechsjährige Tochter heute Morgen in Hungerford beim Kanal tot aufgefunden wurde. Das ist meine Kollegin Barbara Carey. Mrs. Abbot möchte eine kurze Stellungnahme abgeben.«

Sie zog einen linierten DIN-A4-Bogen aus der Tasche, und als sie ihn auseinander faltete, erkannte Greg die flüssige Handschrift seiner Kollegin. Mit fester Stimme las sie die wenigen Sätze vor, laut und deutlich, dass sie im ganzen Saal zu hören war. Während sie las, ging ein wahres Blitzlichtgewitter auf sie nieder.

»Bis gestern hatte ich die beste Tochter, die eine Mutter sich wünschen kann. Ihr Name war Jordan und sie war sechs Jahre und drei Monate alt. Was kann ich Ihnen über sie erzählen? Sie war hübsch, aber jede Tochter ist hübsch in den Augen einer liebevollen Mutter. Sie war klug, aber jedes Kind wird von seinen Eltern für ein kleines Genie gehalten. Sie war stark und gut und lustig. Sie war Jordan Abbot und ich habe sie geliebt.

Mein Ehemann Peter starb vor achtzehn Monaten bei einem sinnlosen Verkehrsunfall. Jordan war unser einziges Kind und wurde erst nach komplizierten medizinischen Eingriffen geboren, weil man uns gesagt hatte, dass wir keine Kinder bekommen könnten. Sie war alles, was ich hatte. Gestern Nacht hat irgendjemand sie aus dem Bett geholt und getötet, aus Gründen, die ich mir nicht ausmalen möchte.

Irgendjemand, der sich diese Sendung anschaut, weiß, wer dieser Mörder war – irgendein Ehemann, Bruder, Sohn oder Vater. Vielleicht haben Sie nur einen Verdacht oder Sie wissen es genau. Vielleicht hat er es Ihnen gestanden und vielleicht hat er es schon einmal gemacht.« Gegen Ende versagte ihre Stimme und ging in ein Schluchzen über. »Bitte lassen Sie nicht zu, dass dies einem weiteren Mädchen passiert, einer weiteren Mutter. Wenn Sie auch nur den leisesten Verdacht haben, bitte rufen Sie die Polizei an. Ich werde erst wieder schlafen können, wenn der Mörder meines kleinen Töchterchens gefasst ist.«

Sie atmete seufzend aus, faltete den Bogen wieder zusammen und steckte ihn weg. Greg nickte Barbara anerkennend zu. »Ich werde kurz auf Ihre Fragen eingehen«, sagte er. »Sie werden sicher Verständnis haben für das, was Mrs. Abbot gerade durchmacht, also bitte ich Sie, die Fragen an mich zu richten.« Er deutete auf einen Fernsehjournalisten in der ersten Reihe, den er in der Nacht der Geiselnahme gesehen hatte. »Mr. Chaucer?«

»Wurde das Kind sexuell missbraucht?«

»Nein.« Manchmal hielten sie derartige Informationen geheim, aber Barbara und er hatten sich diesmal anders entschieden.

»Welches Motiv hätte es dann für diese Entführung geben können?«

»Das weiß ich bisher genauso wenig wie Sie. Mr. Curry?«

Aber Adam Chaucer gab sich nicht so leicht zufrieden und übertönte seinen jungen Kollegen, einen einfachen Zeitungsreporter, der anscheinend vergessen hatte, welcher Rang ihm zukam, mit seiner dröhnenden Stimme. »Mr. Summers, stimmt es, dass eine Gruppe aufgebrachter Bürger heute Morgen im Romalager auf dem Hungerford-Gemeindegrund versucht hat, einen Verdächtigen zu stellen und möglicherweise umzubringen, und dass Sie den Lynchmord verhindert haben?«

Greg sah, wie Josie Abbot erschrocken zusammenzuckte und ihm einen Seitenblick zuwarf. Er seufzte. Wie schnell sich solche Sachen herumsprachen. Er würde die Frage trotz des vorwitzigen Journalisten beantworten müssen, da der Zwischenfall ansonsten vollkommen überbewertet würde. »Diese Art von Verbrechen löst starke Emotionen aus, besonders in einem kleinen Ort wie diesem. Glücklicherweise ist die Menge zur Besinnung gekommen, bevor irgendjemand zu Schaden kam.«

»Es war also kein Aufruhr?«

»Es war eine gesetzeswidrige Versammlung.«

»Und gab es Festnahmen?«

»Ein paar, aber die betreffenden Männer wurden auf Kaution freigelassen und bis jetzt ist noch keine Anklage erhoben worden.« Er wandte sich an einen anderen Reporter. »Ich denke, jetzt …«

Aber Chaucer hatte nicht die Absicht, den Ring zu verlassen. »Und ist es richtig, dass einer der Roma nach dem Aufruhr in Untersuchungshaft genommen wurde?«

»Einer von ihnen ist uns bei unseren Ermittlungen behilflich. Man kann noch nicht allzu viel sagen.«

»Steht er unter Arrest?«

»Nein.« Jemand anders war an der Reihe und Chaucer schien endlich zufrieden. Greg zeigte auf eine kleine, dünne, schwarz gekleidete Frau mit einer langen Nase.

»Die Dame im schwarzen Kostüm?«

Sie hatte eine nasale Stimme oder einen Sommerschnupfen. »Haben Sie Ihre Arbeit schon mit anderen Polizeidienststellen koordiniert, um zu überprüfen, ob es ungelöste Verbrechen gibt, die mit diesem Verbrechen in Verbindung stehen könnten?«

»Das wird vorbereitet. Meines Wissens gibt es kein Verbrechen, das mit diesem Fall in Bezug auf Opferprofil, Vorgehensweise und so weiter vergleichbar wäre. Nach meinem Gefühl handelt es sich um ein einmaliges, ein zufälliges Verbrechen, aber ich ziehe natürlich auch andere Möglichkeiten in Betracht.«

»Mrs. Abbot«, sagte die Frau und wandte sich ohne Vorwarnung an Josie. »Mrs. Abbot, welche Gefühle haben Sie dem Menschen gegenüber, der Jordan entführt hat?« Josie starrte sie an, als wäre sie verrückt. »Mrs. Abbot.«

Sie erhob sich schwankend, wobei der Stuhl mit lautem Knall zu Boden kippte, ihre Stimme erhob sich zu einem Kreischen, der Tontechniker schaute grimmig. »Ich denke, er ist bösartig, hinterhältig und schlecht. Ein Ungeheuer. Wer auch immer es getan hat, ich hoffe, er wird zuerst von einem Lynchtrupp erwischt, weil er es nicht verdient hat weiterzuleben!«

Mittlerweile hatte Barbara den Arm um sie gelegt. Greg hob den Stuhl wieder auf und funkelte die langnasige Frau böse an, die seinem Blick ungerührt standhielt. Josie sackte erschöpft in sich zusammen. Nur mit Mühe konnte er seine Wut unterdrücken.

»Das waren genug Fragen für heute. Ich wiederhole Mrs. Abbots Appell. Jordan wurde gestern Abend zwischen sieben und elf aus ihrem Bett geholt. Ihre Leiche wurde noch vor drei Uhr morgens auf den

Treidelpfad am Kanal gelegt. Irgendjemand muss etwas gesehen haben oder etwas vermuten. Jemand kam spät nach Haus, war vielleicht aufgeregt, verängstigt, verhielt sich seltsam. Wenn Sie wissen, wer dieser Jemand ist, rufen Sie die Polizei an.«

Greg und Barbara halfen Josie beim Verlassen des Podiums und ignorierten die Fragen, die ihr aus allen Richtungen gestellt wurden.

»Ich möchte genau wissen, was es mit diesem Aufruhr auf sich hatte«, sagte Josie. Sie saß im Hinterzimmer und trank Tee – ihre hastigen, mechanischen Schlürfgeräusche ließen vermuten, dass sie gar nicht wahrnahm, was sie da trank.

»Da gibt's nicht viel zu erzählen«, sagte Greg. »Ein paar Freunde und Nachbarn von Ihnen haben sich zu Richtern, Geschworenen und Henkern eines zurückgebliebenen Romajungen erhoben, den sie zum Sündenbock erklärt hatten.«

Da sie nicht aufhörte zu fragen, informierte er sie über die Einzelheiten. Er erwartete, dass sie sich über die Torheit der Leute entsetzen würde, aber sie schwieg, und als er seinen Bericht beendet hatte, sagte sie: »Wenn sie den richtigen erwischen würden, wenn sie ihn aufknüpfen würden …«

»Ja?«, sagte er nach einer unerträglichen Minute des Schweigens.

Ihr Blick war kalt. »Dann würde ich ihnen zeitlebens dankbar sein.«

»Josie!«

»*Sie* haben sie aufgehalten.«

»Nein, aber wenn es mir möglich gewesen wäre, hätte ich es getan. Niemand darf das Gesetz selbst in die Hand nehmen, egal um welches Verbrechen es geht, egal wie groß die Versuchung ist.«

Als sie sich verabschiedeten, sagte Barbara zu Josie: »Ich schaue morgen früh als Erstes bei Ihnen vorbei. Und das mache ich von nun an jeden Morgen. Würden Sie mir bitte einen Gefallen tun? Würden Sie bitte keine Post öffnen, weder die vom Briefträger noch die von privaten Boten? Überlassen Sie das mir.«

Josie presste sich die Hand auf den Mund. »Oh!«

»Bitte. Es gibt so viele kranke Leute da draußen und das ist das Letzte, was Sie im Moment gebrauchen können.«

Sie nickte schwach. »Danke.«

»Ja, danke«, murmelte Greg. »Ich hätte selbst daran denken sollen.«

»Was ist mit dem Telefon?«, fragte Josie.

»Ich habe das Fernsprechamt beauftragt, die Anrufe abzufangen. Ihre Freunde werden durchkommen, aber alle anderen werden mit einem Vermittler verbunden. Ich besorge Ihnen auch einen Anrufbeantworter. Dann brauchen Sie mit niemandem zu reden, es sei denn Sie möchten es gern.«

Josie entschuldigte sich und ging zur Toilette. Greg und Barbara tauschten einen kurzen Blick. »Du bist fabelhaft«, sagte er.

»Vergiss das nicht, wenn du meine Beurteilung schreibst.«

»Werde ich nicht.«

»Und sag bitte nicht, ich würde meine Aufgaben mit ›peinlicher Genauigkeit‹ erfüllen, wie mein letzter Chef.«

»O Mann, du musst ihn verärgert haben. Gut Babs, bring Josie nach Hause und sieh zu, dass sie sich beruhigt. Das Wichtigste ist, dass wir ein bisschen Schlaf kriegen.« Sie brauchten morgen unbedingt einen frischen, klaren Kopf.

Josie kam zurück und Barbara bat sie, an der Hintertür zu warten, während sie den Wagen holte. Als sie und Greg zum Parkplatz gingen, beendete Chaucer gerade mit blumigen Worten seinen Bericht. »Adam Chaucer für *Newbury Newsround* in Hungerford, dessen Bewohner zwischen Entsetzen und Rachedurst hin- und hergerissen sind.«

»Verfluchter Leichenfledderer«, zischte Barbara leise.

Als er nach Hause kam, wartete sie auf ihn, in einem blauen Minirock und einem T-Shirt, das ihre kleinen Brüste betonte, ihr Haar war frisch gewaschen und fiel offen auf die Schultern. »Schon *wieder* in den Nachrichten, Gregory? Ein Aufruhr *und* ein emotionaler Appell an die Öffentlichkeit.«

»Ja, Liebes. Tut mir Leid. Ich will's nicht zur Gewohnheit machen. Ehrlich.«

Sie küsste ihn. »Es stört mich nicht, wenn du in Schwierigkeiten gerätst. Es stört mich nicht, wenn du Risiken eingehst – das gehört nun mal zu deinem Job –, aber ich möchte nicht, dass du mir solche Dinge verheimlichst.«

»Nein. Verstanden.«

»Ich hab von dem Aufruhr gehört, den du gestoppt hast. In Kintbury hab ich Leute auf der Straße darüber reden hören.«

»Wow! Erzähl's auch in Gath herum. Gib's in den Straßen von Ashkelon bekannt. Im Grunde habe ich den Aufruhr gar nicht bezwungen. Ich war nur vor Ort. Und ich war dumm. Ich hätte zu Schaden kommen können.«

»Es ist besser, einen Tag lang wie ein Tiger zu leben als tausend Jahre wie ein feiges Weichei.«

»Ein feiges Weichei? Ist das ein Zitat?«

»Ja.«

»Wirklich?«

»Sicher.«

Er presste sie mit dem Rücken an das überquellende Bücherregal im Flur und küsste sie leidenschaftlich. Zwischen den Küssen sagte er atemlos: »Was auch immer du meinst.«

Barbara folgte Josie in den Bungalow. Die Reporter waren verschwunden, zufrieden mit ihren Worten und Bildern. Das Haus erschien ihr leer, als ob hier niemand lebte.

»Ich mach Ihnen einen Tee«, sagte sie.

»Ich koch ihn selbst.«

»Wenn Sie meinen.«

»Ich möchte nicht bemuttert werden. Es hilft nicht.«

»Da haben Sie wohl Recht.« Sie folgte Josie in die Küche, lehnte sich an die Anrichte und steckte die Hände in die Jackentaschen, in denen sich Schlüssel, Taschentücher, ein Diktiergerät und Kugelschreiber befanden. Handtaschen fand sie lästig und verzichtete nach Möglichkeit darauf. Das Mobiltelefon war an ihrem Gürtel befestigt. Sie beschloss, es sich bequem zu machen, und setzte sich an den Küchentisch, während Josie den Wasserkessel füllte. »Wollen Sie darüber reden?«, fragte sie. »Oder lieber nicht?«

»Wollen die Leute das normalerweise?«

»Teils, teils, deshalb frage ich. Manche Leute finden, es hilft und andere … wollen es für sich behalten. So wie einige ihre Trauer allein verarbeiten müssen, während andere Beistand suchen.«

»Eventuell später«, sagte Josie. »Vielleicht morgen.«

»Wie Sie meinen.«

Sie nahm den Teekessel und stellte ihn wieder ab. »Warum koche ich überhaupt Tee? Ich will gar keinen mehr. Möchten Sie Tee?«

»Eigentlich nicht.«

Josie stellte die Herdplatte ab. Barbara betrachtete

die Pinnwand neben dem Telefon. Da war ein Monatskalender mit wenigen Einträgen. Jordan hatte nächste Woche einen Zahnarzttermin, damit ihre perfekten weißen Zähne frei von Füllungen blieben. Ein Einkaufszettel erinnerte Josie daran, dass Waschpulver und Eier fehlten. Auf einem Schnappschuss war ein etwa dreißigjähriger Mann, der voller Stolz ein Baby, das in eine weiße Decke gehüllt war, im Arm hielt. Er wirkte etwas nervös in seiner noch ungewohnten Rolle.

»Peter«, sagte Josie und war sich ganz sicher. »Er sah wirklich gut aus.« Barbara stand auf, um sich das Bild näher anzuschauen. Es war überbelichtet und sein blondes Haar war so weiß wie die Babydecke, die Augen wässerig blau und das rote Sweatshirt verwaschen. »Jordan sieht ihm ähnlich«, meinte sie.

»Ja, sie kommt nach ihm. Kam nach ihm. Kein Mensch hat je bezweifelt, dass sie Vater und Tochter waren.«

»Josie, meinen Sie nicht, Sie sollten vielleicht zum Arzt gehen? Ich weiß, viele Leute wollen nicht ...«

»Ja, morgen geh ich«, erwiderte sie.

»Oh, das ist gut.« Sie hatte Widerstand erwartet. Die meisten Leute empfanden den Vorschlag als Beleidigung.

»Ich hab keine Schwierigkeiten, um Hilfe zu bitten. Als Pete starb, kam ich einigermaßen damit klar, aber als uns das Haus weggenommen wurde und man uns in diesem ... Loch untergebracht hat, war ich ziemlich tief unten. Dr. Tabor war freundlich und verständnisvoll und gab mir ein paar Tabletten, die mir geholfen haben. Aber noch wichtiger war, dass er sich Zeit für mich nahm und ich jederzeit mit ihm reden konnte.«

Das Telefon läutete. »Soll ich drangehen?«, fragte Barbara. Auf Josies Nicken nahm sie den Hörer ab, meldete sich mit »Sergeant Carey« und hörte einen

Moment zu. »Die Vermittlung will wissen, ob sie einen Adam Chaucer durchstellen soll.«

Josie machte eine ärgerliche Handbewegung. »Hat er denn im Rathaus den Hals noch nicht voll gekriegt?«

»Nein«, sagte Barbara. »Mr. Chaucers Anruf soll nicht durchgestellt werden.«

Sie hängte ein.

Beim Abendessen erzählte Greg Angelica von John Smith. Sie hörte ihm aufmerksam zu, ohne ihn zu unterbrechen. »Meinst du, er sagt die Wahrheit?«, fragte sie, als er geendet hatte.

»Schwer zu sagen. Möglicherweise kann er sich nicht einmal nach fünfundzwanzig Jahren dem stellen, was er getan hat, kann es sich selbst nicht eingestehen.«

»Aber wenn das stimmt, was er gegenüber dem Bewährungsausschuss ausgesagt hat …«

»Es stimmt. Ich habe diskrete Nachforschungen angestellt. Das Innenministerium schuldete mir noch einen Gefallen.«

»Dann spricht das sehr für seine Unschuld.«

»Manche würden das vielleicht so sagen«, musste Greg zum zweiten Mal an diesem Tag eingestehen.

»Und die Leute vom Bewährungsausschuss? Sehen die das nicht so?«

»Sie sind, ehrlich gesagt, in einer ganz schwierigen Situation, Liebes. Theoretisch kann ein Lebenslänglicher nicht rausgelassen werden, bis er seine Schuld gesühnt hat, keine Bedrohung für die Gesellschaft mehr ist und ehrliche Reue zeigt für das, was er getan hat. Es liegt nicht im Ermessensspielraum des Bewährungsausschusses, darüber zu befinden, dass er für etwas, das er nicht getan hat, keine Reue empfinden kann. Angenommen, sie würden es akzeptieren?

Chaos! Der Bewährungsausschuss ist kein Berufungsgericht. Sie würden ihn für unschuldig erklären, ohne die Befugnis zu haben, seine Verurteilung aufzuheben. Der Fall müsste wieder aufgenommen werden ... die Folgen mag man sich gar nicht vorstellen.«

»Zum Teufel mit den Gesetzen!«, sagte Angelica drastisch. »Und mit dem System – den Anwälten, Polizisten, Richtern und all den selbstgefälligen Schwachköpfen in Bewährungsausschüssen, die lieber den Status quo aufrechterhalten, als zuzugeben, dass ein falsches Urteil gefällt wurde.«

»Ich kann dich verstehen, Angie, aber Mr. Smith ist selbst Anwalt. Er hat das Studium im Gefängnis absolviert. Genug Zeit hatte er ja dafür.«

»Willst du ihn festnehmen?«

»Ich sollte, wenn auch nur, um ihn vor einer großen Dummheit zu bewahren. Man könnte vermuten, dass er zurückgekommen ist, um den wahren Mörder seiner Frau und seiner Töchter zu finden.«

»Du solltest, Gregory?«

»Ich sollte, aber ich werde es nicht tun. Noch nicht.«

Sie saßen zusammen auf dem Sofa und sahen sich die Spätnachrichten an. Offenbar hatte sie nichts dagegen, das Ganze noch einmal zu sehen, und er musste sie davon abhalten, die Sendung aufzuzeichnen. Sein Gesicht erschien ihm schrecklich rot auf dem Bildschirm, als stünde er kurz vor einem Schlaganfall, obwohl er sonst eher blass war.

In Hungerford durfte an diesem Abend kein Kind nach draußen, weder Mädchen noch Jungen. Auch nicht in Kintbury, Froxfield, Chilton, Inkpen, Portsmouth, Norwich, Exeter und Aberdeen.

»Sie war so hübsch«, sagte Angelica voller Mitgefühl.

»Man sagt, die Besten sterben jung.«

»Ja«, sagte sie. »Wie kann sie es bloß ertragen? Die Mutter.«

»Weil sie muss. Weil wir Dinge ertragen müssen, die unerträglich sind. Weil es keine Alternative dazu gibt.«

»Bis auf Selbstmord.«

»Bis auf Selbstmord.«

Nach einer Weile sagte sie: »Du musst zum Friseur.«

»Und die Polizei sucht nach Zeugen«, schloss der Reporter, während Gregs Büronummer eingeblendet wurde. »Adam Chaucer für *Newbury Newsround* in Hungerford, dessen Bewohner zwischen Entsetzen und Rachedurst hin- und hergerissen sind.«

»Ich mag ihn nicht«, sagte Angelica.

»Wen?«

»Chaucer.«

»Weißt du, in Wirklichkeit können die Leute oft ganz anders sein als im Fernsehen.«

Sie schüttelte den Kopf und ärgerte sich über seinen belehrenden Tonfall. »Er kauft bei uns ein. Er ist unhöflich, schnippisch und arrogant und nennt mich *Love*, was schon schlimm genug ist, aber bei ihm klingt es nicht freundlich, sondern herablassend, als wär es unter seiner Würde, mit mir und meinesgleichen zu reden, nur weil er beim Fernsehen ist.«

»Ich hätte nicht gedacht, dass er selbst einkaufen geht«, sagte Greg, nachdem er ihre Worte verdaut hatte.

»Oh, Männer wie der leben allein. Sie lassen kein Mädchen in ihrer Wohnung übernachten, damit sie sich bloß nichts einbildet. Einer wie der geht lieber nach London in irgendeinen Schuppen und reißt eine auf, fährt mit zu ihr, besorgt es ihr, bleibt aus Höflichkeit noch ein halbes Stündchen, zieht sich an, steigt in seinen großen, roten Luxuswagen und braust mit hundertsechzig Sachen über die M4 nach Hause.«

Ihr heftiger Tonfall überraschte ihn. Einen Moment lang hörte es sich so an, als ob sie Männer hassen würde. Alle Männer. »Ich werd die Jungs von der Autobahnpolizei auf ihn ansetzen.«

»Dann stellt er sich stundenlang unter die heiße Dusche, um sich ihre klebrigen, ekligen Körperflüssigkeiten abzuwaschen. Verspricht anzurufen, tut es aber nicht.«

Er wusste nichts über ihre sexuelle Vergangenheit vor Fred, wollte auch nichts darüber wissen. Es musste Männer gegeben haben, wahrscheinlich nicht wenige, wenn es zutraf, was man über ihre Generation sagte. Männer, die nach einer halben Stunde gegangen waren und nie wieder angerufen hatten.

»Sag ihm, dass dein Freund neuerdings ständig im Fernsehen ist«, sagte er.

John Smith trat aus seinem Wohnwagen und zog die Tür hinter sich zu. Die Sonne ging soeben über Hungerford unter und tauchte die grauen Gebäude in verwaschenes Rot. Etwa halb zehn, dachte er. Er betrachtete den Weg, der zum örtlichen Pub führte, und er dachte kurz an ein kühles Bier, aber im Gefängnis hatte er sich das Bier abgewöhnen müssen und außerdem wusste er, dass jemand mit seiner Hautfarbe heute Abend im Dorf nicht willkommen sein würde.

Stattdessen beschloss er, sich die Beine zu vertreten und die kühle Abendluft zu genießen. Rufus' deprimierter Hund hob den Kopf und fing an zu jaulen.

Smith lachte. »Dann komm, wenn du unbedingt willst.« Er band den Hund vom Wagen los. Er machte ein paar ungelenke Hüpfer und jagte dann los, ein völlig anderes Tier, wild und ausgelassen.

Er ging um den Steinkreis herum, durch das kleine Wäldchen, lief die Böschung zum Graben hinab und mit Schwung auf der anderen Seite wieder hinauf. Er konnte die Eisenbahngleise sehen und den Kanal dahinter, kein Zug, kein Boot, kein Spaziergänger. Wie gut er diesen Ort noch kannte, auch nach all den Jahren. Es war der letzte Ort, an dem er mit seiner Familie gelagert hatte, bevor das Grauen über sie hereingebrochen war. »Aber ich lebe noch«, sagte er hörbar, aber nicht laut. »Ich habe als Einziger überlebt.«

Der Hund raste hinter einem Kaninchen her, hatte jedoch keine Chance. Er stellte plötzlich fest, dass er nicht mal seinen Namen kannte, und falls er einen hatte, ob er darauf hören würde. Er unterschied sich kaum von dem, den Rufus damals gehabt hatte, einer von vielen. Er hatte nie verstanden, warum sein Schwager Hunde hielt – höchstens, weil es ihm Spaß machte, sie zu besitzen. Jedenfalls empfand er für sie keinerlei Freundschaft oder Zuneigung.

Auch an jenem Abend hatte er einen Spaziergang gemacht, jedoch ohne Hund. Es war ein Freitag, dachte er, aber er war sich nicht mehr ganz so sicher wie bisher. Im Gefängnis hatte man nichts anderes zu tun, als sich zu erinnern. Draußen wurde man abgelenkt vom Überlebenskampf. Damals war er auch nicht in den Pub gegangen, nicht aus freier Entscheidung, sondern weil der Besitzer ihn am Abend zuvor nach einem lautstarken Streit rausgeschmissen und beschimpft hatte, mit den üblichen Schimpfwörtern: Dieb, Landstreicher, dreckiger Zigeuner.

Er war nicht schmutzig. War nie schmutzig gewesen. Sein Vater hatte ihn als Kind wegen seiner Reinlichkeit ausgelacht. Man konnte sich wunderbar waschen mit einer Schüssel voll Wasser, erwärmt über dem offenen Feuer oder auf einem Primusofen, und zum Baden gab es jede Menge Flüsse und Seen und zum Duschen einen ordentlichen Platzregen.

Der Hund kam zurück und schnupperte an seinen Stiefeln. Er rieb ihm die Schlappohren, was er mit einem fast liebevollen Blick quittierte. »Wir könnten beide ein bisschen Bewegung gebrauchen«, sagte er und ging zügig weiter. »Fuß, alter Junge.« In den letzten paar Jahren hatten sie im Gefängnis Turnräume bekommen: Laufbänder, Rudergeräte, Gewichte, Sandsäcke. Von den Konservativen wurde dies als Zeichen gesehen, dass die Gefängnisse zu lasch waren und den Gefangenen Aktivitäten anboten, die sie sich draußen nicht leisten konnten. Aber die Sportmöglichkeiten waren ein gutes Mittel die Aggressionen und den erhöhten Testosteronspiegel der eingesperrten Männer abzubauen und zu entschärfen.

Er war täglich in den Fitnessraum gegangen, um sich in Form zu halten, aber es war nicht dasselbe. Laufen, ohne irgendwo anzukommen, Rudern ohne Wasser; sollte sich ein geistig gesunder Mann etwa so die Zeit vertreiben? Einer seiner Zellengenossen hatte behauptet, Laufen ohne Ziel sei wie das Leben, man lief so schnell, wie man konnte, nur um an derselben Stelle zu bleiben. Das Leben eines Rom bestand aus Reisen in der Hoffnung, niemals anzukommen, hatte er erwidert.

Er wollte bis zur Schleuse hoch und dann umkehren. Er hätte gern die ganze Runde gemacht, aber er wusste, dass der Pfad am Kanal entlang noch abgesperrt war. Er dachte an das blonde Mädchen und an seine kurze Begegnung mit ihr. Wie anders sie gewesen war als seine dunklen Töchter und dennoch war sie ihnen gleichzeitig ähnlich. Genauso alt wie Syeira, die immer behauptet hatte, sie hieße Sarah, aus dem kindlichen Bedürfnis heraus sich anzupassen. Derselbe vertrauensvolle Blick, ob die Augen nun blau oder braun waren, das Vertrauen eines Kindes, das noch nicht mit der Boshaftigkeit der Erwachsenenwelt konfrontiert wurde.

Er hatte ihr einen Gutenachtkuss gegeben, bevor er an jenem Abend ausging. Er hatte sie alle geküsst, seine drei geliebten Frauen, weil der Krach im Pub vorbei gewesen war, bevor er richtig begonnen hatte, wie immer. »Ich bleib nicht lange weg«, hatte er gesagt. Und er blieb auch nicht lange, aber lange genug.

Kurz nach Sonnenuntergang war er von seinem verhängnisvollen Spaziergang zurückgekehrt.

Zuerst hatte er es nicht gemerkt. Eine erdrosselte Frau, die ordentlich im Bett liegt, wirkt auf den ersten Blick nicht verdächtig, erst recht nicht, wenn sie bis zu den Ohren zugedeckt ist, selbst wenn es ziemlich heiß ist. »Du hast dich aber früh schlafen gelegt«, sagte er. »Oder bist mir immer noch böse?« Erst als er sie schüttelte, um sie aufzuwecken, sah er schließlich, was passiert war.

Mit zitternden Beinen war er durch den Wagen gestolpert. Nicht die Kinder, bitte nicht auch die Kinder.

Doch, auch die Kinder. Auch die Kinder.

Er war aus dem Wohnwagen gestürzt und weggerannt, ließ die Tür weit offen stehen, rannte den halben Weg bis Kintbury, bis er merkte, dass es nichts half, dass die Welt nicht groß genug war, um vor dem wegzulaufen, was er gesehen hatte. Er rief von einer Telefonzelle am Straßenrand aus die Polizei. Sie waren schon dort, bevor er zurückkam, und er folgte ihnen ohne Murren, ohne seine Unschuld zu beteuern, wie man es von einem Schuldlosen, aber auch von einem Schuldigen erwartet hätte.

Er hatte nie erfahren, was aus dem Wohnwagen geworden war, vermutete jedoch, dass Rufus ihn mit allem, was darin gewesen war, verbrannt hatte, wie um alle Spuren seiner Familie auszulöschen.

Nach der zweiten fruchtlosen Anhörung vor dem Bewährungsausschuss schlugen sie vor, er solle einen Psychologen aufsuchen und er war einverstanden; im Gefängnis war jede Abwechslung willkommen. Außerdem interessierte er sich für die menschliche Psyche und freute sich darauf, mit einem Menschen zu reden, der den Schlüssel dafür besaß. Aber wenn Dr. Paterson jemals in Besitz dieses Schlüssels gewesen war, so hatte er ihn wahrscheinlich vor langer Zeit wieder verloren. Er redete viel über Verleugnung. Aber es kann doch manchmal sein, hatte Smith gesagt, dass ein Mann etwas abstreitet, weil es tatsächlich nicht stimmt. Aber Paterson wollte nichts davon hören. Smith hatte die Gespräche trotzdem fortgesetzt, wegen der Abwechslung zu dem banalen und obszönen Geschwätz seines Zellengenossen. Am Ende der letzten Sitzung hatte Paterson ihm die Hand geschüttelt und erklärt: »Manch einer braucht Jahre, um sich selbst vergeben zu können, John. Vielleicht denken Sie ja, Sie wurden noch nicht genug gestraft.«

Aus Höflichkeit hatte er zugestimmt.

Syeira wäre jetzt dreißig oder einunddreißig, er konnte sich nicht genau erinnern. Vielleicht hätte sie das Umherziehen aufgegeben, dachte er nüchtern, hätte einen Einheimischen geheiratet, wäre sesshaft geworden. Im Gegensatz zu Rufus und Orlenda hätte er nichts dagegen gehabt.

An der Schleuse pflückte er eine Heckenrose für sie, für all die kleinen Mädchen, die niemals Frauen sein würden. Er riss die Blütenblätter ab, eines nach dem anderen, und ließ sie ins Wasser fallen, sie trieben zum Schleusentor und wurden durch das Gitter gesogen.

Als er zurückkam, war es dunkel, aber er erkannte die Gestalt Orlendas ohne Schwierigkeiten. Es sah aus, als würde sie auf ihn warten.

»Alles in Ordnung mit dir?«, fragte er.
»Ja.«
»Nichts kann dich je überraschen, stimmt's, Lenda? Es muss langweilig sein, wenn man in die Zukunft sehen kann.«
»Pass auf, dass Rufus dich nicht mit seinem Hund erwischt. Seine Versöhnlichkeit hat ihre Grenzen.«
»Da hast du ihn.« Er nahm den Strick und band das Tier am Wagen fest
»Warst du spazieren, Jan?«, fragte sie.
»Bis zur Schleuse und zurück. Ein schöner Spaziergang.«
»Ich erinnere mich«, sagte sie.

Montag, den 22. Juni

»Hast du je daran gedacht zu fliehen?«, fragte Greg beim Frühstück. »Einfach fortzulaufen?« Angelica verschluckte sich beinahe an ihrem Kaffee und schnitt eine verständnislose Grimasse.
»Mit den Roma, meine ich.«
»O nein!«
»Nie? Wolltest du nie dein Pferd an den Wagen binden und dort hinziehen, wohin der Wind dich treibt?«
»Oder wohin die Polizei dich ziehen lässt. Nein danke, ich ziehe die Annehmlichkeiten von Kanalisation und Stromversorgung vor. Wo sollte ich meinen Föhn anschließen?«
»Die vier Winde wären dein Haartrockner«, sagte er dramatisch, »und die Gewitterwolken deine Dusche.«
»Und eine Brennnesselwiese meine Toilette?«
»Du hast aber auch keine Spur Poesie in deiner Seele, Mädchen.«
»Und du hast zu viel davon, alter Mann.«

»Du siehst gut aus«, sagte er, als sie wenige Minuten später aus dem Haus gingen. Sie trug heute keinen Kittel. Normalerweise bevorzugte sie Jeans oder kurze Röcke, aber heute hatte sie den anthrazitfarbenen, knielangen Rock an, den sie auf Freds Beerdigung getragen hatte, und dazu einen moosgrünen, kurzärmeligen Seidenpulli, der sich angenehm kühl und glatt anfühlte. Sie hatte sich sogar in anständige Schuhe gezwängt: keine Turnschuhe, sondern schwarze Pumps mit kleinem Absatz.

Sie tätschelte ihre ausgebeulte Leinentasche. »Der Kittel wird mir im Sommer zu warm. Ich zieh mich um, wenn ich im Supermarkt bin.«

Er setzte sie wie immer auf dem *Savemore*-Parkplatz ab, beim Personaleingang, und fuhr weiter in sein Büro. Um elf Uhr musste er zu der Gerichtsverhandlung zur Feststellung der Todesursache von Reyna Lee, eine reine Formsache. Aber wegen dieses festen Termins schien er mit seinen anderen Aufgaben nicht recht weiterzukommen. Er trank drei Tassen Kaffee, las die Berichte, die sich auf seinem Schreibtisch stapelten, diktierte seiner Sekretärin ein paar Briefe und schaute fünf Minuten lang aus dem Fenster, von dem er einen guten Ausblick auf die innere Ringstraße hatte.

Barbara kam um 10.15 ins Büro geeilt. »Erstens«, sagte sie, »der Gerichtsmediziner hat Motorölspuren vorne auf Jordans Latzhose gefunden – wahrscheinlich von Peels Campingbus.«

»Der sah ganz so aus, als würde er Öl verlieren«, sagte er zustimmend. »Also hat sie auf dem Rücken gelegen … es sei denn auf dem Boden befand sich bereits eine Öllache – in diesem Fall hätte sie auf dem Bauch gelegen.«

»Zweitens: Auf Jordans Kinderzimmerfenster und

auf der Fensterbank befanden sich nur die Fingerabdrücke von Jordan und Josie.«

Er wartete auf weitere Details, aber als sie schwieg, sagte er: »Danke, Babs«, und sie verabschiedete sich wieder. Er beschloss, zu *Saintbury's* zu laufen und sich die Zeitung zu besorgen. Es gab eine Unterführung unter dem Kreisverkehr, der Polizeistation und Gericht vom Stadtzentrum trennte. Aber es war Ehrensache, sich zwischen dem langsam schwächer werdenden Berufsverkehr hindurchzuschlängeln. Ein wenig außer Atem erreichte er die andere Seite und blieb einen Moment lang stehen, um wieder zu Luft zu kommen.

Vor der Ampel hielt ein grün-weißer Minibus mit dem *Savemore*-Logo. Der Bus pendelte jede halbe Stunde zwischen Supermarkt, Bahnhof, Busbahnhof und Marktplatz hin und her und konnte von Kunden und Angestellten gratis benutzt werden. Auf einem der vorderen Sitze, den Kopf über einen Penguin-Klassiker gebeugt, sah er Angelica in ihrer moosgrünen Seidenbluse. Seit Freds Tod las sie nur noch klassische Autoren; sie sagte, dass moderne Literatur sie zu traurig stimmen würde. Sie blickte nicht auf und er starrte dem Bus nach, der in Richtung Bahnhof weiterfuhr, als die Ampel grün wurde.

Seine Zeitung war vergessen. Ein zweites Mal rannte er im Zickzack durch hupende Wagenkolonnen, um zum Bahnhofsvorplatz zu gelangen. Der Minibus war leer und fuhr davon. Er riskierte einen Blick durch die Eingangstür und kam sich vor wie ein Spion. Sie stand mit dem Rücken zu ihm, kaufte eine Fahrkarte, wühlte in der Tasche herum, bis sie ihr Portemonnaie fand, wechselte ein paar Worte mit dem Mann hinter der Scheibe.

Als sie ihr Geld hinlegte, glitt der Londoner »Turbozug« lautlos in den Bahnhof und sie lief mit Fahrkarte und Wechselgeld in der Hand zum Bahnsteig, etwas unbeholfen mit den ungewohnten Absätzen und dem engen Rock. Mit der dicken Leinentasche über der Schulter quetschte sie sich durch die erste offene Tür in den Zug. Ein Pfiff war zu hören, dann die Lautsprecherwarnung, die auf das automatische Schließen der Türen hinwies, die sich mit einem zischenden Geräusch schlossen, daraufhin verließ der Zug den Bahnhof genauso schnell, wie er gekommen war.

Wie ferngesteuert drehte er sich um und nahm sich irgendeine Zeitung vom Ständer. Später würde er sich wundern, dass er den *Daily Telegraph* gewählt hatte.

»Mister.« Er überhörte zunächst das dünne, aber beharrliche Stimmchen, doch dann spürte er, wie ihn jemand am Ärmel zupfte. »He, Mister, wach auf.«

Langsam löste er sich aus seiner Trance und schaute nach unten. »Romy?«

»Oh, dann erkennst du mich ja doch wieder.«

»Aber natürlich.« Sie sah ordentlicher aus als bei vor drei Tagen in der Pension. Ihr Haar war geschnitten, wenn auch anscheinend nicht vom Friseur, und ihre Kleidung war sauber und adrett – graue Jeans, blaues T-Shirt, Turnschuhe.

»Die ist langweilig«, spottete sie über seine Zeitung. »Die da ist viel besser.« Sie deutete auf ein grellbuntes Blatt mit Bildern eines Serienstars, der berühmter geworden war als seine Fernsehfigur, indem er eine Affäre mit der Frau eines Bischofs angefangen hatte. Angeblich. Direkt daneben prangte Jordans Bild, als würde es sich um zwei gleichrangige Storys handeln. Auf dem linken Teil der Seite der Serienstar, der mit hochgeschlagenem Kragen vom Haus zum Auto lief, und rechts Jordan, deren lachende Augen ihn scheinbar beobachteten.

Ach, all die dummen Streiche der Erwachsenen, sagten ihre Augen. *Wie froh ich bin, dass ich niemals eine von ihnen werde.*

»Ich denke, ich bleibe trotzdem bei dieser hier.« Er bezahlte seine Zeitung und kaufte ihr ein KitKat, für das sie sich mit schüchtern gesenkten Lidern bedankte und es in ihre Brusttasche steckte. »Bist du allein hier?«, fragte er.

Sie nickte, legte den Zeigefinger auf die Lippen und machte ihn so zum Verbündeten. »Nichts verraten«, sagte sie.

»Mit anderen Worten, hast du hier also nichts zu suchen.« Er schaute auf die Uhr. »Du müsstest längst in der Schule sitzen. Wo wohnst du? In einem Heim?«

»Nee. Wir wohnen bei Leuten in Thatcham.«

»Beide zusammen?« Sie nickte. »Das ist gut. Das ist sehr gut. Sind die Leute nett? Seid ihr gern bei ihnen?«

»Ja, sie sind ganz in Ordnung. Ein bisschen pingelig. Du weißt schon – putz dir die Zähne, zieh frische Unterhosen an, iss dein Gemüse auf. Gestern sollte ich unbedingt mit zur Kirche kommen, aber ich hab gesagt, dass kein Rom einen Fuß da rein setzt. Da sind sie ein bisschen eklig geworden. Aber ich hab's Jude erzählt, das ist die Frau vom Jugendamt, und sie sagt, dass sie meinen Glauben respektieren müssen, jetzt wissen sie Bescheid.« Sie schnitt eine Grimasse. »Und sie haben eine Katze.«

»Ist das schlimm?«

»Das sind unsaubere Tiere. *Mochardi.* Sie lecken sich überall.«

»Ich verstehe.«

»Letztens war sie nachts in meinem Zimmer«, sagte sie voller Abscheu. »Ich bin wach geworden und da lag sie auf dem Bett und schlief.« Wenn Katzen spürten, dass jemand sie nicht mochte, rückten sie ihm erst recht auf den Leib, das wusste er. »Aber, ich glaub, mit der Zeit werd ich mir die Familie schon zurechtbiegen.«

»Da bin ich sicher«, sagte Greg lächelnd.

»Und dann die Schule.« Sie seufzte.

»Da wirst du wohl nicht drum herum kommen, Romy. Wenn du dich erst daran gewöhnt hast, gehst du vielleicht ganz gerne hin. Du bist ja ein kluges Mädchen.«

»Vielleicht hast du Recht«, sagte sie, als wollte sie sich in das Unvermeidliche fügen. »Aber meine Mum hat mir das Lesen beigebracht und sie hat gesagt, wer lesen kann, hat Zugang zu allem Wissen auf der Welt.« Sie hatte Recht, dachte er. Ein intelligentes Kind, das lesen konnte, würde in einer Bibliothek alles lernen, was nötig war. »Sie lassen mich nicht zu Dado«, fuhr das Mädchen fort. »Jude hat immer irgendwelche Ausreden, wenn ich frage, will mich veräppeln, als wär ich ein Kleinkind. Kannst du mich nicht zu ihm bringen?«

»Ich fürchte nein. Es ist nicht meine Entscheidung.« Huwie Lee war noch im Gefängnis in Reading und wartete auf seine Verhandlung. Er bezweifelte, dass man ihm erlauben würde, seine Kinder zu sehen. »Er wird sehr lange weg sein, Romy. Wenn er rauskommt, bist du wahrscheinlich schon erwachsen.«

Sie nickte abgeklärt. Sie war schon jetzt ziemlich erwachsen. »Er braucht nur jemand, der sich um ihn kümmert.«

»Kennst du Lashlo Lee?«, fragte er.

Sie sah ihn an, als wäre er nicht ganz bei Trost. »Das ist doch mein Onkel, schon vergessen?«

»Natürlich. Nun, hat er dich oder deine Schwester jemals … angefasst?«

»Was? Ob er uns die Hand in den Schlüpfer gesteckt hat, meinst du? Nein, natürlich nicht. So was würd er nie machen. Ich glaub, er wüsste gar nicht, wie er das machen soll. Oder warum. Er hat mir auch noch nie seinen *Cori* gezeigt.«

»Seinen …?«

»Du weißt schon.« Sie war plötzlich unerwartet verschämt. »Sein *Ding*.«

»Ach so.«

»Er ist ein großes, harmloses Zugpferd. Er hat das Mädchen im Fernsehen nicht ermordet. Er kann es nicht gewesen sein.«

»Nein, das glaube ich auch nicht. Gut, danke.« Er hielt inne und entschied, dass er ein minderjähriges Kind ohne Beisein einer erwachsenen Begleitperson genug ausgefragt hatte; abgesehen davon wären ihm ohnehin keine weiteren Fragen mehr eingefallen.

»Ich muss jetzt los«, sagte sie. »Du könntest mir nicht vielleicht ein bisschen Kleingeld für den Zug geben?« Einschmeichelnd fügte sie hinzu: »Gestern Abend im Fernsehen hast du echt super ausgesehen. Ein bisschen wie Mel Gibson.«

Sie würde es weit bringen. Greg zog sein Portemonnaie aus der Tasche und reichte ihr eine Fünf-Pfund-Note. »Hier. Den Rest kannst du behalten.«

»Toll, danke.«

»Den Zug nach Thatcham hast du übrigens verpasst.«

»Macht nichts. Der nächste kommt sicher bald.«

»Ja.« Für Romy würde es immer einen nächsten Zug geben.

»Hör zu, können Bonnie und ich mal vorbeikommen und mit deinen kleinen Mädchen spielen?«

Er zögerte. »Das könnte schwierig werden.«

»Du hast sie erfunden«, sagte sie sachlich. »Das hab ich mir schon gedacht. Warum?«

»Ich wollte, dass dein Vater mich für einen ganz

normalen Mann hält. Ein Mann mit Kindern und Verantwortung, wie er selbst.«

»Damit er dich nicht so schnell erschießt. Das ist schlau. Sehr schlau.« Sie warf ihm einen anerkennenden Blick zu. »Mrs. Cluxman – das ist unsere Pflegemutter – sagt, man darf unter gar keinen Umständen lügen. Ich hab ihr gesagt, sie würd Dünnschiss reden.« Romy sah beleidigt aus. »An dem Abend hab ich kein Schokoladeneis gekriegt. Das war gemein.«

»Bestimmt hätte sie dir eins gegeben, wenn du dich für deine schmutzigen Wörter entschuldigt hättest.«

»Nicht nötig«, sagte sie. »Ich hab Bonnies genommen, als sie nicht hingesehn hat. Mrs. C., meine ich, nicht Bonnie.« Greg lachte. Er hoffte, dass die Katze der Cluxmans wusste, auf welchen Gegner sie sich da einließ. Sie schaute in Richtung Bahnsteig. »Bis bald.« Sie zögerte. »Was ist mit der Mutter?«, fragte sie.

»Wie bitte?«

»Die Mutter, deine Frau, mit den blonden Haaren und den grünen Augen. Hast du die auch erfunden?«

»... Ja. Die hab ich auch erfunden.«

»Oh. Den Teil hab ich geglaubt.« Sie zuckte die Achseln. »Da hast du mir was vorgekohlt.«

»Ich hab allen was vorgekohlt. Bis bald, Romy.«

»Gib mir die Hand«, sagte sie, »dann sag ich dir die Zukunft.«

»Nein danke, Liebes«, sagte Greg. Er fiel kein zweites Mal darauf herein.

»Wirklich nicht? Ich kann's ziemlich gut. Grandma sagt, ich hätte die Gabe, und sie muss es ja wissen, denn keiner kann's besser als sie. Ich mach's ganz umsonst.«

»Wirklich nicht.«

Romy zuckte die Achseln und preschte davon in Richtung Bahnsteig. Kurz darauf sah er sie auf der

Treppe, die zu den unteren Bahnsteigen führte, wo die Züge nach Kintbury, Hungerford und Bedwyn abfuhren. Er öffnete den Mund, um sie zu rufen, ließ es aber bleiben. Sicher machte sie keinen Fehler und würde ihren Weg zurückfinden, wenn sie so weit war. Vom Bahnsteig aus sah sie zu ihm hoch und winkte. Er erwiderte ihren Gruß. Sie hatte ihr KitKat angebissen und sich die Wange mit Schokolade beschmiert. Der Zug fuhr ein, und als er weiterfuhr, war sie verschwunden.

»Meine Zukunft?«, murmelte er. »Danke, ich will lieber nichts darüber wissen. Darum sorgt nicht für morgen, denn der morgige Tag wird für das Seine sorgen. Es ist genug, dass jeder Tag seine eigene Plage hat.«

Langsam ging er zurück in sein Büro. Ecke Carnegie Road kam er an zwei Teenagern vorbei, sechzehn vielleicht, frisch aus der Schule und wahrscheinlich arbeitslos. Beide hatten großzügig schwarzen Eyeliner und Wimperntusche aufgelegt und trugen kurze Röcke, halb zerrissene Pullover und Turnschuhe ohne Strümpfe. Sie ignorierten ihn; zumindest musste er sie nicht wegen unerlaubter Prostitution zu verhaften. Sie lehnten an einer Betonmauer und teilten sich eine Zigarette. Beide konnten nicht richtig rauchen und eine bekam fast einen Erstickungsanfall, als er vorbeiging.

»Sie ist nicht meine Schwester«, beschwerte sich die eine in der mürrischen Art, die für ihr Alter typisch zu sein schien. »Sie ist die Stieftochter von dem Freund meiner Mutter, aus seiner zweiten Ehe. Sie wohnt nur bei uns, weil ihre Mum sich aus dem Staub gemacht hat. Ich hab nichts mit ihr zu tun.«

Bin ich die Hüterin der Stieftochter des Freundes meiner Mutter?, dachte Summers. In den letzten dreißig Jahren waren Familienverhältnisse wirklich immer komplizierter geworden.

Er schaute auf die Uhr und stieß einen lauten Fluch aus, was ihm tadelnde Blicke der jungen Mädchen einbrachte. Er war spät dran für den Gerichtstermin und rannte los.

Eine Dreiviertelstunde später saß er bereits wieder an seinem Schreibtisch, griff zum Telefonhörer und wählte. Eine höfliche Frauenstimme informierte ihn, dass er mit dem *Savemore*-Supermarkt in Newbury verbunden sei, was ihn nicht weiter überraschte, weil er diese Nummer gewählt hatte; dass ihr Name Pauline sei, was mehr war, als er zu wissen begehrte; und in welcher Angelegenheit sie ihm behilflich sein könne.

Nachdem er ihr mitgeteilt hatte, wie sie ihm behilflich sein konnte, sagte sie, dass Mrs. Summers sich den Tag freigenommen habe und dass private Anrufe in den Verkaufsräumen eigentlich nicht erwünscht seien. Er bedankte sich höflich bei Pauline, die ihm einen schönen Tag wünschte, was er erneut mit einem Dank quittierte und auflegte. Er fragte sich, ob er Mrs. Summers jemals wieder sehen würde.

Kann ich – darf ich – der Witwe meines toten Sohnes Hüter sein?

»Jemand zu Haus?«, fragte Barbara und steckte den Kopf durch seine Bürotür.

»Wo warst du?« Seine Frage klang nicht vorwurfsvoll, sondern neugierig und gespannt.

»Bei Josie, um die Post durchzusehen.«

»Ach ja, das hatte ich ganz vergessen. Und, gab's was?«

Barbara zog eine Klarsichthülle aus der Tasche und legte sie ihm auf den Schreibtisch. Sie enthielt einen weißen, ungestempelten Umschlag ohne Adresse und Absender und einen Papierbogen, der ordentlich –

allzu ordentlich mit schwarzer Tinte beschrieben war. Er überflog den Inhalt und verzog angeekelt das Gesicht.

»Er hat keine Zeit verloren«, sagte Barbara. »Hat sich sofort darauf gestürzt, dass Jordan ein Retortenbaby war. Bezeichnet sie als abnormes Monstrum, das es nicht verdient habe zu leben. Das kann er nur aus den Morgenzeitungen haben. Im Fernsehen hat Josie nichts davon gesagt.«

»Wieso *er?* Ist es nicht erwiesen, dass Verfasser anonymer Briefe in der Regel weiblich sind?«

»Ja, ja. Und Hauptkommissare sind in der Regel Kerle. Es ist nur eine Ahnung. Männer haben weniger Verständnis für künstliche Befruchtung als Frauen.«

»Besteht wohl eine Verbindung mit dem Fall?«

»Das bezweifle ich.« Sie nahm die Klarsichthülle und las den Brief noch einmal. »Seltsam: Keine Blockschrift, keine verstellte Schrift. Offensichtlich hat er keine Angst, dass Josie seine Handschrift erkennt, also …«

»Ein völlig Fremder.«

»Vermutlich.«

»Er denkt, er hat das Recht eine Frau anzufeinden, die er gar nicht kennt und die gerade den schlimmsten Alptraum ihres Lebens durchmacht. Nur weil er besessen ist von einer fixen Idee.«

In diesem großartigen Zeitalter der Kommunikation wurde man nur allzu leicht zum öffentlichen Eigentum.

»Die Kehrseite der Medaille ist, dass vor dem Bungalow mindestens hundert Blumensträuße abgelegt wurden«, sagte Barbara. »Hundert mitfühlende Seelen gegen ein krankes Hirn.«

»Das Zahlenverhältnis gibt Anlass zur Hoffnung.«

Der Treidelpfad war noch immer abgesperrt, aber an beiden Barrieren lagen Blumen. In durchsichtige Folie eingeschlagene Sträuße, die ohne Wasser in wenigen Stunden verwelkt sein würden. Ein gut gemeintes, aber sinnloses Symbol des Mitgefühls. Die Leute taten es, weil sie es im Fernsehen gesehen hatten und weil sie glaubten, es sei unter den gegebenen Umständen das Richtige. Eine Tradition, die man aufrechterhalten musste. Er konnte sich nicht erinnern, wann es zum ersten Mal gemacht worden war.

»Die Schönsten hab ich ins Haus geholt und in Vasen gestellt«, sagte Barbara. »Aber es kam mir vor wie …? Ich komm nicht auf das richtige Wort.«

»Wie eine Farce?«

»Ja. Als ob ein hübscher Nelkenstrauß sie aufmuntern und alles wieder in Ordnung bringen könnte.«

Greg deutete auf den Brief. »Hat sie das gesehen?«

»Ich hoffe nicht!«

»An ihrer Stelle würde ich die Briefe sehen wollen. Alles ist besser, als nicht zu wissen, was abläuft.«

»Das sagst du so leicht. Du vergisst schnell, dass du sie *nicht* gelesen hast. Aber wenn du sie einmal gelesen hast, vergisst du sie niemals.«

Er wollte ihr gerade widersprechen, als das Telefon läutete.

»Summers. Wo? Was, jetzt? Gut. Ich schick jemanden nach unten.« Er legte auf. »Babs, könntest du bitte runtergehen und Mr. Cameron hochholen. Er behauptet, er habe Jordan Abbot am Samstagabend in Hungerford gesehen. Allein.«

Auf dem Weg zur Tür sagte sie: »Vorher bring ich noch schnell den Brief ins Labor.«

Douglas Cameron musste Ende dreißig sein, mutmaßte Greg, ein sportlicher Mann, gepflegte Erscheinung, teurer blauer Anzug, mit sich und der Welt im Einklang, ohne Angst vor der Polizei. Er war etwa einsfünfundsiebzig, leicht untersetzt und besaß jene dunkle keltische Ausstrahlung, die schon sein Name vermuten ließ, obwohl er keinen schottischen Akzent hatte.

Als er ins Zimmer kam, gab er Greg seine Karte und begrüßte ihn mit festem Händedruck. Auf der Karte stand in schlichten schwarzen Buchstaben auf weißem Grund, dass er Architekt war, Partner eines erfolgreichen Immobilienunternehmens in Newbury. Greg bot ihm einen Stuhl an, einen Kaffee lehnte er höflich ab. Er erklärte, warum er erst jetzt erschien, entschuldigte sich jedoch nicht.

»Am Samstagabend habe ich meine Frau und die Kinder zu ihrer Mutter nach Southampton gebracht. Meine Frau fährt nicht gern selbst so weit. Sie wollen ein paar Tage dort bleiben, da ihre Mutter gerade aus dem Krankenhaus gekommen ist.« Er schlug die Beine elegant übereinander und Gregs Blick fiel auf sorgfältig geputzte braune Lederschuhe und blaue Wollsocken.

»Ich habe sie abgesetzt, habe noch mit ihnen gegessen und bin gegen zehn zurück nach Hungerford gekommen. Ich habe keine Sonntagszeitung gelesen und nicht ferngesehen. Wenn meine Frau und die Kinder mal nicht da sind, genieße ich die Ruhe und hab endlich mal Zeit für ein gutes Buch. Erst vor einer halben Stunde, als ich zur Arbeit kam, habe ich das Gesicht des kleinen Mädchens auf der Zeitung eines Kollegen wieder erkannt. Es wäre Unsinn gewesen anzurufen, weil mein Büro gleich auf der anderen Seite des Kreisverkehrs ist. Deshalb bin ich direkt hergekommen.«

Greg warf einen Blick auf Camerons Privatadresse. »Sie wohnen ja ganz in der Nähe des Ortskerns.«

»Auf der anderen Seite des Kanals.«

»Und Sie haben Samstagnacht keinen Lärm gehört?

Die Suchtrupps müssen direkt bei Ihnen vorbeigekommen sein.«

»Das Schlafzimmer liegt nach hinten raus und ich schlafe immer ziemlich fest.«

Offenbar ein Mann mit gutem Gewissen, dachte Greg. »Und Sie sind sicher, dass es Jordan Abbot war, die Sie gesehen haben?«

»Aber ja. Ich fuhr die Straße entlang und sah ein Stück vor mir, dass ein Kind auf die andere Seite wollte.«

»War sie unvorsichtig? Unsicher?«

»Nein, sie hatte genug Zeit, aber man muss trotzdem aufpassen. Sie ist mir nur aufgefallen, weil ihr Gesicht irgendwie komisch aussah, dann ging mir auf, dass es Schminke war. Meine Victoria hatte auch so was Ähnliches, vor ein paar Wochen auf ihrem Geburtstag. Clowns, Kaninchen oder was auch immer. Kinder finden das toll, besonders die Mädchen.«

Es schien keinen Zweifel zu geben, dass es Jordan war, die er gesehen hatte, trotzdem fragte Greg: »Was hatte sie an?«

»Jeans. Nein, eine Latzhose. Ein helles T-Shirt oder eine Bluse.«

»Sie kannten sie?«, fragte Barbara.

Er schüttelte den Kopf. »Wir wohnen noch nicht lange in Hungerford – ein knappes Jahr – und ich kann mich nicht an sie erinnern. Meine Kinder sind noch kleiner.«

»Und um wie viel Uhr war das?«, fragte Greg.

»Zehn. Das Radio lief und sie hatten eben die Zeitansage gebracht.«

»Fanden Sie nicht, dass es etwas zu spät war für ein kleines Mädchen, um allein draußen rumzulaufen?«

»Doch, natürlich. Deshalb hab ich sie mir auch genauer angesehen, aber es war noch nicht richtig dunkel – Mittsommernacht – und heutzutage lassen viele Leute ihre Kinder wild in der Gegend rumlaufen.« Er lächelte wie ein Mann, der seine Kinder stets unter Kontrolle hatte.

»Besonders hell kann es aber nicht mehr gewesen sein«, sagte Barbara.

»Stimmt, aber ich konnte sie ganz gut sehen. Die Straßenlaternen brannten auch schon.«

Angeblich konnten Menschen in der Dämmerung besonders schlecht sehen, da das Zwielicht trügerischer war als völlige Dunkelheit. »Sie haben nicht angehalten?«, setzte Greg die Befragung fort. »Um sie zu fragen, ob alles in Ordnung war oder ob Sie sie nach Haus bringen sollten?«

»Natürlich nicht!« Cameron war schockiert. »Immer wieder ermahnen wir unsere Kinder, nicht mit Fremden zu reden, geschweige denn zu ihnen ins Auto zu steigen. Das wäre vollkommen unverantwortlich gewesen.«

Jordan Abbot hatte sich nicht vor Fremden gefürchtet. Aber Cameron konnte das nicht wissen.

»Können Sie uns auf dem Plan zeigen, wo es war?«, fragte Barbara und faltete ihren Stadtplan auseinander.

»Ich kam die Salisbury Road runter. Genau da, wo sie in die High Street übergeht, hier. Sie kam aus einer Seitenstraße, hier …«

»Atherton Road?«

»Wahrscheinlich.«

Kaum zweihundert Meter von ihrem Zuhause entfernt.

»Dann ging sie rüber, wie ich schon sagte, und bog in eine der gegenüberliegenden Seitenstraßen ein, nur ein paar Meter weiter den Hügel hinunter. Eher eine kleine Gasse als eine Straße.« Er beugte sich dicht über die Karte und blinzelte. »Barnard Court muss es sein.«

Auf dieser Seite der High Street gab es ein dichtes Netz von Wohnstraßen, Wegen, Alleen und Sackgassen mit Sozialwohnungen und Eigenheimen. Dort befanden sich auch beide Schulen, die Sportplätze und das Schwimmbad. Von hier aus führten auch verschiedene Fußwege in Richtung Gemeindegrund. Sie hatte ein Dutzend unterschiedlicher Wege nehmen können, hunderte von Möglichkeiten, um zum Romalager zu gelangen.

»Und Sie sind ganz sicher, dass niemand bei ihr war?«, fragte Greg. »Niemand, der sich vielleicht hinter einer Hecke versteckte, als er Sie kommen sah?«

»Sie war allein, hüpfte den Gehsteig entlang, als hätte sie etwas Wichtiges vor. Ihre Lippen bewegten sich, ich glaube, sie hat gesungen. Wenn sie etwas älter gewesen wäre, hätte ich gedacht, sie wäre unterwegs, um sich heimlich mit ihrem Freund zu treffen.«

Es gab kaum Zweifel, dass sie auf dem Weg zum Gemeindegrund gewesen war. Und sie musste aufgeregt gewesen sein, nicht wegen eines Freundes, mit sechs Jahren war sie dafür viel zu jung. Worauf freute sich ein sechsjähriges Mädchen? Vielleicht auf ein Abenteuer?

»Also ist sie aus freien Stücken aufgestanden, hat sich angezogen und ist aus dem Fenster raus«, sinnierte Greg, nachdem Cameron gegangen war. »Und sie ist ihrer Mutter weggelaufen.«

»Ist Josie damit raus aus der Sache?«, fragte Barbara. »Wenn Jordan um zehn Uhr noch gesund und munter durch den Ort spaziert ist?«

»Es sei denn, Josie hat schon vor elf nach ihr gesehen und festgestellt, dass sie fort war. Liebevolle Mütter schauen oft nach ihren Kindern, wenn sie schlafen.« Genau wie liebevolle Väter. Wie gern hatte er den kleinen Frederick beim Schlafen beobachtet, das wuschelige Haar auf dem Kopfkissen betrachtet und auf seine ruhigen Atemzüge gelauscht. »Angenommen sie hat gemerkt, dass sie fort war, und ist losgerannt, um nach ihr zu suchen. Vielleicht hat sie vermutet, dass sie zum Romalager wollte, und hat sie eingeholt. Dann hat sie angefangen, sie zu schlagen …«

»Warum?«, fragte Barbara erschrocken.

»Man merkt, dass du keine Kinder hast. Viele Frauen machen das, wenn ihre Kinder ihnen Angst eingejagt haben.«

»Sie schlagen?«

»Sie geben ihnen ein paar Ohrfeigen, um zu sagen: ›Mach mir bloß nie wieder solche Angst!‹ Und manchmal gerät die Situation außer Kontrolle.«

»Jordan musste doch gewusst haben, dass Josie spät abends noch nach ihr sah«, sagte Barbara. »Selbst wenn sie um die Zeit meist geschlafen hat. Sie muss gewusst haben, dass sie großen Ärger bekommen würde.«

Dann hatte sie vielleicht gar nicht vorgehabt, nach Hause zurückzukehren?

»Kinder denken nicht an die Konseqenzen ihres Handelns«, sagte Greg. »Sie leben im Augenblick, eine Gabe, die wir als Erwachsene meist verlieren. Der Jahrmarkt war ein Riesenspaß für sie und sie wollte nicht einsehen, warum sie nicht für immer bei den Roma bleiben konnte, wo es doch so schön bei ihnen war. Sie wollte sich von ihrer Mutter nicht den Spaß verderben lassen.«

»Aber ist sie überhaupt bis zum Lager gekommen?«, fragte Barbara. »Oder hat ihr unterwegs zwischen all den Häusern irgendjemand aufgelauert?«

»Können wir überprüfen, ob in dem Gebiet einschlägig vorbestrafte Typen wohnen?«

»Natürlich. Aber das dauert eine Weile.«

»Fang sofort damit an. Und lass eine zweite Befragung in der Umgebung der Riory Road durchführen. Ich weiß, ihr seid schon von Haus zu Haus gegangen und habt die Leute befragt, aber diesmal haben wir konkrete Fragen: Hat jemand Jordan an dem Abend um kurz nach zehn gesehen?«

»Ein ungünstiger Zeitpunkt«, sagte Barbara. »Sie hatten sicher schon die Vorhänge zugezogen. An einem Samstagabend gehen die Leute entweder in den Pub oder sie machen's sich vor dem Fernseher gemütlich.«

»Aber irgendwer muss doch draußen gewesen sein oder nach draußen geschaut haben, als er die Vorhänge zuzog. Wir müssen herausfinden, wie weit sie gekommen ist.«

»Wir wissen genau, dass sich in dem Gebiet mindestens ein verurteilter Mörder befindet«, sagte Barbara. »Dein Freund Smith.«

»Ja, ja«, murmelte Greg verstimmt.

»Die Geschworenen befanden ihn für schuldig, zwei kleine Kinder kaltblütig umgebracht zu haben – seine eigenen Töchter –, und keiner hat bisher das Gegenteil bewiesen, wie sehr du auch an seiner Schuld zweifeln magst.«

»Ich weiß. Lass uns beten, dass der Lynchtrupp nicht herausfindet, wer er ist.«

»Wie wär's mit einer Rekonstruktion des Verbrechens?«, schlug Barbara vor.

»Ich denke, das ist keine schlechte Idee, besonders wenn bei der Haus-zu-Haus-Befragung nichts herauskommt. Vorausgesetzt wir finden jemanden, der uns ein blondes sechsjähriges Mädchen für diese schauerliche Aufgabe ausleiht.«

»Vielleicht wurde sie auf dem Gemeindegrund festgehalten«, sagte Barbara. »Ein gutes Stück weg von den Häusern, aber noch in einiger Entfernung vom Romalager.«

Wer hatte ihr aufgelauert, fragte sich Greg. Ein Hundebesitzer bei einem späten Spaziergang? Ein Betrunkener auf dem Heimweg vom Pub? Clive Peel und seine Haremssklavinnen? Aber ihr New-Age-Gehabe war nichts als Humbug. Sie sahen nicht so aus, als würden sie nach Menschenopfern suchen.

Er hatte einen Clive Peel in der Polizeidatenbank gefunden. Er wusste nicht mit Bestimmtheit, ob es der Richtige war, aber die Angaben waren sehr viel versprechend. Sein Alter war mit neunundzwanzig angegeben, was passend schien, Größe und Haarfarbe stimmten auch. Er war Schullehrer in Poole gewesen, bekam jedoch Ärger wegen einer sexuellen Beziehung zu einer fünfzehnjährigen Schülerin. Ihre Eltern verzichteten am Ende auf eine Anzeige, aus Furcht vor einem öffentlichen Skandal. Also kam die Sache nicht vor Gericht. Wahrscheinlich hat das Mädchen sich geweigert, gegen ihn auszusagen.

»Ein Biologielehrer«, sagte Barbara, die den Ausdruck überflog, den Greg ihr gegeben hatte. »Das nennt man wohl praxisnahen Unterricht.«

Danach gab es ein paar Verhaftungen wegen Ladendiebstahls, Vandalismus und Hausfriedensbruchs. 1996 war ihm die Wohnung gekündigt worden und sein derzeitiger Aufenthaltsort war unbekannt.

Ziemlich miese Vergangenheit, Mr. Peel, dachte Greg, obwohl die Akte des Mannes vergleichsweise harmlos war und das Schulmädchen wahrscheinlich alt genug, um zu wissen, was sie tat, kein sechsjähriges Mädchen. Greg hätte wirklich sehr gerne mit ihm gesprochen.

Montagnachmittag

»Hat Josie dir vom Tod ihres Mannes erzählt?«, fragte Barbara.

»Ja.«

»Alle Einzelheiten?«

»Ja, ziemlich ausführlich. Ich hatte den Eindruck, dass es ihr gut tat, darüber zu reden.« Er rief sich das Gespräch in Erinnerung. Ein Notruf vor Weihnachten, ein betrunkener Fahrer, ein einziger Knall und alles war zu Ende. »Den Namen des anderen Fahrers hab ich vergessen.«

»Frank Meldrew aus Froxfield.«

»Oh. Dein Erinnerungsvermögen ist anscheinend besser als meins.«

»Nein, ich habe ein paar Nachforschungen angestellt, hab mit den beiden Jungs gesprochen, die am Unfallort waren, Whittaker und Clements.«

»Warum?«

»Ich fand es ungewöhnlich, dass sie keinerlei Entschädigung erhalten hatte. Wenn der Unfall allein von dem anderen Fahrer verursacht worden war, hätte sie doch Tausende und Abertausende von dessen Versicherung kriegen müssen – für den Tod des allein verdienenden Ehemanns und Ernährers.«

»Vielleicht war Meldrew nicht versichert.«

»Doch, war er. Er ist ein durch und durch anständiger, gesetzestreuer Typ und sein Wagen war versichert, mit gültiger MOT-Plakette, regelmäßig gewartet. Er hatte was getrunken, aber nicht viel. Er war nach Feierabend mit den Kollegen noch kurz im Pub. Ein halbes Stündchen.«

»In einer halben Stunde kann man viel trinken.«

»Whittaker sagte, sie hätten ihn am Unfallort pusten lassen, aber das Röhrchen verfärbte sich kaum. Sie waren sich ziemlich sicher, dass der Bluttest negativ ausfallen würde, aber er hatte Pech. Entweder hatte er einen zu langsamen Stoffwechsel oder der Arzt war zu schnell zur Stelle, denn auch der Bluttest war positiv. Er beharrte darauf, dass Abbots Wagen herübergeschwenkt war, dass es also im Grunde Abbots Schuld war – aber du weißt ja, wie das ist, wenn sie auch nur winzige Spuren von Alkohol nachweisen können. Er wurde auf Totschlag infolge rücksichtslosen Fahrverhaltens verklagt und die Jury befand ihn für schuldig.«

Er fühlte sich ungerecht behandelt, weil er überhaupt ins Gefängnis musste, hatte Josie ihm voller Bitterkeit erzählt.

»Ein weiterer interessanter Punkt ist, dass die ermittelnden Beamten den Notruf, den Peter Abbot erhalten haben soll, nicht zurückverfolgen konnten«, sagte Barbara.

»War Josie nicht sozusagen seine Sekretärin und nahm seine Anrufe entgegen? Das ist in Ein-Mann-Unternehmen allgemein üblich.«

»Als sie die Details überprüften, um herauszufinden, in welchem Zustand sich Pete beim Verlassen des Hauses befunden hatte – ob er vielleicht über Unwohlsein klagte –, sagte sie, er hätte den Anruf selbst entgegengenommen und dass sie nicht wüsste, wohin man ihn gerufen hätte. Aber als man ihn aus dem Wagen zog, hatte er keinen Scheck dabei für einen prompt ausgeführten Auftrag und nur fünf Mäuse im Portemonnaie. Ich glaube, es gab überhaupt keinen Notruf.«

»Sie wäre nicht die Erste, deren Ehemann Lügenmärchen erfindet, um etwas zu verbergen«, sagte Greg sanft. »Wenn es das ist, worauf du hinauswillst. Deshalb ist sie keine Lügnerin.«

»Untreue wäre eine Möglichkeit, die einem vielleicht als Erstes in den Sinn kommen könnte. Und dann ist da noch die Entschädigung. Denn es gab eine Zahlung von Meldrews Versicherung nach seiner Verurteilung. Die alten Abbots, Peters Eltern, haben einen Londoner Staranwalt engagiert und das Geld ging in einen Treuhandfonds für Jordan. Treuhänder waren die Großeltern und der Anwalt hatte sämtliche Vollmachten, was die Vermögensverwaltung und die Investitionen anging.«

»Ich verstehe.«

»Offensichtlich wollten sie Josie den Zugriff auf den Fonds verwehren.«

»Von welcher Summe sprechen wir?«

»Zweihunderttausend. Bei den steigenden Börsenkursen dürfte sich die Summe schon um einiges erhöht haben.«

»Und wer bekommt das Geld jetzt, wo sie tot ist?«

»Das ist die Hunderttausendmarkfrage, nicht wahr?«

»Das ist nicht möglich«, sagte er nach einer langen Pause. »Eine Mutter würde doch nicht ihr geliebtes Kind umbringen wegen *Geld*.«

»Ihr älteren Männer seid doch alle gleich«, sagte Barbara. »Ihr denkt, dass Frauen *besser* sind als ihr, dass wir netter sind, dass wir nicht all die grausamen, bösartigen Dinge tun, zu denen ihr Männer fähig seid. Dass wir alle puschelige liebe Häschen sind.«

»Vor allen Dingen!« Er dachte an Diane, an Angelica, an Barbara selbst. In seinem Leben hatte es keine lieben Puschelhäschen gegeben. Nicht dass er sich welche gewünscht hätte.

»Sieh es doch mal so«, fuhr Barbara fort. »Du bist eine verheiratete Frau, die ihrem Ehemann unbedingt ein Kind schenken will. Nein ...« Er hatte den Mund geöffnet, um zu protestieren. »Drücken wir's anders aus. Jahrelang lässt du demütigende Tests und Hormonbehandlungen über dich ergehen, bevor es endlich klappt. Fünf Jahre später stirbt er bei einem Verkehrsunfall, keiner weiß, wo er gewesen ist, aber du weißt oder vermutest, dass er von einer anderen Frau kam. Die Wiedergutmachung geht an das Kind, wird jedoch von deinen feindseligen Schwiegereltern unter Verschluss gehalten, so dass du nicht dran kannst. Es entsteht Wut, die achtzehn Monate lang vor sich hin gärt, bis dann eines Abends die Sicherungen durchbrennen.«

»Lass uns hinfahren und ihr ein paar Fragen stellen«, sagte Greg. »Wenn ich es auch nicht glauben kann. Wir können zumindest versuchen herauszufinden, welche Strecke Josie an dem Abend gegangen ist.«

»Ich glaub's einfach nicht!«, sagte Josie. »Als wär's nicht schlimm genug, sein einziges Kind zu verlieren! Aber nein, zu allem Überfluss wird man von der Polizei auch noch als Hauptverdächtige angesehen!«

»Das hat niemand gesagt ...«, versuchte Greg sie zu beschwichtigen.

»Ach nein? Es hört sich aber verdammt danach an.«

»Ich habe ein paar Fragen zu dem Treuhandfonds, der für Jordan eingerichtet wurde. Es ist üblich, dass bei einem plötzlichen Todesfall ... bei Mord die finanzielle Situation des Opfers überprüft wird.«

»Nun, da brauchen Sie mich nicht zu fragen«, sagte sie verbittert. »Denn damit hatte ich nichts zu tun. Wenden Sie sich an den Anwalt der Abbots.«

»Sie hätten sich einen eigenen Anwalt nehmen sollen«, sagte Barbara, »um Ihre eigenen Interessen zu vertreten.«

»Wissen Sie, was Anwälte kosten?«

»Prozesskostenhilfe.«

»Ja, und dann fordern sie die Gerichtskosten zurück und die erstrittene Summe wäre wieder futsch. Und wenn ich verloren hätte? Das Risiko konnte ich nicht eingehen. Die Abbots sagten immer, das Geld sei für später, damit sie auf eine gute Schule gehen kann – womit sie ein Internat meinten, weit weg von mir. Wo es viel wichtiger gewesen wäre, ihr ab und zu ein neues Paar Schuhe zu kaufen oder einen Urlaub für uns beide.«

»Wissen Sie nicht, wer die Erträge erhält, wenn der Fonds aufgelöst wird?«, fragte Barbara.

»Doch, das weiß ich.« Josie wurde rot. »Ich. Ich bin ihre Alleinerbin.« Sie fing an zu weinen. »Ich kann es nicht ertragen. Ich kann's nicht ertragen, dass Sie denken, ich gehöre zu der Sorte von Menschen, die ihren eigenen Kindern so etwas antun.«

»Es gibt nicht eine Sorte von Menschen, die so etwas tut«, sagte Greg leise. »Kinder großzuziehen ist ein hartes Stück Arbeit, besonders wenn man allein ist, und manchmal sind die Menschen damit überfordert und manchmal rasten sie aus.«

»Raus mit Ihnen!«, schrie sie. »Wenn Sie mich nicht festnehmen, dann verlassen Sie jetzt mein verdammtes Haus, bevor ich Sie rausschmeiße!« Als sie gingen, wischte Josie sich die Augen, starrte Greg an und sagte: »Das wird Ihnen noch Leid tun, das verspreche ich Ihnen.«

»Sie verbirgt etwas«, sagte Barbara, als die Haustür hinter ihnen zugeknallt wurde. »Ich bin mir ganz sicher. Ich weiß nur noch nicht, was es ist.«

Sie ließen Gregs Wagen im Fox Close stehen und folgten dem Weg, den das Mädchen an diesem Abend nach Douglas Camerons Aussage gegangen war. Am unteren Ende der Atherton Road gingen sie einen

Trampelpfad am Rand des Parks entlang, vorbei an einem roten Briefkasten und einer Holzbank bis zum oberen Ende der High Street.

»Da ist eine Laterne, wie Cameron gesagt hat«, sagte Greg.

Sie überquerten die Straße und bogen scharf links in den schmalen Weg namens Barnard Court ein. Sie kamen an gepflegten Wohnhäusern mit weißen Fensterläden vorbei – hübsch verziert mit ausgesägten Herzen in der Mitte. »Bei unserem Glück hatten sie am Samstagabend alle die Läden geschlossen«, grummelte Greg.

»Ich glaube, sie sind nur zur Dekoration und werden nicht benutzt.«

»Wir müssen sie noch mal befragen.«

Barbara hatte ein Diktiergerät dabei und machte sich unablässig Notizen. Greg ließ ihr freie Hand. Sie hatte ein Händchen für Details. Versuchsweise klopfte er an die Tür des letzten Wohnhauses. Sie warteten. Niemand kam, und es würde auch niemand kommen. Seltsam, meistens wusste man es schon im Voraus, ob jemand aufmachen würde oder nicht.

Der Weg machte eine Biegung, in der drei neuere Häuser standen, und ging dann über in einen steilen Fußweg ohne Namen, so steil, dass die Gemeinde ein Geländer für alternde Hauptkommissare angebracht hatte. Greg musste stehen bleiben, um sich die Jacke auszuziehen, während Barbara leichtfüßig den Hügel hinaufeilte. Auf der rechten Seite konnten sie ein paar Bungalows ausmachen, die hinter einem hohen Zaun standen.

»Sieht aus wie ein Altenheim «, sagte sie, während sie auf ihn wartete. Sie stand auf Zehenspitzen und versuchte über den Zaun zu schauen.

Trotz der spärlichen Bebauung war der gesamte Weg mit Straßenlaternen versehen.

An der höchsten Stelle des Weges blieben sie einen Moment lang stehen und schauten auf die verschiedenen Gebäude der Hungerford-County-Grundschule hinab, bevor sie in die South-View-Straße einbogen. »Sie hat diesen Weg gut gekannt«, sagte Barbara. »Es war ihr täglicher Schulweg.«

»Ich kenne ihn auch gut, besser als mir lieb ist.« Greg zitterte und zog die Jacke wieder an. Links von ihnen war die Stelle, an der das Elternhaus von Michael Ryan gestanden hatte, bevor er es niedergebrannt hatte. In dieser schmalen Sackgasse waren sieben Menschen erschossen worden, darunter ein Police Constable aus Newbury, ein Mann in Gregs Alter, den er gut gekannt hatte. Er hatte inmitten des Gemetzels gestanden, den süßlichen Geruch verbrannten Fleisches in der Nase. Damals war Barbara siebzehn gewesen und hatte noch die Schulbank im weit entfernten Hertfordshire gedrückt. Er beneidete sie darum, dass sie seine Erinnerungen nicht teilen musste.

Er riss sich zusammen. »Es gäbe zwar noch andere Möglichkeiten«, sagte er, »aber dieser Weg war wohl der beste, um unbeobachtet aus der Stadt herauszukommen.«

Die Straße ging in einen Fußweg über, der zu dem kleinen Schwingtor führte, durch das man zum Gemeindegrund gelangte. Greg blinzelte und hielt sich die Hand über die Augen. Barbara hatte ihre Sonnenbrille aufgesetzt. Die Getreidefelder jenseits des Kanals schimmerten bläulich im flirrenden Junilicht.

»Sie hätte überall hingehen können von hier aus«, sagte er. »In jede erdenkliche Richtung.«

»Vorausgesetzt sie ist überhaupt so weit gekommen.«

»Am besten, du fängst gleich an, die Häuser zu überprüfen, an denen wir vorbeigekommen sind.«

»Okay.«

Er ging mit ihr zurück bis zum ersten Haus, wo er sie verließ. »Wir sehen uns dann im Präsidium.«

Ein paar Stunden später schaute Greg auf, als ein Schatten auf seinen Schreibtisch fiel. Barbara war zurück. Er war so in Gedanken versunken, dass er sie nicht hatte kommen hören, obwohl sie die Bürotür geöffnet und geschlossen haben musste.

»Hast du dich hierher gebeamt?«

»Wie bitte?«

»Wie auch immer. Fertig mit der Haus-zu-Haus-Befragung?«

»Bei den meisten war niemand zu Hause. Und da, wo jemand aufgemacht hat, war Fehlanzeige. Jeder will was gesehen haben, aber in Wahrheit hat keiner was gesehen. Ich fahr heute Abend noch mal hin und besuche die restlichen.«

»Gut.«

»In der Zwischenzeit habe ich alle Daten bekommen, die du haben wolltest.« Sie legte ihm drei Computerausdrucke auf den Schreibtisch und nahm ihm gegenüber Platz. Sie schlug die Beine übereinander, auf dem oberen Knie lagen die Kopien der Ausdrucke. Ihr Unterschenkel wippte auf und ab, als würde ein unsichtbarer Physiotherapeut ihr ständig mit dem Hämmerchen vors Knie schlagen, um ihre Reflexe zu testen.

»Ungelöste Kindesmorde in England und Wales in den letzten fünf Jahren«, erklärte sie in Reaktion auf seinen fragenden Blick.

»Ja. Tut mir Leid. Ich war grad ganz weit weg.«

»Es sind auch Kinder dabei, die unter mysteriösen Umständen verschwunden sind, von manchen wurde nicht mal die Leiche gefunden.«

»Irgendein Tatmuster?«

»Bislang hab ich die Fälle nur überflogen, aber wenn es eines gibt, dann ist es sehr abstrakt.«

»Wie moderne Kunst?«

»Könnte man sagen.«

Er las den obersten Bogen. Amelia Adams, fünf Jahre alt, blond, Tod durch Genickbruch zwei Jahre zuvor in Banbury. Kein sexueller Übergriff. »Klingt viel versprechend.«

Barbara war ihm ein wenig voraus. »Oh, lies mal weiter.«

Amelias Stiefvater, Christopher Keen, wurde drei Wochen später festgenommen und verurteilt.

»Ich sagte ungelöste Morde«, bemerkte er bissig.

»*Mea culpa*. Ich hätt's besser erst lesen sollen. Aber die Person, die für den Input der Daten verantwortlich ist, hat offenbar das Update für das Feld *Fall abgeschlossen* vergessen.«

»Offensichtlich«, sagte er und dachte, wie hässlich doch diese Sprache der In- und Outputs und Updates klang.

»Computer sind nur so gut, wie die Menschen, die sie bedienen.«

Keen hatte sich der Körperverletzung mit Todesfolge schuldig bekannt und saß nun eine achtjährige Haftstrafe ab.

Greg legte das erste Blatt beiseite und überflog das zweite. Ein sechsjähriger Junge, Derek Fielding, war vor einem Jahr in Northampton sexuell missbraucht und erwürgt worden. Seine unbekleidete Leiche hatte man am Nene-Fluss gefunden. Er sah Barbara hoffnungsvoll an, aber sie schüttelte den Kopf.

»Ich hab noch nie gehört, dass ein Serienmörder Männer und Frauen oder Jungen und Mädchen tötet. Und Jordan wurde nicht missbraucht und war nicht nackt.«

»Aber der Fluss«, sagte er. »Der Treidelpfad. Das könnte doch mehr als ein Zufall sein?«

»Ein abgelegener ruhiger Ort, an den man ein verängstigtes Kind locken kann.«

»Und er war blond, genau wie sie.« Das helle Haar von Kindern wurde mit den Jahren meist dunkler. Ein hellblondes Kleinkind verwandelte sich oft in einen mürrischen Teenager mit Haaren, deren Farbe an Rübenkraut erinnerte und die ebenso schmierig aussahen. Wie kam das nur?

»Ich neige dazu, dir zuzustimmen«, räumte er ein. Er sah sich den dritten Fall an. Anita Adobah, sieben, stammte aus einer Mischehe und war dunkelhäutig. Sie war sechs Monate zuvor in Streatham, Süd-London auf dem Heimweg von der Schule verschwunden. Keine Leiche. Er griff zum Telefon, wählte die Nummer von Streatham und bat, mit dem für diesen Fall zuständigen Officer verbunden zu werden. Nach längerer Diskussion im Flüsterton wurde er zu einem Inspector Cavendish durchgestellt. Er schaltete sein Telefon auf Lautsprecher, so dass Barbara mithören konnte.

»Oh, die kleine Anita«, sagte Cavendish fröhlich, nachdem Greg sein Anliegen erläutert hatte. »Wir haben ziemliche Gewissheit, dass ihr leiblicher Vater sie entführt und mit nach Nigeria genommen hat, aber die dortigen Behörden sind nicht sehr kooperativ. Deshalb können wir den Fall vorerst offiziell nicht abschließen.«

»Ziemliche Gewissheit?«

»Er hat herumerzählt, dass er es machen würde, und die beiden sind am selben Abend in Heathrow gesehen worden.«

»Gut. Vielen Dank.« Er drückte den Knopf, um die Verbindung abzubrechen und verschränkte die Arme vor der Brust. »Wie wir vermutet haben eine Einzeltat.«

»Oder die erste von vielen.«

»Nein!«

»Also gut. Ich beame mich wieder weg und fahr zurück nach Hungerford.« Sie stand auf. »Im Moment nur ein einziger ungelöster Kindesmord im ganzen Land. Das geht eigentlich noch.«

»Nur dass es jetzt leider zwei gibt.«

Smith saß an diesem Nachmittag wie so oft müßig auf seiner Wagentreppe. Er erkannte die Frau, die mit entschlossenen Schritten auf ihn zukam, und erhob sich instinktiv aus Respekt vor einer Frau, die das Liebste verloren hatte.

»Mrs. Abbot«, sagte er, als sie in Hörweite war. »Es tut mir so Leid …«

Sie holte aus und verpasste ihm eine schallende Ohrfeige. Er war zu verblüfft, um sie abzuwehren oder sonst wie zu reagieren. Als Nächstes spürte er, wie ihre Fingernägel sich in seine Wangen gruben, so dass er zur Besinnung kam und versuchte, ihre Handgelenke zu packen. Glücklicherweise hatte sie kurze Nägel, die wenig Schaden anrichten konnten. Trotzdem spürte er einen stechenden Schmerz und fühlte, wie ihm ein Blutstropfen die Wange hinunterlief.

Dann brach sie erschöpft zusammen und fing an zu weinen. »Ich halt's nicht mehr aus«, jammerte sie. »Ich halt's nicht mehr aus.«

Smith ignorierte die neugierigen Blicke der wenigen verbliebenen Roma, hob sie vom Boden auf und schleppte sie in seinen Wohnwagen. »Ich frage mich, womit ich das eben verdient habe«, sagte er, während er sie auf das Bettsofa hievte. Er selbst blieb vor ihr stehen, die Hände in die Hüften gestemmt, der rote

Fleck auf seiner linken Wange bezeugte die Heftigkeit ihres Schlags. Er wischte sich das Kinn und betrachtete das verschmierte Blut auf seinem Handrücken.

»Sie haben sie davon abgehalten, sich den Jungen zu schnappen, der mein kleines Mädchen getötet hat. Sie haben sie davon abgehalten, ihn aufzuknüpfen, wie er es verdient hätte! Können Sie sich selbst noch ins Gesicht sehen?«

»Ich verstehe.« Er setzte sich neben sie. »Haben Sie je von juristischen Fehlurteilen gehört?«

»Ich weiß, was die Leute sagen.«

»Glauben Sie nicht, dass die Menschen manchmal wegen eines schrecklichen Verbrechens verurteilt werden, das sie gar nicht begangen haben, und dann jahrelang unschuldig im Gefängnis sitzen müssen?«

»Die Geschworenen hören die Zeugenaussagen und dann fällen sie ihren Spruch. Und ein paar Jahre später kann irgendein gerissener Rechtsverdreher plötzlich einen Verfahrensfehler nachweisen und sie kommen wieder frei.«

»Aber in diesem Fall gab es keine Geschworenen«, sagte er sanft. »Keine Beweise gegen Lashlo. Sie haben ihn am Samstagnachmittag gesehen, als er mit Jordan gespielt hat. Kam er Ihnen gewalttätig vor?«

»Das nicht, aber solche Menschen sind unberechenbar. Wir können nicht verstehen, was in ihnen vorgeht, ihre Wünsche, ihre unbefriedigten sexuellen Begierden.«

»Er ist wie ein Kind …«

»Das ist gut und schön«, rief sie aufgebracht. »Aber Kinder sind grausam, egoistisch und unzivilisiert, bis wir sie ändern. Und wenn ein Junge einen starken Männerkörper hat und dieselben Begierden wie ein erwachsener Mann, aber vom Geist her ein Kind ist – ohne Verantwortungsgefühl und ohne Skrupel – dann ist er in meinen Augen höchst gefährlich.«

Dagegen war nichts zu sagen, dachte Smith. Man wollte es nicht wahrhaben, aber Kinder *waren* verantwortungslos und unzivilisiert, weshalb die Natur ihnen Eltern gab, die sie in ihre Schranken verwiesen und ihnen Kultur und Bildung vermittelten. Wenn es ihnen möglich war, nahmen sich Kinder alles, was sie wollten, ohne etwas dafür zu geben.

»Wenn sie ihn vor Gericht stellen«, fuhr sie fort, »kommt ein arroganter Typ mit schwarzer Robe und alberner Perücke und erklärt, dass er für seine Tat nicht verantwortlich war, und sie schicken ihn in ein schönes, gemütliches Krankenhaus.«

Er stand auf. »Ich habe noch eine Flasche Brandy. Ich glaube, ein kleines Glas würde Ihnen gut tun.«

»Und so lange sie noch niemanden verhaftet haben«, fuhr sie fort, als er einen großzügigen Schluck des tröstenden braunen Getränks in eine Tasse goss, »versuchen sie, mir die Schuld in die Schuhe zu schieben.«

»Wollen Sie mir davon erzählen?«

Sie tat es, ohne den Brandy anzurühren. »Warum machen sie das?«, rief sie am Ende verzweifelt. »Warum beschuldigen sie den Menschen, der Jordan am meisten geliebt hat? In welcher kranken, kaputten Welt leben wir eigentlich, wo die, die dem Opfer am allernächsten stehen, automatisch zum Hauptverdächtigen werden? Ich hätte mein Leben für sie gegeben.«

»Ja, ich weiß.«

Sie kippte den Brandy in einem Schluck hinunter und verschluckte sich fast bei seinen Worten. »Haben Sie je ein Kind verloren?«, fragte sie. »Denn nur wer selbst ein Kind verloren hat, darf behaupten, er wüsste, was ich gerade durchmache.«

»Ich habe zwei verloren«, sagte er, »und mit ihnen meine Frau. Und ich war sofort ihr Hauptverdächtiger.«

Das ließ sie verstummen. Sie hörte ihm benommen zu, während er ihr seine Geschichte erzählte, ohne Ausschmückungen oder Selbstmitleid. Sie trank noch ein Glas Brandy, weil sie es nötig hatte. Dann stand sie auf und sagte: »Ich muss gehen, ich muss telefonieren.«

»Hast du Zeit für einen schnellen Drink?«, fragte Harry Stratton um sieben Uhr abends.

Greg schaute nicht demonstrativ auf die Uhr, sondern sagte offen: »Eigentlich nicht, Harry. Ich möchte schnell nach Hause.«

»Es ist schon eine Ewigkeit her, dass wir mal zusammen was getrunken haben.«

Greg seufzte. Sein Untergebener wollte offenbar irgendetwas Privates mit ihm besprechen. Warum konnte er das nicht direkt sagen? »Also gut, aber viel Zeit hab ich nicht.«

Sie fanden eine ruhige Ecke in einem nahe gelegenen Pub, ein schmuddeliges Etablissement, nicht sehr belebt und keine Stammkneipe der Polizei. Greg war ein geduldiger Mensch und er wusste, dass es eine Weile dauern würde, bis Harry mit seinen Sorgen herausrücken würde, also trank er in aller Ruhe sein Bier und wartete.

»Geht's um die Arbeit?«, fragte er, als die Stille langsam bedrückend wurde.

»Nein, nein, das ist es nicht.«

»Was Persönliches?«

»Erinnerst du dich, was ich dir vor ein paar Tagen über Ruthie erzählt hab, dass sie einen Freund hat, meine ich?«

»Sicher.«

Harry holte tief Luft. »Aber jetzt hab ich rausgefunden, dass sie beim Arzt war, und der hat ihr die Pille verschrieben.«

Greg war schockiert, sagte jedoch nur: »Oh, ich verstehe.«

»Es ist nicht richtig!«, platzte Harry los. »Sie wird erst fünfzehn im Oktober. Das kann doch nicht legal sein. Sicher ist es Beihilfe oder Anstiftung zu einem Verbrechen oder so was.«

»Ich glaube, das ist eine gesetzliche Grauzone«, sagte Greg. »Ein Arzt muss immer das Wohl seines Patienten im Auge haben und ihr Hausarzt würde wahrscheinlich argumentieren, dass der Schutz vor Schwangerschaft dem Wohl einer jungen, sexuell aktiven Patientin dienlich ist.«

Harry schnaubte verächtlich. »Wenn er sie nicht ermutigen würde, indem er ihr Verhütungsmittel verschreibt, würde es wahrscheinlich gar nicht dazu kommen.«

»Das ist Wunschdenken, alter Junge. Die Jugendlichen tun es, ob mit oder ohne Schutz. Aber bist du sicher, dass er ihr die Pille nicht vielleicht verschrieben hat, damit sich ihr Monatszyklus reguliert, denn ...«

»Ganz sicher! Sie sagt, sie hätten bis jetzt noch nicht miteinander geschlafen, dass sie nur auf Nummer sicher gehen will. Aber warum sollte ich ihr das glauben?«

»Warum sollte sie lügen? Sie hat deine angriffslustige Art geerbt, will mit dem Kopf durch die Wand. Ich glaube, sie sagt die Wahrheit.«

»Ich wollte ihr schon verbieten, sich weiter mit ihm zu treffen.«

»Dann trifft sie ihn heimlich und lügt dich an. Du musst dich mit den Tatsachen abfinden.«

»Das Schlimmste daran ist ...« Harry leerte sein Bierglas und griff nach dem Whisky, den er sich dazu bestellt hatte. »Das Schlimmste ist, dass Prue die ganze Zeit davon gewusst hat und zusammen mit Ruthie zu diesem gottverdammten Arzt gegangen ist.«

Greg fiel auf, dass Harry wieder den kindlichen Kosenamen Ruthie verwendete, statt Ruth, wie sie seit etwa vier Jahren genannt werden wollte. »Zumindest hat sie Vertrauen zu ihrer Mutter und das ist gut.«

»Aber warum hat sie es nicht mit mir besprochen? Prue, meine ich? Bin ich etwa nicht Ruthies Vater? Habe ich denn nichts zu sagen? Ich hab mein Bestes getan, um ein guter Vater zu sein, Greg.«

»Natürlich, alter Junge.«

»Es ist nicht immer leicht bei unserem Job und es gab immer wieder Momente, in denen ich sie enttäuscht habe, als ich nicht bei ihrer Geburtstagsfeier dabei war oder nicht mit auf einen Ausflug kommen konnte, weil ich mal wieder unerwartet losmusste. Aber ich dachte, sie hätte das verstanden, ich dachte, sie beide hätten dafür Verständnis.«

»Sicher haben sie das. Ich bin sicher, sie wollten dich nicht absichtlich kränken. Mädchen in dem Alter schämen sich, mit ihrem Vater über solche Sachen zu sprechen.«

»Sei froh, dass du nur einen Sohn hattest ...« Er hielt inne. »Entschuldige bitte!«

»Ist schon in Ordnung.«

»O Gott. Es tut mir so Leid! Wie kann man nur so gedankenlos sein!«

»Ist schon in Ordnung«, wiederholte Greg. »Harry, es ist schwierig für Eltern, wenn die Kinder langsam erwachsen werden und sexuell aktiv – bei Mädchen ist es sicher noch schwieriger als bei Jungs.«

»Es kommt mir so vor, als ob das Vertrauen zwischen mir und Prue zerstört wäre, als wären all die Jahre, in denen wir Freunde und Ehepartner waren und alles miteinander besprochen haben, ohne dem anderen etwas zu verheimlichen ... nichts weiter gewesen als ein ... ein fauler Zauber.«

»Ich denke, es gibt keine Ehe ohne Geheimnisse.« Greg leerte sein Bierglas und sagte lahm: »Ich bin sicher, du kommst bald darüber weg. Du musst es so sehen: Sie zeigt Verantwortungsbewusstsein, indem sie sich auf die Situation vorbereitet, bevor sie anfängt ...«

»Herumzuhuren?« Harry nahm ihre Gläser. »Noch eins?«

»Nein, ich muss nach Hause.«

»Danke fürs Zuhören.«

»Wozu sind Freunde sonst da?« Er stand auf, aber Harry blieb sitzen. »Kommst du nicht mit?«, fragte Greg.

»Ich bleib noch ein bisschen. Zu Haus hab ich ein Gefühl ... als wäre ich überflüssig. Ich bin von London hierher gezogen, weil ich dachte, die Lebensqualität für meine Familie wäre hier besser, und jetzt so etwas.«

»Denk dran, du musst noch fahren.«

»Keine Angst.«

Greg fürchtete sich fast davor, die Tür aufzuschließen und womöglich ein leeres Haus vorzufinden, aber als er den Schlüssel aus dem Schloss zog, hörte er ihre Stimme am Flurtelefon. Sie nickte ihm zu, sagte: »Na gut. Ich muss Schluss machen. Danke. Tschüs.« Dann legte sie auf.

»Meine Mum«, erklärte sie ungefragt.

»Wie geht's ihr?«

»Gut.«

»Fährst du sie besuchen.«

»Ja, bald. Vielleicht kannst du ja mitkommen.«

»Vielleicht.«

Mit dieser Antwort offenbar zufrieden, schlenderte sie in die Küche.

Rita Lampton war jünger als er, Anfang vierzig und gut aussehend. Auf der Hochzeit hatte sie schamlos mit ihm geflirtet und es beschämte ihn, ihr als offizieller oder inoffizieller Liebhaber ihrer Tochter gegenüberzutreten.

Sein Blick fiel aufs Telefon. Wenn er auf Wahlwiederholung drückte, würde er wissen, welche Nummer sie gewählt hatte; drückte er die Zahlen 1471 würde er erfahren, von wem sie angerufen worden war. So oder so würde er die Nummer ihrer Mutter wieder erkennen. Er drehte dem tückischen Gerät den Rücken zu und ging nach oben, um sich umzuziehen.

»Wenn ich mit Menschen- und mit Engelszungen redete und hätte die Liebe nicht, so wäre ich ein tönendes Erz oder eine klingende Schelle«, sagte er zu sich selbst.

Eine halbe Stunde später setzten sie sich an den Esszimmertisch und aßen Tiefkühlpizza und fertigen Salat aus dem Supermarkt. Ein kleiner Teil von Gregs Pizza war noch gefroren, aber er beklagte sich nicht, sondern legte es zum Auftauen beiseite. Angelica hatte keinerlei hausfrauliche Ambitionen. Wie die meisten Frauen ihrer Generation kam sie erst gar nicht auf die Idee, hinter einem Mann herzuräumen oder seine Mahlzeiten zu kochen. Als Diane ihr kurz nach der Hochzeit vorschlug, Freds Arbeitshemden zu bügeln, hatte sie mit einer ungläubigen Lachsalve reagiert.

»Ganz schön vornehm, heute Abend!«, sagte er und deutete auf die weiße Tischdecke und das gute Porzellangeschirr. »Ich weiß gar nicht mehr, wann wir zum letzten Mal im Esszimmer gegessen haben.«

»Ich hab dir Blumen mitgebracht«, sagte sie lachend. »Nelken. Sie sind sogar frisch!«

»Das sehe ich. Sie sind wunderschön. Ich hab noch nie von einer Frau Blumen bekommen.«

»Mann und Frau sind heutzutage gleichberechtigt, wusstest du das nicht?«

Er hatte Diane immer Blumen geschenkt, wenn er ein schlechtes Gewissen hatte.

Sie hatte eine Flasche Wein aufgemacht und er schenkte sich ein Glas ein. »Weißt du, als Fred im Sterben lag, hat er nie zu mir gesagt: ›Kümmere dich um Angie‹ oder etwas in der Art. Ich habe mich immer gefragt warum.«

Sie lachte. »Ganz einfach, weil er zu mir gesagt hat: ›Kümmere dich um Dad.‹«

Er machte gerade den Abwasch, als sie ihn aufgeregt ins Wohnzimmer rief. »Greg! Greg! Komm schnell.«

Er legte den Lappen beiseite und lief zu ihr. Sie zeigte auf den Fernsehschirm, aber da war nichts weiter zu sehen als ein Werbespot für den Renault Clio. »Ich will keinen neuen Wagen«, sagte er. »Ich bin bedient mit dem, den ich habe.«

»Ich hab die Lokalnachrichten gesehen. Eben haben sie gesagt: ›Bleiben Sie dran. Nach der Pause spricht Josie Abbot, eine trauernde Mutter aus Hungerford, mit Adam Chaucer über Jordans tragischen Tod und über die Schikanen, mit denen die Kriminalpolizei Newbury sie quält‹ – oder so was Ähnliches.«

»O nein!« Greg sank neben ihr auf das Sofa. Josies Drohung, ihm das Leben schwer zu machen, war also ernst gemeint. »Das hab ich nicht verdient«, sagte er und Angie nahm seine Hand.

Zwei Minuten später war die Werbepause beendet und dramatische Musik kündigte die Fortsetzung der Nachrichtensendung an. Das markante Gesicht von Adam Chaucer füllte den Bildschirm: blond gesträhntes Haar, haselnussbraune Augen, strahlend weiße Zähne und eine perfekte, gerade Nase, wie man sie nur in der Werbebroschüre eines plastischen Chirurgen sah. Er trug ein edles schwarzes Jackett über einem schlichten weißen T-Shirt, das aussah, als wäre es aus Seide. Sein ganzes Erscheinungsbild schien zu sagen: ›Seht her, ich bin jung, ich bin erfolgreich, ich weiß, wo's langgeht.‹

Nicht so jung, wie du gern scheinen willst, dachte Greg, denn selbst die Maskenbildnerin hatte es nicht geschafft, die Krähenfüße zu vertuschen, aber vielleicht stammten sie ja auch von allzu vielen Urlaubsreisen in die Karibik. Greg hatte eine Reihe unerschütterlicher Vorurteile und eines davon betraf Männer, die sich die Haare färbten.

»Schleimscheißer«, sagte Angelica.

Mit tiefer, ernsthafter Stimme umriss er die Umstände des Mordes und betonte das große Mitgefühl für seinen Gast. Dann schwenkte die Kamera auf Josie, die wie Chaucer in einem beigefarbenen Sessel saß. Vor ihnen stand ein Couchtisch, auf dem mehrere Illustrierte lagen. Hinter ihnen befanden sich Bücherregale mit ledergebundenen Buchrücken, Meterware aus der Dekoabteilung. Das Ganze sollte wie ein Wohnzimmer aussehen.

Sie saß sehr gerade und trug ein teuer aussehendes dunkles Kostüm, eine freundliche Leihgabe der Garderobe, nahm er an. Ihr kurzes lockiges Haar war hübsch frisiert, ein Paar schlichte Perlenstecker zierten ihre Ohrläppchen und sie war dezent geschminkt. Sie wirkte gefasst, würdevoll, ganz anders als bei dem gestrigen Appell an die Öffentlichkeit.

Wenn sie ihre Tochter getötet hatte, war sie eine verdammt gute Schauspielerin.

»Ich habe den schlimmsten Verlust erlitten, den eine Mutter erleiden kann«, sagte sie, nachdem Chaucer sie vorgestellt hatte. »Es gibt keinen schrecklicheren Alptraum, als ein Kind zu verlieren. Es ist schlimm genug, wenn es durch eine tödliche Krankheit oder durch einen Verkehrsunfall stirbt, aber wenn es durch einen bewussten, brutalen Mord ums Leben kommt, überwindet man das als Mutter nie.«

»Aber Ihr Martyrium wurde noch verschlimmert, Josie«, sagte Chaucer, »durch die Haltung der Thames-Valley-Polizei.«

»Von Anfang an haben sie mir klargemacht, dass sie mich für die Hauptverdächtige hielten. Anderweitige wichtige Ermittlungen werden vernachlässigt. Stattdessen quälen sie mich mit endlosen unwichtigen Fragen über meinen verstorbenen Ehemann.«

»Auf welche Ermittlungen spielen Sie an?«

»Da war ein Romajunge, der auffälliges Interesse an Jordan gezeigt hat, als wir am Samstagnachmittag auf dem Jahrmarkt waren. Er ist dringend tatverdächtig, aber die Polizei hat ihn nicht verhaftet.«

»Nein, aber wir haben ihn verdammt gründlich verhört und er steht unter polizeilichem Gewahrsam«, brummte Greg in Richtung Bildschirm, obwohl ihm bewusst war, dass nur Verrückte mit den Leuten im Fernsehen sprechen.

»Sie sprechen von dem Jungen, den ein paar von Ihren Nachbarn gestern Morgen festhalten und zur Polizei bringen wollten?«

»Festhalten und zur Polizei bringen?«, rief Greg. »Lynchen wollten sie ihn!«

»Das ist richtig«, sagte Mrs. Abbot. »Und dieser Summers hat sie aufgehalten.«

»An dieser Stelle möchte ich gern darauf hinweisen, dass wir Superintendent Gregory Summers von der Kripo Newbury zu dieser Gesprächsrunde eingeladen haben, um uns seine Sicht der Dinge darzulegen, aber er hat abgelehnt.«

»Du verfluchter Lügner«, sagte Greg fassungslos, während Chaucer fortfuhr. »Erzähl doch, was du willst. Am Freitagabend hast du mich noch als Held gefeiert!«

»Da ist noch ein weiterer Mann«, fuhr Josie in ruhigem Tonfall fort. »Auch ein Rom – er nennt sich John Smith …« Chaucer grinste hämisch. »Er ist ein verurteilter Kindermörder, ein zweifacher Kindermörder.« Greg starrte auf den Bildschirm. »Ich frage mich, warum gegen ihn nicht ermittelt wird.«

Er hielt sich die Hände vors Gesicht. »Ich fasse nicht, dass sie das getan hat. Wie kann sie nur das Leben eines anderen Menschen so aufs Spiel setzen? Wie ist sie überhaupt auf ihn gekommen?« Er nahm die Fernbedienung und stellte den Ton ab, damit er überlegen konnte, was zu tun war, aber er mochte das Gerät nicht abschalten. Das Interview lief noch weitere drei Minuten und Josies Anspannung war deutlich zu sehen.

»Sie bricht jeden Moment zusammen«, sagte Angelica. »Aber das ist ihm egal, Hauptsache er kriegt seine Story.« In diesem Augenblick läutete das Telefon und sie ging dran. »Ja? Hallo, Babs. Ja, wir haben's gesehen. Ja, ungeheuerlich. Bleiben Sie dran, er ist hier.« Sie reichte Greg den Hörer. »Barbara Carey.«

»Barbara? Ich bin nicht stinksauer. Ich bin fuchsteufelswild. Was? Schadensbegrenzung? Was soll denn dieser verdammte Jargon? Was auch passiert, ich geb diesem kleinen Arschloch kein Interview. Ja, in Ordnung. Bis morgen. Ich muss wegen Smith im Präsidium anrufen.« Er legte auf.

Das Interview war beendet. Eine junge Frau in einem gelben Sommerkleid deutete auf die Wetterkarte. Es würde wieder heiß werden. Greg wählte die Nummer des Präsidiums und ließ sich mit dem für die Nachtablösung zuständigen Inspektor verbinden. Mit knappen Worten schilderte er die Situation.

»Ich fürchte, wir kriegen es mit einem zweiten

Lynchmob zu tun«, schloss er. »Schicken Sie augenblicklich einen Streifenwagen zum Romalager. Er soll bis auf weiteres dort bleiben. Sie sollen Smith erklären, was los ist, und bei dem ersten Anzeichen von Ärger Unterstützung rufen. Ist bei der Nachtschicht jemand mit Schusswaffenerlaubnis? Ja? Er soll sich bereithalten. Danke.«

Er legte auf. »Oh, Josie«, seufzte er aus tiefstem Herzen, »warum lässt du dich so manipulieren? Warum erkennst du nicht, wer deine wahren Freunde sind?«

»Würden Sie vielleicht einer Dame was zu trinken spendieren, Sir?«

»Barbara! Lange nicht gesehen!« Sie setzte sich neben ihn an die Bar, wobei ihr Rock ein gutes Stück nach oben glitt und den Blick auf ihre nackten, straffen Oberschenkel freigab. »Was trinkst du?«, fragte er.

»Einen Weißen.« Er gab dem Barmann ein Zeichen. »Immer noch die alte Stammkneipe, Jonathan?«

»Ich bin ein Gewohnheitstier.«

»Ja, ich weiß. Und wie viele Patienten hast du in der Zwischenzeit umgebracht?«

»Oh, das überlass ich den Spezialisten.« Er schaute auf die Uhr. »Du bis spät dran. Hier wird gleich zugemacht.«

»Für einen Drink reicht's gerade noch.«

Sie bekam ihren Wein und er zahlte. »Was treibt dich nach Hungerford?«

»Die Arbeit.«

»Immer noch dasselbe Metier?«

Sie nickte. »Detective Sergeant mittlerweile.«

»Herzlichen Glückwunsch. Ich hab gewusst, dass du's weit bringen wirst. Du hast es mir oft genug gesagt.« Sie lachte. Er sah sie prüfend an. »Du siehst sehr gut aus, Babs.«

»Du siehst auch nicht grad schlecht aus.«

Dr. Jonathan Tabor war groß und dünn und wirkte auf den ersten Blick ein wenig ungelenk, ein Eindruck, der sich jedoch schnell verflüchtigte, wenn er mit einer Frau im Bett war oder wenn er mit seinen Patienten umging, besonders mit Kindern. Er war zweiunddreißig, ein schönes Alter für einen Mann. Er hatte buschiges, feuerrotes Haar, das aussah, als würde er es niemals kämmen. Lächelnd erinnerte sie sich daran, dass er weiter unten über eine ähnliche Haarpracht verfügte.

»Worüber amüsierst du dich?«

»Ach, ich hab nur an etwas gedacht.«

Für gewöhnlich hatte sie keine Vorliebe für Rotschöpfe, aber seine leuchtend blauen Augen und sein makelloser heller Teint hatten sie für ihn eingenommen und sie hatte eine Ausnahme gemacht. Er war ein netter Mann; zu nett, deswegen hatte sie die Affäre nach einigen Wochen beendet. Drei Jahre war das her. Sie hatte ihm damals sehr wehgetan und hoffte, dass er darüber weggekommen war, denn sie brauchte seine Hilfe.

»Und, wie geht's dir, Jonathan? Wohnst du immer noch in derselben Wohnung?«

»Ja. Ich fühle mich dort ganz wohl. Warum sollte ich umziehen?«

»Und, gibt es eine Mrs. Tabor?«

»Nein, nein.«

Es hätte sie nicht gestört, wenn es eine gegeben hätte, aber so würde sie ihr Vorhaben noch einfacher in die Tat umsetzen können. Sie stürzte ihren Wein in einem Zug hinunter, stand auf und sagte: »Gehen wir zu dir?«

Er schien nicht sonderlich überrascht und leerte sein Glas. »Ich geh noch mal eben ...« Er suchte nach Kleingeld.

»Schon in Ordnung. Ich hab was dabei.«

Dienstag, den 23. Juni

Greg trödelte beim Frühstück. Superintendent zu sein hatte unter anderem den Vorteil, den harten Dienst auf der Straße hinter sich zu haben. Außerdem hatte er keine Lust auf das, was ihn heute Morgen erwarten würde. Nach Barbaras Anruf hatte er das Telefon abgestellt und den Anrufbeantworter eingeschaltet. Er hatte die Nachrichten noch nicht abgehört, obwohl die Kontrolllampe ständig blinkte.

Während er seinen Toast mit Butter bestrich und sich freute, dass Angelica nie versucht hatte, ihn auf Halbfettmargarine zu setzen, hörte er, wie die Post durch den Briefschlitz geschoben wurde.

»Ich hol sie«, sagte sie und eilte aus dem Zimmer. Sie war länger weg als nötig, vielleicht fünf Minuten, und er dachte, er hätte die Wohnzimmertür leise quietschen hören. Als sie in die Küche zurückkam, hatte sie einen langweiligen Stapel weißer Fensterbriefe in der Hand, die sie ihm einen nach dem anderen reichte. »Mr. G. Summers, Mr. G. P. Summers, Gregory Summers, Esq. – wie vornehm. Oh! Mr. Frederick Summers.«

Es kam immer noch häufig vor, deshalb sah er die Post lieber als Erster durch. »Soll ich ihn aufmachen?«, fragte er.

»Nein, es ist nur Werbung.« Sie öffnete den Brief und überflog ihn. »Meinst du, dass Fred eine Diners-Club-Karte haben möchte?«

»Kann ich mir irgendwie nicht vorstellen.«

»Wo er jetzt ist, gibt es Ambrosia gratis.« Sie zerriss den Brief und warf ihn in den Papierkorb. »Und Nektar.«

Warum konnten sie nicht wenigstens die Toten mit ihren Werbebriefen verschonen?

Dr. Jonathan Tabor lag nackt und ungezwungen auf dem Bett und sah Barbara beim Anziehen zu. Sie tat es langsam, da sie wusste, dass eine Frau beim Anziehen genauso erotisch wirken konnte wie beim Ausziehen. Ihre kleinen Brüste verschwanden in der mokkafarbenen Spitze ihres BHs. »Hilfst du mir beim Zumachen?«, fragte sie und setzte sich mit dem Rücken zu ihm aufs Bett.

»Du bist ja schon früh auf den Beinen«, sagte er und fummelte mit Haken und Ösen herum. »Arbeitest du am Jordan-Abbot-Fall?« Sie nickte. »Schreckliche Sache.«

»Ach ja, sie war deine Patientin, nicht wahr?«, sagte sie beiläufig.

»Woher weißt du das?«

Sie stand auf und streifte den passenden Slip über. Dann zog sie eine Seidenstrumpfhose aus der Jackentasche und vergewisserte sich, dass sie keine Laufmasche hatte. »Josie hat erwähnt, dass sie gestern Morgen zu dir wollte, um sich Beruhigungsmittel aufschreiben zu lassen.«

»Antidepressiva«, korrigierte er sie automatisch.

»Ist das nicht dasselbe?«

»Nein, keineswegs.«

»Ich hab keine Erfahrung mit so was.«

»Das glaub ich dir aufs Wort.«

»Es ist gut, dass sie zu dir wollte. Viele Leute in ihrer Situation verweigern medizinische Hilfe, als ob ihre Trauer wertvoller würde, wenn sie sie allein bezwingen.«

»Diese Frau hat viel gelitten«, sagte er, »mehr als ein einzelner Mensch ertragen kann.«

»Kommt sie oft in deine Praxis?«

»Wie du weißt, habe ich meinen Patienten gegenüber absolute Schweigepflicht.«

»Natürlich weiß ich das.« Sie zog den Rock hoch und knöpfte ihn zu. Es war deutlich zu spüren, dass er ihr gern etwas anvertraut hätte, aber sie durfte nicht zu viel Druck machen. Es galt abzuwarten und so zu tun, als wäre sie nicht sonderlich interessiert. Das würde ihm Zeit geben, es mit seinem Gewissen zu vereinbaren. »Tut mir Leid«, fügte sie hinzu. Sie steckte die Bluse in den Rock und strich sich vor dem Spiegel das Haar zurecht.

»Es tut sicher nichts zur Sache«, sagte er.

»Nein? Nun, das kannst du selbst am besten beurteilen.« Sie zog den Blazer an. Den linken Schuh fand sie ohne Schwierigkeiten und schlüpfte hinein, dann begann sie, nach dem rechten zu suchen und humpelte ungeschickt durchs Zimmer. »Hast du meinen zweiten Schuh gesehen?«

»Unter dem Bett?« Er rollte sich zur Seite, schaute unters Bett und zog ein Taschenbuch hervor. »Oh, das hab ich schon lange gesucht.«

»Hier ist er, in der Ecke.« Ihr Gleichgewicht war wieder hergestellt. »Ich muss los.« Sie ging in Richtung Tür und wartete, dass er sie zurückrief. Sie wusste, dass er ihr sein Geheimnis freiwillig verraten würde.

»Ich habe sie vor drei Monaten für einen Abstrich herbestellt. Sie ist fünfunddreißig und hat noch nie einen machen lassen.«

Sie hatte schon die Hand an der Klinke und hielt inne. »So?«

»Ich kann es natürlich nicht mit hundertprozentiger Sicherheit sagen, aber ich hatte den Eindruck, dass sie nie ein Kind geboren hat.«

Barbara stand ein paar Sekunden lang da wie eine Statue, dann atmete sie erleichtert aus. »Also das ist es!« *Kein Mensch hat je bezweifelt, dass sie Vater und Tochter waren.* Dieser Satz war ihr, als sie ihn hörte, nicht besonders seltsam erschienen, jetzt schon.

»Eine Geburt hinterlässt normalerweise gewisse Veränderungen …«

»Kann ich mir vorstellen.«

»Und eine Kaiserschnittnarbe hatte sie auch nicht.«

»Sie hat mir erzählt, dass Jordan durch In-vitro-Fertilisation geboren wurde.«

»Mein Gott, Barbara. Sie werden im Reagenzglas gezeugt, nicht darin geboren. Noch sind wir nicht so weit wie in Huxleys *Schöner neuer Welt*.«

»Tut mir Leid, aber mein Hirn ist so früh am Morgen noch nicht voll funktionsfähig.«

Er setzte sich auf und hatte verstanden, was ihn eher traurig als wütend stimmte. »Ach, darum ist es dir gegangen, stimmt's? Gestern Abend. Unser Treffen im Pub war kein Zufall, sondern geplant. Du wolltest nur Informationen von mir haben.«

Sie stritt es nicht ab. »Einen anständigen Fick lass ich mir nie entgehen«, sagte sie. »Und du machst deine Sache ziemlich anständig.«

»*Ziemlich anständig!*«

»Neun Punkte von zehn.«

»Hast du schon viele Zehnerkandidaten getroffen?«, fragte er ein wenig besänftigt.

»Keinen einzigen. Aber ich gebe die Suche nicht auf. Hast du sie darauf angesprochen?«

»Wie bitte? O nein. Es schien mir nicht so wichtig. Jordan war gesund und gut umsorgt. Was war dabei, wenn sie nicht gern zugab, dass das Kind adoptiert war? Sie wäre nicht die Erste gewesen und ich hätte mich irren können. Ich bin kein Gynäkologe. Vielleicht verheilt ja bei manchen Frauen wieder alles ganz perfekt.« Er nahm sich ein Taschentuch vom Nachttisch und schnäuzte sich ausgiebig. »Du hast mir wehgetan damals, wusstest du das?«

»Aber du bist drüber weggekommen.«

»Ja, ich glaub schon.« Aber er musste ihr verständlich machen, wie schmerzlich es für ihn damals gewesen war. »Ich war ... ich war sehr verliebt in dich, Barbara. Ich hätte mir sogar vorstellen können, dich zu heiraten.«

»Wenn ich für einen Mann Socken waschen und Hemden bügeln wollte, würde ich einen Waschsalon aufmachen.«

»So muss es nicht sein.«

»Ich muss los, Jonathan. Es war schön mit dir.«

»Kann ich dich anrufen?«

»Ja, mach das. Und danke für die Information. Es könnte wichtig sein.« Sie beugte sich hinab und küsste seine Genitalien, die in ihrem rötlichen Nest schlummerten. »Du müsstest Berufsverbot kriegen.«

Auf dem Weg zur Arbeit kam Greg an einem Zeitungsladen vorbei. Draußen hing eine elektronische *Daily-Mirror*-Reklametafel: ›Hungerford-Mutter klagt über Psychoterror der Polizei‹ blitzte immer wieder auf.

Vor dem Präsidium lauerten die Journalisten schon auf ihn. Er musste das Fenster herunterkurbeln, um seine Chipkarte in den Automaten zu schieben, wodurch sich das automatische Parkplatztor enervierend langsam öffnete.

»Superintendent, was sagen Sie zu Mrs. Abbots Behauptungen?«

»Mr. Summers, ist Mrs. Abbot Ihre einzige Verdächtige?«

»Inspector, ist der Romajunge in Polizeigewahrsam?«

»Was ist mit diesem John Smith, Summers?«

»Schämen Sie sich nicht?«

Er ignorierte sie, bis er nach einer Weile endlich passieren konnte. Im Gebäude herrschte ähnliches Geschrei, aber zumindest war es ihm freundlich gesonnen. Harry Stratton klopfte ihm auf die Schulter und murmelte: »Lass dich von denen nicht unterkriegen, alter Junge.« Dann verschwand er durch den Hauptausgang, bevor Greg ihn fragen konnte, wohin er wollte.

Bob Holman, der Inspector der Nachtschicht, kam ihm auf der Treppe entgegen und rief: »Hallo Sunshine!«

Er war genauso alt wie Greg und vor vielen Jahren waren sie zusammen Streife gefahren. Sunshine war sein damaliger Spitzname gewesen, aber alle bis auf Holman hatten ihn vergessen.

»Du bist spät dran«, sagte Greg mit einem Blick auf die Uhr.

»Als du nicht ans Telefon gegangen bist, dachte ich, ich bleib besser hier, um sicherzugehen, dass du meine Nachricht gekriegt hast.«

»Hab ich aber nicht.«

»Vor gut drei Stunden hab ich dir was aufs Band gesprochen.«

»Ich hab's nicht abgehört.« Der Blick des Mannes behagte ihm nicht. »Nun sag schon, Bob. Ich bin ein großer Junge. Ich kann's ertragen.«

»Smith … er ist weg, abgehauen.«

Greg beruhigte sich langsam wieder. »Ich höre!«

»Nach deinem Anruf hab ich sofort einen Wagen rausgeschickt. Sie sprachen mit Smith, haben ihm die Situation erklärt und bezogen dann Position in der Nähe des Lagers. Von ihrem Platz aus hatten sie das Lager und die Straße im Blick. Aber in der Morgendämmerung mussten sie feststellen, dass Smiths Wohnwagen verschwunden war.«

»Mit anderen Worten, sie sind eingeschlafen.«

»Niemals! Und wenn, dann doch nicht beide gleichzeitig.«

»Es war doch nicht zufällig ein gemischtes Doppel?«

»Doch, aber sie würden es niemals wagen, während der Arbeitszeit herumzuknutschen.«

»Und wie konnte er dann unbemerkt entkommen? Diese Wohnwagen sind ganz schön groß und es dürfte äußerst schwierig sein, das Pferd durch das Tor zu führen, wenn niemand da ist, um es aufzuhalten.«

»Ich versuche nicht, es zu erklären, Sir. Ich kann es nicht erklären. Ich sag nur, was passiert ist.«

»Verstehe«, knurrte Greg und ging wieder hinauf.

»Soll ich eine Fahndung einleiten?«, rief Holman ihm nach.

»Nein. Er wird nicht im Zusammenhang mit einem Verbrechen gesucht, und wenn deine Leute derart inkompetent sind, würden sie ohnehin nur ihre Zeit verschwenden.«

Er wusste, dass er nicht fair war, aber er hatte an diesem Morgen keine Lust, fair zu sein. Wer behandelte ihn denn fair? Offensichtlich traute Smith der Polizei nicht zu, ihn zu beschützen, und verließ sich lieber auf sich selbst. Wie lästig dieser Mann doch sein konnte.

Seine Sekretärin schien erleichtert, ihn zu sehen. Susan Habib war Jüdin und ihr Ehemann Araber – eine Parabel der Völkerverständigung. Er wusste nicht, aus welchem Land der Gatte kam. Er hatte sie einmal gefragt, woraufhin sie mit ihrer nasalen Stimme ›Peterborough‹ geantwortet hatte.

Jetzt teilte sie ihm mit, dass der Chief Superintendent ihn sobald wie möglich zu sprechen wünsche und dass jemand vom Büro des stellvertretenden Polizeipräsidenten nach ihm gefragt habe.

»Haben Sie gestern einen Anruf von einem Mr. Chaucer entgegengenommen, Susan?«

»Nein. Ein Mann hat angerufen, gegen vier, aber Sie waren nicht im Büro, und als ich ihm das sagte, hat er aufgelegt, ohne einen Namen zu hinterlassen.«

Wie praktisch. Er war kurz zur Toilette gegangen oder hatte einen Kaffee getrunken und Chaucer konnte rechtmäßig behaupten, dass er vergeblich versucht hatte, ihn zu erreichen.

»Sergeant Carey möchte zu Ihnen«, sagte die Frau und warf Barbara einen bösen Blick zu, weil sie offensichtlich in sein Büro wollte, ohne auf die Erlaubnis seiner Sekretärin zu warten, die wie ein Zerberus über ihn wachte.

»Ich muss gleich zum Chef«, sagte er, »*sobald wie möglich*, das bedeutet, seit einer halben Stunde.«

»Und du bist noch nicht da.«

»Oh, bin ich das nicht?« Er rief seiner Sekretärin nach: »Susan, wenn in den nächsten paar Minuten jemand nach mir fragt, bin ich nicht da. Ich bin noch auf dem Weg zur Arbeit.«

»Ja, Mr. Summers.«

Als sie das Zimmer verlassen hatte, fragte er: »Wohin wollte Harry denn so eilig?«

»Chief Inspector Stratton ist mit einem neuen Mordfall befasst«, sagte Barbara.

»Was?«

Sie lieferte einen knappen Bericht. »Zwei Typen gestern Abend im Pub, was getrunken, Wortwechsel, ›Komm, wir gehen vor die Tür‹, sehr männlich. Beide nahmen ihr Glas mit und zerbrachen es. Einer hat den anderen aus Versehen an der Halsschlagader erwischt und er ist auf dem Weg ins Krankenhaus verblutet.«

»Mein Gott!«, sagte Greg, obwohl dies ein Mordfall war, wie er ihn alle Tage auf den Tisch bekam, kein Geheimnis, nur dumpfe Unvermeidlichkeit.

»Der Täter hat einen Schock erlitten und liegt im Krankenhaus«, fuhr Barbara fort. »Chief Inspector Stratton ist zum Krankenhaus gefahren, um ihm auf den Zahn zu fühlen, sobald er vernehmungsfähig ist. Er meinte, es würde den ganzen Morgen oder noch länger dauern. Ich denke, wir werden bestens ohne ihn fertig.«

»Gut. Wir sollten wohl besser eine Presseerklärung vorbereiten.«

»Schon erledigt. Ich druck sie dir aus. Du brauchst sie nur noch zu unterschreiben.«

»Du bist ein Schatz.« Er stand auf und gab ihr einen schmatzenden Kuss auf die Wange.

»Das ist sexuelle Belästigung am Arbeitsplatz«, rief sie beim Rausgehen.

»Mir egal. Ich hab sowieso schon genug Ärger. Leg doch eine formelle Beschwerde ein, na los.« Sie lachte. »Ach übrigens, warst du heute Morgen schon bei Josie, um ihre Post durchzusehen?«

»Nein, ich fahre jetzt hin. Ich bin Mrs. Abbot gegenüber momentan nicht sehr wohlgesonnen.«

»Bis später.«

Es sah Barbara nicht ähnlich, so unentschlossen zu sein, aber sie wusste schlicht und einfach nicht, was sie mit der Information anfangen sollte, die sie an diesem Morgen erhalten hatte, und sie musste eine Weile darüber nachdenken. Keinesfalls wollte sie Jonathan schaden, der ein sehr guter Arzt war, vor allem, weil sie nicht abschätzen konnte, welche Bedeutung der Sachverhalt für den Fall haben könnte, falls er tatsächlich der Wahrheit entsprach. Josie würde als Lügnerin entlarvt, aber noch lange nicht als Mörderin. Dann wären sie alle Mörder.

Am einfachsten war es jetzt, auf einem anderen Weg an dieselben Informationen zu kommen. Es war leichter, etwas zu finden, wenn man wusste, wonach man suchte.

Nach einer stummen Entschuldigung bei ihrem Vorgesetzten machte sich Barbara auf den Weg nach Hungerford.

Über Inkpen.

Chief Superintendent Barkiss war bei seinen Untergebenen vor allem aus einem Grund gut angesehen: Er stand für sie ein und stellte sich auf ihre Seite, sei es gegenüber seinen Vorgesetzten, gegenüber der Öffentlichkeit oder den Medien. Er hörte sich Gregs Erklärungen an, ohne ihn zu unterbrechen. »Okay«, sagte er am Ende. »Zeigen Sie mir die Presseerklärung, bevor sie rausgeht. Ich spreche persönlich mit dem Vizepräsidenten.«

»Danke, Jim.«

Barkiss war an diesem Morgen braun gebrannt und energiegeladen aus seinem Golfurlaub in Portugal zurückgekehrt. Er war ziemlich klein und Greg fragte sich, ob er überhaupt die für Polizeibeamte geforderte Mindestgröße erreichte. Vielleicht hatte der Polizeiarzt bei seiner Tauglichkeitsuntersuchung ein Auge zugedrückt und vermerkt, dass er wahrscheinlich noch ein paar Zentimeter wachsen würde, ein Trick, mit dem die Vorschriften bei viel versprechenden Kandidaten umgangen werden konnten.

Das hatte sich natürlich geändert: Mittlerweile nahmen sie jeden Winzling.

»Was war denn mit der Geiselnahme?«, fragte er und lehnte sich behaglich in seinem schwarzen Drehsessel zurück – dem *Mastermind*-Sessel, wie Barbara ihn immer nannte – und verschränkte die Arme hinter dem Kopf. »Kehren wir zurück ins Mittelalter? Kommt mir manchmal so vor.« Greg erklärte ihm den Zwischenfall. »Oh, das reißt ein ganz schönes Loch ins Budget«, sagte der Chef fröhlich. »Aber ließ sich wohl nicht ändern. Kaffee?«

»Ich muss einen Verdächtigen vernehmen«, sagte Greg. »Vielleicht später.«

Peels Ahnungslosigkeit wirkte echt. Er war westlich der Seven-Brücke angehalten worden, er sei unterwegs nach Irland gewesen, um ein paar Tage Urlaub zu machen. Schließlich lebten sie in einem freien Land, oder? Er hatte sein Gefolge verloren: Sein Konvoi war auf einen Campingbus geschrumpft, außerdem waren ihm achtzig Prozent seines Harems abhanden gekommen. Er war nur noch in Begleitung des dunkelblonden Mädchens, das behauptete, es hieße Topaz Jones. Außerdem hatte er noch seinen vorgetäuschten Akzent behalten, aber da er seine Rechte kannte, weigerte er sich, etwas zu sagen, bevor man ihm einen Pflichtverteidiger geholt hatte, was eine halbe Stunde dauerte.

»Sie wurden wohl schon öfter verhaftet?«, fragte Greg freundlich, während sie warteten. »Wissen, wo's langgeht?« Er erhielt keine Antwort.

»Ich weiß zwar nicht, wieso Sie das was angeht, aber wir haben uns vor Bristol getrennt«, erklärte Peel, sobald er angemessenen Beistand hatte. »Der Bus, den der Rom zerschossen hat, war so kaputt, dass er nicht mehr weiterfahren konnte, und der andere machte seltsame Geräusche. In meinem können nur zwei Personen schlafen.«

Wahrscheinlich hatte er ausgezählt: Ich und du, Müllers Kuh ...

»Ich denke schon, dass es mich was angeht«, sagte Greg. »Erstens haben Sie mich bei dem Aufruhr im

Stich gelassen, als ich nach Ihnen rief und um Hilfe bat.«

»Ach ja? Wir haben Sie nicht gehört. Da war zu viel Krach, Kumpel.«

»Tatsächlich?« In Frankreich gab es ein *Samaritergesetz,* nach dem man verklagt werden konnte, wenn man jemandem in Not seine Hilfe verweigert hatte. Das wäre in England auch angebracht, dachte Greg.

Peel lächelte. »Sie hatten nur gesagt, ich sollte machen, dass ich wegkomme«, sagte er. »Und man hat mir beigebracht, netten Polizisten zu gehorchen.«

»Aber es gibt noch einen wichtigeren Grund, aus dem ich Sie herzitiert habe«, sagte Greg und ignorierte Peels Lüge. »Ich möchte, dass Sie mir erklären, wie ein Teil der Kleidung des toten Mädchens unter Ihren Bus gekommen ist.«

Peel war sprachlos und Greg glaubte ihm. »Sie wollen mir was anhängen«, sagte er schließlich. Seine Stimme schwoll zu einem hysterischen Kreischen. »Das ist ein Komplott!«

»Niemand beschuldigt Sie im Moment wegen irgendetwas«, betonte Greg. »Aber ich wünsche genaue Informationen über Ihre Aktivitäten, sagen wir zwischen Samstagabend um neun und Sonntagmorgen um drei.« Peel sah seinen Berater an, der die Achseln zuckte. Das Leben war schwieriger geworden, seit die Zeiten vorbei waren, als man seinem Mandanten raten konnte, nichts zu sagen, bis er sich eine plausible Geschichte zurechtgelegt hatte. »Samstag, das ist noch nicht lange her«, sagte Greg. »Oder wurde Ihr Erinnerungsvermögen durch Drogen beeinträchtigt, Mr. Peel?«

»Ich nehm keine Drogen«, zischte er. »Ab und zu ein bisschen Gras vielleicht.« Der Anwalt seufzte, als er dieses Eingeständnis hörte. Zu Gregs Enttäuschung hatten sie keinerlei Drogen in seinem Bus gefunden, was ein Grund gewesen wäre, sie festzuhalten. Es hing zwar ein leichter Marihuanageruch in der Luft, aber sie hatten anscheinend alles aufgeraucht, und es war nicht verboten, nach dem Zeug zu riechen oder high davon zu sein, man durfte es nur nicht besitzen.

»Also?«, fragte er. »Samstagabend?«

»Wir hingen auf dem Jahrmarkt rum, bis er gegen sieben beendet war. Dann haben wir uns an einem der anderen Imbisswagen ein paar Hamburger geholt.«

»Dann sind Sie selbst gar kein Vegetarier?«, fragte Greg. »Sie überraschen mich. Wo Sie doch so in Einklang mit der Natur leben und so weiter. Oder vielleicht auch nicht. Zweifellos schmeckt das richtige Zeug besser als euer Sojamist.«

Du verdammter scheinheiliger Gauner.

»Was wird meinem Mandanten vorgeworfen?«, fragte der Anwalt. »Dass er Gerichte verkauft, die Sie nicht mögen?«

»Schon mal was von der Nahrungskette gehört?«, fragte Peel. »Darum geht's in der Natur: fressen und gefressen werden.«

»Na prima«, sagte Greg lakonisch.

»Wir sind mit einem der Busse in einen Ort namens Shalbourne gefahren. Da gibt es einen Pub – *The Plough*. Da sind wir geblieben, bis sie zugemacht haben. So gegen halb zwölf, zwölf sind wir dann zurück zum Gemeindegrund gekommen.«

»Wann genau?«

»Ich weiß nicht. Es war noch Zeit für eine Besprechung.«

»Sie blieben alle im selben Bus?«

»Nein. Cathy blieb bei mir und die anderen Mädchen … Ich glaube, sie sind in den anderen Wagen gegangen. Ich hab ihnen noch gesagt, sie sollen nicht einschlafen, um für die Morgendämmerung bereit zu sein.«

»Warum?«

»Wegen der Zeremonie«, sagte Peel ungeduldig. »Die Sommersonnenwende. Das Opfer für den Sonnengott.«

»Das Opfer?«

»Ein sprachliches Bild. Das Opfer ist natürlich symbolisch gemeint.«

»Imaginär?«

»Wenn Sie so wollen.«

»Das will ich hoffen. Also Cathy kann Ihr Alibi zwischen Mitternacht bis zum Sonnenaufgang bezeugen und davor wart ihr alle zusammen.«

»Ja.«

»Hat sie geschlafen?«

»Nein.« Grinsend schob er die Daumen in den Hosenbund und schob provozierend das Becken nach vorn. »Ich hab ihr keine Zeit zum Schlafen gelassen.«

»Und was haben Sie im Einzelnen gemacht? Scrabble gespielt?«

»Wie detailliert wünschen Sie es? Mal überlegen. Ich glaub, zuerst hat sie mir einen geblasen ...«

»Schon gut«, sagte Greg. »Keine weiteren Details. Ihr Campingbus ist der mit den Symbolen auf der Windschutzscheibe – Yin und Yang, Mars und Venus?«

»Ja, das ist richtig.«

»Und an der Stelle wurde am Tag nach dem Aufruhr der Knopf von der Latzhose des Mädchens gefunden.«

Peel hatte seine Kaltblütigkeit wiedererlangt. »Wenn Sie das sagen.«

»Ist es nicht möglich«, fragte der Anwalt, »dass der besagte Gegenstand bewegt wurde – hin und her getreten – während des Krawalls? Dabei könnte der

Knopf rein zufällig unter den Wagen meines Mandanten geraten sein.«

Greg ging nicht darauf ein. Was hätte er auch darauf erwidern sollen? Die Wahrscheinlichkeit war hoch, dass es genau so gewesen war, und es würde eine Weile dauern, das Öl auf Jordans Kleidung mit dem, das durch ein mögliches Loch in Peels Wagen getropft war, zu vergleichen. Wieder wandte er sich an seinen Verdächtigen. »Würden Sie und Miss … wie heißt sie mit Nachnamen, diese Cathy?«

»Äh … Jacobs, glaube ich. Ja, so heißt sie.«

»Gehe ich recht in der Annahme, dass Sie und Miss Jacobs zu sehr miteinander beschäftigt waren, um zu bemerken, ob sich jemand neben oder unter dem Wagen zu schaffen gemacht hat?«

Der Dorset-Akzent gewann wieder die Oberhand und kündete von einer Jugend auf dem Lande. »Das war'n wir wohl.«

Greg schlug einen anderen Weg ein. »Sind Sie der Clive Peel, der in der Tobruck Road 3a in Poole gewohnt hat?«

Er sah seinen Anwalt an. »Muss ich darauf antworten?«

»Welchen Sinn soll diese Frage haben?«, fragte der Anwalt.

»Ich will herausfinden, ob ich denselben Clive Peel vor mir habe, der in meinem Computer wegen einer Reihe kleinerer Vergehen gespeichert ist und wegen eines sexuellen Verhältnisses mit einer Minderjährigen, deren Eltern auf eine Klage verzichtet haben.«

»Sie war fünfzehn!«, rief Clive entrüstet.

»Ich denke, damit ist meine Frage beantwortet.«

»Es ist absurd zu sagen, dass ein Mädchen in dem Alter noch nicht weiß, was sie tut. Wäre ihr Vater nicht unverhofft nach Hause gekommen …« Greg fühlte sich an den alten Piers und seinen zwanzigjährigen Sohn erinnert und er hatte Mühe, nicht laut loszulachen. Lass uns einen Club gründen, hätte er am liebsten gesagt, für uns alle, die wir mit Leuten schlafen, mit denen wir eigentlich nicht schlafen sollten. »Zwischen einer ausgewachsenen fünfzehnjährigen Frau und einem sechsjährigen Mädchen liegen ja wohl Welten«, erklärte Peel. »Ich bin kein Pädophiler.«

»Nein, ist gut.«

»Wer ein Kind in dem Alter vergewaltigt, der …«

»Wer sagt, dass sie vergewaltigt wurde?«

Clive sah verblüfft aus. »Ich hab angenommen …«

»Ja?«

»Ich denke, mein Mandant hat Ihre Frage nach bestem Wissen beantwortet«, sagte der Anwalt. »Er hat sich sehr kooperativ verhalten, als *Zeuge* in diesem betrüblichen Fall. Wenn Sie ihn festhalten wollen, müssen Sie ihn verhaften, aber dafür sehe ich keinen Grund.«

Das Problem war, dass Peel keinen festen Wohnsitz hatte, weshalb Greg ihn nur ungern laufen ließ, aber er konnte ihn nicht in Haft nehmen, nur weil es ihm so passte. Schließlich sagte er: »Kommen Sie, Mr. Peel, wir machen einen Spaziergang.«

»Was?«

»Wenn Sie fünf Minuten Ihrer kostbaren Zeit erübrigen können, würde ich gern mit Ihnen zur Leichenhalle gehen.«

Dienstagmorgen

»Waren Sie schon einmal richtig verzweifelt, Sergeant Carey?«

»Nein«, räumte Barbara ein. »Das kann ich nicht behaupten. Es sei denn, Sie meinen damit, dass man sich nach einem harten Tag einen großen Gin Tonic runterkippt und … Nein, das meinen Sie wohl nicht.«

»Dann verurteilen Sie mich nicht.«

»Mrs. Abbot.« Am Tag zuvor hatten sie sich noch mit Josie und Barbara angeredet, doch das war vorbei. »Ich weiß, Sie denken, Sie hätten die Medien benutzt, aber in Wahrheit sind Sie von den Medien benutzt worden, um eine gute Story zu liefern. Ich wette, Adam Chaucer war charmant und höflich, vielleicht hat er sogar etwas geflirtet? Nur ein ganz kleines bisschen, zu viel wäre ja in Ihrer jetzigen Situation nicht angebracht.« Josie errötete. »Ich wette, er hat Sie hinterher auf einen steifen Drink eingeladen und so getan, als wäre er Ihr Freund.«

»Nach der Sendung hat er mich zum Essen eingeladen«, erwiderte Josie trotzig.

»Wie nett! Etwas männliche Gesellschaft war doch sicher recht angenehm, nach so langer Zeit. Noch dazu, wo er so gut aussieht.«

»Ja, stellen Sie sich vor, es war nett!«

»Aber nach zwei Tagen, wenn die Story nicht mehr interessant ist, ruft er Sie nicht mehr an.«

»Hören Sie«, sagte Josie, »ich wollte nicht, dass es sich anhört wie ein persönlicher Affront gegen Mr. Summers …«

»Das ist ein schwacher Trost für ihn.«

»Er war … nett. Aber er hat alles verdreht, was ich gesagt habe – Adam –, er hat es aufgebauscht und dann war es zu spät aufzuhören, die Sache ist mir entglitten. Ich hatte Angst, er würde das Interview absagen, wenn ich einen Rückzieher gemacht hätte. Und dann hätte ich mich genauso hilflos gefühlt wie in den letzten Tagen, in den letzten achtzehn Monaten. In meinem ganzen Leben, vielleicht. Nächstes Mal weiß ich es besser.«

»Ein nächstes Mal wird es wohl nicht geben«, sagte Barbara. »Ich komme später noch mal vorbei.«

»Nicht nötig«, erwiderte Josie hastig.

»Möglicherweise doch«, sagte Josie geheimnisvoll. Die Person in Inkpen, mit der sie am dringendsten sprechen wollte, war nicht daheim gewesen und sie hatte fest vor, es im Laufe des Tages ein zweites Mal zu versuchen. Auch in Lambourn wollte sie noch einige Erkundigungen einholen. Sie schaute Josies Post durch, zwei weitere Schmähbriefe, einer davon steckte seltsamerweise in einem pinkfarbenen Umschlag mit rotem Blümchenmuster. Die Telefonrechnung ließ sie liegen.

Clive Peel wandte sich ab und presste sich die Hände vor den Mund. Er wirkte plötzlich viel jünger und kleinlauter. Und sein Gesicht hatte eine ungesunde grünliche Farbe angenommen. Als er wieder sprechen konnte, sagte er: »Wenn ich dieses Schwein, das ihr das angetan hat, in die Finger kriegen würde …«

»Ach, das da, das hat der Pathologe ihr angetan«, sagte Greg mild und zog das Tuch wieder hoch. Aufgeschlitzt vom Hals bis zum Schritt und quer von rechts nach links, den Schädel aufgemeißelt, ihre Eingeweide entfernt. Es zerreißt dir das Herz, Jack the Ripper. Sie hatten auch ihre Schnurrbarthaare, die Schlappohren und das schwarze Hasennäschen weggewischt. »Der Mörder hat sie kaum berührt. Hat ihr mit einem Knacks das Genick gebrochen und sie ehrerbietig und ordentlich auf den Treidelpfad gelegt.«

»Also gut. Sie haben gewonnen, Summers«, sagte Peel.

»Was meinen Sie damit?«

»Ich hab sie gesehen, Samstagabend, in Hungerford, gegen zehn, wie sie mit einem Mann in einem Wagen geredet hat. Ich hab den Mann gesehen, der Jordan Abbot entführt und ermordet hat.«

»Das kommt plötzlich«, sagte Greg gelassen, obwohl ihm das Herz bis zum Halse schlug. »Warum haben Sie mich vorher angelogen?« Peel zuckte die Achseln. »Weil es die natürlichste Sache der Welt für Sie ist? Weil ich der Feind bin? Weil Sie auf der einen Seite der Gesellschaft stehen und ich auf der anderen?«

»Ja, in etwa. Bloß nie den Bullen irgendwas sagen, sollen sie doch selber zusehen, wie sie dahinter kommen. Das war immer mein Motto.«

Greg legte ihm die Hand auf die Schulter. »Lassen Sie uns zurück aufs Präsidium gehen und Ihre Aussage aufnehmen. Und diesmal wird es die Wahrheit sein.«

Rufus Lee stand an der Information, als sie hereinkamen. Er hatte ihnen den Rücken zugewandt, aber seine breiten Schultern wirkten feindselig. Als Greg ihn sah, machte er auf dem Absatz kehrt und sie gingen über den Parkplatz durch den Hintereingang. Whittaker und Clements kamen gerade heraus und hielten ihm und seinem Zeugen die Tür auf.

»Ich meine doch nur«, sagte Clements zu seinem Partner, »wenn man mit dieser Höllengeschwindigkeit durch den Weltraum jagt, würde man doch mit Sternen und Planeten kollidieren.«

»Mein Gott, bist du blöd«, sagte Whittaker. »Sir, da ist wieder dieser große Zigeuner. Er steht an der Information und hat nach Ihnen gefragt. Es geht um seinen Sohn, glaube ich.«

»Nicht jetzt, Whittaker.«

»Okay, Sir.«

Barbara war zugegen und hörte interessiert zu, als Greg den Zeugen Peel zum zweiten Mal nach den

Ereignissen am Samstagabend befragte. Jetzt, da er beschlossen hatte, die Wahrheit zu sagen, verzichtete der Hippie auf einen Anwalt. Was dachten die Leute eigentlich, wozu ein Anwalt gut war, fragte sich Greg.

»Bei ihrer ersten Aussage behaupteten Sie, dass Sie bis zur Sperrstunde im Plough in Shalbourne waren.«

»Ich bin schon eher gegangen. Mit Cathy, wir wollten ein bisschen allein sein und sind um Viertel vor zehn gefahren.«

»Was haben die anderen vier Mädchen gemacht?«

»Ich hab ihnen gesagt, sie sollten nach Hungerford trampen und von dort aus zu Fuß gehen.«

»Ein richtiger Gentleman, was?«

»Ach, dieser Quatsch – Gentleman, Lady – ist doch völlig antiquiert. Eine Beleidigung für die Frauen, nicht wahr?«

»Sie sind eine Beleidigung für die Frauen. Also wann kamen Sie nach Hungerford? Um zehn?«

»Ja, in etwa. Ich fuhr gerade den Hügel runter und sah ein großes Auto auf der anderen Seite – er war rechts rangefahren, stand also in derselben Richtung wie wir – und er redete durchs offene Fenster mit einem Kind, ein Mädchen, etwa so groß.« Er hielt seine Hand etwa in Brusthöhe. »Blond. Ich sage nicht, dass es Jordan Abbot war – ich hab sie vielleicht fünf Sekunden lang gesehen –, nur, dass sie es gewesen sein könnte.«

Sie musste es gewesen sein, dachte Greg. »Sie sagten *er*. Konnten Sie sehen, dass ein Mann am Steuer saß?«

»Das war mein Eindruck. Die Laternen waren bereits an, aber es ging schnell. Kein Mensch auf der Straße, kein Verkehr. Ein Rutsch und wir waren vorbeigefahren.«

»War er allein?«

»Ich hab niemand anders im Wagen gesehen.«

»Können Sie ihn beschreiben?«

»Es war fast dunkel und er hatte die Innenbeleuchtung nicht eingeschaltet. Sah ganz normal aus, durchschnittlich. Keine Glatze, nicht dick.«

»Haben Sie Jordan in den Wagen steigen sehen?«

»Nein.«

»Im Leichenschauhaus sagten Sie, Sie hätten den Mann gesehen, der sie entführt und ermordet hat«, sagte Greg.

»Dichterische Freiheit.«

»Ein großes Auto?«, fragte Barbara. »Können Sie nichts Genaueres sagen?«

Erst jetzt schien er sie richtig wahrzunehmen und starrte ihr grinsend auf die Bluse und dann in die Augen. Sie reagierte nicht, aber Greg, der ziemlich dicht neben ihr saß, spürte, wie ihr Körper sich anspannte. »Vertreterschlitten«, sagte Peel verächtlich. »Familienvater mit zwei Komma vier Kindern und geleastem Wagen.«

»Farbe?«

»Dunkel.«

»Schwarz? Blau? Grau?«

»Vielleicht dunkelrot, wenn ich drüber nachdenke. Weinrot oder rostrot.«

»Limousine, Fließheck?«

»Kombi.« Sein Blick wanderte wieder zu ihren Brüsten und er leckte sich die Lippen.

Barbara stand auf, sagte »Sergeant Carey verlässt um 11.37 Uhr das Zimmer« ins Mikrofon des Rekorders und murmelte: »Kommst du in zehn Minuten kurz nach oben?«

Nachdem Peel seine neue Aussage unterzeichnet hatte, schärfte Greg ihm ein, sich bis auf weiteres zur Verfügung zu halten. Als er in sein Büro zurückkehrte, saß

Barbara an seinem Schreibtisch und tippte etwas in den Computer. »Er hat sogar mit dir geflirtet«, sagte er.

»Danke für das ›sogar‹.«

»Du weißt, wie ich das meine. Er ist in einem Polizeipräsidium, macht eine Zeugenaussage im Zusammenhang mit einem schrecklichen Mord nach einer vorherigen Falschaussage und hat nichts Besseres zu tun, als mit einer Polizeibeamtin zu flirten.«

»Flirten würde ich das nicht nennen. Lechzen, sabbern. Beim Flirten ist eine Spur Raffinesse im Spiel, Humor, ein amüsanter Austausch zwischen zwei gleichgestellten Personen, während ich ein Homo sapiens bin und er bestenfalls ein Neandertaler.«

»Was finden die Frauen bloß an ihm?«

»Er hat ein freches, jungenhaftes Lächeln.«

»Wie bitte?«

»Schon mal was von Sarkasmus gehört? Ich hab's dir gesagt. Er ist ein Arschloch. Diese Frauen, die ihm nachgerannt sind, müssen ein sehr geringes Selbstwertgefühl haben.«

»Hast du deshalb den Raum verlassen?«, fragte er.

»Nein. Ich bin doch keine Mimose.« Sie drehte den Computerbildschirm in seine Richtung. »Douglas Cameron fährt einen Volvo 940 Kombi, zugelassen Juni 1997, ein Firmenwagen von Collins und Mather, Immobilienmakler. Das, was man einen *Vertreterschlitten* nennen würde, wenn man so ein Arschloch wie Mr. Peel wäre. Die Farbe heißt ›Brombeere‹, was ich unter ›weinrot‹ oder ›rostrot‹ verstehen würde, wie er es genannt hat.«

»Er ist gut, nicht wahr?«, sagte Greg nach einer kurzen Pause. »Cameron, meine ich. Diese rechtschaffene Empörung, als ich ihn fragte, ob er mit ihr gesprochen hätte. Ich hatte richtige Schuldgefühle, ihm so etwas zu unterstellen.«

Barbara schaute auf die Uhr. »Fast Mittag. Wahrscheinlich würde ich ihn am ehesten in seinem Büro antreffen.«

»Nun ...« Harry Stratton war ins Zimmer getreten und Greg hörte auf zu sprechen. Harry wirkte müde und ziemlich verbittert.

»Wie ich höre, seid ihr im Jordan-Abbot-Fall ein gutes Stück weitergekommen«, sagte er.

»Mein Gott!«, erwiderte Barbara. »Kann man denn hier nichts geheim halten?«

»Warum auch?«

»Barbara«, sagte Greg, »geh doch bitte zu Mr. Cameron und frag ihn, ob er seine Mittagspause nicht ein bisschen vorverlegen und auf ein Schwätzchen in mein Büro kommen möchte.«

Sie stand auf und zog die Jacke an. »Soll ich ihn festnehmen?«

»Nur, wenn es nicht anders geht.«

»Es dürfte reichen, ihm eine Szene im Büro anzudrohen. ›Angesehener Architekt aus Newbury wird am hellen Tag in Handschellen abgeführt. – Näheres auf Seite drei.‹« Sie hielt beide Hände hoch und spreizte die Finger auseinander. »Zehn Minuten.« An der Tür blieb sie kurz stehen und sagte zu Harry: »Ist Ihnen nicht gut, Sir?«

»Doch, doch, danke der Nachfrage.«

»Schön.« Sie verschwand.

»Hast du deinen Mord geklärt?«, fragte Greg seinen Kollegen.

»Ja, alles unter Dach und Fach.«

»Gut.«

»Ja.«

»Wünschte, es wäre immer so einfach.«

»Ja.«

Harry hatte offensichtlich etwas auf dem Herzen,

aber Greg wusste aus Erfahrung, dass er nicht ungefragt damit herausrücken würde. »Also, was ist passiert?«, fragte er. »Barbara sagte, es wäre eine Kneipenrauferei gewesen.«

»Typ A trinkt in aller Ruhe was mit seiner Freundin«, sagte Stratton, »und wirft Typ B vor, seine Freundin anzustarren. Typ B sagt, sie wäre potthässlich und er wollte sie nicht mal, wenn sie mit Gold behangen wäre. Sie hatten beide viel getrunken – alle drei besser gesagt, das Mädchen konnte kaum noch stehen. Typ A sagt: ›Komm mit vor die Tür, da können wir weiterreden‹, und zwei Minuten später verblutet Typ A auf dem Parkplatz, seine Freundin brüllt sich die Lunge aus dem Leib und Typ B kotzt in die Büsche.«

Greg schnitt eine Grimasse. »Was für ein sinnloser Mist. Was haben die Leute bloß in der Birne?«

»Alkohol. Das Problem ist Typ B – B, wie Barney. Barney Chase.«

»Verdammt!« Greg ließ sich auf seinen Stuhl fallen.

Barney Chase war vor elf Jahren gerade zum Sergeant befördert worden, fünfundzwanzig, ehrgeizig und kompetent, mit hervorragenden Karriereaussichten, verlobt mit seiner Sandkastenliebe, hatte gerade einen Kredit für ein Haus aufgenommen, alles in allem nicht viel anders als bei Gregory Summers in diesem Alter. Bis er mit Greg, damals noch Inspector, an einem frühen Nachmittag im August 1987 nach Hungerford gerufen wurde, wo etwas Ungewöhnliches und Schreckliches im Gange war, obwohl niemand Genaueres wusste. Zuerst nicht. Gegen Abend war der Name des hübschen Marktfleckens Berkshire im ganzen Land in aller Munde.

Das Zentrum war abgesperrt worden, damit nicht noch mehr Leute dem mordlüsternen Ryan zum Opfer fielen. Barney und er mussten außerhalb der Sperrzone warten, bis das Scharfschützenteam aus Kidlington vor Ort war. Als der Amokschütze schließlich an der Gesamtschule überwältigt werden konnte, waren sie über den Gemeindegrund zur South-View-Straße gegangen, wo seit mehreren Stunden sieben Leichen in der Sonne lagen. Es war ein brütend heißer Hochsommertag.

Barney war ganz benommen von der Situation, die sie vorfanden. Er wanderte zwischen den Leichen von Ryans Nachbarn und seiner Mutter umher. Es hatte auch ein paar zufällige Passanten erwischt sowie einen ihrer Kollegen in seinem Streifenwagen. Er starrte auf das eingetrocknete Blut und die zerschossenen Gliedmaßen und murmelte unablässig: »Nein, das kann nicht sein. Wie können Menschen nur zu so was fähig sein?« Bis Greg ihn nach Hause schicken musste.

Man bot den traumatisierten Polizeibeamten psychologische Betreuung an, ein Angebot, das Greg dankbar angenommen hatte. Vielleicht half es auch, dass er als offizieller Vertreter der Wache an der Beerdigung von Constable Roger Bareton teilnahm und so irgendwie mit der Sache abschließen konnte. Aber sein junger Sergeant Barney konnte nicht vergessen, was er gesehen hatte. Während des darauf folgenden Jahres griff er immer öfter zur Flasche und erschien mehr als einmal betrunken im Dienst. Seine Kollegen taten ihr Bestes, um ihn zu decken, während sein Leben in die Brüche ging, sein Glaube an das Gute im Menschen versiegte. Aber seine Probleme ließen sich nicht lange vertuschen. Seine Verlobte sagte die Hochzeit ab, die Suche nach einem Haus wurde aufgegeben und Barney quittierte den Dienst, weil man ihn über kurz oder lang ohnehin rausgeschmissen hätte.

Seitdem hatte er keine ordentliche Arbeit mehr gehabt und jobbte mal hier, mal da, um seinen Suff zu finanzieren. Manchmal traf Greg ihn auf der Straße, ein sechsunddreißigjähriger Mann, der aussah wie fünfzig. Meist drückte er ihm ein paar Münzen in die Hand, die natürlich gleich in Schnaps umgesetzt wurden, und hoffte, nicht weiter mit ihm reden zu müssen. Und jetzt saß Barney Chase auf seiner eigenen Wache in einer Zelle und erwartete eine Mordanklage.

Sein Blick fiel auf ein paar Briefe, die in Klarsichthüllen steckten. Einer davon erweckte seine Aufmerksamkeit: pinkfarbenes Papier mit Rosenmuster, zu viele Großbuchstaben, wie im Deutschen. Er las die Worte ›kleines Jesuskind‹, ›Gottes unergründlicher Wille‹ und ›wieder vereint im Himmel‹. Er bekam ein unbehagliches Gefühl. Da waren ihm die Schmähbriefe fast lieber. Der Brief war anonym und die Handschrift konnte man als geschwungen bezeichnen.

»Vielleicht wird er im Gefängnis trocken, bekommt psychologische Hilfe«, sagte Harry. »Vielleicht hat ihn das ja wachgerüttelt und er kriegt sein Leben wieder in den Griff.«

»Ja«, sagte Greg. Sie wussten beide, dass sie sich etwas vormachten. Wenn er keinen Schnaps bekam, würde er andere Drogen nehmen, die in jedem Knast zu haben waren. Er würde sich nicht helfen lassen, denn es gab keine Hilfe für seine Probleme. Er war am Ende.

»Dann kann ich mich ja wieder mit dem Abbot-Fall befassen, es sei denn, ihr habt schon alles geklärt.«

»Es sieht so aus, als wären wir ein gutes Stück weiter«, sagte Greg. »Aber ich glaube nicht, dass der Fall schon gelöst ist. Bestimmt brauchen wir noch deine Hilfe.«

»Gut. Gib mir was zu tun, das lenkt mich von Barney ab. ›Und wer von Euch ohne Schuld …‹« Greg nickte zustimmend. ›Aber wer von Euch ohne Schuld ist, der werfe den ersten Stein.‹ Er fühlte sich schuldig und wusste, dass Barney sich auch schuldig fühlte. Bin ich der Hüter meines Kollegen?

Douglas Cameron wirkte weniger entspannt als am Tag zuvor und war erheblich blasser. Immobilienfirmen machten Geschäfte mit Anwaltskanzleien und wollten ihnen nicht ihre schmutzige Wäsche unter die Nase halten.

»Sie sagten mir gestern, Sie hätten nicht mit Jordan Abbot gesprochen«, sagte Greg. »Ich habe mit einem Zeugen geredet, der sagt, dass das eine Lüge ist.«

Cameron biss sich auf die Lippe. »Ich hatte Angst, Ihnen zu erzählen, dass ich mit ihr gesprochen habe. Es war nur ganz kurz, höchstens eine Minute.«

»Wollen Sie noch mal von vorn anfangen? Ich höre.«

»Ich sah sie, wie ich schon sagte, gegen zehn, wie sie die Straße überquerte und über das Pflaster hüpfte. Ich fand, sie war zu jung, um ganz allein draußen zu sein. Ich habe selbst Kinder, die mein Ein und Alles sind, deshalb bin ich auf die andere Straßenseite gefahren und habe das Fenster runtergekurbelt.«

»Hatte sie Angst?«

»Nein, kein bisschen. Im Gegenteil, sie kam rüber und schaute ins Fenster, strahlte übers ganze Gesicht. Sie war ein richtiger Schatz.« Er sah, dass Greg und Barbara sich einen viel sagenden Blick zuwarfen. »Nein, Sie dürfen mich nicht missverstehen! Ein hübsches, nettes Kind. Ich fragte, ob ihre Mummy wüsste, dass sie so spät allein unterwegs ist. Sie hat gekichert und gesagt: ›Es ist ein Geheimnis.‹«

»›Es ist ein Geheimnis‹, waren das ihre genauen Worte?«

Er nickte. »Ich fragte sie, wo sie wohnt, aber sie wollte es mir nicht sagen, schüttelte den Kopf und sagte immer wieder, dass es ein Geheimnis sei, sie beide hätten ein Geheimnis …«

»Hat sie den Namen der anderen Person genannt? Wissen Sie, ob es ein Mann oder eine Frau war?«

»Nein, und dann hat sie sich verabschiedet, ganz freundlich und höflich, und kurz darauf verschwand sie in dem schmalen Weg. Ich wusste nicht, was ich tun sollte. Ich konnte ihr nicht mit dem Wagen folgen. Ich konnte auch schlecht aussteigen und sie festhalten – dann hätte man mich wirklich für einen Kinderschänder gehalten. Also bin ich weitergefahren.«

Greg und Barbara sahen ihn einen Moment lang schweigend an. »Wenn ich sie entführt hätte«, platzte er schließlich heraus, »warum hätte ich dann gestern herkommen und sagen sollen, dass ich sie gesehen habe? Warum hätte ich dann nicht lieber den Mund gehalten?«

»Das hab ich mich auch schon gefragt«, sagte Greg. »Vielleicht weil Sie wussten, dass Sie vom Fahrer eines vorbeifahrenden Wohnmobils gesehen wurden?«

»Nein! Ich hab's erzählt, weil ich gehört hab, was passiert ist, und weil ich mich schuldig gefühlt habe, dass ich nicht mehr getan habe, um ihr zu helfen. Ich dachte, meine Aussage könnte Ihnen bei Ihren Ermittlungen helfen. Ich wollte Sie wissen lassen, um welche Zeit sie in der Nacht zum letzten Mal lebend gesehen wurde, damit Sie den Schweinehund, der das gemacht hat, schneller erwischen.«

»Was die Zeit angeht, sind Sie sich ganz sicher?«, fragte Greg. »Zehn Uhr?«

»Ja, das hab ich Ihnen doch gestern schon gesagt, ich hab die Zeitansage im Radio gehört.«

»Sie haben mir gestern eine Menge erzählt und die Hälfte davon war frei nach den Gebrüdern Grimm. Und es war etwa eine halbe Meile von Ihrem Haus entfernt? Wenn ich Ihre Nachbarn frage, werden sie mir also sagen, dass Sie um kurz nach zehn heimgekommen sind?« Cameron antwortete nicht. »Mr. Cameron? Werden Ihre Nachbarn das sagen oder werden sie vielleicht sagen, dass es viel, viel später war?«

»Ja«, sagte er widerwillig. »Die neugierigen Ärsche werden Ihnen sagen, dass ich erst eine ganze Weile nach Mitternacht heimgekommen bin. Mrs. Horobin von nebenan beschwert sich immer, dass ich die Autotür so laut zuknalle, auch wenn ich mir noch so viel Mühe gebe, keinen Lärm zu machen.«

Greg spürte, wie sich sein Herzschlag beschleunigte. »Verdammt lange Zeit, um von einem Ende von Hungerford ans andere zu kommen, Mr. Cameron.«

»Ich hab noch jemanden besucht ...«

»Aha!«

»Meine Frau ist ja verreist, wissen Sie.«

»Sie haben eine Affäre?«

»Ja.«

»In Hungerford?«

»Ja.«

»Und diese Frau wird Ihr Alibi bestätigen?«

Er dachte kurz nach. »Ich wüsste nicht, was dagegenspräche.«

»Dann sagen Sie mir bitte, wie sie heißt und wo sie wohnt.« Cameron schwieg. »Douglas, Sie stecken in großen Schwierigkeiten, ich muss Sie warnen. Ist diese Frau auch verheiratet? Ist es das? Haben Sie Angst, dass ihr Ehemann dahinter kommt?«

Er fing an zu lachen, hörte jedoch abrupt wieder auf, als ihm klar wurde, dass die Sache nicht zum Lachen war. »Nein, mein Verhältnis ist nicht verheiratet und lebt ganz allein.«

»Wir werden diskret sein, das verspreche ich Ihnen, aber wenn sie bestätigen kann, dass Sie zwischen zehn und Mitternacht bei ihr waren, würde ich Ihnen raten, mir augenblicklich ihren Namen zu nennen.«

Cameron machte eine hilflose Geste. »Also gut, aber vergessen Sie nicht, dass Sie mir Diskretion zugesichert haben.« Er nannte den Namen und der Superintendent starrte ihn fassungslos an.

Dienstagnachmittag

»Oh, diesmal haben Sie eine Anstandsdame mitgebracht! Trauen Sie sich selbst nicht über den Weg, Gregory?«

Piers war unten in seinem Studio, als Greg und Barbara eintrafen, und tauschte gerade die Glühlampe eines Scheinwerfers aus. Er sah Barbara freundlich und interessiert an.

»Sergeant Barbara Carey.« Sie zeigte ihm ihren Dienstausweis.

Er schaute auf das Foto und dann wieder in ihr Gesicht. »Ihr Haar gefällt mir jetzt besser, ein bisschen länger.«

»Danke.«

»Lassen Sie uns irgendwohin gehen, wo wir ungestört reden können«, sagte Greg.

»Aber gern, mit Ihnen doch immer.« Piers schloss die Ladentür ab und drehte das Schild um. Dann führte er die beiden die Treppe hinauf in seine Wohnung.

»Kennen Sie einen Douglas Cameron?«, fragte Greg, sobald sie im Wohnzimmer waren.

»Ja. Warum?«

»Kennen Sie ihn gut?«

»Sehr gut … Geht's ihm gut?«

Piers anzügliches, fröhliches Getue war plötzlich verflogen und er wirkte besorgt. Greg sah plötzlich die

Empfindsamkeit eines verliebten Mannes, der nicht haben kann, was er liebt. Kein Wunder, dass ihm sein Geflirte so harmlos erschienen war: Er wollte nicht Greg, sondern einen anderen dunkelhaarigen, mittelgroßen Mann.

»Wann haben Sie ihn zum letzten Mal gesehen?«, fragte er freundlich.

»Samstagabend.«

»Um wie viel Uhr kam er her?«

»Fünf nach zehn.«

»Sehr präzise.«

Piers lächelte wehmütig. »Ich habe vier Fragen beantwortet. Jetzt sind Sie an der Reihe. Hatten Sie je eine Affäre mit einem verheirateten Mann, Gregory?«

»Nein, auch nicht mit einer verheirateten Frau.« Die kurzen Techtelmechtel bei Wochenendseminaren zählte er nicht; das war es nicht, was Piers meinte. Er redete von stundenlangem Warten auf das Klingeln des Telefons, einsame Feiertage, einsame Ferien.

»Nein? Dann wissen Sie auch nicht, wie das ist. Er sagte, er wolle gegen halb zehn hier sein, und ich hab ständig auf die Uhr geschaut und mich gewundert, wie endlos einem die Minuten erscheinen, wenn man auf jemanden wartet.«

»Sie sagten mir, dass Sie an dem Abend die Bilder vom Jahrmarkt entwickelt hätten.«

»Das hab ich auch gemacht, bis Doug kam. Ich wollte mir die Zeit vertreiben.«

»Und wie lange ist er geblieben?«

»Bis Mitternacht. Ich hatte gehofft, er würde die ganze Nacht bleiben, wo seine Frau doch nicht zu Hause war, aber er meinte, die Nachbarn würden es ihr bestimmt erzählen, wenn er die ganze Nacht wegblieb. Und jetzt verraten Sie mir bitte, warum Sie das alles wissen wollen.«

Aber im Moment war es nicht an ihm, Fragen zu stellen. »Hat er erwähnt, dass er auf dem Weg hierher Jordan Abbot gesehen hat?«, fragte Barbara. »Dass er mit ihr gesprochen hat?«

»Nein.« Piers war erschrocken. »Warum sollte er? Wir hatten wichtigere Dinge zu besprechen.« Er schaute von einem zum anderen. »Hat er mit ihr gesprochen? Sind Sie deshalb hergekommen?« Er setzte sich auf seine Schlafcouch. »Oh!«

»Würden Sie für ihn lügen, Piers?«

»Ja, ich denke schon.«

»Auch der Polizei gegenüber?«

»Wenn es um irgendwas Unbedeutendes gehen würde, schon, aber nicht wenn es um den Mord an einem Kind geht.« Er dachte eine Weile nach und fügte langsam hinzu: »Wenn er zu so etwas fähig wäre, könnte er nicht der Mann sein, den ich liebe.«

»Dann frage ich Sie zum zweiten Mal, Mr. Hamilton. Um welche Zeit ist Douglas Cameron am Samstagabend hergekommen und wann ist er wieder gefahren?«

»Fünf nach zehn bis Mitternacht.«

»Und dürfte ich fragen, womit Sie die Zeit verbracht haben?«

»Wir haben Wein getrunken. Nicht viel, da er ja mit dem Wagen da war. Dann sind wir ins Bett gegangen.« Versonnen und zärtlich strich er über die Tagesdecke. »Ich muss Ihnen ja wohl keine Zeichnung machen?«

»Gut«, sagte Greg. »Ich brauche eine unterschriebene Aussage.«

»In Ordnung. Wenn es Doug hilft, mach ich's.«

»Könnten Sie zum Präsidium kommen, damit wir's schnell vorliegen haben? Heute?«

»Ja, wenn ich den Laden um fünf zugemacht hab?«

»Wenn Barbara und ich nicht da sind, fragen Sie bitte nach Chief Inspector Stratton.«

»Stratton. Gut.«

»Was ein Meineid ist, wissen Sie?«

»Ja.«

»Warum hat er geheiratet?«, fragte Greg aus Neugier. »Vor dreißig Jahren, als es noch gesetzlich verboten war, haben Männer geheiratet, um die Fassade zu wahren und sich zu schützen, aber heute?«

»Er ist bisexuell«, sagte Piers achselzuckend. »Liebt seine Frau, vergöttert die Kinder. Ich dachte immer, dass Männer, die behaupten bisexuell zu sein, sich etwas vormachen, weil sie sich einfach nicht eingestehen mögen, dass sie schwul sind. Bis ich Doug begegnet bin. Er hat sie auch mit Frauen betrogen. Wenn dich dein Ehemann mit einem anderen Mann betrügt, brauchst du dich wenigstens nicht zu fragen: ›Was hat er, was ich nicht habe?‹ Die Antwort liegt klar und deutlich auf der Hand.« Er strich sich das Haar zurecht und wirkte wieder ein bisschen fröhlicher. »In meinem Fall ganz besonders klar und deutlich«, lispelte er kokett.

Greg lachte laut los.

»Ich hab ihn mit Frauen flirten sehen, wenn wir zusammen aus waren«, fuhr Piers fort. »Er weiß, dass ich nichts daran ändern kann.«

»Außer ihm den Laufpass zu geben«, schlug Greg vor.

»Waren Sie je verliebt, Gregory?«

»Ja.«

»Dann reden Sie nicht solchen Unsinn.« Seine Miene verdunkelte sich. »Ich wollte so sehr, dass er über Nacht blieb. Nur ein einziges Mal wollte ich zusammen mit ihm aufwachen. Die Gelegenheit schien so günstig und ich war schrecklich enttäuscht. Als er weg war, stand ich am Fenster.« Er deutete auf den Ausblick über den Ort. »Ich hab überlegt, ob ich irgendetwas Dummes tun sollte. Vielleicht zu seinem Haus gehen und nachsehen, ob noch Licht brennt.« Er stand auf und ging zum Fenster. »Am liebsten hätte ich ein Foto von mir gemacht, wie ich dort stand, schwarzweiß, melancholisch: ›Wunderschöner Mann, der sich vor Liebeskummer verzehrt‹.«

»Wie die im Flur?«

Er nickte. »Einmal wollte ich ein Bild von Doug machen, in einem unbekümmerten Augenblick, nackt und entspannt. Er war außer sich, riss mir die Kamera aus der Hand, machte sie auf und zog den Film raus. Er hat solche Angst, dass seine Frau ihm auf die Schliche kommen könnte, richtig paranoid. Sie ist katholisch. Die gottverdammte, perfekte Verity. Das bedeutet Wahrheit.«

»Ich weiß.«

»Ein Witz, wo doch die Wahrheit das ist, was sie am wenigsten hören will.« Er lächelte, machte sich über sein Unglück lustig. »Dann sammelte sich der Suchtrupp und ich konnte mich wenigstens ein bisschen ablenken.«

»Wie lange sind Sie schon mit Cameron liiert?«, fragte Greg.

»*Liiert*, wie putzig. Wir ficken seit acht, neun Monaten miteinander, wenn Sie das meinen. Seit dem letzten Herbst. Immer wenn er eine Lücke in seinem voll gestopften Terminkalender für mich frei hat.«

»Wo haben Sie ihn kennen gelernt?«, fragte Greg.

»Da ist ein Pub in Marlborough, das *Bag O'Bones*. Da trifft sich die schwule Szene. Ich bin oft dort, war oft dort besser gesagt. Letztes Jahr im September hab ich ihn dort gesehen. Er hielt sich an einem Bier fest und wies mindestens drei Annäherungsversuche ab, während ich ihn beobachtete. Einen Moment lang dachte ich schon, er wäre versehentlich dort gelandet, wäre ein Typ, der auf dem Heimweg Lust auf ein schnelles Bier hatte, aber in dem Fall hätte er seinen Fehler sicher schnell bemerkt und wäre längst abgehauen.«

»Ich hätte sofort das Weite gesucht«, sagte Greg.

»Dann bekam er mit, dass ich ihn ansah, und lächelte mich an. Da bin ich rüber und hab mich zu ihm gesetzt. Ich stand schon immer auf diese dunklen, kaledonischen Typen. Die ersten drei Männer waren offensichtlich nicht das, was er suchte.«

»Wie meinen Sie das?«, fragte Barbara.

»Einer war ein Motorradfahrer, mit Ledersachen. Grob. Verstehen Sie?« Sie nickte. »Der zweite ziemlich tuntenhaft. Der dritte das, was wir einen Klon nennen – kurz rasierte Haare und ein alberner stacheliger Schnäuzer, weißes T-Shirt mit Weste. Er wollte jemanden, der so war wie er, jemand, der notfalls auch als normal durchgehen würde. Am liebsten ein Typ mit Frau und Kindern, jemand, der nach seinen Regeln spielt. Das ist das Problem bei mir. Ich spiele nicht nach diesen Regeln. Ich bin schwul und das kann meinetwegen jeder wissen. Deshalb haben wir oft Streit.«

Er trat gegen das hölzerne Gestell seines Bettsofas, wie ein trotziges Kind. »Aber als er herausfand, dass ich durch und durch schwul bin, interessierte er sich schon zu sehr für mich, um einen Rückzieher zu machen. Auch dass ich in Hungerford wohne, passte ihm nicht, aber er nahm es in Kauf.«

»Haben Sie viel miteinander geredet?«

»Sicher, wir sind doch keine Tiere. Er hat mir erzählt, wie sehr er das Landleben hasst. Vorher wohnte er in Hammersmith – eine große schwule Szene, zu den Nachbarn sagt man kaum mehr als Guten Tag. Aber seine Frau jammerte ständig über die dortigen Schulen, an denen es mit Messern bewaffnete Crackdealer geben soll, und ehe er sich versah, war er in einem netten Eigenheim in Hungerford gelandet, mit Nachbarn, die sich lebhaft für das Privatleben ihrer Mitmenschen interessieren.«

»Und was waren Sie für ihn?«, fragte Barbara in scharfem Ton. »Hat er Sie gefickt, um sich an seiner Frau zu rächen?«

Wie immer schien Piers keineswegs gekränkt. »Nein, ganz so ist es nicht. Wir fühlten uns stark zueinander hingezogen. Es war nicht einseitig. Er hatte einen Kombi, einen Volvo, mit Kindersitzen auf der Rückbank. Es war mittlerweile dunkel und wir fuhren in einen verlassenen Feldweg – ein beliebter Platz für Liebende, nehme ich an. Er klappte die Rückbank runter und wir haben gefickt, auf einer Decke, die er im Kofferraum hatte, bestimmt zu diesem Zweck.« Er gönnte sich eine sentimentale Pause. »Es war schön, verdammt schön. Als wir zurück in den Pub fuhren, bat er mich um ein weiteres Treffen und ich gab ihm meine Karte. Ich dachte, er würde nicht anrufen, aber ich habe mich geirrt. Und seitdem treffen wir uns meist ein-, zweimal in der Woche. Ich nehme an, das ist sicherer für ihn, als auf die Piste zu gehen.«

»Ich dachte, Sie wollen sich nicht festlegen«, sagte Greg.

»Das war nur Show, Süßer. Außerdem war Geheimhaltung immer oberstes Prinzip. Wir alle haben unsere Geheimnisse«, murmelte er und sah Greg direkt in die Augen. »Ich kenne Ihres, Gregory.«

Greg zuckte nicht mit der Wimper. »Nein, Sie kennen es nicht.«

»In Ordnung. Sonst funktioniert es immer.«

»Ja, dann ...« Greg ging zur Tür, sein Gastgeber schlenderte verloren hinter ihm her. »Wir finden allein nach draußen. Vergessen Sie Ihre Aussage nicht.« Er legte Piers freundschaftlich die Hand auf die Schulter.

»Verheiratete Männer bleiben in der Regel bei ihren Frauen.«

»Vielen Dank für den Hinweis!« Piers blieb in der Tür stehen, nachdem sie gegangen waren. »Nett, Sie kennen gelernt zu haben, Miss Carey. Miss oder Mrs.?«

»Warum wollen Sie das wissen?«

»Muss seine Frau es erfahren?«, fragte er. »Unsere Affäre, meine ich? Dass er an dem Abend bei mir war? Dass wir …?«

»So wie die Dinge liegen, sehe ich keinen Grund dazu.«

»Schade!«, sagte Piers.

»Ich weiß, was er durchmacht«, sagte Barbara, als sie die Treppe hinuntergingen. »Aus eigener Erfahrung.«

»Narben?«

»Eiternde Wunden. Und wenn verheiratete Männer sich nicht von ihren Frauen trennen, wieso gibt es dann so viele verlassene Ehefrauen?« Greg antwortete nicht. »Cameron wird ihm jetzt wahrscheinlich den Laufpass geben.«

»Wieso sollte er?«

»Weil er gebrandmarkt ist, mit uns in Verbindung steht, mit der Polizei, mit einer Sache, die unser Douglas lieber vergessen würde, wie den Tag, an dem seine Frau ihm auf die Schliche kommen wird. Und Piers weiß das.«

Armer Piers, dachte Greg. Es war sicher schwer für ihn. Aber er würde darüber hinwegkommen.

»Glaubst du immer noch, dass er Kinderpornos macht?«, fragte Barbara.

»Das habe ich nie wirklich geglaubt«, protestierte er und sie lächelte. »Die katholischen Gelüste unseres Mr. Cameron: Männer, Frauen. Vielleicht auch kleine Mädchen?«

»Jordan wurde nicht missbraucht.«

»Vielleicht geriet er ja in Panik, als er merkte, dass sie tot war? Die Leiche hat er dann irgendwohin geworfen.«

»Aber er hatte nicht genug Zeit, wenn Hamilton die Wahrheit gesagt hat.«

»*Wenn!* Das große Wenn!«

»Ich glaube nicht, dass er gelogen hat«, sagte Barbara. »Er ist sehr offen. Überleg mal, wie bereitwillig er deine Fragen beantwortet hat, selbst die, die mit dem Fall eigentlich nichts zu tun haben, wie sie sich kennen gelernt haben zum Beispiel.« Sie warf ihm einen Seitenblick zu.

»Es hat mich interessiert«, sagte er. »War nur neugierig.«

»Ich finde ihn sympathisch.«

»Und auf deine Menschenkenntnis ist Verlass?«

»Normalerweise schon. Er wirkt so geradlinig und ehrlich.«

»Ja, das finde ich auch.«

Greg ging zur Redaktion der *Newbury Weekly News* in der Faraday Road und bat um einen Einblick ins Archiv. Er hatte schnell gefunden, was er suchte – Hochsommer 1973, einer jener feuchten, verregneten Sommer wie so oft damals.

›Dreifacher Mord‹, lautete die Schlagzeile. ›Mutter und Töchter im Schlaf erwürgt‹. Eine andere Überschrift verkündete: ›Unmittelbar nach der Tat verhaftet‹.

Er las den Artikel schnell durch, aber er verriet ihm nichts Neues. Ein Foto zeigte Smith beim Verlassen des Untersuchungsgefängnisses. Er sah gut aus. Nein, korrigierte er sich, Smith war ein Bild von einem Mann gewesen, wirkte viel jünger als dreißig, während man ihm heute jeden Tag seines Lebens deutlich ansah.

Sein dichtes schwarzes Haar fiel in hübschen Locken über seine traurigen Augen. Seine Haut war dunkler, ohne die Gefängnisblässe, aber trotz des grobkörnigen Fotos meinte Greg Blutergüsse ausmachen zu können. Smith hatte nicht den Kopf gesenkt, sondern starrte tapfer und trotzig in die Kamera.

Fotos von der toten Ehefrau und den Kindern waren nicht abgebildet. Mit ziemlicher Sicherheit existierten keine, außer post mortem.

Das andere Foto auf der Seite zeigte den zuständigen Polizeibeamten, Detective Superintendent Joseph Snow. Joey Snowy wurde er genannt, aber nur hinter seinem Rücken. Snowy, nicht wegen des Namens, sondern wegen der vielen Schuppen auf seinem Kragen. Greg hatte nie direkt mit ihm zusammengearbeitet, da er damals noch einfacher Constable war, aber er wusste, dass seine Männer die sarkastischen, obszönen Anspielungen ihres Chefs fürchteten.

Es war Snows letzter großer Mordfall gewesen. Wenige Monate danach ging er nach über dreißig Dienstjahren in Rente, hatte seine Pensionierung kaum erwarten können und war dann mit sechzig gestorben.

Das Pressebild zeigte Snowy beim Verlassen des Gerichts, ein breites, zufriedenes Grinsen auf dem Gesicht. Hinter ihm stand ein junger Mann, zweifellos ein Detective. Nach einem genaueren Blick auf das verschwommene Gesicht erkannte Greg Bob Holman, der zwei Jahre lang bei der Kripo gewesen war, bevor er sich auf eigenen Wunsch wieder die Uniform angezogen hatte.

Josie wollte Barbara nicht hereinlassen, das war klar. Sie hatte einen Walkman in der Tasche. Vor dem Öffnen der Tür hatte sie die Kopfhörer heruntergezogen, aus denen ein monotoner Beat tönte, als wäre im

Nachbarhaus eine Party im Gange. »Ich hab zu tun«, sagte sie.

»Ach ja?« Barbara hatte nichts als Vermutungen und Unterstellungen und einen zwingenden Beweis, den sie nicht nutzen konnte. Es sei denn, sie würde dazu gezwungen.

Sie wartete auf eine Erklärung. Ihre Nerven waren stärker als Josies, die schließlich sagte: »Ich räume ihre Sachen auf, packe das ganze Zeug zusammen, damit ich es nicht mehr ansehen muss.«

»Ich könnte Ihnen dabei helfen.«

»Das mache ich lieber allein.«

»Wenn ich Ihnen helfe«, sagte Barbara, »haben Sie jede Menge Zeit, mir von einem blonden Mädchen namens Chrissie Prior zu erzählen, die vor sechs, sieben Jahren für mehrere Monate bei Ihnen und Peter gewohnt hat. Und Sie können mir erklären, was sie mit Jordan zu tun hat.«

Josie sah blass aus, wirkte jedoch nicht überrascht. Ohne weitere Einwände trat sie von der Tür zurück und führte Barbara in den Bungalow. Sie schaltete den Walkman ab und legte ihn beiseite. »Die Spice Girls«, sagte sie hoffnungslos. »Jordans Lieblingsgruppe. Lenkt ein bisschen ab, für eine Weile.«

»Chrissie Prior«, wiederholte Barbara, als sie im Wohnzimmer Platz nahmen. »Sie hat für einen der Reitställe in Lambourn gearbeitet, ist vor sieben Jahren jedoch ziemlich plötzlich verschwunden, nachdem sie ihren Chef bestohlen hatte.«

»Sie wollte das Geld für eine Abtreibung«, sagte Josie, »und sie hat es nicht gestohlen. Sie hat es von einem Buchmacher gekriegt, dafür dass sie eins der Pferde lahm gelegt hat, was Schlimmeres kann man einem Rennstallbesitzer kaum antun.«

»War Jordan Peters Kind?«

»Um Gottes willen, nein!« Josie war schockiert. »Wie kommen Sie darauf?«

»Weil sie so aussah wie er.«

»Nur auf den ersten Blick, blonde Haare, blaue Augen. Chrissie war blond und hatte blaue Augen. Ich glaube, sie wusste nicht mal, wer der Vater war.«

»Und wie ist sie dann bei Ihnen gelandet?«

»Eines Morgens hatte ich in Newbury eingekauft und fuhr zurück nach Inkpen. Sie stand an der A4 bei der Abfahrt nach Lambourn und versuchte, ein Auto anzuhalten. Ich hab sie mitgenommen – das mach ich eigentlich nie, aber sie war so jung und ihr Koffer sah schwer aus, und ich hatte Angst, dass sie bei irgendeinem Spinner einsteigen könnte. Anscheinend wusste sie nicht, wohin sie wollte. Sie kam mir etwas naiv vor, ein Eindruck, der sich als falsch erweisen sollte. Ich nahm sie mit nach Hause und gab ihr was zu essen und sie erzählte mir von ihren Schwierigkeiten ... Sie war gerade erst siebzehn.«

»Und Sie haben ihr das Baby abgekauft?«

»Es war Petes Idee. Ich dachte, er wäre verrückt. Aber wir hatten es dreimal mit künstlicher Befruchtung versucht, ohne Erfolg. Wir hatten sechstausend Pfund dafür ausgegeben. Die Erfolgsrate ist sehr niedrig, aber jedes Mal redet man sich ein, dass man diesmal unter den Glücklichen sein wird. Wir hatten noch ein paar tausend gespart für den dritten und vierten Versuch, aber Pete meinte, es wäre sicherer, das Geld Chrissie zu geben und ihr Baby dafür zu bekommen.«

»Ich verstehe nicht ganz«, sagte Barbara. »Sie beide hätten doch sicher ohne Schwierigkeiten ein Kind adoptieren können. Geordnete Familienverhältnisse, eigenes Haus, noch jung.«

»Haben Sie eine Vorstellung davon, wie das ist? Der ganze Behördenkram. Das neugierige Geschnüffel, die

Beurteilungen, die endlosen Fragen, denen leibliche Eltern niemals ausgesetzt sind. Sie quetschen dich aus über alle Aspekte deines Lebens. Das kann ein ganzes Jahr dauern. Und dann, wenn sie endlich zufrieden sind, kommt man auf eine Warteliste und in zwei, drei Jahren kriegt man dann vielleicht ein Baby. Falls man nicht von der Liste gestrichen wird, weil man mittlerweile zu alt geworden ist. Auf diese Weise ging es schnell, wir wussten, wer die Mutter war, und es ging nur uns etwas an, sonst niemanden ... Chrissie erwartete ein Baby, das sie nicht wollte, und wir wollten es. Mehr als alles andere auf der Welt.«

»Sie wissen, dass Sie etwas Ungesetzliches taten?«

»Ja«, sagte Josie. »Ich weiß. Aber in meiner Jugend war es nicht ungesetzlich. Damals waren private Adoptionen gang und gäbe. Ein junges Mädchen wurde schwanger. Zuerst haben die Eltern mit ihr geschimpft, dann hat ein kinderloses Ehepaar aus demselben Ort das Kind aufgenommen. Alle wussten es, aber keiner sprach davon, und das Mädchen hat sein Kind von Zeit zu Zeit gesehen. Was war falsch daran? Warum müssen sich die Behörden derart in das Leben der Leute einmischen?«

»Hatten Sie vor, Jordan die Wahrheit zu sagen, wenn sie alt genug sein würde, um es zu verstehen?«

»Nein. Was hätte das für einen Sinn gehabt? Sie wäre nur rastlos geworden, unzufrieden. Ich hab's erlebt – vollkommen normale, glückliche Kinder wurden zu psychischen Wracks, nur weil sie versucht haben, ihre leibliche Mutter zu finden, eine Frau, die in der Regel gar nichts von ihnen wissen will.«

Barbara widersprach nicht. Die Diskussion war zu theoretisch. »Wie haben Sie es angestellt?«

»Wir haben einen Arzt in Marlborough bezahlt, damit er Chrissie untersuchte, ohne sie in seiner Kartei zu führen. Ich hab sie jedes Mal hingefahren. Ansonsten wohnte sie bei uns und ging selten aus dem Haus. Wir haben es ihr so angenehm wie möglich gemacht. Wir hätten nicht besser für sie sorgen können.«

»Aber mussten Sie nicht so tun, als ob ...«

»Ich hab mir so ein Ding umgeschnallt, mit dem ich mehr und mehr schwanger aussah. Bei einem Theaterstück unserer Schauspielgruppe musste ich auch mal so was tragen. Ich bin also nach London zu einem Kostümverleiher gefahren und hab mir eins besorgt. Ich jammerte über Blähungen und Hämorrhoiden und dass ich ständig zur Toilette müsste, wie man das von Schwangeren kennt. In gewisser Weise hat es sogar Spaß gemacht.«

»Dann wurde das Baby geboren?«

Sie nickte. »In der Privatklinik in Marlborough, ohne Komplikationen. Ich war dabei. Wir haben gesagt, ich wäre ihre ältere Schwester, ihre engste Verwandte und man ließ mich in den Kreißsaal. Ich sah, wie Jordan auf die Welt kam, blutig und schrumpelig, und ich hab sie vom ersten Augenblick an geliebt. Die Nachbarn glaubten, dass ich ins Krankenhaus gefahren wäre und sie gekriegt hätte. Ein paar Tage später kam ich mit dem Baby nach Hause und das war's.«

»Eingetragen als Ihre und Peters Tochter?« Sie senkte den Kopf. »Das ist Urkundenfälschung.«

»Ich weiß. Ich war verzweifelt. Wir waren verzweifelt.«

Barbara versuchte, sich diese Verzweiflung vorzustellen, aber es gelang ihr nicht.

»Und Chrissie?«, fragte sie.

»Es war besprochen, dass sie die Gegend verlassen sollte, mit zweitausend Pfund in der Tasche ... nur das tat sie leider nicht.«

»Aha!«

»Sie blieb in der Nähe wie Banquos Geist und rief ab und zu an, um uns um Geld zu bitten.«

»Erpressung?«

»Nicht direkt. Sie hat uns nie gedroht. Das brauchte sie nicht. Sie war eine alte Freundin, die sich ab und an Geld von uns borgte, Geld, das nie zurückgezahlt wurde.«

»Wollte Sie ihr Kind zurückhaben?«

Josie schüttelte den Kopf. »O nein. Sie hatte keinerlei Interesse an ihr, an ihrer Entwicklung. Hat kein einziges Mal nach ihr gefragt.«

Plötzlich ging Barbara ein Licht auf. »Ist Pete zu ihr gefahren in der Nacht, als er starb?«

»Ja.« Sie seufzte. »Obwohl er mir nicht sagte, wohin er wollte. Eine Weile zuvor hatte sie gesagt, dass sie vorhätte zu heiraten. Wir nahmen an, dass ihr Verlobter nichts von Jordan wissen sollte, und hofften, sie würde uns endlich in Ruhe lassen. Aber an dem Abend rief sie wieder an und bat um Geld. Sie sagte, sie bräuchte es für Weihnachtsgeschenke. Er fuhr los, um sich mit ihr zu treffen. Er muss sehr aufgewühlt gewesen sein auf dem Rückweg. Ich nehme stark an, dass sie sich gestritten haben. Ich gebe ihr die Schuld an dem Unfall. Ich gebe ihr die Schuld an seinem Tod.«

»Sie waren sicher sehr wütend auf sie.«

»Und auf ihn, weil er ihr wieder nachgegeben hat und weil er es vor mir vertuschen wollte. Ich saß da und war wütend auf ihn, während er sterbend auf der Straße lag. Sie hat meinen Ehemann getötet und jetzt hab ich ihr Baby getötet.«

»Was?«

»Ich meine, ich hab nicht gut genug auf sie aufgepasst. Was dachten Sie denn, was ich gemeint habe?« Sie las Barbaras Gedanken. »O nein. Nein, das meinte ich nicht.«

»Was hat das Mädchen dann gemacht?«

»Sie zog sich zurück. Ich glaube, Petes Tod hat ihr den Wind aus den Segeln genommen, und sie wusste sicher, dass die Quelle versiegt war, dass ich eine mittellose Witwe war. Ich hab seitdem nichts mehr von ihr gehört. Andernfalls hätte ich nicht gewusst, was ich tue. Ich hab keine Ahnung, was aus ihr geworden ist, ob sie geheiratet hat oder ob sie noch in der Gegend ist.«

»Gut, dass sie nichts von dem Treuhandfonds wusste«, sagte Barbara.

Josie lachte hohl. »Ironie des Schicksals. Das Theater, das die Abbots gemacht haben, obwohl sie gar nicht ihre Enkeltochter war.« Sie strich sich durchs Haar. »Ich bin froh, dass es heraus ist. Es ist eine Sache, im Privatleben zu lügen – es wird Teil deines Lebens und oft vergisst man, dass es eine Lüge ist –, aber in der Öffentlichkeit, auf einem Podium im Rathaus, vor den Fernsehkameras ... Ich kam mir vor, als würde ich bei einem Lügendetektortest durchfallen, als wäre das Wort ›Lügnerin‹ in meine Stirn eingebrannt.«

»Kein Wunder, dass sie das Gefühl hat, sie hätte sie nicht haben dürfen«, sagte Greg. »Wir müssen dieses Prior-Mädchen finden, und zwar schnell.«

»Leicht gesagt, Sir, wo niemand weiß, wohin sie gegangen ist, als sie nach Abbots Tod die Gegend verlassen hat. Ich hab schon beim Zentralregister nachgefragt, aber sie ist nicht verzeichnet, jedenfalls nicht unter diesem Namen.«

»Sie hat wahrscheinlich wie geplant geheiratet und ihren Namen geändert.«

»Das Leben wäre so viel einfacher, wenn Frauen das nicht machen würden.«

»Heiraten?«

»Ihren Namen ändern.«

»Sie könnte wieder in der Gegend sein«, sagte Greg. »Vielleicht hat sie versucht, ihr Kind zurückzukriegen. Vielleicht hat sie lange darüber nachgegrübelt. Vielleicht konnte sie von ihrem Mann nicht schwanger werden und sie war ganz besessen davon, ihr erstes Kind wiederzubekommen. Und die Sache ist vollkommen falsch gelaufen. Weißt du noch, was Jordan laut Cameron gesagt haben soll?«

»Dass es ein Geheimnis war – ›wir zwei haben ein Geheimnis‹.«

»Genau! Welche zwei? Sie und ihre leibliche Mutter?«

»Sie hätte doch zum Jugendamt gehen und ihr Kind zurückfordern können. Ein DNA-Test hätte sie eindeutig als Mutter identifiziert und Josie hätte keine Chance gehabt.«

Wie im Kaukasischen Kreidekreis, dachte Greg. »Da bin ich mir nicht so sicher. Das Wohl des Kindes wird heutzutage über alle anderen Interessen gestellt und Josie war ganz klar die bessere Mutter. Außerdem fürchtete Chrissie vielleicht, dass sie etwas Illegales getan hatte.«

»Das hatte sie: Erpressung.«

»Richtig, aber vor Gericht hätte man es schwer beweisen können.«

»›Die Lüge wird ein Teil deines Lebens‹, das hat Mrs. Abbot zu mir gesagt. ›Und oft vergisst man, dass es eine Lüge ist.‹«

Er seufzte. »Gute Arbeit, Babs. Wie bist du auf diese Fährte gekommen?«

Sie zuckte die Achseln. »Eine Vermutung. Nenn es meinetwegen weibliche Intuition.«

»In der Tat! Ich werde dich belohnen, indem ich dir einen langweiligen Auftrag gebe, den du gern an jemand anders delegieren kannst. Schau die Zeitungen der letzten achtzehn Monate durch. Vielleicht taucht ja in den Verlobungs- oder Hochzeitsanzeigen der Name Chrissie Prior auf. Sie hat vielleicht woanders geheiratet oder sie hatten keine Lust es in die Zeitung zu setzen, aber es ist einen Versuch wert.«

»Ich mach es selbst, sobald ich Zeit finde.«

»Du musst lernen zu delegieren, Babs. Das ist wichtig für eine gute Führungsperson, eine zukünftige Hauptkommissarin, die du gut werden könntest.« Sie errötete. »Ich weiß, niemand kann die Aufgabe auch nur halb so gut wie du erledigen, aber du musst die anderen trotzdem machen lassen, und wenn sie's vermasseln, hast du Pech gehabt.«

»Gut«, sagte sie. »Ich frag auch beim Standesamt nach, besser gesagt ich lasse nachfragen.«

Greg blieb in seinem Büro, bis Bob Holman um zehn zum Dienst kam – er hatte jede Menge Schreibkram, um sich so lange zu beschäftigen. Er gab dem Inspector ein bisschen Zeit, um die Nachtschicht zu instruieren und ging dann in sein Büro.

»Hast du kein Zuhause, Sunshine?«, fragte Holman und schaute auf. »Oder wohnst du hier?«

»Sieht manchmal so aus«, sagte Greg. »Bob, du hast nicht erwähnt, dass du Smith kanntest. Dass du an seinem Fall gearbeitet hast.«

»Hab ich das?«

»Erinnerst du dich nicht?«

Holman unterbrach die Lektüre des Dienstplans und dachte kurz nach. »Es war nur eine Sache von Stunden«, sagte er schließlich. »Um Mitternacht hatte Snowy den Fall unter Dach und Fach.«

»Er hatte keinerlei Zweifel?«

»Nein. Genauso wenig wie alle anderen. Die Jury hat sich nur eine knappe Stunde beraten. Der Rom hat wohl versucht zu türmen, aber dann ist ihm wahrscheinlich klar geworden, dass es hoffnungslos war, und er ist zurückgekommen.«

Es wäre nicht hoffnungslos gewesen, dachte Greg. Smith hatte bewiesen, dass er spurlos verschwinden konnte, wenn es nötig war. »Dann habt ihr also nie über eine andere Erklärung nachgedacht?«, fragte er.

»Es *gab* keine andere Erklärung.« Holman stand auf und trug ein paar Korrekturen auf dem Wandkalender ein. »Hör zu, Greg. Ich hab nichts gegen Smith. Gut, wenn es an mir gelegen hätte, wäre er aufgehängt worden für das, was er getan hat, aber es lag nicht an mir. Er hat seine Zeit abgesessen, womit die Sache für mich vom Tisch ist. Wenn ich ihn beschützen muss, werd ich das tun, aber komm bloß nicht auf die blöde Idee, dass Snowy Mist gebaut hat. Du hast Smith in der Nacht nicht gesehen. Ich sah ihn. Er heulte und jammerte und sagte, es wäre seine Schuld gewesen.«

War Holman einer der Männer gewesen, die Smith in der Zelle zusammengeschlagen hatten? Greg traute es ihm zu. »Seine Schuld?«, fragte er. »Weil er seine Frau und die Kinder an dem Abend allein und schutzlos zurückgelassen hatte, vielleicht.«

»Wenn du so willst, lässt jeder Mann, der einen Job hat, Frau und Kinder allein und schutzlos zurück«, sagte Holman sachlich. »Ich muss es auch machen.«

Er hatte sich fünf Jahre zuvor von seiner Frau scheiden lassen, um eine zwanzig Jahre jüngere Frau zu heiraten, mit der er mit etwas übertriebenem Eifer eine zweite Familie aufgebaut hatte. Zeitweise hatte das ganze Präsidium, Greg eingeschlossen, hinter seinem Rücken anzügliche Witze über ihn gerissen.

»Ist das alles, Sir?«, fragte Holman, der ihn ganz offensichtlich loswerden wollte.

»Das war alles, vielen Dank, Inspector.«

Ein Mittsommertagsalptraum

Dienstagmorgen, den 24. Juni. Jordan Abbot war vor drei Tagen und ein paar Stunden gestorben, und wenn man ihren Mörder nicht bald fand, würden bald alle Spuren verwischt sein. Noch immer arbeiteten alle verfügbaren Polizeibeamten an dem Fall, klopften an Türen, zeigten Passanten ihr Foto, nahmen Aussagen auf, aber nichts brachte sie einer Lösung näher.

Um 11.30 Uhr kam Barbara in sein Büro. An ihrem Gesichtsausdruck erkannte er gleich, dass sie nichts Gutes zu berichten hatte.

»Zuerst die schlechten Nachrichten«, sagte er.

»Es gibt keine anderen. Vor einer halben Stunde hat Douglas Cameron sich das Leben genommen. Chief Inspector Stratton war in der Gegend unterwegs und nahm die Meldung entgegen. Er ist noch dort.«

»Wo?«

»Im Industriegebiet, neben dem *Savemore*-Supermarkt.«

»Was für ein Mist«, sagte Greg.

Es gestaltete sich schwierig, Wagen und Mensch voneinander zu trennen. Beide schienen bis zur Unkenntlichkeit zermalmt zu sein. Cameron war zu dem Industriegebiet drei Meilen außerhalb von Newbury gefahren, hatte ein leer stehendes Gebäude gefunden, etwa hundert Meter vom *Savemore*-Supermarkt entfernt, und war frontal gegen eine Mauer gerast. Der Aufprall hatte eine solche Wucht, dass sein Genick dabei gebrochen war.

Im Fernsehen wäre der Wagen explodiert, aber im wirklichen Leben war das meist nicht so. Dennoch waren ein Feuerwehrwagen, ein Rettungswagen und zwei Streifenfahrzeuge vor Ort, die komplette Unfallbrigade.

Das Auto war leuchtend gelb, ein Zweitwagen, vermutlich der seiner Frau. Alles war blutbespritzt, da ihm die zersplitterte Windschutzscheibe das Gesicht zerschnitten hatte, doch Cameron war direkt nach dem Aufprall gestorben, sein Genick so schnell und sauber gebrochen wie das von Jordan Abbot.

Greg fragte sich, ob dieser drastische Schritt als Schuldbekenntnis zu deuten war. »Wie rücksichtsvoll von ihm, dass er den Wagen seiner Frau genommen hat und nicht den Firmenvolvo«, sagte er.

»Volvo wirbt mit einem Höchstmaß an Verkehrssicherheit, besonders bei einem Zusammenstoß. Außerdem hat er sicher einen Airbag«, stellte Harry Stratton nüchtern fest. »Er wusste genau, was er tat.«

Greg schauderte es: Wie konnte jemand in einem solchen Augenblick so klar denken? Oder verhalf Verzweiflung einem zu dieser schrecklichen Klarheit? Wie bei jeder Katastrophe standen zahlreiche Leute herum und verfolgten das Ganze mit neugierigen Blicken, damit sie hinterher etwas zu erzählen hatten. Ein Mann hatte eine Videokamera und filmte die grauenhafte Szene. »Sieh dir diese Horde an! Sind wenigstens Augenzeugen darunter?«, fragte Greg angewidert.

»Mehrere.« Harry deutete auf den Parkplatz. »Er hatte genügend Anlauf, muss an die hundertdreißig Sachen draufgehabt haben. Fünf, sechs Leute in den benachbarten Gebäuden oder auf der Straße hörten, wie er mit quietschenden Reifen beschleunigte, und sahen nach, was los war. Den Aufprall haben natürlich noch mehr Leute gehört und sind hergerannt. Kein anderer war beteiligt. Ein klarer Fall von Selbstmord. Nichts Geheimnisvolles.«

»Bis auf die Frage, warum er es getan hat. Die Namen und Adressen der Zeugen hast du doch notiert?« Stratton nickte. »Dann schaff doch bitte die Gaffer weg, bevor mir schlecht wird.«

Harry instruierte einige uniformierte Polizeibeamte und bald hörte Greg die vertrauten Aufforderungen: »Hier gibt es nichts mehr zu sehen, bitte machen Sie den Weg frei.« Die Leute entfernten sich zögernd.

Er fragte sich, was einem Mann durch den Kopf ging, während er aus eigenem Entschluss auf eine Backsteinmauer zuraste, in dem Bewusstsein, in wenigen Sekunden zu sterben? Welches Ausmaß an Verzweiflung oder Schuld konnte einen Menschen so weit treiben?

Der Arzt stellte den Tod fest und die Sanitäter begannen, Camerons sterbliche Überreste aus dem zertrümmerten Fahrzeug zu bergen. »Du hast ihn nicht kennen gelernt, oder?« Gregory wandte zu Harry.

Er schüttelte den Kopf. »Gestern Abend hab ich seine beiden widersprüchlichen Aussagen gelesen.«

»Wir müssen es seiner Frau sagen.«

Es war ein allein stehendes Haus in einer Reihe von zehn identischen Häusern auf der anderen Seite des Kanals, die für Gregs Geschmack zu dicht nebeneinander standen. Die kleinen Gärten grenzten an den Dun-Fluss. Die Häuser hatten großzügige Veranden, die an griechische Säulengänge erinnerten, weiße Stuckverzierungen und doppelte Türen in unterschiedlichen Farben. Ein Makler – vielleicht sogar Cameron selbst – hätte die Häuser als Villen bezeichnet.

Ein solides Haus, errichtet auf dem Sand einer großen Lüge.

Auch ohne Camerons Hausnummer zu wissen, hätte er den dunkelroten Volvo Kombi in der Einfahrt erkannt. Die Heckklappe war offen und auf der Ladefläche standen mehrere Koffer. Diese großen Volvos hatten ihn schon immer an Leichenwagen erinnert.

»Sieht so aus, als ob sie wegfahren wollte«, sagte Harry.

»Nein, sie kommt von einem Besuch bei ihrer Mutter zurück.« Aber in dem Fall wären die Koffer nicht im Wagen ihres Mannes, da sie mit dem Zug gekommen wäre.

Die Haustür war verschlossen und er läutete. Er hatte eine Polizeibeamtin mitgebracht, was bei einer Nachricht wie dieser angeraten war. Er musste zweimal läuten, bevor er sah, wie sich eine Gardine bewegte, hinter der jemand stand und nach draußen schaute. Er hielt seinen Ausweis hoch und kurze Zeit später wurde die Tür geöffnet.

Verity Cameron war um die dreißig. Sie war eine hübsche Frau, wirkte jedoch abgespannt und krank. Sie war klein, zierlich und sehr feminin und er fragte sich, was Cameron dazu getrieben hatte, gleichzeitig sie und Piers zu begehren, da sie außer ihrem Alter nichts gemein hatten. Er hätte sie für eins von Barbaras puscheligen Häschen gehalten, wäre da nicht der harte Zug um den Mund gewesen. Man konnte sich schwer vorstellen, wie ihre Lippen bei einem Kuss dahinschmolzen, dachte er unwillkürlich.

»Ich dachte, er wäre es«, sagte sie, als sei dies eine Erklärung. »Aber er hat einen Schlüssel. Ich werde verrückt. Ich nehme an, Sie wollen hereinkommen. Ich wusste nicht, dass es noch verboten ist. Na ja, was soll's.«

Er verstand nicht, was sie meinte, und folgte ihr ins Haus, bevor sie es sich anders überlegte. Im Flur standen drei weitere Koffer, auf denen drei Stofftiere thronten, ein Pandabär, ein Teddy und eine Giraffe. Greg schob sie ins Wohnzimmer. Der Raum war stickig, weil die Fenster geschlossen waren, und einen

Moment lang verschlug es Greg fast den Atem. »Sie sollten sich setzen, Mrs. Cameron«, sagte er. »Leider muss ich Ihnen eine sehr traurige Nachricht bringen.«

Zu seinem Entsetzen fing sie an zu lachen. Es klang ein wenig hysterisch. »Eine traurige Nachricht? Was könnte schlimmer sein, als das, was ich heute Morgen erfahren habe?«

Greg und Harry sahen sich an. War es möglich, dass sie es schon erfahren hatte? Wie? »Es geht um Ihren Mann«, sagte Greg.

»Ja«, erwiderte sie tonlos.

»Wollen Sie sich nicht setzen?«

Sie starrte ihn einen Moment lang an, dann ließ sie sich auf ein schneeweißes Sofa fallen. Man brauchte starke Nerven, wenn man bei kleinen Kindern ein solches Sofa besaß. Sie war vielleicht zäher, als sie aussah. »Ist es so genehm?«, fragte sie bissig. »Können Sie jetzt endlich reden?«

»Es tut mir wirklich sehr Leid, aber ich muss Ihnen leider sagen, dass er tot ist.«

Sie zuckte zusammen. »Was? Was reden Sie da?«

Er erklärte es so knapp und sachlich wie möglich. Die Polizeibeamtin bot den obligatorischen Tee an.

»Er hat gesagt, er würde es tun«, sagte Verity Cameron ohne Tränen. »Er sagte, er würde sich umbringen, wenn ich ihn mit den Kindern verlasse. Ich hab ihm nicht geglaubt. Ich dachte, er hätte nicht den Mut dazu.«

Greg setzte sich neben sie auf das Sofa. Sie zitterte. »Warum haben Sie ihm gedroht, ihn zu verlassen, Mrs. Cameron?«

»Wegen des Briefs natürlich.«

»Ein Brief?«

Sie sprang hektisch auf. In der Nische neben dem Kamin stand ein Sekretär. Sie öffnete ihn, holte einen

Umschlag heraus und reichte ihn Greg. Er zog ein Taschentuch hervor, um mögliche Fingerabdrücke zu schützen, und nahm ihn entgegen. Er war weiß und länglich, mit dem Poststempel von Newbury, die Adresse war mit Computer aufgedruckt. Er war mit einem Briefmesser geöffnet worden, nicht einfach aufgerissen wie seine eigene Post.

Er schaute zu ihr auf. Sie nickte und er zog ein einzelnes weißes DIN-A4-Blatt heraus und entfaltete es. Der Text war ebenfalls gedruckt, ohne Anrede und ohne Unterschrift. ›Ihr Mann schläft mit anderen Männern‹, las er. ›In den letzten paar Monaten hat er mit Piers Hamilton geschlafen, dem Fotografen in der High Street.‹

Kurz und prägnant, trotz der kindlichen Euphemismen. Er merkte, dass Harry ihm über die Schulter sah und las. »Wann ist er gekommen?«

»Mit der Post um neun Uhr.«

»Und was haben Sie gemacht?«

»Eine Weile hab ich gar nichts gemacht«, sagte sie. »Ich war wie betäubt. Ich bin durchs Haus gegangen, in jedes Zimmer, hab mir alles angesehen, all die Dinge, die wir zusammen ausgesucht haben, um für uns und die Kinder ein gemütliches Heim zu schaffen, und alles erschien mir plötzlich wie Lug und Trug.«

»Sie haben den Inhalt des Briefes nicht angezweifelt?«

»Warum sollte ich? Was für ein Wahnsinniger hätte so etwas Ungeheuerliches erfinden können?«

Was für ein Wahnsinniger, fragte sich Greg, hatte sie so brutal mit der Wahrheit konfrontiert? »Was taten Sie dann?«, fragte er sanft.

»Ich hab ihn im Büro angerufen und gesagt, dass er sofort nach Hause kommen soll. Es wäre ein Notfall.«

»Und er kam?«

»Er wollte nicht. Ich sollte ihm sagen, worum es ging, aber ich konnte es nicht, nicht am Telefon. Ich war ganz ruhig, als wäre mir das Schlimmste passiert, was überhaupt passieren kann, als könnte mich danach nichts mehr treffen. Ich hab ihn immer wieder aufgefordert, nach Hause zu kommen, und schließlich hat er nachgegeben.«

»Wie spät war es, als er kam?«

»Es muss gegen zehn gewesen sein. Ich zeigte ihm den Brief. Er war völlig entsetzt. Er hat nicht versucht, es zu leugnen. Hat wohl eingesehen, dass es nichts genutzt hätte. Ich sagte ihm, dass ich ihn verlassen würde, dass ich die Kinder mitnehmen würde, dass er sie nie wieder sehen würde. Ich beschimpfte ihn – ich weiß nicht –, was ich alles gesagt habe, Ausdrücke, von denen ich nicht ahnte, dass ich sie kenne: dreckiger Perversling, kranker Abschaum, der es nicht verdient hat, unter anständigen Menschen zu leben und so weiter. Er hat gesagt, er würde sich umbringen, wenn ich ihn verlasse und ich sagte: ›Gut!‹«

Sie hielt einen Moment inne, strich über ihr schmales Gesicht und ihr hellbraunes Haar. »Ich war ja gerade von meiner Mutter zurückgekommen und hatte noch nicht ausgepackt. Ich hab die Koffer wieder runtergeholt. Ich hörte, wie er die Haustür hinter sich zuknallte, und dann hörte ich, wie er meinen Wagen startete. Zuerst dachte ich, er nähme meinen Wagen, um mich aufzuhalten, aber das war Unsinn, weil ich ja die Schlüssel für den Volvo hatte.«

»Er … brauchte einen Wagen ohne Airbag«, sagte Greg.

»Ja, ich verstehe. Natürlich.«

»Das war um zehn, sagten Sie?«, fragte Harry.

»Ja.«

»Der Unfall ereignete sich gegen elf«, murmelte

Harry in Gregs Richtung. »Was hat er in dieser Stunde gemacht?«

»Vielleicht ist er herumgefahren?«, meinte Greg. »Bis er sich zu dem Schritt überwinden konnte.«

Die Polizistin brachte ein Tablett mit Tee. »Die Kinder spielen hinten im Garten«, sagte sie. »Ich denke, wir lassen sie zunächst in Ruhe.« Es blieb noch genug Zeit, ihnen zu sagen, dass ihr Daddy nie mehr nach Haus kommen würde.

Greg konnte sie durchs Fenster sehen. Etwa vier und zwei, schätzte er. Das Mädchen hatte den dunklen Teint und den kräftigen Körperbau des Vaters, der Junge war heller und zierlicher, er kam nach der Mutter. Sie spielten Fangen, es wirkte wie ein Stummfilm, da ihre kindlichen Schreie durch das doppelte Glas der geschlossenen Terrassentür verschluckt wurden.

»Sollen wir jemanden benachrichtigen?«, fragte er. »Ihre Mutter? Eine Schwester?«

Sie war noch immer erstaunlich ruhig, ahnte jedoch die Notwendigkeit. »Meiner Mutter geht's nicht gut; sie braucht im Moment noch nicht davon zu erfahren. Sie war ganz vernarrt in Doug. Meine Schwester wohnt in Oxford, in Headington. Ihr ist nichts Menschliches fremd. Ihre Nummer steht auf dem Block neben dem Telefon in der Küche. Grace Crane.« Als die Polizistin zum Telefon ging, fügte sie hinzu: »Sie unterrichtet an der Brookes-Universität. Das Semester ist gerade zu Ende. Ist das nicht ein Glück?«

»Ja«, sagte Greg. »Sie kann eine Weile bei Ihnen bleiben.«

Er sah, dass sie ein silbernes Kreuz an einem Halskettchen trug. Sie war katholisch, hatte Piers gesagt. Jetzt spielte sie damit herum und steckte es wie ein kleines Kind in den Mund und schien sich damit zu trösten. »Sie war die Gescheite, verstehen Sie? Meine große Schwester. Ich war die Hübsche, die mit dem perfekten Ehemann, den hübschen Kindern, dem schönen Haus auf dem Land, was für eine verfluchte, beschissene Lüge!«

In Gregs Jugend hatten nur Männer in der Öffentlichkeit *Scheiße* oder *beschissen* gesagt, und zwar nur ungehobelte Kerle. Bei seiner ersten Festnahme im Jahre 1969 hatte er einen Mann verhaftet, der im Pub einen anderen zusammengeschlagen hatte, weil er das Wort vor den Ohren seiner Frau gesagt hatte. Die Laienrichter – damals alle weiß und äußerst korrekt, die Männer mit Pfeife, die Frauen in Tweedkostümen – hatten den Fall abgewiesen, weil der Mann ihrer Meinung nach im Recht war. Der bestürzte junge Polizeibeamte wurde wegen seiner Fehleinschätzung zurechtgewiesen.

»Die Laienrichter legen das Recht aus, wie sie wollen«, hatte Sergeant Dickie Barnes gesagt und ausnahmsweise Mitgefühl gezeigt.

Heutzutage würzten wohlerzogene junge Damen ihre Rede auf offener Straße mit dem Wort und seinen Variationen und er hatte sich längst daran gewöhnt, aber irgendwie wusste er, dass es Verity Cameron noch nie zuvor über die Lippen gekommen war, dass ihr zartes Wesen heute Morgen einen irreparablen Knacks bekommen hatte, in dem Moment, als sie die Post geöffnet hatte.

»Selbstmord ist eine Todsünde«, stellte sie sachlich fest. »Er wird verdammt sein in alle Ewigkeit.« Die Vorstellung schien sie nicht zu schmerzen. Ihr Blick fiel auf die Teekanne auf dem gefliesten Couchtisch. »Ich glaube, ich trinke lieber was Stärkeres.« Sie stand auf, holte eine Flasche Whisky aus dem Schrank, schenkte sich einen großzügigen Schluck ein und stürzte ihn hinunter wie Wasser. »Jetzt fühl ich mich besser.« Sie deutete auf die Flasche. »Darf ich Ihnen vielleicht auch etwas anbieten?«

»Nein, danke.«

»Nicht im Dienst«, sagte sie und setzte sich wieder. Sie sah Greg an. »Es stimmt, nicht wahr?«

»Was?«

»Das, was in dem Brief steht.« Er zögerte. »Ich muss es wissen. Bitte sagen Sie es mir.«

»Ja, es stimmt.«

»Ich hab's gewusst. Er hat es nicht abgestritten, aber ich wollte sicher sein. Piers Hamilton. Ich kenne ihn nicht. Was für eine Art Mann ist er?«

»Er ist ...« Was sollte er sagen? Für sie war Piers ein gehörntes Wesen mit langem Schweif, der Teufel, der ihren Ehemann verdorben hatte. »Er ist einfach ein Mann.«

Sie schaute sich im Zimmer um, ließ den Blick über die Samtgardinen schweifen, den teuren Teppich, die gediegenen Eichenschränke und Regale. »Ich bin froh, dass er tot ist, weil ich jetzt in meinem Haus bleiben kann. Ich kriege von der Versicherung eine Rente. Er hätte sicher die Kinder sehen wollen und das Gericht hätte es ihm vielleicht erlaubt.«

»Zweifellos.«

»Aber er hätte sie verdorben – ein Mann wie er. Und ich werde Witwe sein und nicht geschieden, nicht exkommuniziert. Nicht dass ich je wieder heiraten würde. Das Risiko wäre mir einfach zu groß.«

Er wusste nicht, was er darauf antworten sollte, und war froh, dass die Polizistin in diesem Moment zurück ins Zimmer kam. »Dr. Crane wird in einer Stunde hier sein«, sagte sie.

»Constable Foster wird bei Ihnen bleiben, bis Ihre Schwester eintrifft«, sagte Greg. Er steckte den anonymen Brief in eine Klarsichthülle. »Den hier nehme ich mit, wenn Sie gestatten.«

»Dachten Sie, ich wollte ihn als Andenken behalten?«

»Nein. Wir werden Sie später zum Identifizieren der Leiche brauchen, wenn Sie sich dazu in der Lage fühlen. Ist das in Ordnung?«

»Ja«, sagte sie matt.

»Ich schicke Ihnen jemanden, wenn wir so weit sind.« Er betete zu Gott, dass man die Leiche einigermaßen herrichten konnte.

»Ja.« Sie stand auf. »Er hat Jordan Abbot nicht getötet, wissen Sie. Er war nicht fähig …« Plötzlich war sie wütend auf sich selbst. »Was zum Teufel rede ich da! Ich kannte diesen Mann nicht, Douglas Cameron. Er war ein Fremder. Ich habe keine Ahnung, wozu er fähig war. Fragen Sie doch diesen beschissenen Piers Hamilton.«

Er fühlte sich unzulänglich, wie immer in einer solchen Situation. »Es tut mir sehr, sehr Leid«, sagte er und meinte es auch so.

»Wird es bei der gerichtlichen Untersuchung zur Feststellung der Todesursache zur Sprache kommen?«, fragte sie. »Das mit *ihm*, meine ich. Was er war?«

Greg wusste nicht, was er sagen sollte. »Wenn der Coroner einräumt, dass es Selbstmord war, und daran gibt es kaum Zweifel … Ich weiß es nicht. Es kommt darauf an, wer es ist. Vielleicht bittet er Sie in den Zeugenstand und lässt Sie den Zustand Ihres Mannes beschreiben, als er das Haus verließ. Sie werden unter Eid stehen, wie in einem richtigen Gericht. Es wäre Meineid, wenn Sie …«

»Es würde sicher ausreichen«, warf Harry hastig ein, »wenn Mrs. Cameron sagen würde, sie hätte ihrem Ehemann erklärt, dass sie die Scheidung wollte, dass sie ihn verlassen und die Kinder mitnehmen wollte. Das reicht wahrscheinlich völlig aus und sie kann sich weitere Details ersparen.«

Greg sah ihn dankbar an. An der Tür reichte Verity beiden die Hand. Greg schüttelte sie kurz. Harry nahm sie jedoch in beide Hände und drückte sie so fest, dass sie gequält lächelte.

»Es tut mir so Leid«, sagte er. »So unsagbar Leid.«

Zwanzig Minuten später betraten sie die Geschäftsräume von Collins und Mather. Es war ein gediegenes Immobilienunternehmen, das sich auf Grundstücke am Wasser spezialisiert hatte. Durch die Eingangstür betrat man einen großen offenen Büroraum, an dessen Ende sich zwei private Büros befanden, deren Türen geschlossen waren. In dem großen Raum standen vier Schreibtische, einer davon war leer, an zwei anderen wurde gerade lebhaft mit Kunden verhandelt.

Der Mann am vierten Schreibtisch schenkte ihnen ein freundliches Lächeln und fragte: »Wie kann ich Ihnen helfen, meine Herren?« Er war schwarz und gut aussehend, Ende zwanzig, mit locker sitzendem braunem Anzug, cremefarbenem Hemd und einer Krawatte, auf der sich rosarote Panther tummelten. David Pilgrim stand auf seinem Namensschild. Greg zeigte ihm seinen Ausweis. »Oh!«, sagte er.

»Ist Mr. Collins zu sprechen?«, fragte Greg. »Oder Mr. Mather?«

»Einen Mr. Collins gibt es nicht mehr«, sagte Pilgrim. »Mr. Mather hat gerade ein Kundengespräch.« Er schaute auf eine der geschlossenen Bürotüren und senkte seine Stimme. »Wenn es etwas Wichtiges ist …«

»Es geht um Douglas Cameron.«

»Er ist kurz weggegangen. Müsste jeden Moment zurück sein.«

»Ich fürchte nicht«, sagte Greg. »Leider muss ich Ihnen mitteilen, dass Mr. Cameron ums Leben gekommen ist … bei einem Autounfall, vor etwa einer Stunde.«

»O mein Gott!« Der junge Mann presste sich die Hand auf den Mund, als würde ihm schlecht. Er war so blass, wie das bei seiner Hautfarbe möglich war. »Das glaube ich nicht. Er war hier. Vor einer guten Stunde.«

Die anderen beiden Angestellten schauten auf, ahnten, dass irgendetwas passiert war. Greg lächelte ihnen beruhigend zu.

»Zwanzig vor zehn wurde er rausgerufen in einer dringenden Angelegenheit«, fuhr Pilgrim langsam fort. »Gegen halb elf kam er zurück. Ich sah, dass er diesmal mit dem Wagen seiner Frau gekommen war. ›Will der Volvo mal wieder nicht, Doug?‹, hab ich noch gefragt, aber er hat nicht geantwortet. Er war vielleicht zehn Minuten in seinem Büro, dann kam er raus, immer noch ohne etwas zu sagen, sein Gesicht ...«

»Sein Gesicht?«, sagte Greg.

»Er sah aus, als hätte er eine wichtige Entscheidung getroffen.«

»Ist das da hinten sein Büro?«

»Ja.«

»Ich glaube, wir brauchen Mr. Mather im Moment nicht zu stören«, sagte Greg. »Wir schauen mal schnell in sein Büro.«

Pilgrim stand auf und folgte ihnen, seine Bewegungen wirkten wie ferngesteuert. »Weiß Verity Bescheid?«, flüsterte er.

»Wir kommen gerade von dort.«

»Sie ist so eine wunderbare Frau und diese hübschen Kinder. Es ist nicht fair.«

Die Büros waren mit Rauchglaswänden abgeteilt. Die Tür war nicht verschlossen, Greg öffnete sie und ging hinein. Unwillkürlich fing er an, die Melodie von Paulchen Panther vor sich hin zu summen: Ta dam, ta dam, ta dam ... Als es ihm bewusst wurde, hielt er verärgert inne.

»Er hat seinen Schreibtisch aufgeräumt«, sagte Harry.

»Nein, der sieht immer so aus«, sagte Pilgrim. »Das ganze Büro macht sich lustig über seine Ordnungsliebe. Wir nennen ihn immer unsere Perle, weil er hinter jedem herräumt. Oh!« Er legte wieder die Hand auf den Mund, weil er für kurze Zeit vergessen hatte, dass der Spitzname in diesem Büro nie wieder zu hören sein würde.

»Vielleicht trinken Sie besser ein Glas Wasser«, sagte Greg freundlich. »Sie sehen aus, als könnten Sie eins gebrauchen.« Pilgrim nickte brav und verließ den Raum.

Ein adretter Mann, dieser Mr. Cameron, dachte Greg. Ein ordnungsliebender Mann, dessen Privatleben alles andere als geordnet war. Auf dem leeren Schreibtisch lag ein weißer DIN-A5-Umschlag, genau in der Mitte. Greg trat hinter den Schreibtisch und betrachtete ihn, ohne ihn zu berühren. Die Adresse war mit Tinte geschrieben, eine Zeile, ebenfalls sehr ordentlich.

Superintendent Gregory Summers.

Nun, niemand konnte behaupten, dass er nicht das Recht hatte, ihn zu lesen. Er nahm ihn an sich und öffnete ihn ohne weitere Umstände. Er enthielt einen zweiten, kleineren Umschlag, adressiert an den Coroner, und einen einzelnen, in der Mitte gefalteten weißen DIN-A4-Bogen. Er schaute Harry an, der die Achseln zuckte, dann faltete er den Bogen auseinander und begann zu lesen.

Lieber Mr. Summers!

Sie versprachen mir Diskretion und ich glaubte Ihnen. Offensichtlich bin ich doch dümmer, als ich glaubte. Sicher hat sich das ganze Polizeipräsidium köstlich über

meine privaten Probleme amüsiert. Einerlei. Ich mache jetzt Schluss. Ich habe zu lange versucht, die verschiedenen Aspekte meines Lebens unter einen Hut zu bringen, aber jetzt habe ich die Kontrolle verloren und weiß keinen anderen Ausweg mehr.
Ich habe Jordan Abbot übrigens nicht getötet. Was ich Ihnen gesagt habe – bei der zweiten Aussage –, entspricht der Wahrheit: Ich sprach mit ihr, fragte sie, ob ihre Mummy wüsste, dass sie noch draußen war, und sah, wie sie kurz darauf ihrem Tod entgegenlief. Wenn ich sie in mein Auto gezogen und nach Hause oder zur nächsten Polizeiwache gefahren hätte, würde sie jetzt noch leben. Wäre ich nicht als verantwortungsbewusster Staatsbürger zu Ihnen gerannt, um Ihnen zu erzählen, dass ich sie gesehen habe, würde ich jetzt noch leben. Man sagt, dass man für gute Taten bestraft wird, aber ich glaube eher, dass es die Strafe dafür ist, dass ich weggeschaut habe, als ich helfen konnte. Ich halte mich nicht für einen schlechten Menschen, obwohl ich manchmal schlecht gehandelt habe.
Adieu, Mr. Summers, ich hatte immer Angst vor dem Tod, aber jetzt empfinde ich ihn als eine große Erleichterung. Ich fühle mich übermütig wie ein Schuljunge vor den großen Ferien.

Mit freundlichen Grüßen
Douglas Cameron

P.S. Bitte sehen Sie nach, ob mit Piers alles in Ordnung ist.

Schweigend gab Greg den Brief an Harry weiter, der ihn schnell überflog.

»Das wird ein gefundenes Fressen für die Presse«, sagte Detective Chief Inspector Stratton.

»Vielleicht braucht er bei der Gerichtsverhandlung zur Feststellung der Todesursache nicht verlesen zu werden. Das hängt davon ab, was er in dem anderen Brief geschrieben hat.«

»Ein Brief an dich und einer ans Gericht, aber keiner an seine Frau.«

»Ich denke, er wollte, dass sie leidet.«

»Und ich denke, sie hat schon mehr als genug gelitten. Sie ist die Leidtragende bei dem ganzen Schlamassel.«

»Kann ich Ihnen helfen?« Ein dünner, hektisch wirkender Mann um die fünfzig erschien in Begleitung von Mr. Pilgrim an der Tür. »Mr. Pilgrim sagt, Sie wären von der Polizei. Wegen Douglas.«

»Ich habe leider eine schlechte Nachricht für Sie«, sagte Greg und erklärte erneut, was geschehen war, diesmal ein wenig detaillierter.

»Selbstmord!«

»Daran gibt es keinen Zweifel. Er hat einen Brief hinterlassen, zwei Briefe.«

Mather machte Anstalten, ihm den Umschlag aus der Hand zu nehmen, aber Greg lächelte höflich und schüttelte den Kopf. »Der wird als Beweismittel bei der Verhandlung zur Feststellung der Todesursache gebraucht.«

»Natürlich. Ich hab nicht nachgedacht.«

»Es hat doch wohl nichts mit dem Mord an dem kleinen Mädchen zu tun?«, platzte Pilgrim heraus. »Er war ganz außer sich, als er am Montagmorgen die Schlagzeile und das Bild in meiner Zeitung sah. Er hat sie mir mehr oder weniger aus der Hand gerissen. Kurz danach ist er aus dem Büro gerannt. Er wohnt in Hungerford und ich dachte, dass er sie vielleicht gekannt hat.« Er sah Greg flehentlich an. »Es war doch wohl nicht deswegen?«

»Nein«, sagte Greg. »Es hatte nichts damit zu tun.«

»Und gestern war eine Frau hier. Eine junge Frau, brünett, attraktiv. Es war um die Mittagszeit und er ist mit ihr zum Lunch gegangen, was ich seltsam fand, da wir uns schon zum Essen verabredet hatten. Ich dachte, vielleicht …«

»Sie gehört zu meinen Leuten«, sagte Greg. »Und sie waren nicht zusammen essen.«

»Oh! Gott sei Dank! Ich fürchtete schon … Verity ist so eine wunderbare Frau.«

»Ja.«

»Ich … ich … schließe das Büro für heute Nachmittag, als Zeichen der Anteilnahme«, stammelte Mather.

»Ich bin sicher, dass er das zu schätzen wüsste«, sagte Greg.

Draußen überreichte er Harry Stratton den Umschlag des anonymen Briefes. »Bringst du das bitte ins Labor? Und den anderen Umschlag kannst du im Büro des Coroners abgeben.«

»Es ist kein Verbrechen, einen anonymen Brief zu schreiben«, sagte Harry.

»Nicht einmal, wenn er einen Mann dazu treibt, sich das Leben zu nehmen, aber ich würde ihn gern überprüfen lassen.«

»Manche würden vielleicht sagen, dass sie ein Recht auf die Wahrheit hatte«, sagte Harry. Er hielt den Brief an den Coroner gegen das Licht, aber das Papier war dick und undurchsichtig. Er war außerdem sorgfältig zugeklebt. »Mit ein bisschen Dampf …«

Greg sah ihn scharf an. »Bring ihn einfach zum Coroner.«

Harry ging in Richtung Kreisverkehr, dann blieb er plötzlich stehen und sagte: »Ist das nicht deine kleine Angie?«

»Wo?«

Harry deutete auf den Pub an der Ecke, etwa fünfzig Meter entfernt, *The Rising Sun*. Greg folgte seinem Blick. Ein dünnes, mittelgroßes Mädchen, aschblond, ging in Begleitung eines Mannes in das Lokal. Etwa dreißig, billiger blauer Anzug und Polyesterkrawatte, dachte Greg spöttisch. Er hielt ihr die Tür auf und sie verschwanden lachend im dunklen Innenraum.

»Nicht die geringste Ähnlichkeit mit ihr«, sagte er. »Du solltest mal zum Augenarzt gehen.«

»Hab mich wohl geirrt. Was hast du jetzt vor?«

»Ich fahre nach Hungerford und überbringe einem anderen Leidtragenden die traurige Nachricht.«

»Was meinte er damit, dass du nachsehen sollst, ob mit Piers alles in Ordnung ist?«, fragte Stratton.

»Piers Hamilton. Ich dachte, du hättest gestern seine Aussage zu Protokoll genommen.«

»Ja, das habe ich, ein sehr unappetitlicher Lesestoff.« Harry war offensichtlich immun gegen Hamiltons lässigen Charme. »Aber was hat Cameron gemeint?«

»Das will ich herausfinden.«

Mittwochnachmittag

Die Tür zu Piers Hamiltons Studio war abgesperrt, auf dem Ladenschild stand: *Geschlossen*. Auf Gregs Läuten hin rührte sich nichts. Er legte das Ohr an die Tür, aber nichts war zu hören. Er läutete noch einmal. Wieder nichts. Die Tür hatte ein Sicherheitsschloss und eine Sicherheitskette, die jedoch nicht vorgehängt war. Es war Markttag und auf der High Street herrschte reger Betrieb. Er sah kurz nach allen Seiten, um sicherzugehen, dass er nicht beobachtet wurde, knackte das Sicherheitsschloss und trat ein.

Tam, ta dam, ta dam, ta dam … Blödmann!

»Piers!«, brüllte er.

Keine Antwort. Vielleicht war er zum Lunch gegangen oder hatte irgendwo einen Fototermin, was für Greg ziemlich peinlich gewesen wäre, aber die letzten Worte in Camerons Abschiedsbrief gingen ihm nicht aus dem Kopf. Ein Mann, der kurz davor stand, durch eigene Hand zu sterben, hatte sicher nicht im Sinn, der Polizei eins auszuwischen. Mit einer schrecklichen Vorahnung lief er die Treppe hinauf und riss die Tür zum Wohn-Schlafzimmer auf. Es lag im Dunkeln, die Vorhänge waren zugezogen. Er konnte ein reglose Gestalt ausmachen, die reglos auf dem Bett lag.

»O Gott!«, stöhnte er. War es das, was Orlenda in der Handfläche dieses sympathischen jungen Mannes gesehen hatte? *Vielleicht habe ich ja gar keine Zukunft!*

Beim Einschalten des Lichts benutzte er ein Taschentuch, um keine Spuren zu verwischen. Es war offensichtlich, wer dieses Verbrechen begangen hatte. Er konnte nicht mehr bestraft werden, lag in der Leichenhalle und wartete auf seine Obduktion, aber die Regeln mussten eingehalten werden.

Das Zimmer war noch chaotischer als sonst und er fragte sich unwillkürlich, wie ein Ordnungsfanatiker wie Doug es mit dem schlampigen Piers ausgehalten hatte, da wäre er bei Verity, die ihre Briefe mit dem Brieföffner aufschlitzte, auf lange Sicht besser aufgehoben gewesen. Er konnte es nicht länger aufschieben, sich der leblosen Gestalt auf dem Bett zu nähern, die, wie er jetzt sah, mit dem Gesicht nach unten lag. Es gab keine äußeren Anzeichen von Gewalt, kein Blut, keinen aufgeschlagener Schädel.

Zögernd berührte er den Hals des Mannes. Er war warm. Erst jetzt registrierte er, dass der Raum wie eine Schnapsbrennerei roch und er trat gegen eine leere Brandyflasche, die neben dem Bett auf dem Boden lag.

Piers bewegte sich, drehte sich auf den Rücken, öffnete die Augen, stöhnte und schloss sie wieder. »Wollen Sie mich wieder beleben, Gregory, mit Mund-zu-Mund Beatmung?« Seine Stimme klang heiser und belegt.

»O Scheiße!« Greg ließ sich aufs Bett fallen, vor Erleichterung ganz schwach. »Ich hatte Angst, Sie wären tot.«

»Das unterscheidet uns voneinander, Darling, weil ich *wünschte,* ich wäre tot.«

Greg stand auf und zog die Gardinen zur Seite. Piers klagte über das grelle Sonnenlicht und hielt sich die Hände vor die Augen. Greg riss die Fenster auf, um die Alkoholdünste entweichen zu lassen. Er holte ein Glas Wasser und einen Eimer aus der Küche und zwang Piers trotz heftiger Proteste zu trinken, während er den Eimer bereithielt, falls er sich übergeben musste. Fünfmal holte er frisches Wasser, bis Piers einen gan-zen Liter heruntergewürgt hatte und um Gnade winselte.

»Der barmherzige Samariter«, sagte er hustend.

Greg stöberte in der Küche herum, goss Orangensaft in ein Glas, gab einige Löffel alten, kristallisierten Honig und ein paar lösliche Parazetamoltabletten dazu. »Das wird helfen«, sagte er, während Piers das Gebräu folgsam herunterschluckte. Langsam wurde ihm klar, dass sein Freund gehörig verprügelt worden war. Frische Blutergüsse verunstalteten sein hübsches Gesicht, am Auge, an beiden Wangen, am Kinn. Und es war offenbar nicht nur das Gesicht betroffen, denn jede Bewegung schien ihm Schmerzen zu bereiten.

»Wie schrecklich sehe ich aus?«, fragte der Fotograf, dem Gregs prüfender Blick nicht entgangen war.

»Ich sollte einen Arzt holen«, sagte Greg.

»So schlimm ist es nicht. Es ist nichts gebrochen. Ich war schlimmer dran, als ich mit zehn beim Radfahren hingefallen bin.« Er tastete nach seinen Zähnen und überzeugte sich, dass keiner fehlte.

»Ich brauche nicht zu fragen, wer das gemacht hat«, sagte Greg. »Und ein Fahrradunfall war es bestimmt nicht.«

»Ich erstatte keine Anzeige.«

»Entgegen der allgemeinen Meinung ist es nicht Sache des Opfers, *Anzeige zu erstatten.* Die Staatsanwaltschaft verfügt über hervorragend ausgebildete Juristen, die entscheiden, ob jemand wegen schwerer Körperverletzung angezeigt wird oder nicht.«

»Ich werde jedenfalls vor Gericht nicht gegen ihn aussagen. Selbst wenn Sie mir Daumenschrauben anlegen.«

»Nein«, sagte Greg ruhig. »Es wird keine Anzeige geben. Dafür ist es zu spät. Wollen Sie mir erzählen, was passiert ist?«

Mühselig rappelte Piers sich ein wenig hoch und Greg schob ihm ein Kissen in den Rücken. »Er kam gegen zehn nach zehn, vielleicht war es auch Viertel nach, und ich hab mich so gefreut, ihn zu sehen. Ich hatte einen Kunden und sagte: ›Wenn Sie einen kleinen Moment warten würden, Sir.‹ Er lächelte und zwinkerte mir zu. Er wirkte auf mich nicht anders als sonst. Als der Kunde weg war, fragte ich: ›Machst du blau, Darling?‹ Er fragte, ob ich das Geschäft eine Weile schließen könnte, was ich natürlich tat, weil ich dachte, er wollte …« Er deutete matt auf das Bett.

»Ich bin mit ihm nach oben gegangen, und als wir ins Zimmer kamen, hab ich mich zu ihm umgedreht, wahrscheinlich um ihn zu küssen, und er hat mich ins Gesicht geboxt. Ich war völlig überrascht. Ich glaube, ich bin rückwärts aufs Bett getaumelt. Aber er riss mich an den Haaren hoch und schlug mich noch einmal, und als ich auf den Boden fiel, fing er an mir in die Rippen und in den Bauch zu treten. Ich hatte keine Ahnung, dass er diese … *Gewalttätigkeit* in sich hat.«

»Ja, manchmal kann man staunen, wozu die Menschen fähig sind.«

»Ich flehte ihn an aufzuhören, flehte ihn an, mir zu sagen, was los war. Und er sagte immer wieder: ›Du hast es meiner Frau gesagt, du verfluchte kleine Schwuchtel. Ich bring dich um.‹«

»Und, haben Sie es seiner Frau erzählt?«

»Nein! Oh, ich hab damit gedroht, wenn wir uns gekabbelt haben, aber ich hätte es niemals wirklich getan, und das muss er doch gewusst haben.«

»Haben Sie sich nicht gewehrt?«

»Nein. Erstens war ich viel zu erschrocken und zweitens könnte ich ihm niemals wehtun. Dafür liebe ich ihn viel zu sehr.«

»Wie lange ging das so?«

»Es kam mir vor wie eine Ewigkeit, aber wahrscheinlich waren es nur wenige Minuten. Ich fing an zu weinen, vor Schmerzen, und … es ist nicht schön, wenn einem die Schnodder aus der Nase läuft … Er konnte sehen, dass ich genug hatte, zog die Vorhänge zu und ging fort. In dem Moment muss ich ohnmächtig geworden sein, aber ich bin sicher, dass ich ihn sagen hörte: ›Adieu, Piers. Es tut mir Leid.‹«

»Was war dann?«

»Ich weiß nicht, wie lange ich weg war – vielleicht ein paar Minuten. Ich holte den Brandy, schleppte mich aufs Bett und trank die Flasche leer. Erstaunlich, wie es den Schmerz betäubt. Für eine gewisse Zeit.« Er nahm Gregs Hand und drückte sie überraschend fest. »Und jetzt sagen Sie mir, was Sie damit meinten, dass es zu spät sei.«

Greg schwieg einen Augenblick. »Nun, irgendjemand hat es seiner Frau gesagt.«

»Wer?«

»Das würde ich auch gerne wissen.«

»Niemand hat etwas von uns gewusst.«

»Sie träumen, Piers. Irgendjemand weiß immer Bescheid. Sie hat heute Morgen einen anonymen Brief bekommen.«

»Was ... was stand darin?«

Greg hatte keine Schwierigkeiten, sich an den genauen Wortlaut zu erinnern. Dreiundzwanzig Wörter, die Douglas Cameron in den Tod getrieben und das Leben seiner Ehefrau und seiner Kinder zerstört hatten. Piers' Leben jedoch nicht, dachte er. Piers würde es überstehen.

»Armer Doug«, flüsterte Piers. »Es ist ihm so wichtig, ein guter Familienvater zu sein, ein rechtschaffener, gesetzestreuer Bürger.«

»Ja.« Greg musste ihm so schonend wie möglich den Rest der traurigen Wahrheit beibringen. »Sie müssen jetzt sehr stark sein.«

»O nein, Gregory! Mein Vater war Arzt und das hat er immer gesagt, bevor er mir eine besonders schmerzhafte Spritze verpasste.«

Greg hielt seine Hand. »Verity Cameron hat ihren Mann mit dem Brief konfrontiert und ihm gesagt, dass sie ihn verlassen will. Er kam her und hat Sie verprügelt, weil er dachte, Sie würden dahinter stecken. Dann ging er zurück in sein Büro und schrieb einen Brief an mich, den er auf seinem Schreibtisch zurückließ; der Umschlag enthielt auch eine versiegelte Mitteilung an den Coroner. Dann stieg er in den Wagen seiner Frau und fuhr ihn mit hundertzwanzig Sachen vor eine Mauer im Industriegebiet in Newbury.«

»Tot? Ist er tot?«, jammerte Piers.

»Er muss auf der Stelle tot gewesen sein. Er hat sicher nicht gelitten.«

»Hat er … hat er irgendetwas über mich gesagt in seinem Brief?«

»Er bat mich nachzusehen, ob mit Ihnen alles in Ordnung sei. Deshalb bin ich hier. Hören Sie, haben Sie den Brief an seine Frau wirklich nicht geschrieben? Denn wenn Sie es getan haben, sollten Sie es lieber sofort sagen, Piers. Sie hätten kein Verbrechen begangen, wie katastrophal die Folgen auch sein mögen und …«

»Ich schwöre bei meiner Seele, dass ich es nicht war.«

»Sie haben einen Computer, nehme ich an, und einen Drucker.«

»Nein.«

»Und wir führen Sie dann Ihr Geschäft?«

»Auf dieselbe Weise, wie die Leute es vor zwanzig Jahren gemacht haben. Ich habe eine elektrische Schreibmaschine und ein Geschäftsbuch, in das ich höchstpersönlich alle Einnahmen und Ausgaben eintrage. Warum glauben Sie mir nicht?«

»Ich glaube Ihnen ja. Soll ich jemanden benachrichtigen? Ihre Eltern …?«

»Sie haben kein Wort mit mir gesprochen, seit ich auf der Familienfeier zu meinem achtzehnten Geburtstag öffentlich verkündet habe, dass ich schwul bin. Ich habe allen gründlich die Stimmung verdorben. Meine Mutter hatte sich so viel Mühe gemacht. Die letzten Worte, die sie zu mir sagte, waren: ›Nach all der Arbeit, die ich mit den Blätterteigpasteten hatte!‹« Er lachte, aber seine geschundenen Rippen schmerzten so sehr, dass er abrupt aufhörte. Dann fing er an zu weinen.

»Es tut so weh«, sagte er, während ihm die Tränen über die aufgeschürften Wangen liefen. Es brannte wie Feuer und beim Abwischen wurde es nur schlimmer. »Warum bin ich nur so traurig? Es war ohnehin Schluss. Wenn dich ein Mann so verprügelt, wird er kaum am nächsten Tag vorbeikommen und dir einen Antrag machen.«

»Da wäre ich mir nicht so sicher.« Barbara war eine Zeit lang bei der Sondereinheit für häusliche Gewalt gewesen und hatte ihm die unglaublichsten Geschichten erzählt. Die Arbeit gefiel ihr nicht und nach vier Monaten wurde sie versetzt, da sie die Frauen immer wieder ermahnt hatte, nicht so verdammt schwach und nachgiebig zu sein.

»Ich werde nicht zur Beerdigung eingeladen«, sagte Piers. »Beerdigungen sind für Ehefrauen. Geliebte sind nicht erwünscht.«

»Hören Sie, lassen Sie mich einen Freund von Ihnen holen. Jemand, dem Sie vertrauen. Es muss doch einen geben.«

»Ja.«

»Wer?«

»Sie, Gregory. Ich vertraue Ihnen.«

Er seufzte. »Ich bleib noch ein, zwei Stunden, aber dann muss ich zurück zur Arbeit.«

»Danke.«

»Schon gut«, sagte Greg. Er legte die Arme um Piers. »Es wird alles wieder gut.« Piers legte den Kopf an seine Schulter und fing wieder an zu weinen. »Es wird alles wieder gut.«

»Hast du schon mal jemanden verloren, der dir nah stand?«, fragte Piers nach einer Weile, als Gregs Schulter nass geweint war. »Ja ... Ich kann mich erinnern. Aber du hast mir nicht gesagt, wer es war.«

»Mein Sohn. Er starb an Leukämie. Vor einem Jahr. Zeit genug, um sich an den Gedanken zu gewöhnen, nehm ich an.«

Piers war voller Mitgefühl. »Ein Kind zu verlieren muss schrecklich sein.«

»Er war zweiundzwanzig.«

»Warum hast du es mir nicht erzählt, Gregory?«

»Ich kannte dich nicht gut genug.« Das war absurd, denn er hatte von Anfang an das Gefühl gehabt, Piers ein Leben lang zu kennen. Er zögerte, aber dann redete er drauflos, als säße er im Beichtstuhl. »Und ich habe Angst, dass ich die Frau verliere, die ich liebe, und es gibt nichts, was ich dagegen tun könnte.«

»Will sie dich verlassen?«

»Ich glaub schon.«

»Warum?«

Warum glaubte er es? Eine ungeklärte Zugfahrt, ein harmloses Telefonat, vielleicht ein versteckter Brief. Viel war es nicht, nichts als ein paar Geheimnisse. Und dann heute vor dem Pub in Newbury. Das war schwieriger wegzudiskutieren. Der Mann in dem billigen blauen Anzug hatte ziemlich nichts sagend ausgesehen, dachte er, nichts Besonderes, kein Vergleich mit Fred, er war nicht gut genug für sie.

»Warum verlässt sie dich?«, fragte Piers geduldig.

»Weil sie mich eine Weile gebraucht hat und jetzt nicht mehr, nehme ich an. Oder weil mein Sohn sie gebeten hat, sich um mich zu kümmern, was sie ein Jahr lang getan hat, und jetzt hat sie genug davon. Oder vielleicht, weil ich sie brauchte. Und jetzt denkt sie, ich brauche sie nicht mehr.«

»Und brauchst du sie?«

»Keiner *braucht* einen anderen Menschen. Nicht wirklich. Wir wollen ihn besitzen.«

Sie saßen etwa eine halbe Stunde da, ohne viel zu sagen. Von Zeit zu Zeit brach Piers in Tränen aus, ohne sich für seine Gefühlsausbrüche zu entschuldigen, wie es die meisten Leute getan hätten, wie Greg es mit Sicherheit auch getan hätte.

Er kochte Kaffee. Der Schrank war leer und er ging zu Somerfield und kaufte Eier, Käse und Tomaten und machte ein Omelette, das beim Servieren zusammensackte, wie alle seine Omelettes. Es ändere nichts am Geschmack, behauptete er und zwang Piers zwei Drittel davon zu essen. Er öffnete eine Dose Pfirsiche, die er in der hintersten Ecke des Küchenschranks gefunden hatte. Sie aßen die Früchte mit den Fingern und sie glitschten wie Goldfische durch ihre Kehle. Als sie fertig waren, leckten sie sich die Finger sauber.

Er hatte Arnikasalbe besorgt, die er auf die geschwollenen Blutergüsse strich. »Ein paar Tage lang seh ich sicher aus wie das Phantom der Oper«, sagte Piers. »Und dann bin ich genauso schön wie vorher.«

Um vier Uhr sagte Greg: »Ich muss jetzt gehen. Ich schau heute Abend noch mal rein.«

»Nimm den Schlüssel, der oben im Treppenhaus am Haken hängt. Dann brauch ich dir nicht aufzuschließen.«

»Gut.«

»Wie bist du eben überhaupt reingekommen? Doug hat doch sicher die Haustür zugeknallt. Dabei müsste das Schloss doch zugeschnappt sein.«

»Alter Polizeitrick.«

»Oh.«

»Ruh dich aus. Vielleicht solltest du doch zum Arzt gehen.«

»Das wird schon wieder. Ein richtiger Ohrwurm, nicht wahr?«

»Wie?«

»Der rosarote Panther.«

Als er zurück ins Büro kam, informierte Susan Habib ihn, dass John Smith in den letzten eineinhalb Stunden mehrmals nach ihm gefragt habe.

Smith! Gott sei Dank ging es ihm gut. »Wo ist er jetzt?«, fragte er.

»Er sagt, er würde wiederkommen. Er ist schon zweimal zurückgekommen. Ich bot ihm an, Sie per Autotelefon zu benachrichtigen, aber er wollte lieber am Fluss spazieren gehen, bis Sie kommen.« Sie errötete. »Das ist ein merkwürdiger Mann, Mr. Summers.«

»Hm.« Er fragte sich, ob sie Bescheid wusste. Ob sie Josie im Fernsehen gesehen hatte, die ihn nicht als Mensch, sondern als Monster dargestellt hatte? In diesem Augenblick läutete das Telefon und er nahm ab. »Sagen Sie ihm, dass ich sofort runterkomme.«

Smith drückte ihm kräftig die Hand und folgte ihm in ein freies Verhörzimmer. »Es geht um Lashlo«, sagte er ohne Umschweife. »Rufus sagt, er wäre gestern und heute Morgen vergeblich hergekommen, um Sie zu sprechen. Er verliert langsam die Geduld.«

»Ich war furchtbar beschäftigt, ehrlich.«

»Deshalb wollte ich es auch versuchen.«

»Er schien ganz zufrieden, als ich heute Morgen anrief und nach ihm fragte.« Lashlo befand sich in einer Sicherheitsanlage für Jugendliche.

»Zufrieden wohl kaum«, sagte Smith. »Er wird überraschend gut mit der Situation fertig, aber als Rufus und ich heute Nachmittag bei ihm waren, wollte er mit nach Hause. Rufus ist noch bei ihm. Er versteht nicht, warum er seinen Sohn nicht mitnehmen kann, und offen gesagt verstehe ich es auch nicht.«

»Sind Sie davon überzeugt, dass er im Lager sicher ist?«

Smith dachte darüber nach und strich sich übers Kinn, als hätte er einen Bart zum Streicheln. Greg bemerkte die Wunden, die dunklen, blutverkrusteten Striemen auf den Wangen und am Kinn. »Haben Sie sich beim Rasieren geschnitten?«, fragte er.

»Ja, ja.« Wohl kaum, dachte Greg. Er kannte die Kratzer von menschlichen Fingernägeln. Es ging ihn nichts an. »Hören Sie«, fuhr Smith fort. »Rufus will morgen weiterziehen, spätestens Freitag. Sie müssen Ende des Monats in Salisbury sein. Ich denke, wir können Lashlo so lange schützen. Ich glaube, die Aufrührer haben sich beruhigt.«

»Ja, das ist anzunehmen.« Am Morgen war er Templeton auf der Straße begegnet und der stämmige Bauunternehmer war rot geworden und hatte in eine andere Richtung geschaut. »Ich schicke ein paar Leute hin, die nachts ein Auge auf das Gelände haben. Wie Montagnacht.«

»Sie haben Lashlo nicht wegen irgendeines Vergehens angezeigt. Er steht nicht unter Arrest. Wollen Sie, dass ich einen Termin zur Haftprüfung erwirke?«

»Bitte glauben Sie mir, John, dass ich wirklich versucht habe, in seinem Interesse zu handeln.«

»Ich glaube Ihnen.«

»Aber ich stimme Ihnen zu, dass wir ihn nicht länger festhalten dürfen.« Greg hielt seinem Besucher die Tür auf. »Wenn Sie die Verantwortung für ihn übernehmen möchten, sollten wir jetzt rübergehen und Sie und Rufus unterschreiben, dass Sie ihn in Ihre Obhut nehmen.«

»Danke.«

»Ich hab mir Sorgen um Sie gemacht«, sagte Greg, als sie den Kreisverkehr überquerten. Smith wählte automatisch den Weg durch die ruhige Unterführung – er war ein Mann, der in seinem Leben genug Aufregung gehabt hatte.

»Ich kann auf mich selbst aufpassen. Mittlerweile.«

»Das mit Mrs. Abbot tut mir Leid. Sie ist wirklich unberechenbar.«

»Es war mein Fehler, nicht Ihrer. Ich hab ihr von meiner Vergangenheit erzählt, nicht Sie. Hören Sie auf, die Last der ganzen Welt auf Ihre Schultern zu laden,

Mr. Summers.« Sein Gesicht wirkte müde und alt. »Ich habe ihr vertraut. Sie war verzweifelt und ich wollte ihr helfen.«

»Diesen Fehler werden Sie wohl so schnell nicht noch einmal machen«, sagte Greg.

»Wohl kaum.«

»Wie konnten Sie den Gemeindegrund verlassen, obwohl zwei Polizeibeamte Wache hielten?«

»Wir Roma können uns unsichtbar machen.«

»Ich mein's ernst.«

»Ich auch. Wir sind oft unsichtbar, weil die Leute uns nicht sehen wollen, genauso wenig wie sie Bettler auf den Straßen sehen wollen.«

»Aber ...«

»Ich würde mein Geheimnis lieber für mich behalten, wenn's Ihnen recht ist.«

»In Ordnung. Wo lagern Sie jetzt?«

»In der Nähe.«

Es war halb fünf und die schlimmste Hitze des Tages war vorüber, während sie in Richtung der Vororte gingen. Greg mochte diese Tageszeit am liebsten, wenn die Schatten über dem Kennet- und dem Lambourn-Fluss länger wurden. An einem schönen Sommerabend hatte man Lust, einen Spaziergang über die Hügel zu machen, den Pferden beim abendlichen Training zuzusehen, es sich bis elf in einem Pub gemütlich zu machen und warmes englisches Bier zu trinken.

Nach einer Weile sagte Smith: »Rufus ist immer noch aufgebracht wegen seiner Enkeltöchter. Wissen Sie, wo die beiden sind?«

»Die genaue Adresse weiß ich nicht, aber sie sind zusammen in einer netten Pflegefamilie etwas außerhalb der Stadt untergebracht.«

»Rufus und Orlenda möchten sie wenigstens gern mal sehen.«

»Ich hab ihm erklärt, dass er sich an die Behörde wenden muss. Meines Wissens haben Großeltern heutzutage das Recht, ihre Enkelkinder zu besuchen.«

»Ich kümmer mich drum. Danke.«

»Hat Romy sie nicht am Montag besucht?«

Smith wirkte überrascht. »Nein.«

»Oh. Ich hab sie nur in einen Zug Richtung Hungerford steigen sehen und dachte, sie wollte ihre Großeltern besuchen.«

»Wie ich die kleine Romy kenne, hatte sie sicher andere Pläne.«

Es klang, als würde sie ihren Großeltern nicht besonders nahe stehen, obwohl sie ihr Leben lang mit ihnen unterwegs gewesen war. »Kannten Sie ihren Vater?«, fragte Greg. »Huwie?«

»Er war noch ein Kind, als ich fortging«, erwiderte Smith. »Vier oder fünf. Ganz normaler Junge, ein bisschen eigensinnig, aber Rufus hat ihm was mit dem Riemen gegeben, wenn er über die Stränge schlug.«

»Rufus?«

»Er hat ihn großgezogen, da seine Eltern beide tot waren. Und er hält auf Zucht und Ordnung, Rufus.« Seine Stimme klang gehässig und Greg ahnte, dass Smith Rufus Lee genauso hasste wie Lee ihn, es nur besser verbergen konnte. »Huwie wurde zu einem zornigen jungen Mann«, sagte er. »Man sagt, dass ein Junge, dem viel Gewalt angetan wird, später selbst gewalttätig wird. Alle Lees haben ein hitziges Temperament. Der ganze Zweig der Familie, bis auf Lashlo, der keiner Fliege was zu Leide tun könnte.« Er lächelte ein wenig. »Annie, meine Frau, sie ist ihnen nichts schuldig geblieben.«

»Ja?«

»Das mochte ich ja so an ihr, ihre feurige Art. Sie hat immer alles gegeben.« Seine Miene verfinsterte sich.

»Das war einer der Gründe, weshalb ich so schnell zum Mörder erklärt wurde und andere Möglichkeiten außer Acht gelassen wurden. Am Abend zuvor hatten wir im *Down Gate Pub* einen fürchterlichen Streit, mindestens zwanzig Leute konnten bezeugen, dass wir uns am liebsten umgebracht hätten. Aber so waren wir immer, wir stritten und küssten uns und dann ging's wieder von vorne los.«

»Es muss Beweise gegen Sie gegeben haben, sonst hätte die Jury Sie nicht für schuldig befunden.«

Er zuckte die Achseln. »Nur Indizien. Kein Alibi. Niemand anders mit einem plausiblen Motiv. Damals war der Glaube an unser Rechtssystem noch nicht erschüttert worden – die unschuldig verurteilten Guildford-Verbrecher* und die Birmingham-Terroristen* saßen noch hinter Schloss und Riegel. Die Geschworenen glaubten noch fest daran, dass du schuldig warst, wenn die Polizei dich geschnappt hatte, und hielten ihre Rolle für eine Formalität.«

Greg konnte sich noch gut an diese Zeit erinnern. Für die Polizei war es sehr bequem, bevor die West-Midlands-Kommission zur Bekämpfung von Kapitalverbrechen ihnen allen das Leben schwer machte und die Operation Countryman das öffentliche Vertrauen in ihre Gesetzeshüter erschütterte.

»Ich stand zu sehr unter Schock und war zu verletzt, um mich zu verteidigen«, fuhr Smith fort. »Mein Anwalt rief mich nicht in den Zeugenstand. Er sagte, es wäre sinnlos.«

»Das war vielleicht ein Fehler. Geschworene denken, wenn ein Mann nicht für sich selbst sprechen kann, hat er etwas zu verbergen.«

»Es war eine glückliche Ehe«, sagte Smith.

»Tut mir Leid. Oder sollte ich sagen, es freut mich?«

»Streiten Sie sich nie mit Ihrer Frau?«

»Nein.«
»Nie?«
»Eigentlich nicht.« Beide nahmen sich sehr vor einander in Acht.
»Jeder so, wie's ihm gefällt. Es ist so lange her und jetzt kann ich mich nicht mal mehr an ihr Gesicht erinnern.«
»Aber Sie erinnern sich an die Gesichter der Männer, die Sie verprügelt haben?«
»Dazu habe ich allen Grund, aber ich hab nicht nach ihnen Ausschau gehalten. Ich versuche, niemandem ins Gesicht zu sehen, wenn ich aufs Präsidium komme.«
»Die Männer von damals sind sicher größtenteils pensioniert oder versetzt worden. Oder tot.«
»Ich weiß.«
»Rufus wirkt ziemlich ruhig«, sagte Greg, »für einen Lee. Auf mich macht er einen einigermaßen friedfertigen Eindruck.«
»Bevor Annie und die Kinder starben, hat Rufus getrunken und sich oft geprügelt. Dann verlor er seinen Mumm, er hörte auf zu trinken, sein Zorn war verraucht. Man sagt, dass Angst durch Zorn verschwinden kann, aber Zorn kann auch durch Leid verschwinden.« Greg erinnerte sich an seine erste Begegnung mit Rufus und an das wütende, Furcht erregende Funkeln in Rufus' Augen, als er ihm sagte, dass seine Enkelkinder in einer Pflegefamilie untergebracht werden sollten.
»Er war dagegen, dass Annie mich heiratete«, sagte Smith.
»Weil Sie kein Lee sind?«
»Das stimmt. Woher wissen Sie das?«
»Huwie hat etwas in der Art gesagt.«
»Wir mussten durchbrennen und heimlich heiraten.«

»Wie romantisch.«

»Nein, in unserem Volk ist das ganz normal.«

Greg dachte an seine eigene Hochzeit. Jede Minute war ihm ein Gräuel gewesen. Es lag nicht daran, dass er Diane nicht heiraten wollte, denn das wollte er, aber sie hatte auf das ganze Brimborium bestanden: weißes Brautkleid mit Schleier und Brautjungfern, Sekt, Hummercocktails und Huhn für sechzig Leute. Sein Trauzeuge, Mike Trewin – was war wohl aus ihm geworden? –, erzählte peinliche Geschichten über ihn, die nicht einmal stimmten, und er fand die ganze Veranstaltung vulgär und geschmacklos.

Fred und Angie hatten sich für eine kleine würdevolle Hochzeit entschieden, die Diane als armselig und heimlichtuerisch bezeichnet hatte.

»Was ist eigentlich genau mit Lashlo?«, fragte er. »Ist es erblich bedingt?«

»Nein, es passierte bei der Geburt. Sie haben doch sicher gesehen, wie riesig er ist im Vergleich zu seiner zierlichen Mutter. Sie hat zwei Tage lang in den Wehen gelegen und Lashlos Gehirn bekam nicht genug Sauerstoff.«

»Warum hat denn niemand einen Krankenwagen gerufen oder sie ins Krankenhaus gebracht, um Himmels willen?«

»Weil das bei unserem Volk nicht üblich ist, würde Rufus Sie jetzt belehren.«

»Sie meinen, er hat keine Hilfe für sie geholt?«

»Oh, sie teilt seine traditionelle Auffassung. Sie hätte ihn dafür verachtet.«

Überrascht stellte Greg fest, dass sie am Ziel waren. Rufus ging vor dem Haus auf und ab, die Arme vor der Brust verschränkt.

»Das wird aber auch Zeit, verdammt noch mal«, knurrte er.

»Ich wollte dich anpiepen«, sagte Barbara. »Ich hab es über dein Autotelefon versucht – hab's tausendmal klingeln lassen. Mrs. Habib war schon weg und Chief Inspector Stratton wusste nicht, wo du hinwolltest.«

Er beschloss, sich nicht zu entschuldigen. Seine beiden Akte der Barmherzigkeit waren wichtig gewesen. »Was gibt es denn so Dringendes?«

»Die Briefe sind aus dem Labor zurück.« Sie folgte ihm in sein Büro. Zwei versiegelte Klarsichthüllen lagen auf seinem Schreibtisch. Der anonyme Brief mit Umschlag, von dem man die Briefmarke gelöst hatte; der Abschiedsbrief mitsamt Umschlag. Klarsichthüllen mit anonymen Briefen schienen mittlerweile fast an der Tagesordnung zu sein. Wenn die Post irgendwann privatisiert wurde, sollte er sich Aktien zulegen. »Keine Fingerabdrücke auf dem anonymen Brief«, sagte Barbara, »bis auf die von Mr. und Mrs. Cameron. Und kein Speichel.«

Greg zuckte zusammen. Daran hatte er gar nicht gedacht.

»Es ist ein selbstklebender Umschlag«, fuhr Barbara fort. »Und die Briefmarke wurde mit Leitungswasser befeuchtet. Er wurde mit einem Tintenstrahldrucker gedruckt, Times New Roman, Schriftgröße 14, fett gedruckt, damit es Mrs. Cameron ordentlich ins Auge sprang. Er wurde gestern Abend in Newbury an der Hauptpost aufgegeben, vor der Leerung um Mitternacht.«

Und neun Stunden später in Hungerford zugestellt. Immer wenn man es am wenigsten gebrauchen konnte, war die Post besonders pünktlich.

Greg nahm die Hülle und las den Brief noch einmal durch, obwohl er die Worte auswendig kannte. Auf seinem Schreibtisch befand sich ein albernes Bürospielzeug, mit silbernen Kugeln, die sich hin- und herbewegten. Er hätte es nicht behalten, aber es war eine der letzten Geschenke von Fred. Damit könne man seinen Stress abbauen, hatte er im Scherz gesagt. Er stieß die Kugeln an und sie setzten sich in Bewegung.

»Wer hat es gewusst?«, fragte er, während die Kugeln irritierend vor sich hin klackten. »Wer wusste, dass Douglas Cameron bisexuell war und, was noch wichtiger ist, dass er eine Affäre mit Piers Hamilton hatte? Piers besteht darauf, dass es ein streng gehütetes Geheimnis war. Ich, du, jeder in unserem Team, der Zugang zu den Akten hat, besonders zu den Aussagen von Cameron und Hamilton, gestern Nachmittag …«

»Gregory«, sagte sie sanft, »hören wir auf uns was vorzumachen. Wir beide wissen, von wem dieser Brief stammt.«

Harry Stratton öffnete selbst die Tür seiner ordentlichen Doppelhaushälfte in einem Vorort von Newbury, wo er mit Frau und Tochter wohnte. Er hatte seinen ewig gleichen Büroanzug gegen Jeanshosen und ein schwarzes T-Shirt getauscht, unter dem sich ein leichter Bierbauch abzeichnete. Er hatte ein schmuddeliges Trockentuch in der Hand. Es war kurz nach sieben und aus dem Küchenradio plärrte die Titelmelodie der *Archers*-Serie.

»Ich bin gar nicht auf Besuch eingestellt«, sagte Harry. »Nicht dass ich mich nicht freuen würde, euch zu sehen …«

»Ich habe hier eine richterliche Verfügung«, sagte Greg. »Lass uns bitte genau nach Vorschrift vorgehen.« Er reichte seinem Untergebenen die Papiere. »Dürfen wir reinkommen?«

Harry trat zur Seite und ließ sie passieren, ohne sich die Verfügung anzusehen. »Ich hab keine Ahnung, worum es gehen könnte«, sagte er und brachte ein verkrampftes Lächeln zu Stande. »Ich hab doch nicht mein Spesenkonto überzogen, oder? Mit Zahlen hab ich's ja nicht so, wie du weißt.« Er zupfte nervös an seinem Trockentuch herum.

»Dürften wir einen Blick auf Ihren Computer werfen, Sir?«, fragte Barbara.

»Ruthie benutzt ihn gerade für ein Referat.«

»Nein, Dad. Ich bin fertig.« Ein pummeliges vierzehnjähriges Mädchen stampfte ohne zu grüßen an ihnen vorbei. Sie hatte strähniges, fettiges Haar und eine unvorteilhafte Brille. Ihr kurzer Rock gab den Blick auf dicke Oberschenkel frei. Wenn sie einen Freund hatte, dachte Greg, zeigte dies, dass Liebe tatsächlich blind machte. »Ich geh noch für ein Stündchen weg, okay?«

»Nein, warte mal«, rief Harry ihr nach, aber sie war schon fort. Er starrte ihr resigniert nach und sagte achselzuckend: »Kinder. Man fragt sich, warum man sie eigentlich hat. Der Computer ist hier.«

Er führte sie ins Wohnzimmer. An dem einen Ende des langen, schmalen Raums befand sich eine Sitzgruppe und am anderen die Essecke. Auf dem Tisch stand ein Olivetti-Computer und ein Tintenstrahldrucker. Barbara setzte sich und schaltete den PC ein. Das Hochfahren dauerte etwa eine Minute.

»Ich hoffe, du hast dich nicht geirrt, Babs«, murmelte Greg ihr ins Ohr.

»Vertrau mir.«

Harry schaltete das Radio aus, das in der Durchreiche zur Küche stand, und legte das Geschirrtuch daneben. »Sie soll ein Referat über *Romeo und Julia* schreiben«, sagte er. »Sie soll sich in Julias Lage versetzen und ein Tagebuch führen, beschreiben, wie sie Romeo kennen gelernt hat und ... was auch immer danach alles passiert.« Sie ließen ihn weiterplappern. »Zu unserer Zeit war das noch anders, findet ihr nicht? Wir mussten was *lernen!*«

Als er keine Antwort bekam, fuhr er fort: »Den Esstisch benutzen wir so gut wie gar nicht mehr. Wir setzen uns nie zusammen an den Tisch. Nicht mal sonntagmittags. Stattdessen werden im Stehen ein paar Hamburger gemampft. Kein Wunder, dass wir Magenprobleme haben. Kein Wunder, dass unser Familienleben den Bach runtergeht.«

»Ist Prue zu Hause?«, fragte Greg sanft.

»Nein. Mittwochs geht sie immer zum Aerobic-Kurs.«

Barbara öffnete die Textverarbeitungssoftware und überflog einen Ordner mit dem Namen ›Briefe‹. Sie hatten Titel wie ›Schule 2‹ und ›Steuererklärung‹.

»Ich benutze das Ding kaum«, sagte Harry. »Du kennst mich ja. Ich hab sogar Probleme den Videorekorder zu programmieren.«

Plötzlich lugte ein schnurrbärtiges Gesicht hinter einer Liste von Ordnern hervor und fing an zu maunzen.

»Was ist das denn?«, rief Greg erschrocken.

»Eine virtuelle Katze«, erwiderte Barbara gelassen. »Oder vielmehr ein kleines Kätzchen, so wie's aussieht.«

»Er heißt Liam«, erklärte Harry. »Wie Liam Gallagher.«

»Du lieber Gott«, sagte Greg.

Barbara runzelte unzufrieden die Stirn und ging ins DOS-Programm, wodurch Liam vom Bildschirm verbannt wurde. Sie rief den Briefordner auf und gab den Befehl UNDELETE ein. Es erschien der Dokumentname ?ARRY.WPS, gelöscht am Tag zuvor um 21.32 Uhr. Das Dokument war noch vollständig.

›Wiederherstellen?‹

›Ja.‹

›Bitte setzen Sie den fehlenden ersten Buchstaben ein.‹

›H.‹

›Dokument HARRY.WPS wurde wiederhergestellt‹, verkündete der Computer eine Sekunde später triumphierend.

Greg sah Harry an, der blass und still geworden war. »Keine Ahnung von Computern, was Harry? Ich wette, du wusstest nicht, dass er das kann. Ich wette, du hast gedacht, gelöscht ist gelöscht.«

Als ob er selbst es besser gewusst hätte.

»Sie hätten es schreiben und drucken sollen, ohne es zu speichern«, sagte Barbara, damit er in Zukunft besser Bescheid wusste. Sie öffnete das Dokument. Dieselben dreiundzwanzig tödlichen Worte, Times New Roman, Schriftgröße 14, fett. Auf Seite zwei Name und Adresse von Mrs. Douglas Cameron.

Liam erschien wieder auf dem Bildschirm und schaute traurig auf das Geschriebene.

»O Harry«, sagte Greg. Es klang jedoch nicht zornig, sondern traurig. »Was hast du nur angerichtet? Ein Mann ist tot, ein Mann, dem du nie begegnet bist. Du hast ihn gesehen, blutig und zerschmettert, und du bist, wenn nicht juristisch, so doch moralisch dafür verantwortlich. Ist es das, was du wolltest? Hat Douglas Cameron *das* verdient?«

»Sie hatte ein Recht, es zu erfahren«, sagte Harry verbissen. »Es sind Männer wie er, die Krankheiten verbreiten, die AIDS in die heterosexuelle Gesellschaft bringen, die normale Leute damit anstecken. Ich bin froh, dass er tot ist, und ich habe keine Angst, die Verantwortung dafür zu übernehmen.«

»Er hat *immer* Safer Sex praktiziert«, murmelte Barbara. »Und wer von uns kann das schon von sich behaupten?«

»Die meisten von uns haben das auch nicht nötig, du Schlampe.«

Greg zuckte zusammen, aber Barbara wirkte ganz gelassen. »Selbst wenn er deiner verschrobenen Meinung nach seine Strafe verdient hätte, hat seine Familie sie verdient? Du hast doch seine Frau gesehen, seine Kinder. Haben diese zwei Kleinkinder es verdient, ihren Daddy zu verlieren?«

»Ich hab getan, was ich für richtig hielt. Was für ein Vater wäre er denn für sie gewesen?«

Greg stand auf. »Wie du sicherlich weißt, hast du gegen die Verordnung von 1985 verstoßen. Ich werde es morgen Mr. Barkiss melden, aber du bist von diesem Augenblick an vom Dienst suspendiert.« Er streckte die Hand aus. »Deinen Dienstausweis, bitte.«

Während Harry zur Garderobe ging, um seinen Dienstausweis aus der Jackentasche zu holen, zog Barbara eine Diskette aus der Tasche und machte eine Kopie der Datei.

»Er hatte viel Stress« sagte Greg, als sie wegfuhren und Harry zurückließen, um die Scherben seiner magenkranken Familie aufzusammeln.

»Wir stehen alle unter Druck, ständig. Mir kam er schon lange vor wie eine tickende Zeitbombe.«

Er war wütend auf sie und ihre nüchternen Erkenntnisse. »Wenn du das Gefühl hast, dass ein Kollege seine Aufgaben nicht zufrieden stellend erfüllt, ist es deine Pflicht, es mir zu melden, Sergeant«, sagte er in scharfem Tonfall. »Es nutzt niemandem etwas, sich nach dem Vorfall hinzusetzen und zu sagen: ›Siehst du, ich hab's dir ja gesagt!‹«

Sie sah ihn erstaunt an. »Tut mir Leid, Greg.«

Sein Zorn war verflogen. »Meinst du, wir hätten ihn besser nicht allein lassen sollen?«

»Oh, er wird sich bestimmt nicht umbringen. Er

glaubt nicht, dass er den Tod verdient hat. Meinst du, er hat noch mehr Briefe verschickt? Die an Josie, zum Beispiel.«

»Ich glaube nicht. Sie wurden von Hand oder mit Schreibmaschine geschrieben. Sie stammen von anderen … verlorenen Seelen.«

»Du darfst nicht versuchen, sein Verhalten zu rechtfertigen.«

»Das will ich auch nicht, aber nicht jeder ist so stark wie du, Babs. Er ist eine weitere verwundete Seele, ein weiterer Barney Chase.«

»Wer?«, fragte sie.

Ein Mittsommernachtstraum

»Ich habe dir etwas mitzuteilen«, sagte Angelica, als Greg eine halbe Stunde später heimkam. Sie hatte im Flur auf ihn gewartet, vielleicht schon länger. Sie war entweder nervös oder erfreut, er war sich nicht sicher. Vielleicht beides. Seine Fähigkeit, Körpersprache zu deuten, hatte ihn verlassen und er fühlte sich, als wäre er in eine fremde Welt katapultiert worden, wo er kein Wort verstand und sich nicht auskannte.

Ohne etwas zu erwidern, ging er ins Wohnzimmer und setzte sich aufs Sofa. Wie oft hatte er während seines Arbeitslebens Leuten geraten sich hinzusetzen, wenn er ihnen etwas Schreckliches mitzuteilen hatte? Es war ein guter Rat, selbst wenn man auf das Schlimmste gefasst war.

Sie war ihm gefolgt. Sie blieb stehen. Das war richtig. Die Person, die die schreckliche Nachricht überbrachte, musste immer stehen; das war ein ungeschriebenes Gesetz. Das Erste, was er sie sagen hörte, war: »Ich gehe.« Das Blut rauschte ihm in den Ohren, machte ihn fast taub. Er würde einen Schlaganfall bekommen. Die ungesunde rote Gesichtsfarbe im Fernsehen rührte doch nicht vom Scheinwerferlicht. Gut. Er war froh, dass er starb. Als er wieder halbwegs zur Besinnung kam, sagte sie: »Freust du dich denn gar nicht für mich?«

»Was?«

»Gregory, hast du mir überhaupt zugehört?«

»Tut mir Leid. Mir war ein bisschen schwindelig.«

»Ich hab gesagt, dass ich gehe, dass ich bei *Savemore* aufhöre. Heute habe ich meine Kündigung eingereicht. Ich arbeite noch einen Monat. Bis Ende Juli. Ich brauche es nicht zu überstürzen.«

Er starrte sie an. »Warum?«, fragte er benommen.

»Weil ...« Sie legte eine dramatische Pause ein. »Weil ich im Herbst auf die Universität gehe.« Sie kicherte. »Ich glaube, mit dreiundzwanzig kann ich es noch wagen.«

»Zur Universität?«

»Heute Abend bist du aber wirklich schwer von Begriff.«

»Tut mir Leid, das bin ich wohl.«

»Meinst du, es ist keine gute Idee?«

»Ich finde, es ist eine wunderbare Idee. Ich hab immer gesagt, dass du viel zu intelligent bist, um dein Leben lang hinter einer Ladenkasse zu sitzen. Was willst du studieren?«

»Psychologie. Ich könnte mir vorstellen, eines Tages als Therapeutin zu arbeiten. Ich würde gern Hinterbliebenen helfen, mit ihrer Trauer zurechtzukommen.«

»Und du hast die Zulassung, sagst du?«

»Mein gutes Abgangszeugnis, meine zusätzlichen Kurse und meine ›Lebenserfahrung‹ reichen ihnen anscheinend aus. Sieben Jahre in einem blöden Laden und nennen das ›Leben‹. Ich muss ein Vorbereitungsjahr machen, eine Art Abitur im Schnellverfahren, damit ich mich wieder ans Lernen gewöhne. Für August und September hab ich schon eine ellenlange Leseliste.«

»Schluss mit dem angeschlagenen Obst?«

»Jetzt musst du selbst einkaufen gehen.«

»Dann wirst du also im Herbst fortgehen?«

»Fortgehen?«

»Wohin auch immer.«

»Die Uni ist in Reading, Greg«, sagte sie verwirrt. »Nicht in Ulan Bator – wo auch immer das sein mag.«

»Aha.« Eine Welle der Erleichterung ging über ihn hinweg. »Deshalb bist du also am Montag in den Zug nach London gestiegen – mit Halt in Thatcham, Theale, Reading und an allen Stationen bis Paddington.«

»Was? Woher weißt du das denn?«

»Ich habe meine Methoden, Watson.«

»Hast du mir nachspioniert, Gregory?«

»Ich habe dich rein zufällig in den Zug steigen sehen.«

»Davon hast du nichts gesagt.«

»Du aber auch nicht.« Er dachte kurz nach. »Nicht so einfach, jeden Tag nach Reading zu kommen. Die Uni liegt ja nicht gerade zentral.«

Gleich würde sie ihm sagen, dass sie unter der Woche dort bleiben und ihn am Wochenende besuchen würde, als Trostpflaster, ein allmählicher Rückzug, ein Abschied in kleinen, schmerzfreien Schritten.

»Ich hab mich für einen Intensivkurs im August in der Fahrschule angemeldet«, sagte sie stattdessen. Sie nahm eine Broschüre vom Sideboard. Es war der *Highway Code,* das beliebteste Handbuch für Fahrschüler. »Zwei Wochen lang jeden Tag zwei Fahrstunden, freitags dann die Prüfung, das Ganze so lange, bis sie es satt haben und mir den Führerschein geben. Und dann kauf ich mir ein Auto.«

»Du wirst bestimmt eine gute Fahrerin. Trotzdem bin ich froh, dass du mich nicht gebeten hast, es dir beizubringen.«

»Machst du Witze? Das wär mir nie in den Sinn gekommen.«

»Sehr klug.«

»Ich bin echt glücklich«, sagte sie.

Jetzt sah er, dass sie wirklich glücklich war. Er brauchte keinen Übersetzer mehr. »Ich freue mich für dich, Angie.«

Um sie herum würde es nur so wimmeln von Jungs in ihrem Alter, jünger, viel entspannter als die Männer seiner Generation, insbesondere wenn es um Sexualität ging. Bald würde sich ein Freund einstellen, mit einem Körper wie ein junger Gott, nicht wie ein alter Hund.

Oder ein lüsterner Dozent, der Jung studiert hatte.

»Was halten deine Kolleginnen im Supermarkt davon?«, fragte er.

»Es ist nichts Besonderes heutzutage, nicht mehr so wie in deiner Jugend. Fast jeder studiert jetzt. Man kriegt fast keinen anständigen Job mehr ohne Studienabschluss. Jede Zweite hat Geschwister im College. Sie beneiden mich, weil ich keinen Studienkredit aufnehmen muss. Ich hab das Geld gespart, und wenn ich mal knapp bei Kasse bin, kann ich am Wochenende bei *Savemore* arbeiten. Ich hab das heute Mittag bei einem Drink mit dem Filialleiter besprochen. Er ist ein bisschen schleimig, hat von mir erwartet, dass ich über seine Witze lache – dabei sind sie übrigens schlechter als deine.«

»Im *Rising Sun* am Kreisverkehr«, murmelte er.

»Du lieber Himmel! Du hast mir tatsächlich nachspioniert.«

»Newbury ist keine Großstadt. Der falsche Ort für Geheimniskrämer. Du brauchst am Wochenende nicht in diesem Saftladen zu arbeiten. Wie du weißt, kann ich einen ganzen Harem aushalten.«

»O nein, das kannst du nicht, Gregory Summers!« Sie lachte. »Ich seh schon, sobald ich dir den Rücken zudrehe ...«

»Ich wünschte, du hättest es mir gesagt. Ich dachte schon ...«

»Was?«

»Ach, allen möglichen Unsinn.«

»Ich hab's dir nicht gesagt, weil ich mich geschämt hätte, wenn sie mich nicht genommen hätten.«

»Du würdest mich nicht ins Vertrauen ziehen, wenn du versagt hättest?«

»Wie bitte?«

»Ach nichts. Was sag ich da! Wie kommst du nur darauf, dass ich mich über dich lustig machen könnte, wenn du etwas nicht geschafft hast?«

»Ich weiß nicht. Ich wollte es eben lieber für mich behalten. Mach doch kein Drama daraus.«

Die Spannung zwischen ihnen wuchs – das, was sie während des vergangenen Jahres immer sorgfältig umgangen hatten. Diesmal wollte er keinen Rückzieher machen. Er stand auf. Er konnte sich hören, wie er sie anschrie. Er konnte sich vorstellen, sie zu ohrfeigen, so wie ein Vater ein Kind ohrfeigt, das um ein Haar vor ein Auto gelaufen war und ihm einen Riesenschreck eingejagt hatte.

»Das reicht mir nicht! Was bin ich für dich? Irgendein Niemand, mit dem du die Wohnung teilst? Dein Vermieter vielleicht?«

»Gregory!«

»Nein, halt die Klappe, jetzt rede ich. Die letzten Tage waren fürchterlich für mich, weil ich dachte, du würdest Vorbereitungen treffen, mich zu verlassen. Und die ganze Zeit hast du mir kein Vertrauen geschenkt und mir diese harmlose, klare Sache verheimlicht.«

»Ich vertraue niemandem so sehr wie dir.«

»Oh, das merkt man! Ich liebe dich wie ein Wahnsinniger und habe schreckliche Angst, dich zu verlieren, und manchmal denke ich, du spielst nur mit mir, erträgst mich, bis dir etwas Besseres über den Weg läuft, jemand in deinem Alter, der deinen scheußlichen Musikgeschmack teilt.«

»Jetzt klingst du wirklich wie ein Vater. Und ich halte nicht die Klappe. Ich bin deine Partnerin, ich bin dir gleichgestellt und du kannst mir nicht sagen, was ich zu tun und zu lassen habe!« Sie warf sich gegen ihn und hieb mit den Fäusten auf seine Brust ein. Er war überrascht, wie weh es tat. Er packte ihre Handgelenke und sie trat ihn mit aller Kraft vors Schienbein. Als er vor Schmerz zusammenzuckte, sich das Schienbein hielt und zurücktaumelte, fing sie an zu weinen. »Verdammt, ich liebe dich doch, du Blödmann.«

»Angie, Darling.« Er schloss sie in die Arme, streichelte ihre immer noch geballten Fäuste und vergrub das Gesicht in ihren Haaren. »Warum konntest du das vorher nie sagen? Ich hatte mir so gewünscht, es von dir zu hören.«

Sie presste schluchzend ihr Gesicht vor seine Brust. »Schwein.«

Zuerst fing er an zu lachen, dann sie. Der Zorn war verflogen und die Luft war rein und klar wie nach einem Gewitter. Er bog ihren Kopf zurück und wischte ihr die Tränen ab. Dann küsste er sie. Er seufzte. »Angie, wenn du vierzig bist, bin ich fünfundsechzig, ein Rentner mit weißen Haaren – oder Glatze – und wahrscheinlich impotent.«

»Vierzig?«, wiederholte sie ungläubig. »Ich werd niemals *vierzig!*«

»Natürlich nicht. Entschuldige.«

»Gregory, ich will mich nicht mehr verstecken. Lass uns den Leuten sagen, dass wir ein Paar sind, dann sollen sie darüber denken, was sie wollen. Wir machen doch nichts *Ungesetzliches* und ich will mich nicht länger deswegen schämen.«

»Ich setz morgen eine Anzeige in die *Times*.«

»Das College fängt erst Ende September an. Sag ihnen, Greg und Angie fahren zusammen in Urlaub, Doppelzimmer, Ehebett.«

»Und wohin fahren Greg und Angie?«

»Ich hab gehört, Venedig soll schön sein im September, für Verliebte.«

Er versuchte sich vorzustellen, was Diane sagen würde.

Zum Teufel mit ihr. *»Honi soit qui mal y pense.«*

»Und das heißt, Herr Professor?«

»Ich hab nicht gemerkt, dass ich laut geredet hab.« Er grinste, zog sie an sich und küsste sie noch einmal. »Frei übersetzt heißt es so viel wie: Wem's nicht gefällt, der kann uns mal kreuzweise.«

»Und jetzt komm«, sagte sie und wand sich aus seiner Umarmung. »Lass uns feiern, ich geb dir einen aus.«

Sie rannte nach oben, um sich umzuziehen und er hörte sie singen. Es war so lange her, dass er sie singen gehört hatte. Er fühlte sich schwach. Es war kein großer Streit gewesen, aber es war ein Anfang. Die Eierschalen waren zerbrochen und würden bald pulverisiert sein. Er ließ sich aufs Sofa fallen und sackte zusammen. Dann zog er die Schuhe aus und legte sich hin. Er schloss die Augen, aber alles, was er sah, war der zerschmetterte Körper von Douglas Cameron, dann Veritys verwirrtes und wütendes Gesicht, Piers' verweinte Augen und, was am schlimmsten war, Harrys gequälten Gesichtsausdruck, als ihm klar wurde, dass sie ihm auf die Schliche gekommen waren; also machte er die Augen lieber wieder auf.

Alles, was er nach den Ereignissen dieses Tages wollte, war ein heißes Bad und einen ruhigen Abend vor dem Fernseher, mit einer Pizza vom Lieferservice, aber sie rief, er solle nach oben kommen und seinen blöden Büroanzug ausziehen.

Er stand langsam auf und merkte, dass er zitterte.

Sie fanden einen Pub am Kanal, wo es annehmbares Essen gab und man draußen sitzen konnte, obwohl es mittlerweile bewölkt und schwül geworden war. Das Wasser war ganz still und am anderen Ufer stand ein Reiher und beobachtete ihre Ankunft, dann hob er seine übergroßen Schwingen und flog schwerfällig davon.

»Sieht so aus, als gäb's heute Abend noch ein Gewitter«, sagte er, als sie sich setzten.

»Gut, das reinigt die Luft.«

»In einem Gruselroman hätte das Gewitter angefangen, als wir uns gestritten haben.«

Sie lächelte. »Die Natur hat keinen Sinn für das Dramatische.«

Ein paar Mücken summten um ihren Kopf und bewunderten ihren hellen Teint, aber sie machte sich nicht die Mühe, sie zu verscheuchen. Auf dem Kanal fuhr langsam ein Touristenboot mit verglastem Aufbau vorbei, gezogen von einem riesigen geduldigen Pferd. Hinter den Scheiben drängten sich die gelangweilten Gesichter älterer Leute.

»Warst du in letzter Zeit an Freds Grab?«, fragte sie ihn unvermittelt.

»Ich gehe jedes Wochenende hin, mach ein bisschen Ordnung, gieße den Rosenbusch.«

»Das nächste Mal komme ich mit.«

»Wie schön.«

Greg war in Bezug auf Restaurants nicht besonders experimentierfreudig, aber diesmal beschloss er mutig zu sein, als würde er ein neues Leben anfangen. Zum ersten Mal in seinem Leben bestellte er Couscous, dazu Fisch in einer scharfen Sauce und einen Salat. Es schmeckte ihm sehr gut. Er trank ein gekühltes Leichtbier und kein warmes Bitter. Er öffnete einen weiteren Knopf seines Hemdes und kam sich verwegen vor.

Angelica trug ein ärmelloses, rotes Kleid, mit engem Mieder und schwingendem Rock. Es erinnerte ein wenig an die Mode der fünfziger Jahre. Ihr Lippenstift passte zum Kleid, genau wie ihre Sandalen, und die Farbe stand ihr gut, denn sie verlieh ihrer hellen Haut einen rosigen Schimmer, der ihr sonst fehlte. Sie hatte eine schwarze Samtstola mitgenommen, falls es später kühler wurde. Jetzt lag sie neben ihr auf der Bank wie ein kurzhaariges Hündchen. Das Essen sollte auf ihre Rechnung gehen. Er hatte gelernt, dass er sie ab und zu bezahlen lassen musste, um sie nicht zu verärgern.

Sie trank Weißwein und aß Pasta mit Basilikum und getrockneten Tomaten.

»Woran denkst du?«, fragte sie.

Wahrheitsgemäß erwiderte er: »Ich habe daran gedacht, dass du bald deine Fahrprüfung machst und ich dann nicht mehr immer fahren muss und anständiges Bier trinken kann.« Sie schnaubte verächtlich und er entschuldigte sich für seinen banalen Gedanken.

Normalerweise waren sie in der Öffentlichkeit immer sehr reserviert, aber an diesem Abend berührten sich ihre Hände ständig und sie scherten sich nicht darum, ob es jemand sah. Als sich ihre Finger zärtlich umschlangen, stellte er erschrocken fest, dass sie ihre Ringe nicht mehr trug.

Sie redete fröhlich drauflos, schwärmte von ihren Psychologieseminaren und er hörte ihr gerne zu. Er merkte, dass er sie ein wenig beneidete, aber bedauerte, dass er selbst es nicht versucht hatte zu studieren. Jetzt war es dazu zu spät. »Es wird dir ganz neue Horizonte eröffnen«, sagte er ein bisschen wehmütig.

»Das will ich auch hoffen.« Sie schaute zum anderen Ende der Terrasse und schnitt eine Grimasse. »Rate mal, wer gerade gekommen ist. Spioniert er dir nach?«

Greg sah sich um und seine Gesichtszüge verhärteten sich. »Das möchte ich ihm nicht raten.«

»Ist das nicht Superintendent Summers?« Adam Chaucer war an ihrem Tisch stehen geblieben. Er trug eine weiße Seidenhose und ein schwarzes Seidenhemd, das Jackett hatte er locker über die Schulter geworfen. Er schien allein zu sein.

»Das wissen Sie doch verdammt gut«, knurrte Greg. »In den letzten Tagen haben Sie mich ja wohl oft genug gesehen. Verfolgen Sie mich?«

»Ein bisschen paranoid, Mr. Summers?« Chaucer winkte gelassen ab. »Ich hab gehört, die Küche hier wäre genießbar und bin zum Abendessen hergekommen.« Er schaute auf die roten und grünen Kleckse auf Angies Teller. »Vielleicht bin ich aber auch falsch informiert.«

Greg merkte, wie er Angie taxierte, ob er sie attraktiv fand oder ob sie ihm von Nutzen sein könnte. Greg hätte nicht sagen können, ob Chaucer Angie attraktiv fand oder nicht. Er wusste auch nicht, ob er empört sein würde, wenn es so wäre, oder beleidigt, wenn es nicht so wäre. Falls er sie vom Supermarkt kannte, ließ er sich das nicht anmerken. So einer wie Chaucer nahm Verkäuferinnen nicht als menschliche Individuen wahr, sondern als dienstbare Roboter in gestreiften Kitteln mit einem Logo auf der Brusttasche. Sie starrte zurück und vermittelte ihm durch ihren Blick und ihren Gesichtsausdruck, dass sie nicht viel von ihm hielt.

»Wollen Sie mich nicht Ihrer Tochter vorstellen?«, fragte er schließlich.

»Das ist *Mrs.* Summers«, sagte Greg. »Und sie weiß, wer Sie sind.«

Chaucer zog die Brauen hoch, ließ seine haselnussbraunen Augen von einem zum anderen wandern, nahm mit spöttischer Miene ihren Altersunterschied zur Kenntnis und hielt ihn vermutlich für einen alten Trottel. »Hören Sie, Summers, tut mir Leid wegen vorgestern Abend, aber Sie hätten dem Interview zustimmen sollen.«

»Vielleicht hätte ich das sogar getan, wenn Sie mich gefragt hätten.«

Chaucer lachte und verteidigte sich nicht. »Stehen Sie kurz vor einer Festnahme? Oder ist die arme Mrs. Abbot immer noch Ihre einzige Verdächtige?«

Greg wünschte, er hätte Suppe bestellt. Er stellte sich vor, wie gut sie sich auf der weißen, für die Waschmaschine ungeeigneten Seide machen würde. Tomatensuppe wäre am besten.

»Und stimmt es«, fuhr Chaucer fort, »dass ein Mann Selbstmord begangen hat, nachdem er von Ihren Leuten bedrängt wurde, und dass ein Detective Chief Inspector vom Dienst suspendiert werden soll?«

Woher bekam er seine Informationen?

Greg stand auf. Chaucer und er hatten ungefähr dieselbe Statur, aber er wusste aus Erfahrung, dass nichts so einschüchternd wirkte wie ein zorniger Polizeibeamter.

Der forsche Journalist trat auch tatsächlich einen Schritt zurück. »Ich mache nur meine Arbeit.«

»Und ich möchte nur mit meiner … ich möchte nur in Ruhe zu Abend essen«, zischte Greg. »Also verpissen Sie sich!«

»Darf ich das zitieren?«

»Gregory«, sagte Angelica warnend.

»Gibt es irgendwelche Probleme?« Der Besitzer des Pubs, ein hünenhafter Mann mit rotem, grimmigem Gesicht, war auf der Bildfläche erschienen. »Ich muss an meine Konzession denken und ich warne Sie beide, dass ich keinerlei Skrupel habe, die Polizei zu holen.«

»Das wird nicht nötig sein«, sagte Greg. »Der Herr ist dabei zu gehen.«

Chaucer drehte sich um und Greg hörte ihn sagen: »Sieht so aus, als müssten wir woanders hingehen, Josie. Hier haben sie keinen Tisch für uns.«

Greg wandte sich um und sah in die kalten Augen von Josie Abbot, die wenige Meter von ihnen entfernt im Schatten einer Weide stand. Von dort aus hatte sie die ganze Szene beobachtet, wie er den starken Polizisten spielte. Sie nahm keine Notiz von ihm und Greg war bewusst, wie sehr er in ihren Augen versagt hatte.

»Das war ein Pyrrhussieg, fürchte ich.« Greg setzte sich wieder. Der Wirt blieb in seiner Nähe. »Vielen Dank, Chaucer, dass du mir mein gemütliches Abendessen vermiest hast«, murmelte er. Journalisten wurden fast genauso häufig mit gewaltsamen Todesfällen konfrontiert wie Polizeibeamte. Manchmal machte es sie hart, manchmal empfindsam. Meist hart.

»Er glaubt immer noch, es ist eine Story für ihn drin«, sagte Angie, als das Paar davoneilte. Chaucer hatte Josie die Hand halb schützend, halb treibend auf den Rücken gelegt. »Er denkt immer noch, er kann etwas Nützliches aus ihr herausquetschen, irgendetwas, durch das er die Lokalnachrichten hinter sich lassen kann, um auf den schwindelnden Olymp der landesweiten Nachrichtensender aufzusteigen.«

»Er schafft den Absprung nicht mehr«, sagte Greg gehässig. »Für die große Karriere ist der Zug längst abgefahren.«

»Haben Sie Ihre Mahlzeit beendet?«, fragte der Wirt aggressiv.

Greg verschränkte die Arme vor der Brust, er wollte nicht länger als böser Bube angesehen werden. »Nein, wir hätten gerne noch ein Dessert.« Er nahm die Speisekarte zur Hand. »Ich hätte gern ein Himbeer-Parfait.« Normalerweise fiel es ihm im Traum nicht ein, so etwas zu essen. »Was ist mit dir, Darling?«

»Ich denke, es wäre besser …«, stotterte der Mann, aber Greg hielt ihm seinen Dienstausweis unter die Nase. »Oh! Tut mir Leid. Das wusste ich nicht. Ich wollte bloß keinen Ärger, das ist alles.«

»Schon gut«, sagte Greg, »der Ärger ist gegangen.«

»Wie wär's mit einem Gläschen Dessertwein, Officer. Wir haben einen herrlichen Muskateller. Auf Kosten des Hauses natürlich.«

»Vielen Dank«, sagte Greg, »aber ich lass mich nicht bestechen.«

Der Mann räusperte sich und ging. »War das nötig?«, fragte Angie sanft.

»Nein. Tut mir Leid … Aber da fragt mich doch dieser verdammte Chaucer, ob ich kurz vor einer Festnahme stehe. Und die Antwort ist nein.«

»Du wirst den Fall schon noch lösen. Wie immer. Leute wie er wissen, wie man andere an ihrem empfindlichsten Punkt trifft.« Sie zitterte theatralisch. »Er ist ein Schleimer mit miesem Charakter.«

Eine Textzeile, die er dreißig Jahre zuvor gehört hatte, kam ihm plötzlich wieder in den Sinn. »›Der Lächler mit dem Messer im Gewand‹«, zitierte er.

»Klingt altertümlich«, sagte sie. »Shakespeare?«

Er schüttelte den Kopf. »Der Ururgroßvater von unserem Adam, Geoffrey Chaucer. Er wird sich im Grab umdrehen.«

Sie aßen ihre Himbeer-Parfaits mit extra viel Sahne.

Sie bestellten Muskatellerwein und bezahlten ihn selbst.

»Ich frage mich …«, sagte Greg nach einer Weile.

»Ob sich Geoffrey Chaucer im Grabe umdreht?«

»Nein, ob Adam nur wegen der Story in ihrer Nähe ist. Wir nahmen als erwiesen an, dass er und Josie Abbot sich nach der Ermordung ihrer Tochter zum ersten Mal gesehen haben, aber welche Beweise haben wir dafür? Sie wohnen in derselben Gegend. Woher wissen wir, dass sie nicht vorher schon befreundet waren – oder mehr als das?«

»Sie ist nicht sein Typ. Er steht auf Schauspielerinnen, Models, Mädchen ohne Titten mit ellenlangen Beinen, nicht auf mollige Witwen mit lästigen Kleinkindern.«

Lästige Kleinkinder.

»Das sagst du, aber wir wissen nichts über seinen Geschmack. Josie ist attraktiv …«

Sie zog die Brauen hoch. »Ach ja?«

»Nein, ich meine doch nicht … ich würde doch nie … Ach, so ein Unsinn!«

»Ich weiß. Ich hab nur Spaß gemacht. Aber im Ernst, sie ist nicht *wichtig* genug für ihn oder sie war es nicht, bevor das alles passierte. Glaub mir.«

»Wahrscheinlich hast du Recht. Ich dachte nur … Wir haben keinerlei Hinweise gefunden, dass es in Josies Leben einen Mann gab, aber wenn es jemanden gab, käme er sofort auf die Liste der Verdächtigen.«

»Und wie lang ist die?«

»Bis jetzt nichts als ein leeres Blatt Papier. Ach ja, du hast sicher Recht. Frauen verstehen solche Sachen anscheinend besser als Männer.« Ihm fiel ein, dass Josie eine ordentliche Summe aus dem Treuhandfonds ihrer Tochter zu erwarten hatte. Es bestand ein riesengroßer Unterschied zwischen einer armen und einer reichen Witwe.

Sie fuhren nach Haus und schlenderten Arm in Arm die Auffahrt hoch. Zehn Minuten später fing es an zu regnen. »Mir ist noch eine Zeile eingefallen, aus den fernen Tagen der Oberstufe«, sagte er als er die Gardinen zuzog.

»Was ist besser als Weisheit? – Das Weib!«

»Und was ist besser als ein gutes Weib? – Nichts!«

Donnerstag, den 25. Juni

Chief Superintendent Barkiss versuchte, sich für Harry Stratton einzusetzen, aber es war vergebens. »Er hat es also zugegeben?«, fragte er schließlich.

»Er konnte es unmöglich abstreiten.«

Polizeibeamte waren normalerweise schwer zu überführen, da sie die Macht des Schweigens besser kannten als jeder andere. Ein kaltblütigerer Mann hätte sicher versucht, das gelöschte Computer-Dokument irgendwie wegzudiskutieren.

»Zwanzig Dienstjahre«, sagte Barkiss und schüttelte traurig den Kopf. »Ein einziger Augenblick der Unaufmerksamkeit. Diskreditierliches Verhalten, unerlaubte Weitergabe von vertraulichen Informationen …«

»Er stand unter großem Druck.«

»Ja. Und ein Mann ist tot.«

»Ich dachte, wenn man ihn überreden könnte, einen Arzt aufzusuchen. Wenn er Depressionen hatte …«

»Hatte er welche?«

»Würde ich schon sagen.«

»Sie sind sein ranghöherer Officer, nicht sein Kindermädchen. Probleme in der Familie?«

»Nichts Außergewöhnliches. Ich glaube, er nimmt das Leben zu schwer, die alltäglichen Pflichten als

Ehemann, Vater und Ernährer. Er hat ziemlich starre Vorstellungen, was falsch und richtig ist, und kann sich schlecht anpassen. Jeder weiß, wie schwer es ist, Teenager großzuziehen.«

»Das brauchen Sie mir nicht zu sagen«, seufzte Barkiss. »Sie glauben also, wenn sich ein Arzt findet, der ihn für krank erklärt, könnte er in den vorzeitigen Ruhestand gehen, ohne dass gegen ihn ermittelt wird?«

»Das hatte ich mir so nicht überlegt.«

Sein Chef schüttelte den Kopf. »Vor ein paar Jahren hätte das mit ein bisschen Glück noch klappen können, aber jetzt lassen sie solche Sachen nicht mehr durchgehen. Zu viele Leute konnten sich auf diese Weise einer Klage entziehen. Dennoch könnte ein Besuch beim Arzt sicher nicht schaden. Wir dürfen keinen weiteren Selbstmord riskieren.«

Barkiss unterschrieb die Suspendierung und brachte damit ein Verfahren ins Rollen, das zu internen Ermittlungen des Beschwerde- und Disziplinarausschusses zur Klärung der Vergehen führen würde, die Harry Stratton vorgeworfen wurden.

Im besten Fall konnte es eine Degradierung zur Folge haben; im schlimmsten Fall eine unehrenhafte Entlassung.

»Ich nehme an, er geht lieber von selbst, statt auf den Rausschmiss zu warten«, sagte Barkiss. »Bestimmt. Für einen Expolizisten gibt es immer Arbeit. Eine plausible Erklärung für seine Kündigung ist leicht zu finden … familienfeindliche Arbeitszeiten, Stress. Sicherheitsberater. Neun bis fünf. Man kann ihn fast beneiden.«

Keiner von beiden glaubte das.

»Und woher kriege ich einen neuen Chief Inspector?«, fragte Greg.

»Tut mir Leid, Gregory, daran hätten Sie denken sollen, bevor Sie Ihre eigenen Leute suspendieren lassen.«

Als er ging, rief Barkiss ihm nach: »Wie geht's denn mit der kleinen Angie?«

»Gut, danke. Wir wollen ...« Er brachte es nicht heraus.

»Was wollen Sie?«

»Ach nichts.«

Stumm ging er zurück in sein Büro und informierte Barbara: »Barkiss hat zugestimmt.«

Susan Habib kam gegen zehn in sein Zimmer und machte einen leicht verwirrten Eindruck. »Da ist eine junge Dame, die nach Ihnen gefragt hat, Mr. Summers, und zwar ziemlich beharrlich.«

»Was hab ich nur für ein Glück.«

Sie lächelte. »Eine *sehr* junge Dame, etwa zehn, würde ich sagen.«

»Aha.«

»Eine *Miss Romana Lee*. Sie will mit niemand anderem reden, sie will den Reitlehrer sprechen, nicht die Stallburschen, wie sie sich ausdrückte.« Er lachte. »Sie wartet unten auf Sie.«

»Gut«, sagte er. »Ich geh runter.« Romy saß auf dem Schreibtisch des Dienst habenden Sergeants, den sie in ein Gespräch über Pferderennen verwickelt hatte, eines seiner Lieblingsthemen. Greg hoffte, dass sie ihm bessere Tipps geben würde als die, die er sonst bekam. Sobald sie ihn kommen sah, hüpfte sie vom Tisch und nahm vertrauensvoll seine Hand.

»Komm, wir suchen uns einen ruhigen Ort zum Reden«, sagte er.

Der grantige Sergeant sah ihr anerkennend nach. Was ein bisschen Charme doch alles bewirken konnte, dachte Greg.

Er ging mit ihr zu McDonald's. Er trank einen Kaffee. Sie aß einen Big Mäc, einen Cheeseburger, zwei Tüten Pommes, trank zwei Milchshakes – einmal Schoko, einmal Erdbeer – und vertilgte auch noch ein Stück Apfelkuchen. Er schaute verstohlen auf die Uhr. Es war elf Uhr. »Hast du nicht gefrühstückt?«

Sie nickte und sagte mit vollem Mund: »Müsli mit Magermilch.«

Das sagte alles.

»So.« Endlich war sie fertig mit Essen, schob die Überreste beiseite und stützte die Ellbogen auf den Tisch. Jetzt kam der geschäftliche Teil. »Ich will meinen Dado sehen. Ich habe ein Recht darauf. Ich hab's in der Bibliothek nachgelesen. Auch Kinder haben jetzt Rechte.«

Ihre Mutter hatte sich nicht geirrt: Wer lesen konnte, hatte Zugang zu allem Wissen auf der Welt. In der Schule hätte sie diese Information nicht bekommen, nur die Lebensdaten der englischen Könige und Königinnen und die chemische Formel für Kalium. Er wusste nichts über die Rechte von Kindern. Dafür gab es erst seit kurzem gesetzliche Bestimmungen. Als er für seine Rechtsklausuren büffeln musste, hatte noch kein Mensch daran gedacht.

Er stellte sich vor, wie sie im Besuchszimmer eines Gefängnisses sitzen würde, in Begleitung einer überfreundlichen Betreuerin, wahrscheinlich die Frau mit den lila Haaren. Er war schon oft an solchen Orten gewesen und fand sie unerträglich. Huwie würde hereingeführt werden, in seinem groben blauen Baumwollhemd und Drillichhosen, eingeschüchtert und gebrochen, vielleicht mit Spuren einer Prügelei im Gesicht. Sie war stark, aber er mochte sie nicht an einem solchen Ort sehen. Am klügsten war es, sie wie eine Erwachsene zu behandeln und sie mit vernünftigen Argumenten zu überzeugen, dass es keine gute Idee war.

»Ich weiß, dass du deinen Dad lieb hast, Romy.« Sie nickte. »Weil alle Kinder ihre Eltern lieb haben, und ich hoffe, es wird alles gut ...«

»In der Romasprache gibt es kein Wort für ›hoffen‹«, unterbrach sie ihn. »Nur für wirkliche Sachen wie ›essen‹ und ›trinken‹.«

»Wirklich?« Er beschloss, nicht näher darauf einzugehen: eine Sprache ohne Hoffnung.

»Wir haben dasselbe Wort für Leben und Tod«, fuhr sie fort, »und für gestern und morgen.«

Er fing noch einmal von vorne an. »Was deinen Dad angeht, musst du dich früher oder später damit abfinden, dass du ohne ihn auskommen musst. Ich weiß, er ist der einzige Vater, den du hast, aber vergiss nicht, dass er euch immer geschlagen hat, dich und ...«

»Geschlagen?« Sie machte ein erstauntes Gesicht. »Mein Dad hat mir kein Haar gekrümmt.«

»Aber ... ihr und eure Mutter ...«

»*Sie* hat er geschlagen«, stimmte sie zu, als würde es sich um ein selbstverständliches Übel handeln, ein Versprechen, das man sich bei der Hochzeit gab, bedauerlich vielleicht, aber unvermeidlich. »Aber nicht mich und Bonnie. Nicht ein einziges Mal.«

»Das verstehe ich nicht«, sagte er. Machte sie sich selbst etwas vor? »Diese blauen Flecken an deinen Armen und Beinen, an dem Abend in der Pension. Da hast du doch gesagt, wie schnell er wütend wird. Das weiß ich noch genau.«

»Oh!« Sie lachte. »Ich hab von Grandado gesprochen.«

»Rufus?«

Sie nicke. »Wir Lees sind alle ziemlich hitzig.« Eine Tatsache, auf die sie offensichtlich stolz war. »Aber

Grandado Rufus ist der Schlimmste von allen. Oh, wenn der wütend ist, kriegt man Angst! Kann ich jetzt noch einen Bananen-Milchshake kriegen?«

Er wollte gerade nein sagen, als sich sein Pieper meldete. Er zog ihn aus der Tasche. Auf dem Display stand nichts weiter als 999. Er sprang auf, drückte dem kleinen Mädchen eine Fünf-Pfund-Note in die Hand und sagte: »Ich muss los, Romy. Bestell dir, was du magst.«

Barbara wartete auf dem Parkplatz am Steuer einer PS-starken Limousine. Sobald sie ihn sah, startete sie den Wagen, fuhr auf ihn zu, bremste abrupt und stieß die Beifahrertür auf. Er sprang hinein und sie raste mit quietschenden Reifen los, bevor er Zeit hatte, sich anzuschnallen. Mit heulender Sirene fuhren sie in westlicher Richtung auf die A4.

»Was gibt's?«

»Es gab einen Notruf, eine weiterer Toter auf dem Gemeindegrund von Hungerford. Es steht zwar noch nicht fest, aber es hört sich verdammt so an, als wär es Lashlo Lee.«

»Scheiße!« Greg schlug auf das Armaturenbrett. »Scheiße, Scheiße und noch mal Scheiße!«

Drei Wohnwagen standen noch da: Smith war so unbemerkt zurückgekehrt, wie er verschwunden war, der Wagen von Rufus und Orlenda und der von Huwie, der nun Lashlo gehörte. Er sah, dass Smiths Wagen nun ein wenig näher bei den anderen stand, als wäre der Geist noch einmal im Land der Lebenden aufgenommen worden. Ansonsten kündeten nur ein paar kahle Stellen im Gras davon, wo die Wagen der anderen gestanden hatten, und ein paar verbrannte Flecken erinnerten an die Kochfeuer.

Ein Krankenwagen und zwei Streifenwagen, ein Rover und ein Metro, mit vier uniformierten Polizeibeamten waren bereits zur Stelle. Er erkannte Whittaker und Clements sowie Tom Reilly und Sharon Moore. Sie standen unschlüssig bei ihren Fahrzeugen, sie vermuteten eine Falschmeldung.

Kein Lynchtrupp weit und breit. Lieber Gott, bitte lass es eine Falschmeldung sein.

»Woher kam der Notruf?«, fragte er seine Kollegin. »Konnten sie die Nummer notieren?«

»Mobiltelefon. Deshalb konnten sie die Nummer nicht festhalten. Anonym. Die Person hat den Notruf durchgegeben und aufgelegt. Wir wissen nicht mal, ob es ein Mann oder eine Frau war. Nur die Nachricht: ›Der Zigeunerjunge zahlt den Blutzoll.‹«

Eine Nachricht ohne Gnade, dachte er, wie der Spruch eines Henkers.

Barbara riss das Lenkrad herum und hielt neben dem Rover. Die Polizisten stellten sich beim Anblick der Neuankömmlinge automatisch gerade hin und Clements, der seine Mütze abgenommen hatte, setzte sie schnell wieder auf. Noch bevor der Wagen zum Stehen kam, war Greg schon ausgestiegen und keine drei Sekunden später stand Barbara neben ihm. »Was ist passiert?«, fragte er.

Sie sahen sich an und Whittaker sagte: »Es ist etwas verworren, Sir. Wir machten gerade unsere Runde und in der Nähe von Ramsbury kriegten wir plötzlich den Ruf, dass hier ein Unheil geschehen würde. Nein, ›dass ein Verhängnis drohen würde‹.«

»Ein seltsamer Ausdruck«, sagte Sharon Moore. »Ein drohendes Verhängnis.«

»Lashlo?«

»Ist das der Romajunge, der nicht ganz richtig im Kopf ist?«, fragte Clements. Greg runzelte missbilligend die Stirn und der junge Mann entschuldigte sich hastig. »Tut mir Leid, Sir.«

»Und, wo ist er jetzt? Was ist passiert? Ist er tot? Wer hat ihn getötet?«

»Das ist ja das Verworrene«, sagte Whittaker nach einer kurzen Pause. »Denn als wir herkamen, war niemand zu sehen, keine Leiche, kein Mensch weit und breit.«

»Haben Sie in den Wohnwagen nachgeschaut?«

»Wir sind nur eine Minute vor Ihnen hier gewesen, Sir. Dazu war noch keine Zeit. Aber wir haben noch kein Lebenszeichen gesehen.«

Greg ging zu Rufus' Wagen und hämmerte an die Tür. Das riesige Pferd des Roms wieherte und der Mischlingshund hob den Kopf von den Vorderpfoten und beobachtete ihn desinteressiert. Offensichtlich sah er es nicht als seine Pflicht an, das Eigentum seines Herrn zu schützen, denn er erlaubte dem Fremden ohne Protest, die unverschlossene Tür des Wohnwagens zu öffnen.

»Sieht so aus, als wären sie in aller Eile fort. Sie haben nicht mal abgeschlossen«, sagte Greg zu Barbara, die ihm gefolgt war.

»Alles blitzblank«, sagte sie und schaute sich um. »Kein Tröpfchen Blut. Kann es denn eine Falschmeldung gewesen sein?«

Er schüttelte langsam den Kopf. »Das kann ich mir nicht vorstellen.«

Sie gingen zurück ins Freie, blieben auf der Wohnwagentreppe stehen und studierten die Umgebung. Auf den ersten Blick waren die Downs ziemlich flach, es waren eher jene typischen Bodenwellen, die man nicht einmal als kleine Hügel bezeichnen würde. Der Graben verlief auf etwa fünfzig Meter Länge von Ost nach West, führte dann in sanftem Bogen zu den

Bahnschienen hinab. Etwa hundert Meter entfernt in östlicher Richtung lag ein kleines Gehölz, von dichten Büschen umwuchert. Durch ein paar lichte Stellen hatte man von allen vier Himmelsrichtungen Zugang. Er lauschte. Die Stille wirkte kalt.

Dann donnerte einen Düsenjäger über ihren Köpfen hinweg.

»Mein Gott!« Er hielt sich die Ohren zu. Diese verdammten Übungsflüge der Royal Air Force. »O Gott!« Er drehte sich um und stolperte fast die Treppe hinunter, denn plötzlich stand er einer kleinen Frau mittleren Alters gegenüber, die scheinbar aus dem Nichts aufgetaucht war. Erst auf den zweiten Blick erkannte er Orlenda Lee, die heute nicht ihr Wahrsagerinnenkostüm trug.

»Sind Sie vom Himmel gefallen?« Sie antwortete nicht, sondern sagte: »Kommen Sie mit.«

Widerspruchslos folgte er ihrer Aufforderung, die wie ein Befehl geklungen hatte. Mit schnellen Schritten ging sie über den Gemeindegrund in Richtung Wäldchen und Greg hatte fast Mühe ihr zu folgen. Heute trug sie Jeans und ein schwarzes T-Shirt, dazu alte Turnschuhe. Das stahlgraue Haar hatte sie zu einem strengen Knoten frisiert. Barbara ging in ein paar Metern Entfernung hinter ihnen her, aber Orlenda nahm keine Notiz von ihr. Die Streifenpolizisten blieben unsicher, wo sie waren, und warteten vergeblich auf Anweisungen ihrer Vorgesetzten.

»Ich hab ihn unter schrecklichen Schmerzen geboren«, sagte sie über die Schulter hinweg. »Es hat zwei Tage und zwei Nächte gedauert.«

»Wie bitte?«

»Meinen einzigen Sohn. Er riss meinen Körper auseinander, es ist nie richtig verheilt. Vielleicht denken Sie, ich würde ihn deswegen hassen …«

»Sie hätten einen Arzt holen sollen«, sagte er lahm.

»Aber ich hasse ihn nicht. Auch Rufus nicht, obwohl ich für ihn als Frau nicht mehr interessant war. Wir liebten ihn umso mehr, weil er gezeichnet war, weil wir alle gezeichnet waren.«

»Mrs. Lee ... Orlenda.«

»Pst.«

Sie hatten das Gehölz erreicht und sie schlüpfte leichtfüßig durch eine lichte Stelle im Laubwerk. Ungelenk stapfte er hinterher. Er konnte ein Geräusch hören, es klang wie ein Jammern, eine Wehklage für die Toten. Er blieb stehen, schaute hinab in eine Senke. Mitten auf einer mit Brennnesseln überwucherten Lichtung im Wäldchen stand Rufus Lee und hielt seinen Sohn in den Armen. Dessen Gliedmaßen hingen schlaff herab, sein Kopf auch. Es gab sicher nur sehr wenige Männer, die stark genug waren, einen so großen, ungeschlachten Körper hochzuheben für die Totenklage. Jetzt warf Rufus seinen Kopf in den Nacken und heulte vor Trauer und Wut. Einen Moment lang musste Greg an König Lear und Cordelia denken. ›Was darf ein Hund, ein Pferd, ja eine Ratte leben und du nicht atmen mehr?‹ Am Körper des Jungen waren keinerlei sichtbare Zeichen von Gewalt zu sehen, aber selbst aus dieser Entfernung konnte Greg sehen, ob ein Mensch tot oder lebendig war.

Gegenüber von Lee stand Smith mit einem Gewehr im Anschlag. Der Lauf war direkt auf Rufus' Kopf gerichtet, Smiths Finger direkt am Abzug.

Greg erstarrte.

»Smith!« Seine Stimme klang wie ein Krächzen. »Leg die Waffe weg, Smith!«

Der Rom drehte sich zu ihm um. Sein Gesicht war unergründlich. Automatisch richtete er die Waffe auf die Neuankömmlinge. Greg hörte Barbara hinter sich nach Luft schnappen, bevor sie sich ins Unterholz duckte, während Orlenda dastand und die Szene mit stoischer Ruhe in sich aufnahm.

»Nein!«, zischte Barbara hinter ihm. »Tu das nicht, Greg.«

Greg, der kaum wusste, was er tat, bewegte sich nun langsam auf die Senke zu. An dieser geschützten, schattigen Stelle war der Boden feucht und rutschig: Über Wurzelwerk und Steine stolpernd, erreichte er schließlich den Grund der Senke. Beinahe wäre er auf dem Hintern hinuntergerutscht.

Smith erwartete ihn, das Gewehr hatte er mittlerweile sicher nach oben gerichtet und überreichte es ihm schweigend. Sein Gesicht war aschfahl und seine Hände zitterten. Sein Gesichtsausdruck spiegelte Trauer und Entsetzen.

»Ich schwöre, ich hab es nicht gewusst«, sagte er. »Ich hatte keine Ahnung, warum Rufus so versessen darauf war, Lashlo nach Haus zu holen.« Er fing an zu weinen und hielt sich verzweifelt die Hände vors Gesicht. »Genau dasselbe hätte er vor fünfundzwanzig Jahren mit mir gemacht, wenn er gekonnt hätte.«

»Warum haben Sie ihn nicht aufgehalten?« Greg fuchtelte wütend mit dem Gewehr herum, es sah gefährlich aus. »Warum haben Sie das Ding hier nicht benutzt? Reißen Sie sich zusammen, Mann!«

»Ich hab es versucht, aber um ihn aufzuhalten, hätte ich ihm den Kopf wegblasen müssen. Und das konnte ich nicht, nicht einmal, um Lashlo zu retten. Ich hab dagestanden, die Waffe auf ihn gerichtet, aber Gott sei mir gnädig, ich konnte nicht abdrücken. Ich hatte Angst davor, was sie mit mir machen würden.«

»Wer?«

»Das Innenministerium, der Gefängnisdienst, der

Bewährungsausschuss. ›Sehen Sie‹, würden sie sagen, ›Sie haben diesen Mann auf Bewährung rausgelassen und er hat wieder getötet.‹ Ich wäre nie wieder rausgekommen. Also ließ ich Lashlo sterben, um meine eigene Haut zu retten.«

»Haben Sie den Rettungsdienst gerufen?«

»Nein, das war ich«, sagte Orlenda plötzlich hinter seiner linken Schulter. Erschrocken drehte er sich um, denn er hatte sie nicht kommen hören, lautlos wie ein Eichhörnchen hatte sie sich durchs Dickicht bewegt. Sie tippte auf das Mobiltelefon an ihrem Gürtel. »Wie ich es auch an dem Tag gemacht hab, als der Lynchtrupp kam. Damals hatte ich keine Ahnung. Hätte ich's da schon gewusst, hätte ich Lashlo ihnen überlassen. Das wäre das Beste gewesen.«

Rufus fiel auf die Knie und legte Lashlos Leiche auf den Boden. Woran erinnerte ihn das? Genauso hatte auch Jordan auf dem Treidelpfad gelegen. Greg trat vorsichtig ein paar Schritte vor. Er hatte das Gewehr, aber es kam ihm nicht in den Sinn, damit zu drohen. Er schaute nicht einmal nach, ob es geladen war. Nutzlos lag es in seiner Hand.

»Rufus. Was haben Sie getan?« Er stand über ihm, unsicher, ob der Mann seine Worte verstand. Aus der Nähe konnte er sehen, dass Lashlo mit bloßen Händen erwürgt worden war. Es war keine Frage, mit wessen Händen. Rufus hielt sie ihm hin, wie um sie einem strengen Kindermädchen zu präsentieren, erst die untere, dann die obere Seite. Die Handrücken waren haarig, die Knöchel traten deutlich hervor; die Handflächen waren bräunlich rosa und dreckverschmiert.

Auch Greg kniete sich hin, berührte den geschundenen Hals des Jungen und versuchte vergeblich den Puls zu ertasten. Er legte das Gewehr beiseite, um die Hände frei zu haben, bog den Kopf des Jungen nach hinten, presste mit der linken Hand seine Nase zusammen, öffnete den Mund mit seiner rechten, prüfte, ob irgendein Fremdkörper in der Luftröhre steckte, was nicht der Fall war, holte so tief Luft, wie er konnte, und pumpte sie in die stillen Lungen des Jungen.

»Sie kommen zu spät«, knurrte Rufus.

Er wusste es, aber er versuchte es fünf Minuten lang, auch mit Herzmassage. Keiner sollte später sagen können, er hätte nicht sein Bestes gegeben. Am Ende gab er es auf und setzte sich auf den Boden. »Warum?«, fragte er ruhig, obwohl er die Antwort kannte.

»Warum?« Rufus schaute auf. »Weil er das kleine Mädchen getötet hat und ich nicht wollte, dass er für den Rest seines Lebens in ein *Gorgio*-Gefängnis gesteckt wird. Das wäre schlimmer als der Tod. Er hat es verstanden, auch wenn er sonst vieles nicht verstand, er hat sich nicht gewehrt.«

Greg seufzte. »Seit wann haben Sie es gewusst?«

»Von Anfang an.«

»Von Anfang an?«

»Sie war noch nicht kalt, als ich ihm die Leiche abnahm und sie unter dem Wohnmobil versteckte, bis es ganz dunkel war. Die Leichenstarre war noch nicht eingetreten, als ich sie dann zum Kanal gebracht habe. Ich war vorsichtig. Ich hab ihr die Augen geschlossen. Ich war rücksichtsvoll.«

Greg stand auf und nahm das Gewehr wieder an sich. Er streckte Rufus die Hand hin und zog ihn hoch. Der Rom überragte ihn um Haupteslänge, aber Greg hatte keine Angst vor ihm, nicht in diesem Augenblick.

»Was ist passiert?«, fragte er. »Ich muss ganz genau wissen, was passiert ist.« Nichts anderes schien eine Rolle zu spielen, nicht Gerechtigkeit, nicht seine eigene Sicherheit, er wollte nur verstehen.

»Das kleine Mädchen wollte mit uns weglaufen«, sagte der Mann schwerfällig.

»Wie so viele kleine Mädchen, denen wir begegnen«, sagte Orlenda, die wieder unbemerkt hinter Greg getreten war und ihn erschreckte. Noch nie hatte er eine Frau getroffen, die sich so lautlos bewegte.

»Ja«, stimmte Rufus ihr zu. »Aber Lashlo konnte das nicht verstehen. Sie war so hübsch und lieb und er dachte, er könnte sie haben – nicht zu irgendeinem finsteren, schmutzigen Zweck, wie Sie vielleicht denken, davon wusste er nichts, sondern als Schwesterchen, als Spielzeug, als Puppe. Er hat ihr gesagt, sie solle am Abend zu ihm kommen, im Dunkeln, ein Geheimnis unter Kindern. Und er hat ihr versprochen, sie in seinem Wagen mitzunehmen.«

»Ich glaube nicht, dass es ihm in den Sinn gekommen wäre, wenn er nicht plötzlich einen eigenen Wagen bekommen hätte«, sagte Orlenda. »Huwies Wagen.«

»Haben Sie von dieser … Vereinbarung gewusst?«, fragte Greg.

»Natürlich nicht. Für was für einen Mann halten Sie mich?«

Greg schaute wortlos auf die Leiche zu seinen Füßen. Was für ein Mann war Rufus? Offensichtlich ein Mörder. Oder ein Scharfrichter?

»Wie konnte er so ein kleines Mädchen dazu auffordern, im Dunkeln von zu Hause fortzulaufen und den weiten Weg bis zu ihm zu kommen?«, überlegte er laut.

»So konnte er nicht denken«, sagte Orlenda. »Für ihn war sie wie ein gleichaltriges Kind, das keinen Schutz brauchte, das genauso gut für sich selbst sorgen konnte wie er, wenn nicht sogar noch besser.«

Aus dem Augenwinkel nahm Greg wahr, dass Barbara sich auf Zehenspitzen davonschlich, um Hilfe zu holen und um den Sanitätern Bescheid zu geben, die zu spät kommen würden.

»Um wie viel Uhr kam Jordan ins Lager?«, fragte er Rufus.

»Ich weiß es nicht. Ich habe sie nicht gesehen. Ich wusste ja nichts davon. Ich kann es nur schätzen. Eine Weile spielte sie fröhlich im Wohnwagen, vielleicht eine Stunde lang, tat so, als wäre sie ein Roma-Mädchen; dann wurde sie das Spiel vielleicht leid, wollte zurück zu ihrer Mutter, dachte an ihr bequemes Bett und sagte, dass sie nach Hause wolle, dass es ein schönes Spiel gewesen sei, das jetzt vorbei wäre. Bestimmt hat Lashlo nur versucht, sie aufzuhalten, wahrscheinlich war er todtraurig …«

»Er war oft ganz verzweifelt«, sagte die Mutter des Jungen, »aus Gründen, die Sie und ich nicht nachvollziehen können.«

»Er versuchte, sie aufzuhalten«, fuhr Rufus fort. »Ich nehme an, er packte sie an den Armen und presste ihr die Hand auf den Mund. Er hat sie erwürgt oder erstickt. Es war ein Unfall. Ihm ist nicht bewusst, wie stark er ist. Wahrscheinlich dachte er zuerst, es wäre ein Spiel, dass sie sich tot stellte. Dann kam er zu mir gerannt, ganz außer sich, dass seine kleine Freundin nicht aufwachen wollte. Ich verstand nicht, was er wollte. Dann ging ich mit ihm in Huwies Wagen und fand das Kind mit dem Kaninchengesicht. Ihr Genick war gebrochen. Ich konnte nichts mehr für sie tun, sonst hätte ich es getan, egal um welchen Preis. Mein einziger Gedanke war, meinen Sohn vor den Konsequenzen seines schrecklichen Fehlers zu schützen.«

»Deshalb haben Sie die Leiche versteckt.«

»Auf dem Gemeindegrund liefen immer noch ein paar Leute herum, Hundebesitzer, Männer, die aus dem Pub nach Haus kamen. Autos fuhren vorbei. Ich legte ihre Leiche unter den Campingbus von diesem dürren Mann.«

Was für eine passende Beschreibung von Clive Peel, dachte Greg.

»Sie können mich nicht gehört haben«, sagte Rufus verächtlich. »So wie der verdammte Wagen hin und her schaukelte, hätten sie nicht mal ein Erdbeben gehört, hätten nur gedacht, die Erde würde sich bewegen. Ich hab die Leiche dort bis nach Mitternacht liegen lassen. Als ich sicher war, dass niemand mehr unterwegs war, habe ich sie über die Gleise bis zum Treidelpfad getragen, wo ich sie hinlegte, in die Nähe der Stadt, damit man sie schnell finden würde.«

Greg konnte Rufus vor sich sehen. Zweifellos war er querfeldein über Hecken und Zäune und Bahnschienen gestiegen, statt die Hindernisse zu umgehen wie Piers und er in jener Nacht.

»Ich hab sie ordentlich hingelegt«, sagte Rufus. »Ich war rücksichtsvoll«, wiederholte er monoton.

»Ja«, sagte Greg. »Das waren Sie.«

»Ich hab Lashlo eingeschärft, nichts zu sagen und zu leugnen, dass er sie nach dem Jahrmarkt noch einmal gesehen hatte. Er hat das auch verstanden und ich dachte, es würde alles klargehen, aber am nächsten Tag kam der Lynchtrupp und wollte ihn holen, und Sie zeigten mir diese Fotos und mir wurde klar, dass jeder wusste, dass es Lashlo gewesen war und dass es nur eine Frage der Zeit wäre, bis man es beweisen könnte.«

»Es wäre sehr schwer zu beweisen gewesen«, sagte Greg. »Ehrlich gesagt, ich habe ihn nicht verdächtigt. Ich hätte Sie beide ziehen lassen. Ich hatte nichts gegen ihn in der Hand. Wahrscheinlich wäre er ungeschoren davongekommen.«

»Und wem hätten Sie's stattdessen in die Schuhe geschoben?«, fragte Smith. »Josie Abbot? Mir, dem verurteilten Kindermörder?«

Greg wirbelte herum, wollte protestieren und sagen, dass der Fall offen geblieben wäre, wie der eines Jungen namens Derek Fielding in Northampton, aber Rufus kam ihm zuvor. »Da wusste ich, dass ich nur eines tun konnte, wenn ich nicht wollte, dass er ins Gefängnis oder in eine psychiatrische Anstalt gesperrt wird, aber Sie haben ihn mir weggenommen und es hat ewig gedauert, ihn wieder zurückzuholen, und ich zögerte, denn ihn zu töten war so, als würde ich einen Teil von mir selbst töten.«

Greg strich sich gequält übers Gesicht. Er hatte Lashlo in Gewahrsam genommen, damit er in Sicherheit war. Er hatte die drohende Gefahr nicht erkannt. Er unterdrückte ein Schluchzen. »Er wäre mit Totschlag davongekommen«, sagte er matt. »Mit verminderter Schuldfähigkeit. Was auch passiert ist, er hat es nicht verdient zu sterben.«

»Totschlag«, wiederholte Rufus. »Das hätte trotzdem Gefängnis bedeutet, jahrelang eingesperrt.«

»Wissen Sie nicht, was sie im Gefängnis mit Jungs wie Lashlo machen?«, fragte Smith. »Besonders mit Kindermördern?«

»Und nach unserer Tradition verdient jemand, der getötet hat, den Tod«, fügte Orlenda hinzu.

Greg hatte plötzlich Angst. Er schaute sich um. Wo zum Teufel blieb Barbara?

Gott sei Dank. Er konnte ihre schlanke Gestalt im Gebüsch über ihnen ausmachen, gefolgt von Whittaker und Clements und zwei Sanitätern mit einer Trage.

Er spürte die Bewegung mehr, als er sie sah. Da war Rufus auch schon neben ihm und versuchte, ihm das Gewehr zu entreißen. Greg hielt es umklammert, mit einer Kraft, von der er nicht gewusst hatte, dass er sie besaß, und der Rom gab auf, löste sich von der kleinen Gruppe und stampfte den Hang hinauf in Richtung Waldrand.

»Haltet ihn«, brüllte Greg und rannte ihm nach.

Ein anderer Mann hätte sich einen einfacheren Fluchtweg gesucht, aber Rufus wählte wie immer den schwierigsten Weg und rannte direkt auf die Polizeibeamten und Sanitäter zu.

Barbara Carey, die Erste der Gruppe, kannte ihre Grenzen. Sie war nicht feige, aber zu versuchen, Rufus aufzuhalten oder sich vor einen fahrenden Lastwagen zu werfen, machte keinen Unterschied. Sie presste sich an einen Baumstamm, als er an ihr vorbeirannte – mit erstaunlicher Geschwindigkeit für einen Mann mit seiner Statur.

Die Erde schien zu beben.

Whittaker und Clements sahen sich resigniert an und stürzten sich in den Kampf, aber Rufus schleuderte Whittaker in einen Laubhaufen und stieß Clements wie eine lästige Fliege zur Seite, dann taumelte er den Hügel hinab und stieß mit Greg zusammen. Greg versuchte ihn festzuhalten, aber alles endete damit, dass die beiden Arm in Arm in die Senke rollten. Fluchend rappelten sie sich hoch, warfen sich einen bösen Blick zu und stürmten wieder nach oben. Die Sanitäter taten es Barbara gleich und machten den Weg frei. Ehe sie sich versahen, war Rufus raus aus dem Wäldchen und rannte, so schnell er konnte, zurück zu den Wagen.

»Verdammt noch mal!«, schimpfte Greg, als er endlich wieder oben war. »Ihr wart doch zu fünft!«

»Entschuldigung, Sir«, murmelten sie.

Er wandte sich zu den Sanitätern um. »Da unten liegt ein Toter – es war nichts mehr zu machen. Lasst ihn liegen, bis die Spurensicherung kommt. Barbara, du bleibst hier. Hol noch ein paar Leute. Ihr beiden kommt mit mir.«

Rufus hatte etwa hundert Meter Vorsprung und Greg gab Reilly und Moore ein Zeichen, ihm den Weg abzuschneiden. Whittaker, Clements, Smith und er verteilten sich hufeisenförmig und hofften, den Mann mit Hilfe der anderen beiden Polizeibeamten einkreisen und stellen zu können. Orlenda kam hinter ihnen her, hielt stumm und wachsam mit den Verfolgern Schritt.

Als er sah, dass sich die zwei Polizisten von den Wohnwagen her näherten, änderte Rufus die Richtung und rannte auf den Steinkreis zu. Er stolperte und schlug der Länge nach zu Boden, war jedoch sofort wieder auf den Beinen. Humpelnd lief er weiter und warf sich gegen den ersten Monolithen, trat dann hinter ihn, als könne er ihm Schutz vor seinen Verfolgern bieten. Er presste den Körper gegen den kühlen Stein und hielt inne, um Atem zu schöpfen und seine Gedanken zu ordnen.

Dann lief er wieder los, diesmal in Richtung der Gleise, er zog sein Bein nach, scheinbar hatte er sich den Fuß verstaucht. Trotzdem preschte er unbeirrt weiter, ließ sich nicht aufhalten von Gräben, Hecken oder Zäunen. Dieser Teil des Gemeindegrundes war durch den Bahndamm und den Kanal abgeschnitten vom Rest der Welt. Aber Rufus, den selbst Feuer und Flut nicht geschreckt hätten, ließ sich von diesen Hindernissen nicht aufhalten.

Er kämpfte sich durch Dornengestrüpp und gelangte auf die Gleise. Blut lief ihm über Gesicht und Arme. Er blieb kurz stehen, um zu sehen, wie dicht ihm seine Verfolger auf den Fersen waren.

Sie waren nah und kamen immer näher.

Ein Pfiff gellte durch die warme Luft, einmal, zweimal. Beim dritten Mal klang er schriller und verzweifelter.

»Lee!«, schrie Greg fassungslos, aber seine Stimme trug nicht auf die Entfernung. Er versuchte es trotzdem noch einmal. »Lee! Es ist der Express. Gehen Sie aus dem Weg!« Rufus musste noch genug Zeit haben, um sich zu retten, wenn er wollte, dachte Greg, aber vielleicht auch nicht; vielleicht war es eine Täuschung und er sah alles wie in Zeitlupe.

Auf das schrille Pfeifen des Zuges folgte das Kreischen der Bremsen und ein Funkenregen ging auf den Grasstreifen nieder. Rufus blieb reglos zwischen den Gleisen stehen, starr wie einer der Steine, sah er dem Zug entgegen und stellte sich mit offenen Augen seinem selbst gewählten Schicksal.

Er lachte.

Im allerletzten Moment streckte er die Arme aus, wie um den auf ihn zurasenden tonnenschweren Koloss aus Metall zu umarmen, wie um seinen Tod zu umarmen. Der Zug prallte auf seinen Körper. Er stieß einen einzigen Schrei aus, jedoch nicht vor Schmerz oder Angst. »Orlenda!«

»Jan!«, schrie sie und warf sich in Smiths Arme, presste die Stirn an seine Brust. Er strich ihr übers Haar.

Eine halbe Stunde später stand Orlenda auf einem hohen Erdwall und schaute zu, wie das, was von ihrem Ehemann übrig geblieben war, von den Schienen entfernt wurde. Ihr Gesicht war vollkommen ausdruckslos, obwohl der Anblick selbst für hartgesottene Polizisten schwer zu ertragen war.

Ein paar hundert Meter weiter machte der Exeter-Express einen ungeplanten Halt in Hungerford und die verstörten Passagiere stiegen aus und mussten auf dem sonst so stillen Bahnhof warten, bis sie weiterfahren konnten. Einige waren still und nachdenklich, während andere wieder und wieder fragten, was geschehen sei.

Der Lokführer saß weinend in der Lok. Er war wie erstarrt und lehnte jegliche Hilfe ab, niemand konnte ihn überreden, auszusteigen und eine Tasse Tee zu trinken.

Im Wäldchen wurde Lashlos Leiche fotografiert und weggeschafft. Seine Mutter wirkte resigniert, dachte Greg. Nein, resigniert war nicht das richtige Wort. Fatalistisch. Als hätte sie die ganze Zeit genau gewusst, was passieren würde. War es so? Sie merkte, dass er sie beobachtete, und kam zu ihm.

»Wussten Sie es?«, fragte er leise. »Haben Sie es vorhergesehen?«

»Die Wahrsagerei?« Sie lachte beinahe. »Es ist Show, ein Jahrmarktspektakel, um den Leichtgläubigen das Geld aus der Tasche zu ziehen. Ich dachte, Sie hätten das gewusst.«

»Nun ja, eigentlich schon«, murmelte er beschämt.

»Und doch kann man in etwa voraussagen, wie die Zukunft aussehen wird«, fuhr sie fort. »Ich kannte die Wesensart und die Lebensgeschichte der beteiligten Personen und konnte mir ihre Handlungsweise vorstellen. Man zählt eins und eins zusammen und kann sich ausrechnen, zu welchem unvermeidlichen Ende alles führen wird. Das können Sie auch, wenn Sie darüber nachdenken. Aber das ist Wahrscheinlichkeitsrechnung und keine Hellseherei.«

»Also ließen Sie Ihren Ehemann Ihren Sohn töten«, sagte er.

»Besser als ihn im Gefängnis verrotten zu lassen, ja.«

»Warum haben Sie dann den Rettungsdienst gerufen?«

»Weil ich wusste, dass Sie zu spät kommen würden, um ihn aufzuhalten, und weil es ein Ende haben musste. Es durfte keine weiteren Toten mehr geben, nicht nach all den Jahren. Ich wusste, Sie würden die Wahrheit herausfinden.«

»Haben Sie das in meiner Hand gesehen?«

»Ich sah nichts in Ihrer Hand, Sie Dummkopf, weil es dort nichts zu sehen gibt. Ich sah es in Ihren Augen und in Ihrem Herzen – dass Sie ein Mann sind, der nicht ruhen wird, bis er die Wahrheit gefunden hat.«

»Ich glaube, es war nicht mein Verdienst, dass die Wahrheit aufgedeckt wurde«, sagte Greg.

»Würden Sie mir bitte etwas verraten?«, fragte Greg.

Er hatte Smith und Orlenda zurück zum Lager gefahren, nachdem sie ihre Aussagen gemacht hatten, und saß jetzt in Smiths Wagen. Es war Spätnachmittag, die Wohnwagen warfen lange Schatten.

»Wenn ich kann«, sagte sein Gastgeber.

»Ich habe Sie doch einmal gefragt, ob Lashlos Behinderung erblich sei, und Sie sagten, sein Gehirn wäre bei der Geburt geschädigt worden.«

»Das stimmt.« Smith hatte eine Pfeife hervorgeholt und fing an, sie zu stopfen.

»Sie wussten genau Bescheid, aber Lashlo war erst siebzehn und Sie waren doch die letzten fünfundzwanzig Jahre im Gefängnis. Woher konnten Sie es wissen?«

»Von der Person, die am meisten damit zu tun hatte.«

»Orlenda?«

Smith nickte und steckte seine Pfeife an. Es dauerte eine Weile, bis sie richtig brannte. »Sie schrieb mir«, sagte er schließlich. »Jede Woche. Ich habe die Briefe auch beantwortet, obwohl sie sie oft erst Wochen später gekriegt hat, weil ich sie immer postlagernd verschickt habe. Und Rufus durfte ja nichts davon wissen.«

Greg öffnete das Wagenfenster. Die Tür stand einen Spalt offen und durch den Durchzug kräuselte sich der Rauch in seine Richtung. Es roch zu süßlich für reinen Tabak. Marihuana, dachte er. Es war ihm egal. »Später hatte sie dann das Mobiltelefon und ich hab sie manchmal angerufen, immer um dieselbe Tageszeit. Wenn Rufus in der Nähe war, hat sie es immer ausgeschaltet.«

»Haben Sie die Briefe noch?«, fragte Greg.

»Nein.«

Greg zog erstaunt die Brauen hoch. »Aber Briefe sind doch so begehrt im Gefängnis.«

»O ja, damals schon. Ich hab sie aufbewahrt und immer wieder gelesen, am Ende waren es mehr als tausend. Aber sobald ich rauskam, hab ich sie verbrannt. Ich brauchte sie nicht mehr, verstehen Sie? Und ich hab sie verbrannt, um einen Schlusspunkt unter mein altes Leben zu setzen, als Symbol für meine Wiedergeburt.«

So wie Orlenda die Sachen ihrer Tochter verbrennen wollte, dachte Greg, damit ihre Seele in Frieden ruhen konnte. Aber vielleicht kamen die Seelen der Roma nie zur Ruhe, sondern zogen weiter umher, für alle Ewigkeit. »Wollen Sie es mir erzählen?«, fragte er.

»Warum nicht? Wir sind zusammen aufgewachsen – Rufus, Orlenda, Annie und ich. Rufus und ich waren beide in Orlenda verliebt, aber sie liebte *mich*.«

»Aber – lassen Sie mich raten – sie war eine Lee.«

»Sie lernen schnell.« Smith stocherte in seinem illegalen Kraut herum und zog erneut an der Pfeife. »Ja, ihre Eltern hatten schon beschlossen, dass sie heiraten sollten, als sie noch Kinder waren.«

»Hätten Sie nicht mit ihr durchbrennen können, wie später mit Ihrer Frau?«

»Ich hätte es gemacht, aber sie wollte nicht. Weil ihr die Familie wichtig war, die *Lees*. Tradition. Sie mochte Rufus und hat akzeptiert, was für sie bestimmt war – ihr Schicksal, wenn Sie so wollen. Sie machte mit mir Schluss und hat ihn geheiratet, als wir zwanzig waren.« Er seufzte. »Ich hab sie weinen hören in ihrer Hochzeitsnacht, vor Schmerzen.«

»Sie meinen … ?«

»Er tat ihr weh. Sie haben ihn gesehen. Und sie. Es war nicht anders zu erwarten.«

»Das muss schrecklich für Sie gewesen sein.«

»Wir können nicht immer das kriegen, was wir wollen, können nicht immer den Menschen besitzen, den wir lieben. Ihr *Gorgios* versteht das nicht oder habt es in den letzten Jahrzehnten vergessen, aber wir Roma wissen es.«

Greg wurde es ein wenig schwindelig vom Rauch des Marihuanas. »Und Ihre Frau?«

»Ich heiratete Annie ein paar Jahre später, als zweite Wahl sozusagen.«

»Und Sie und Orlenda haben sich weiter heimlich getroffen? Hatten vielleicht ein Verhältnis?«

Er schüttelte den Kopf. »Nein, jetzt liegen Sie falsch. Annie und ich passten gut zusammen und nach der Geburt unserer ersten Tochter wurde mir klar, dass ich sie liebte, dass meine Gefühle für Orlenda abgeflaut waren. Nur noch eine nostalgische Erinnerung. Wir trafen uns tatsächlich manchmal heimlich, um der alten Zeiten willen, um spazieren zu gehen und zu reden, nicht um unsere Ehepartner zu betrügen. Aber ich habe es nicht über mich gebracht, ihr zu gestehen, dass sich meine Gefühle für sie verändert hatten.«

»Also glaubte sie weiter, dass Sie sie liebten?«

»Ich denke schon. Ich weiß es. Vielleicht glaubt sie es immer noch. Rufus glaubte es und wusste, dass sie mich liebte, und seine Eifersucht zerfraß ihn, bis er es nicht mehr aushielt. Wie ich Ihnen schon erzählt habe, konnte er damals seine Wut nicht zügeln. Er hat es wohl auch nicht versucht. Ich weiß bis heute nicht genau, wie Annie starb. Ich kann nichts beweisen …«

Greg war schockiert. »Wollen Sie damit sagen …«

»… dass Rufus meine Frau umgebracht hat? Ja. Das halte ich für sehr wahrscheinlich.«

»Seine eigene Schwester?«

»Unvorstellbar, nicht wahr, wie im Alten Testament. Aber es war in einem Augenblick der Raserei, der Trunkenheit, in einem Augenblick blindwütigen Zorns.«

»Seine eigene Schwester«, wiederholte Greg stupide. »Und die kleinen unschuldigen Kinder.« Kein Wunder, dass Rufus das Kainszeichen trug: Wie Kain hatte er sein Leiden selbst verursacht.

»Ich habe immer wieder versucht, mir vorzustellen, was an diesem Abend geschehen ist. Ich war weggegangen. Ich kann mir nur vorstellen, dass Rufus zu Annie ging, um ihr zu sagen, dass ich noch immer was mit Orlenda hätte und dadurch Schande über beide Familien gebracht würde. Wahrscheinlich wollte sie ihm nicht glauben, hat ihn angebrüllt, hat vielleicht sogar auf ihn eingedroschen, da sie genauso zornig werden konnte wie er. Dann hat er die Beherrschung verloren und sie mit seinen riesigen Händen erdrosselt.«

»Und die Kinder?«

»Die Mädchen schliefen schon, als ich losging. Ich nehme an, dass sie bei dem Radau aufgewacht sind und zu gefährlichen Zeugen wurden, deshalb hat er sie auch getötet. Vielleicht schliefen sie auch, als er ihnen die Kehle zudrückte. Er wusste, dass mich das härter treffen würde als alles andere.«

»Das ist ja abscheulich!«

»Und dann ließ er mich dafür büßen. Es war ihm gelungen, mich zu zerstören, aber gleichzeitig hat er einen Teil von sich selbst getötet.«

»Wo waren Sie an dem Abend?«

»Ich bin auf dem Gemeindegrund spazieren gegangen. Mit Orlenda. Sie war mein Alibi und aus diesem Grund habe ich nie eins angegeben. Und ich war ihres, in dem Sinne, dass ich weiß, dass sie es nicht gewesen ist.«

»Orlenda?«

»Sie wäre dazu fähig gewesen. Vielleicht. Sie war eifersüchtig auf Annie. Zumindest hatte ich den Trost, zu wissen, dass sie es nicht getan haben konnte.«

»Habe ich das richtig verstanden: Sie hätten der Polizei sagen können, dass Sie zur fraglichen Zeit mit Orlenda zusammen waren, und taten es nicht?«

»Sie musste weiter mit Rufus zusammenleben, und wenn er erfahren hätte, dass wir an dem Abend zusammen waren, hätte es eine Katastrophe gegeben. Sie musste an Reyna denken.«

Und jetzt war auch Reyna tot. »Und Sie wollte Ihnen nicht helfen?«, fragte Greg. »Sie sagten doch, dass sie Sie liebte.«

»Sie liebte mich auch. Aber sie wusste, dass ich sie dem nicht aussetzen wollte.«

Seine Pfeife war ausgegangen. Ungeduldig klopfte er sie über einer Blechdose aus, sichtlich unzufrieden mit der Wirkung. »Also kehrte ich nach fünfundzwanzig Jahren zurück, um der Wahrheit auf die Spur zu kommen. Und ich stand da und richtete das Gewehr auf ihn, ich hätte ihn töten können, ich hatte sogar einen Grund ihn zu töten, denn dadurch wäre Lashlo gerettet worden. Aber ich konnte es nicht. Ich kann keinen Menschen töten, egal, was er getan hat. Könnten Sie es?«

»Einen Mann töten, den ich hasse? Um ein unschuldiges Leben zu retten?« Das war schwer zu sagen, wenn man noch nie mit einer solchen Situation konfrontiert worden war. »Ich weiß es nicht.«

»Und mir wurde klar, dass es keine Rolle mehr spielte, ob Rufus es war oder ich – wie die Behörden weiterhin behaupten – oder ob es irgendein Wahnsinniger war, der zufällig vorbeikam. Annie und meine Kinder sind und bleiben tot, und wenn ich sie hundert Mal rächen würde.«

»Werden Sie beantragen, dass der Fall wieder aufgenommen wird?«

»Was sollte das bringen? Ich habe keine neuen Beweise und bin jetzt ein freier Mann.«

»Auf Bewährung. Sie bleiben Ihnen auf den Fersen, wo immer Sie auch hingehen. Man kann Sie jederzeit wieder einsperren, da genügt schon der kleinste Hinweis.«

»Dazu müssten sie mich erst finden.«

»Was wollen Sie jetzt machen?«, fragte Greg, nachdem sie eine Weile geschwiegen hatten. »Werden Sie jetzt mit Orlenda zusammenbleiben?«

»Wir gehen zusammen von hier fort, reisen zumindest eine Weile zusammen. Keiner weiß, was die Zukunft bringt.« Er lachte. »Und sie am allerwenigsten.«

»Glauben Sie, dass Rufus Recht hatte?«, fragte Greg. »Dass der Tod besser für ihn sei als das Gefängnis, für sie beide?«

»Nein. Solange es Leben gibt, gibt es Hoffnung.«

»Ich dachte, in der Romasprache gäbe es kein Wort für Hoffnung.«

»In meinem Wortschatz schon.«

Montag, den 29. Juni

Greg saß in seinem Büro und erledigte einige Routineaufgaben. Rufus und Lashlo waren offiziell identifiziert und obduziert und alle Daten an das Gericht übermittelt worden. Der Jordan-Abbot-Fall war abgeschlossen, die Ermittlungen beendet. Chief Superintendent Barkiss hatte ihm persönlich zur zügigen Aufklärung eines wichtigen Falles gratuliert und der stellvertretende Polizeichef hatte ihn angerufen.

Da er noch keinen neuen, dringenden Fall auf dem Tisch hatte, war er am Samstag mit Angelica nach London gefahren, wo sie das Nationaltheater und eine Ausstellung besuchten. Er fühlte sich frisch und erholt. Drei Männer, eine Frau und ein kleines Mädchen waren in den vergangenen zehn Tagen ums Leben gekommen und ließen jene zurück, die um sie trauerten, aber für alle anderen ging das Leben weiter, so wie es sein musste, und langsam stellte sich wieder Normalität ein.

Wenn er sich die Sorgen und Nöte anderer aufbürdete, würde er niemals Frieden finden.

Josie Abbot war über den Ausgang der Ermittlungen informiert worden, war wie verwandelt und bedankte sich überschwänglich bei ihren alten Freunden von der Polizei. Da es keine Verhandlung geben würde, durfte sie Jordan endlich beerdigen. Sie hatte Greg und Barbara gebeten, zur Trauerfeier an diesem Nachmittag zu kommen. Er war gern bereit die früheren Ressentiments zu vergessen, wenn sie es auch war. Er bezweifelte, dass Adam Chaucer dort sein würde, jetzt wo keine Story mehr zu erwarten war.

Laut einer schlichten Zeitungsanzeige sollte Douglas Cameron am Dienstag in aller Stille eingeäschert werden. Morgen. ›Bitte keine Blumen, keine Beileidsbekundungen‹ stand unter der Anzeige. Verity hatte ihn nicht eingeladen und er mochte nicht unaufgefordert erscheinen. Alles sollte sicher so kurz und schmerzlos wie möglich abgewickelt werden.

Der Coroner hatte die Verhandlung an diesem Morgen ohne Jury eröffnet, bestätigte Suizid als Todesursache, nachdem er Camerons kurzen, nüchternen Brief vorgelesen hatte. Er unterschied sich grundlegend von dem Brief an Greg, der für die Klärung der Todesursache nicht benötigt wurde. Schließlich wurde die Leiche ohne weitere Formalitäten zur Bestattung freigegeben. Er hatte Verity nicht darum gebeten, die verzweifelte Lage ihres Ehemanns anzuerkennen, sondern der nicht trauernden Witwe lediglich die formelle gerichtliche Beileidsbekundung übermittelt.

Greg erinnerte sich an die altmodische Formulierung ›… während einer Störung des seelischen Gleichgewichts‹, die in seiner Jugend noch gang und gäbe war, als Selbstmord noch als Verbrechen galt und das Eigentum eines Selbstmörders beschlagnahmt wurde. Greg hatte es immer als beleidigend empfunden: Wenn ein Mensch den Mut aufbrachte, sich selbst zu töten, sollte man ihm zumindest zubilligen, dass er gewusst hatte, was er tat.

Er hatte sich geirrt: Adam Chaucer war doch gekommen.

Er stand neben Josie und hatte den Arm um ihre Schulter gelegt. Du schielst wohl immer noch auf den Treuhandfonds, dachte Greg.

Während er in seinem besten dunklen Anzug auf dem St. Saviour's Friedhof stand und zusah, wie der kleine Sarg von Jordan in derselben Gruft wie ihr offizieller Vater beigesetzt wurde, versuchte er den Reporter zu ignorieren. Auf dem Sarg lagen so viele Kränze, dass er fast nicht zu sehen war. Er hatte keinen Kranz geschickt, sondern weiße Schnittblumen – Jasmin, Nelken und Rosen – für ihre unschuldige Kinderseele.

Barbara stand mit gesenktem Kopf neben ihm. Er sah, wie sich ihre Lippen bewegten, und stellte überrascht fest, dass sie betete.

Josie hatte bekannt gegeben, dass sie eine private Trauerfeier wünsche, und die meisten Bewohner von Hungerford respektierten ihren Wunsch. Jene, die trotzdem gekommen waren, hielten sich im Hintergrund. Auf der anderen Seite des Friedhofs entdeckte er George Templeton, dessen Blick zu sagen schien: ›Ich hab's ja von Anfang an gewusst‹, während sein eigener Blick signalisierte: ›Das billigt noch lange nicht dein Verhalten‹.

Das hoffte er zumindest.

Die Trauerrede war beendet und er stellte sich mit Barbara in die Reihe der Trauergäste, um eine Hand voll Erde ins Grab zu werfen.

Whittaker und Clements, die in dieser Woche Nachtdienst hatten, waren gekommen und hielten taktvoll Distanz. Er erkannte auch Whittakers Frau Tina, eine hübsche Blondine von Mitte zwanzig. Sie trug ein modisches schwarzes Kostüm und Schuhe, die nicht zu diesem Anlass passten. Sie weinte sich die Augen aus.

»Blöde Kuh!«, sagte Barbara.

Greg war geschockt. »Sie zeigt ein bisschen Mitgefühl. Das ist doch kein Verbrechen.«

»Die nicht. Ich war auf ihrer Hochzeit.«

»Tatsächlich?«

»Ich mag Hochzeiten, solange es nicht meine eigene ist.«

»Ich war nicht eingeladen«, sagte er leicht pikiert.

»Wahrscheinlich fürchteten sie, deine Anwesenheit würde auf die Stimmung drücken.«

»Vielen Dank!«

»Wegen deines Rangs.«

»Oh.«

Sie zitierte: »Andrew Glen Whittaker und Christina May Prior geben sich die Ehre …«

»So verschwand Chrissie Prior und wurde zu Tina Whittaker! Eigentlich hätte ich schon eher darauf kommen müssen.«

»Mein Gott!« Greg sah die junge Frau plötzlich mit ganz anderen Augen. »Ich dachte, du hättest die Zeitungen durchgesehen und dich im Standesamt erkundigt.« Sie wurde rot. »Lass mich raten, du wolltest es nicht delegieren und hattest selbst keine Zeit.«

»Tut mir Leid.«

»Weißt du noch, was ich dir gesagt habe?«

»Ja. Es wird nicht noch mal vorkommen. Entschuldigung.«

»Ich stelle mit Erleichterung fest, dass du nicht unfehlbar bist.«

»Sie haben sich kirchlich trauen lassen.«

»Meinst du, er weiß es?«, fragte Greg, als sein junger Kollege seiner weinenden Frau tröstend den Arm um die Schulter legte.

»Das glaube ich kaum. Männer sind ziemlich naiv. Sie denken, ein hübsches Gesicht sei die Garantie für eine schneeweiße, reine Seele.«

»Sieh dir an, wie sie weint ... Was sollen wir machen, Babs?«

»Eine gute Frage. Das Kind ist tot und beerdigt. Josie beharrt darauf, dass es keine Erpressung war, nur die gelegentliche Bitte einer Bekannten um ein bisschen finanzielle Unterstützung. Sollen wir sie wegen Meineid anzeigen, nach allem, was sie durchgemacht hat? Willst du die Karriere eines ehrlichen Polizisten und sein ganzes Leben ruinieren?«

Nein, er wollte nichts von alledem, obwohl er sich nun nicht mehr vorstellen konnte, mit Whittaker zusammen in der Mordkommission zu arbeiten, nach dem, was er über ihn wusste. Der junge Mann würde weiterhin Streifenpolizist bleiben und sich fragen warum.

Als die Trauerfeier zu Ende war, schüttelten sie Josie die Hand, lehnten jedoch eine Einladung zu Sherry und Kuchen ab.

»Ich muss zurück ins Büro«, sagte Greg lahm. Barbara umarmte Josie herzlich und sagte: »Es wird schon werden, Josie.«

»Ja«, sagte sie zweifelnd.

Greg drehte sich um und sah, wie Mr. und Mrs. Whittaker den Friedhof verließen. Er schaute Josie an, aber sie blickte in eine andere Richtung. Wenn sie Chrissie gesehen hatte, so ließ sie sich nichts anmerken. Sie war tatsächlich eine gute Schauspielerin und die Lüge war zu einem Teil ihres Lebens geworden.

Als sie zurück zum Auto gingen, gelang es Chaucer sie einzuholen. In seinem schwarzen Seidenanzug sah er aus wie ein Filmstar. Mit Befriedigung stellte Greg fest, dass die edlen Beinkleider ein paar Matschflecken bekommen hatten. »Ich habe mich ein bisschen umgehört«, sagte er ohne Vorrede, »über Sie und *Mrs. Summers*.«

»Ach ja?« Per Fernbedienung öffnete Greg die Wagentür, um so schnell wie möglich zu verschwinden. Chaucers Wagen stand neben seinem. Er sah genauso aus, wie Angie es sich vorgestellt hatte: ein glänzend rotes geschmackloses Ding mit weißen Ledersitzen.

»Es fällt natürlich nicht in mein Ressort. Ich bin Nachrichtenreporter. Aber derartige Klatschgeschichten sind immer beliebt und ich dachte, Sie würden mir vielleicht ein Interview geben. Wenn ich es nicht selbst verwerte, findet sich sicherlich ein Kollege, der mir das Material dankbar abnimmt.«

Chaucer war ganz dicht an Greg herangetreten und hielt ihm sein selbstgefälliges Gesicht entgegen, in das Greg nur allzu gern hineingeschlagen hätte. Zu gern hätte er gesehen, wie Chaucer sich im Dreck wälzte und den Rest seiner Zuhälterkluft mit Lehm beschmierte. Dann würde er ihm genüsslich ein paar Mal in die Rippen treten, ihm vielleicht ein paar brechen. Was für eine Freude. Aber diesen Weg würde er nicht einschlagen, den Weg, den Barney Chase und Harry Stratton gegangen waren. Dazu hatte er zu viel zu verlieren.

Es gibt so vieles, von dem du keine Ahnung hast, Adam, dachte Greg, und so viele Dinge, die du niemals verstehen wirst, und wenn du hundert Jahre alt würdest - und eine davon ist Liebe. Das ist mein Trost. Deshalb bedauere ich dich, statt dich zu hassen. Josie war hinter Chaucer getreten, ohne dass dieser sie gesehen hatte. »Ich glaube nicht. Ich bin sicher, dass es niemanden interessiert bis auf die beiden Menschen, die es am meisten betrifft.«

Chaucers Gesichtszüge verhärteten sich und seine Stimme wurde lauter, als er es aufgab, Wohlwollen vorzutäuschen. »Es wäre besser für Sie, mit mir zu sprechen, mein Alter. Wenn Sie es nicht tun, werde ich mit Ihren Nachbarn sprechen, mit Ihren Kollegen und vielleicht mit Ihrer Exfrau. Wenn ich es aber aus erster Hand erfahre, können Sie sicher sein, dass ich die Wahrheit und Ihre Sicht der Dinge wiedergebe.«

Die alte Falle, dachte Greg: Entweder du reitest dich selbst rein oder du wirst von jemand anders reingeritten. Er setzte sich, ohne zu antworten hinters Steuer und ließ den Motor an, während Barbara auf dem Beifahrersitz Platz nahm. Er verschloss die Türen mit der Zentralverriegelung und fuhr davon. Chaucer hatte die Hände in die Hosentaschen geschoben und blieb grinsend zurück. Greg sah, wie Josie ihn voller Verachtung ansah.

»Gut gemacht, Junge. Du hast ihn gezwungen, Farbe zu bekennen.«

»Meinst du, er blufft?«

»Er hat doch selbst gesagt, dass er Nachrichtenreporter ist. Er wollte sehen, wie du vor ihm in die Knie gehst, und das hast du nicht getan.«

»Ich wünschte, ich wüsste jemanden, den ich beauftragen könnte, ihn zu Brei zu schlagen«, sagte Greg. »Offensichtlich bewege ich mich nicht in den richtigen Kreisen.«

Noch am selben Nachmittag teilte ihm Susan Habib mit, dass eine, sehr aufgebrachte Dame vom Jugendamt, eine Miss Jude Carlyle, unten auf ihn warte und ihn wegen zweier Kinder, die aus einer Pflegefamilie verschwunden seien, zu sprechen wünsche. »Miss Carlyle denkt anscheinend, es könnte Sie interessieren«, sagte Susan mit zweifelnder Stimme, »obwohl ich nicht glaube, dass es ein Fall für die Kripo ist.«

»Möglicherweise interessiert es mich tatsächlich.«

Jude Carlyle war Ende zwanzig und hatte einen gequälten Sozialarbeiterblick. Er hatte sie nach der Geiselnahme gesehen, wie sie mit den Kindern davongefahren war, aber jetzt war ihr Haar nicht mehr lila, sondern rot. Während sie sich in seinem Büro unterhielten, rauchte sie eine Zigarette nach der anderen, wobei sie seine leere Kaffeetasse als Aschenbecher benutzte.

»Heute Morgen sind sie wie immer zur Schule gegangen«, erklärte sie.

»Das bezweifle ich.«

»Wie bitte?«

»Ich bezweifle, dass sie regelmäßig hingegangen sind. Romana jedenfalls mit Sicherheit nicht.«

Sie war sichtlich verwirrt, sagte jedoch nichts dazu. »Aber sie sind nicht angekommen. Wir wussten nicht, dass sie verschwunden waren, bis sie heute Nachmittag nicht nach Hause kamen, und zu dem Zeitpunkt waren sie schon sieben Stunden verschwunden. Da die Mädchen erst zehn und sechs Jahre alt sind, machen wir uns natürlich die größten Sorgen.«

Greg hätte sich normalerweise nicht um so einen Fall gekümmert, aber er versicherte Miss Carlyle, dass sie ihm die Sache überlassen könne, und fuhr allein zu den Pflegeeltern.

Thatcham war das hässlichste Dorf in der Gegend. Es lag direkt an der Great West Road: ein wildes Durcheinander von älteren Häusern und Bungalows, die meisten zwischen den Weltkriegen gebaut, einige aber in den sechziger Jahren und ein paar auch vor dem Ersten Weltkrieg. Die Cluxmans wohnten in einer Doppelhaushälfte, vermutlich sozialer Wohnungsbau, sechziger Jahre. Das Haus sah aus wie eine Festung aus Backstein und Glas. Im Vorgarten wuchs struppiges Gemüse, während die Nachbarn Rosen gepflanzt hatten, und er fragte sich, ob die Leute vielleicht wegen des Geldes Pflegekinder zu sich nahmen, da die Vergütung nicht schlecht war.

Er erinnerte sich an das, was Huwie ihm gesagt hatte, dass Romakinder nicht in Häusern leben konnten, dass ihre Seele in einem festen Haus verkümmern würde. In diesem Haus würde jede Seele verkümmern.

Auf sein Läuten hin wurde die Tür von einer adretten Frau von Anfang dreißig geöffnet. Sie war jünger, als er es nach Romys Beschreibung erwartet hatte. Ihr Mann, teilte sie ihm mit, sei noch im Büro, sie habe es nicht für nötig gehalten, ihn nach Hause zu zitieren. Sie schaute über seine Schulter in den Garten, bevor sie ihn hereinließ.

»Entschuldigung«, erklärte sie. »Es ist nur so, dass die Katze auch verschwunden ist.«

»Ach je!«, sagte er.

»Ich hoffe, es geht ihnen gut«, sagte sie, während sie ihm einen Tee kochte, den er nicht wollte. »Natürlich mache ich mir Sorgen um sie. Aber ehrlich gesagt tut es mir nicht besonders Leid, dass sie fort sind. Bonnie war ein nettes kleines Ding, aber Romy hat einfach nicht auf mich gehört, geschweige denn getan, was ich von ihr wollte. Und sie hat sich strikt geweigert, uns am Sonntagmorgen in die Kirche zu begleiten, und hat Miss Carlyle deswegen angerufen – ohne zu fragen, ob sie das Telefon benutzen durfte –, und die gab ihr Rückendeckung, als ob ihr ein bisschen Beten geschadet hätte. Ich musste zu Hause bleiben, damit sie nicht allein im Haus war. Ich will nicht sagen, dass sie schlecht ist, Mr. Summers, aber sie ist schon zu lange herumgezogen. Und sie sind einfach nicht so wie wir, nicht wahr?«

»Nein, sie sind nicht so wie wir.«

»Ich meine, was ist das denn für ein Leben für ein Kind?«

Ein aufregendes Leben, dachte er. »Es wird ihnen schon gut gehen.«

Was man im Fall der Katze sicher nicht sagen konnte.

Er war nicht überrascht, als die drei restlichen Wohnwagen neben dem Steinkreis verschwunden waren, fast ohne eine Spur zu hinterlassen. Er wies die Polizeistationen von Hungerford und Umgebung und seine eigene an, nach Smith und Orlenda Ausschau zu halten und ihre Wagen nach den vermissten Kindern abzusuchen, aber er wusste, dass man sie niemals finden würde. Smith hatte sich wieder unsichtbar gemacht.

Eines Tages würde ein aufgeregter Polizist bei ihm anrufen, der den Polizeicomputer nach ungelösten Kindesmorden durchforstete, und er würde ihm sagen, dass er überzeugt sei, dass die Lee-Mädchen wieder da waren, wo sie hingehörten.

Nach einem Vierteljahrhundert hatte Smith seine toten Kinder zurückbekommen und Greg war sich sicher, dass er gut für sie sorgen würde.

Er würde nach ihnen Ausschau halten im nächsten Jahr beim Mittsommerjahrmarkt in Hungerford, aber er wusste, dass er vergeblich auf sie warten, dass er keinen von ihnen jemals wieder sehen würde.

Krimis von Gabriella Wollenhaupt

Grappas Versuchung
Der erste Krimi mit Maria Grappa ISBN 3-89425-034-8
Reporterin umkreist charmanten Bösewicht.

Grappas Treibjagd
Der zweite Krimi mit Maria Grappa ISBN 3-89425-038-0
Wer ist der angesehene »Onkel Herbert«?

Grappa macht Theater
Der dritte Krimi mit Maria Grappa ISBN 3-89425-042-9
Geheimbund kontrolliert Kulturleben in Bierstadt.

Grappa dreht durch
Der vierte Krimi mit Maria Grappa ISBN 3-89425-046-1
Nackte Tatsachen in Bierstädter Filmstudio.

Grappa fängt Feuer
Der fünfte Krimi mit Maria Grappa ISBN 3-89425-050-X
Griechische Mythen werden Wirklichkeit.

Grappa und der Wolf
Der sechste Krimi mit Maria Grappa ISBN 3-89425-061-5
Spannendes Duell im Umfeld eines Plutoniumschmuggels

Killt Grappa!
Der siebte Krimi mit Maria Grappa ISBN 3-89425-066-6
Schönheitschirurgie und Satanismus

Grappa und die fantastischen Fünf
Der achte Krimi mit Maria Grappa ISBN 3-89425-076-3
Toter Teppichhändler und Erpresserbande

Grappa-Baby
Der neunte Krimi mit Maria Grappa ISBN 3-89425-207-3
Die menschliche Reproduktion zwischen Himmel und Hölle

Zu bunt für Grappa
Der zehnte Krimi mit Maria Grappa ISBN 3-89425-224-3
Provence: Ein Toter im Melonenfeld und ein unbekannter van Gogh

Grappa und das große Rennen
Der elfte Krimi mit Maria Grappa ISBN 3-89425-232-4
Wer meuchelte die drei prominenten Sozis im Bierstädter Wahlkampf?

Krimis von Horst Eckert

Die Zwillingsfalle

ISBN 3-89425-238-3 DM 18,80

Ein sechsfacher Mord in der Sauna eines Fitnesscenters bringt nicht nur die umstrittene Sokoleiterin Ela Bach ins Schwitzen. Auch die Kommissare Köster und Zander kochen ihr eigenes Süppchen.

Finstere Seelen

ISBN 3-89425-218-9 DM 19,80

Ist der ›Kannibale‹ nach 11 Jahren wieder aktiv geworden? Gibt es einen Trittbrettfahrer? Ein komplexer Fall voller Emotionen für die Mordermittler vom KK 11.

Aufgeputscht

ISBN 3-89425-078-X DM 19,80

Marlowe-Preis 1998 der dt. Chandler-Gesellschaft

Drei Kommissare - ein Wettlauf um Karriere und Geld, drei Fälle, die zu einem einzigen verschmelzen, erzählt auf die harte amerikanische Art.

Bittere Delikatessen

ISBN 3-89425-059-3 DM 16,80

Feinkostkönig Fabian wird niedergestochen; die Bluttat ist für die Medien ein gefundenes Fressen. Kommissar Engel gerät unter Druck - getrieben von Publicitysucht, gefordert vom Chef, angefeindet von Kollegen, angezogen von einer schönen Verdächtigen.

Annas Erbe

ISBN 3-89425-053-4 DM 16,80

»Eine spannende, geheimnisumwitterte Geschichte, ... bitterböse Quasi-Enthüllungen über Filz, Korruption und Sittenpolizei, ein bißchen Liebe - und eine gekonnte Schreibe. ... ein vielversprechendes Debüt.« (Überblick)

grafit

azecker.0700.cdr5